A Theory of
Performativity

New Directions
in Literary and
Art Studies

表演性理论

文学与艺术研究的新方向

何成洲 著

生活·讀書·新知 三联书店

Copyright © 2022 by SDX Joint Publishing Company.
All Rights Reserved.
本作品版权由生活·读书·新知三联书店所有。
未经许可,不得翻印。

图书在版编目(CIP)数据

表演性理论:文学与艺术研究的新方向/何成洲著
.—北京:生活·读书·新知三联书店,2022.7
ISBN 978-7-7-108-07374-7

Ⅰ.①表… Ⅱ.①何… Ⅲ.①文艺-研究 Ⅳ.
①I0

中国版本图书馆 CIP 数据核字(2022)第 058435 号

项目规划	王秦伟 成 华
责任编辑	成 华
封面设计	有品堂_刘 俊 施 惠
出版发行	生活·讀書·新知 三联书店
	(北京市东城区美术馆东街 22 号)
邮 编	100010
印 刷	上海雅昌艺术印刷有限公司
排 版	南京前锦排版服务有限公司
版 次	2022 年 7 月第 1 版
	2022 年 7 月第 1 次印刷
开 本	880 毫米×1230 毫米 1/32 印张 13.25
字 数	298 千字
定 价	68.00 元

目 录

前　言　001

第一部分　表演性与批评范式的转变

第一章　何谓表演性？　003
第二章　巴特勒与性别表演性理论　022
第三章　西方文论的表演性转向　037
第四章　文学的言语行为与事件　053
第五章　表演与表演性——跨文化戏剧的视角　077

第二部分　文学的表演性

第六章　表演乡土中国性——莫言与世界文学　101
第七章　《檀香刑》的乡土叙事、事件性与历史创伤　118
第八章　动物叙事与政治的"去事件化"：莫言《生死疲劳》的生态-文化批评　139

第九章　易卜生、"娜拉事件"与中国文化的现代转型　155
第十章　作为政治评论的话剧：曹禺剧作中的女性与"五四"遗产　175
第十一章　作为事件的世界文学——易卜生和中国现代小说　193
第十二章　狼神话、环境感伤主义与文化干预：《狼图腾》的生态-政治批评　214
第十三章　全球在地化、事件与当代北欧生态文学批评　240

第三部分　表演艺术与艺术的表演性

第十四章　剧场作为一场"相遇"——冷战时期格洛托夫斯基的世界主义　261
第十五章　当代中国电影中的跨性别表演与性别政治　281
第十六章　易装表演与新世纪电视文化　303

第四部分　跨媒介表演性

第十七章　《红高粱》的电影改编与跨媒介表演性　325
第十八章　先锋昆曲的主体性、当代性与跨媒介混合　342
第十九章　跨媒介视野下的中西"戏剧—小说"研究　364

征引文献　383

后　记　405

前言

作为一个人文、艺术与社会科学的关键词，"表演性"的内容十分庞杂，涉及面非常之广。要在已有的知识体系基础上，发展出一个表演性理论具有比较大的挑战。当然，任何理论的建构都不可能是一蹴而就的，我这里所做的也许只是率先提出这样一个理论问题，论证一下其合理性、可行性与实用性。要将表演性这样一个概念加以理论化，我以为至少有三个主要步骤：一是，追溯这个概念的发展史，关注它在一些重要节点上内涵与外延发生了怎样的转变，以及这些节点如何形成了一个起伏波动的曲线。二是，梳理这个概念在不同学科和研究领域之间的跨界旅行，分析它在不同学科中如何被挪用和改写，绘就一张彼此关联、交叉重叠、不断延展的路线图。三是，检验这个概念在批评实践中的效用，在一系列的个案研究中讨论这个概念如何有助于发现新视角、生成新问题、找到新方法，构建一个有示范性的学术研究案例库。需要指出的是，以上三个方面不是截然分开的，而是密切联系、相互补充的。概念的发展史通常涉及不同学科之间诡异的缝隙和难以预料的激荡，赋予它成长的动能。而概念在不同学科内的应用往往是以具体研究个案的形式呈现，是个案研究的深度与广度不断激活它潜在的力量。正是在对有关概念所做的发展史的追溯、跨学科路线图的绘就和具体的批评实践的过程中，理论化的话语体系得以充实、丰富和完善，它的有效性得到了论证与检验。而从根本上讲，一个理论的试金石在于它的创新价值，取决于它如何能够在我们认识世界和改造世界的历史进程中发挥作用。

在西方学术界，"表演性"（performativity）概念起源于英国语言哲学家J. L. 奥斯汀的"言语行为理论"，他的著作《如何以言行事》（1962）区分了施行性（performative）话语与陈述性（constative）话语，认为前者的特点是语言是可以用来行事的，具有改变现实的力量。但是，奥斯汀指出，文学或者虚构作品中的话语是"寄生性"的，并不具备言语行为的行动力。奥斯汀的学生、美国语言学家约翰·塞尔，进一步将言语行为理论体系化，仍坚持认为文学作品里的语言是"不严肃"的，因而不具有施行性。围绕言语行为将日常语言与虚构语言区别对待的这种"二分法"招致德里达等人的批评，双方展开了持续十多年的学术争鸣。德里达在《签名、事件、语境》（1972）和《有限公司》（1977）等著述中，运用解构的方法，提出"引用性"与"可重复性"乃是符号存在的前提，认为日常话语也可以是对虚构话语的重复引用，从而为文学语言的施行性提供了令人信服的解释。20世纪90年代，美国哲学家朱迪斯·巴特勒借鉴欧美对于表演性概念的有关讨论，提出"性别表演性"的理论，认为性别是一种社会建构，建立在身体对于性别规范的重复之上，但是在这个过程中也会不断产生差异乃至断裂，从而为"酷儿"(queer)身份的合理化提供了理论基础。本世纪初以来,剧场与表演研究进一步将表演性作为其核心概念,从美国表演研究的奠基人理查德·谢克纳的《表演研究入门》(2002)到德国戏剧学者汉斯-蒂斯·雷曼的《后戏剧剧场》(1999)和艾丽卡·费舍尔-李希特的《表演性美学》(2008),都对表演与表演性的关系做了精辟的论述。在艺术学领域,表演性的转向意味着艺术研究要从关注艺术的审美价值与批判性,转变到阐释艺术的生成性和"挑战现实的能力"。[1]文学研究界也认识到表演性理论的重要性,《文学中的表演性》(2016)提出"有必要对于文学的表演性研究做系统的解释,并且能够发展出相适应的研究方法来"。[2]

作为一个跨学科的概念,表演性不可能只有一种解释,它的内涵是多元的、复杂的、不断演进的。在不同学科内,表演性分别与该学科的学术史产生了密切的关联,成为革新传统观念与方法的一个契机,被赋予了引领学术新范式的使命。在语言学领域,言语行为理论的创立是标志性的,也是奠基性的,这一点已经无需赘言。巴特勒和她的性别表演性理论直接推动性别研究在20世纪90年代进入后女性主义时代,为酷儿研究在当代学术界的兴起和繁盛提供了理论基础,同时也成为身份认同研究的思想资源。无论是性别、族裔还是阶级,表演性理论认为身份是社会建构的,是反本质主义和反自然论的;身份的规范是人为的,有时也是不合理的,是可以被质疑和推翻的;

---

[1] Dorothea von Hantelmann, *How to Do Things with Art: What Performativity Means in Art* (Zürich: Ringier & Les Presses du Réel, 2010), 17.

[2] Eva Hættner Aurelius, He Chengzhou and Jon Helgason, *Performativity in Literature* (Stockholm: Kungl. Vitterhets Historie och Antikvitets Akademien, 2016), 9.

通过有选择性的言语和行为，反复的表演可以实现身份的重新意指，从而超越已有的身份认同架构。尤其对于少数群体或者边缘群体的人来说，身份表演性的理论为他们提供了自我辩护和争取权益的理论武装。剧场与表演研究在过去30年中经历了一个表演性转向，让表演性成为一个主导性的理论概念，激发了该领域深层次的话语体系与思想方法的变革。剧场的表演性强调演员身体的在场、观演之间的互动、表演的物质性，削弱了长期以来文学性所占据的中心地位。通过将剧场的演出看作不可复制的事件，表演性专注于具体时空下表演的独特性以及它对于观众产生的转变性影响，这一点是李希特"表演性美学"的要义。欧文·戈夫曼的社会表演学和谢克纳的表演研究将表演的范畴扩大到日常生活和社会活动的方方面面，文化的表演让表演性成为表演研究的一个核心概念。艺术学领域的表演性研究有一个显著的特点，就是艺术与表演之间存在着重叠与交叉。这不仅仅是说，戏剧影视本身就属于表演艺术；其他门类艺术，比如音乐和舞蹈，也是表演性的；甚至于绘画和书法等在有些情况下也可以被看作一种表演事件。"艺术的公共性质，使得对艺术性质的更好描述，应是'事件'。"[1]对于以关注艺术欣赏为主的艺术批评而言，表演性提供了新思路、新认识和新方法。在文学研究领域，文学的危机说或者批评的危机说自上世纪末以来被频繁地提及，成为学术界的老生常谈，同时也成为新理论与新学术不断涌现的催化剂。在这个过程，表演性理论或明或暗地在发挥作用，或者说被学者们知觉或者不知觉地挪用，生成新的学术话语。最近刚刚去世的J.希利斯·米勒

---

[1] 高建平：《从"事件"看艺术的性质》，《文史知识》2015年第11期，第97页。

运用言语行为理论，在《作为行为的文学》(2005)、《共同体的焚毁：奥斯维辛前后的小说》(2011) 等著作中，讨论文学语言在见证历史和建构现实世界上的力量。芮塔·菲尔斯基在《批评的局限》(2015) 一书中认为过去几十年中占主导地位的语境式批评过时了，提出以文化干预为核心的"后批评阅读"理论。她在这本书以及之前的《文学之用》(2008) 中提出的主张，都与表演性理论有着契合之处。在作品的生成性、作者的意图和文本的意图性、文学的独特性、阅读的体验以及能动性等方面，表演性理论推动了文学理论的转向，那就是"文学不仅仅是一个固定的、明确的对象，而且可以被看作一个言语行为、行动或者事件。"[1] 随着新物质主义对于人类中心主义的质疑与批判，凯伦·巴拉德利用量子力学的知识，提出了"后人文表演性"（Posthumanist Performativity），她说："所有的身体，不仅仅是'人类的'身体，通过世界的可重复的内在-互动性，即它的表演性，产生作用。"[2] 需要注意的是，不同学科的表演性概念之间是紧密关联、相互影响和彼此促进的。正是源于学科之间的互动和相互启发，表演性理论才真正具有了生命力。以上这一点，还可以从跨媒介的文学和艺术研究中得到进一步佐证。一方面，类似叙事，表演性是一种超媒介性，它是文学、艺术都具有的特点。另外一方面，文学与艺术作品内部的跨媒介化也构成一系列事件，既改变了自身，也对世界产生了转变性影响。

---

[1] 何成洲、但汉松主编：《文学的事件》，南京大学出版社，2020 年，第 1 页。

[2] Karen Barad, *Meeting the Universe Halfway: Quantum Physics and the Entanglement of Matter and Meaning*, Durham and London: Duke University Press, 2007, p. 152.

迄今为止，表演性还主要是一个西方的概念。尽管在中文语境下，表演性一词也时常出现，但通常与表演行为和表演艺术相关联，相关的理论研究与批评应用尚不多见。在对于表演性理论进行论证和分析的过程中，比较多地运用了西方的文献。理论上的创新需要借鉴一切先进的、有价值的理论成果，盲目的排外是有害的。真正的学术原创有赖于对东西方学术传统的批判性继承。[1]与此同时，发展新理论需要立足于中国经验与中华传统文化，理论联系实际，避免简单套用西方的概念来思考中国的问题。表演性的批评研究注重从比较的视角分析中外文学与艺术创作中的代表性问题，突出对于经典作品的再阐释，同时兼顾文学与艺术发展的新趋势。

文学的表演性研究主要包括三个专题研究：莫言研究、易卜生在中国的接受研究与生态文学批评。莫言是第一个获得诺贝尔文学奖的中国作家，这里的莫言研究分为三章，聚焦他小说中的民间叙事如何建构了一种乡土中国性，在世界文学的版图上刻写鲜明的中国印记。莫言被授予诺贝尔奖是一个重要的世界文学事件，根据作者本人在现场观摩莫言在斯德哥尔摩发表演讲、出席招待会和接受访谈活动时的体验和收获，结合莫言的文学创作和评论，讨论他当时如何在一些重要场合回击一些国际媒体和知名人士对他的批评，他的言语行为塑造了一个怎样的中国作家形象。《檀香刑》的叙事研究重点关注该作品如何利用了茂腔戏，将檀香刑的实施过程转变成一个叙事事件和仪式性的文化事件，书写和见证了莫言家乡对于德国殖民给当地人带来伤害的一段历史记忆。《生死疲劳》的生态-文化批评，

---

[1] 参见朱国华《漫长的革命：西学的中国化与中国学术原创的未来》，《天津社会科学》2014年第3期，第106页。

借鉴齐泽克的"去事件化"概念，讨论小说如何从动物的非自然叙事的角度，回溯性消解了一些政治运动的革命性，与此同时，动物叙事表达了"天人合一"的生态理想，这种叙事上的双重性赋予了小说以情节的张力和思想的深度。易卜生在中国的接受是20世纪中外文学与戏剧关系史上最重要的课题之一，这里的研究强调"娜拉出走"的叙事事件对于中国话剧与小说中新女性的示范作用，文学与艺术所倡导的妇女解放不仅见证而且也直接参与"五四"新文化的建设，生动体现了文学的力量。《玩偶之家》的翻译与改编演出对于中国话剧的萌芽和发展起到了不可替代的巨大影响，20年代的"出走剧"让娜拉的形象在中国进一步深入人心，娜拉所代表的女性主义思潮在中国文化的现代转型中发挥了积极的作用。受易卜生的影响，曹禺在戏剧中塑造了一批现代知识女性的形象，通过对娜拉出走的"再事件化"，产生干预现实的力量。易卜生与中国现代小说的比较研究，将莫莱蒂的"远距离阅读"理论与传统的文本细读方法结合起来，利用数据库和统计的方法，具体分析现代小说中人物如何阅读和讨论易卜生，以及对于他们人生道路的影响，从而在对中外文学关系的思考中构建作为事件的世界文学新观念。生态文学研究部分分别探讨了姜戎小说《狼图腾》中的动物叙事与当代北欧生态小说中对"山妖"形象的挪用与重构，分析在社会转型期文学的功用。前者通过提出环境感伤主义的新命题，探讨传统文学中"狼"的形象如何被改写和颠覆，反思狼与蒙古草原生态的关系，分析狼的文学书写对于文化与政治批评的干预作用。后者分析北欧山妖的神话故事如何被当代北欧作家们挪用和再创作，生成了鲜活的具有北欧特色的生态话语和意象，反映了文学的创新性和独特性，体现了积极的生态反思与现实批判精神。

在艺术的表演性研究部分,分别选择了剧场、电影和电视三个领域的不同议题。格洛托夫斯基是欧洲当代先锋剧场的开拓者,他强调演员身体的在场性、观演互动与戏剧事件,他晚期的"艺乘"思想视戏剧表演为人生的一种修行,在欧洲冷战的背景下他的戏剧实践了超越社会制度与意识形态藩篱的世界主义理想。当代电影中的跨性别表演研究不仅仅是通过《霸王别姬》《花木兰》之类电影中的易装表演来揭示性别的表演性特点,而且是透过跨性别文化现象讨论中国社会政治的变迁。李玉刚的易装表演研究具有类似的学术目的,但是作为新世纪电视文化和流行文化的一个杰出代表,李玉刚的成功既反映了社会对于新奇文化现象的包容度,也说明表演文化能够引领大众观念的转型,促进社会的多元化发展。

跨媒介的表演性从比较媒介研究的角度,继续围绕文学、戏剧与电影之间的关系,讨论一些有代表性的跨媒介文学与艺术现象或者事件。《红高粱》的电影改编,除了呼应前面莫言小说研究的论点,重点分析从小说到电影改编的过程中一些诸如仪式之类表演性的文本叙述如何被转换成银幕上的形象和场景,还有像色彩的意象、人物的塑造如何发生了一些富有媒介特点的改变。在此基础上,改编生成了一个跨媒介的文化现象或者事件,融合了小说与电影的创作和传播,对于80年代中后期的文化政治产生一定的影响。先锋昆曲的研究重点考察近20年来以柯军为代表的昆曲人,为了发扬昆曲演员的主体性,从当代人的生活体验和当下的社会实践出发,排演了一系列突破昆曲传统的实验作品。除了演员素颜出场的鲜明特色,这些先锋昆曲在表演上还运用了跨媒介的方法,比如书法和昆曲的混合,还有电影等多媒体手段的运用。这些先锋昆曲的表演性不仅仅在于它颠覆了昆曲表演的程式，而且更因为它借用昆曲的表演形式，表达了演员对于人生、艺术和时代问题，以及昆曲自身传统的反思和批评。中西"戏剧-小说"研究从跨媒介的视角，探讨了中西文学中一些典型的"戏剧-小说"作品，指出其中的两种主要跨媒介形式，分别为媒介混合与媒介指涉。借鉴当代剧场和表演理论的一些概念，对于小说中的剧场现象加以分析，讨论跨媒介的艺术手法如何构成了小说的独特性，影响读者的审美习惯，而且这些具有跨媒介特点的"戏剧-小说"也介入了读者对于历史文化的重新想象和建构。

理论分析与批评实践相结合，让我们认识到表演性理论代表着当下文学与艺术研究的一个新方向。与以往的研究相比，表演性理论不再以作品意义的阐释为主，而是重点关注文学与艺术的独特性与能动性；不只是围绕叙事性和故事性展开论述，而是讨论它们如何开创了一个新的世界，一个可能的替代性世界；不仅仅从审美的角度进行文本分析，而且要讨论它们如何形塑了读者；不再只是从语境化的立场出发研究问题，而是将它们视为一次相遇的事件，既改变了我们自己，也促进社会和文化的转变。表演性理论当然不是不要文本细读和修辞阐释，不是不重视读者和观众的审美体验，也不是否定历史文化语境批评的有效性，而是要增加新的批评维度、立场和视角，借鉴拉图尔的行动者网络理论（Actor-Network-Theory）等社会学、人类学、数字人文领域的新研究方法，推动文学与艺术研究范式的转变。

批评理论的任务不仅仅是做创新性的学术研究，而且是要教授如何开展批评性阅读和分析。为此，我们需要进一步调整人文艺术的教学体系,更新教学理念和方法,注重在教学的过程中检验理论的有效性与价值。就表演性理论而言,它有助于我们反思目前高校文学与艺术学科在"史论评"教学方面存在的薄弱环节。与侧重知识点的掌握和欣赏水平的培育不同,表演性理论要求我们关注文学与艺术的行为与事件以及它们参与世界建构的能动性。我们需要纠正针对文学与艺术普遍存在的无用论,甚至所谓的"无用之用"说法,系统阐释它们在丰富审美体验、充实人文知识、增强认识能力、干预文化生活与改变现实等方面的作用。与此同时,表演性理论也应该能够对于文学与艺术的创作具有启发意义,推动人文艺术的繁荣发展。文学与艺术的创作与理论研究是互补的和相互促进的。文学与艺术是有用的,理论批评也是有用的,"批评之道就是内化危机意识,与之共存,并化为转机"[1]。当一些学者提出所谓的"后理论时代",他们"并非不要理论,也不是主张盲目地反对理论"[2],而是积极地反思理论的既定范式和现存状况,探索理论的未来出路。表演性理论代表了文学与艺术研究的一个新方向,它有助于增强人文学者的自信心与使命感,有利于建构一个人文与艺术的学术共同体,更好地服务于人类进步的事业。

---

[1] 王德威:《危机时刻的文学批评——以钱锺书、奥尔巴赫、巴赫金为对照的阐释》,《华东师范大学学报》(哲学社会科学版),2019年第4期,第40页。

[2] 王宁:《论"后理论"的三种形态》,《广州大学学报》(社会科学版),2019年第2期,第7页。

第一部分
表演性与批评范式的转变

第一章　何谓表演性？

20世纪50年代，英国语言哲学家 J. L. 奥斯汀从行为的角度研究语言，发现并阐释了"施行"（performative）话语，开创了言语行为理论。美国语言哲学家约翰·塞尔在奥斯汀的基础上进一步完善了该理论，解构主义大师德里达对语言学领域的"施行"行为理论加以批评和解构，并引发前者针锋相对的辩论。这一持续十多年的学术争论相继卷入一大批不同阵营的学者，使得"表演性"（performativity）[1]成为一个充满活力的关

---

[1] 英文单词"performative"和"performativity"在不同学科和语境下的意义差别很大，在中文里面有多种多样的译法。在早期语言学里，"performative"通常翻译成"施行"（参见顾曰国《导读》，载 J. L. Austin, *How to Do Things with Words*, Beijing: Foreign Language Teaching and Research Press, 2002）。在戏剧研究领域，有将"performativity"翻译成"展演性"的（参见汉斯-蒂斯·雷曼《后戏剧剧场》，李亦男译，北京：北京大学出版社，2016年）。本人以往也曾把"performativity"翻译成"操演性"（参见何成洲《西方文论的操演性转向》，《文艺研究》，2020年第8期）。本书中将它统一翻译成"表演性"，主要考虑到三点：首先，"performativity"理论确实与"performance"（表演）有关，参照类似的翻译，比如叙事-叙事性、互文-互文性、现代-现代性，这里可以将它们翻译成"表演-表演性"；其次，表演性的内涵比较丰富，既可以指"操作""执行"，也可以指"假装""扮演"，包含顺从和颠覆等不同的可能性；还有一点，表演性有利于体现主体性的在场和发挥作用。不过，需要指出的，像"performativity"这样的概念很难有完美对应的翻译，尽管我在本书中主要用"表演性"的译法，但是在一些具体语境中也会根据需要做一些调整。这里，我要感谢布朗大学王玲珍教授与我就这个翻译问题展开的讨论。

键词。不过，真正使得"表演性"成为人文社会科学"流行话语"的，是美国哲学家和当代杰出思想家朱迪斯·巴特勒与她的性别研究。巴特勒与表演性理论的关系可以简单表述为：一方面，表演性是巴特勒的思想资源，是她的性别研究以及后来文化、政治批评的理论基础。巴特勒尤其借鉴了德里达从语言和文化的视角对于"表演性"的重新解读和理论阐释。另一方面，巴特勒第一次以性别、身体为基础建构了一种新的表演性理论体系，丰富和提升了表演性理论的内涵，扩大了表演性理论的影响。

随着"表演性"在语言、文学、艺术、政治和法律等不同学科的研究中被广泛讨论和运用，它逐渐发展为一个有影响的跨学科理论概念。德国学者艾丽卡·费舍尔-李希特在《表演性的美学》一书中这样说："当'表演性'这个术语已经在它原来的语言哲学学科失去影响的时候——言语行为理论曾经宣扬这个观念'言说就是行为'——它在20世纪90年代的文化研究和批评理论中迎来了自己的全盛期。"[1] 可以想见的是，随着不同学科的学者在使用这一概念的时候赋予它不同的解释，它的内涵已经远远超出奥斯汀原来使用时的语义范畴。

21世纪以来，文学和艺术领域内的学者们进一步反思"历史-文化语境"这一主导性的批评范式及其局限性，更加关注文艺作品的生产过程和行动力，读者、观众的体验和参与，以及文学艺术对于现实的建构作用。这些跨学科的理论、思想和批评实践为丰富和发展"表演性"概念提供了充足的学术资源，

---

[1] Erika Fischer-Lichte, *The Transformative Power of Performance: A New Aesthetic*, Saskya Iris Jain, trans. (London: Routledge, 2008), 26. 该书原来的德文标题是"Ästhetik des Performativen"（表演性美学）。

催生了围绕"表演性"的理论话语建构,激发了对于文学和艺术研究新范式的想象和探索。

一、奥斯汀、德里达与言语行为理论

在西方学界,"表演性"概念首先与语言学的理论革新有关,尤其是 J. L. 奥斯汀关于言语行为和施行性话语的讨论。有关语言的施行性,可以追溯到维特根斯坦的语言游戏理论。在《哲学研究》(1953)一书中,维特根斯坦把语言游戏看作语言与行动相互交织的整体。"我也将把由语言和它编织的行动所构成的整体称作为'语言游戏'。"[1]为了更好地解释语言游戏的行动本质,维特根斯坦举了下象棋的例子。下象棋走一颗棋子,不只是挪动一颗棋子,也不只是考虑到前后几步棋,而是在"玩象棋的游戏"。[2]那就是,你是在下棋,你有一个对手,他也在下棋。你们双方遵守象棋的规则,你在思考对方可能怎么做,你该怎么做。你既要有全局观,又要在此时此刻做一个决定,并且立即执行,那就是挪动棋子。语言游戏也如此。你考虑了自己要说的话,掂量说话的效果,然后决定要说什么。最终,你说了,选择了单词、句子、语调和身体姿态,等等。这是一个生成的过程,包含了你的动作,也包含对方对你说话的反应,以及你的期待是否实现。因而,语言是一种行为方式,一个施行的言语活动。

---

[1] Ludwig Wittgenstein, *Philosophical Investigations*, G. E. M. Anscombe, P. M. S. Hacker and Joachim Schute, trans. (West Sussex: Wiley-Blackwell, 2009), 8.
[2] Ludwig Wittgenstein, *Philosophical Investigations*, 20.

维特根斯坦在《哲学研究》中对于施行性话语的分析虽然富有创见，但是零碎、不系统。1955年英国牛津大学语言学家J. L. 奥斯汀应邀在哈佛大学做关于语言和行为的系列讲座（一共12讲），据说当时听众的反应极其冷淡。等到1960年奥斯汀去世以后，人们将他当年的讲座手稿整理出版，书名为《如何以言行事》(1962)。奥斯汀开创性地提出了言语行为理论，区分了施行性话语与陈述性话语。施行性话语的意义不是由言说的内容和具体语境决定的，而是取决于如何通过言说本身对于现实产生改变。在随后的几十年里，这本书在人文学科逐渐流行开来，引发学术界的广泛讨论，直接启发了20世纪后半期不同领域内的理论创新。

奥斯汀在他的研究中首先质疑当时英美语言哲学界的传统语言观，那就是：语言的使用从本质上讲是陈述的（constative），目的是生产非对即错的描写或者记述。在批评这种陈述性语言规则的同时，奥斯汀指出，我们的言语表达也可以是"施行的"（performative），因为它们能够改变现状，这与传统的语言认知有很大的不同。传统语言学认为"语言行为反映这个世界"，但是奥斯汀的言语行为理论认为它有能力改变世界——不仅仅是产生后果，比如劝说你的讲话对象，让他们感到开心，或者令他们震惊；而是说，有些言语表达本身就是行动。奥斯汀书中有一个经常为后来人所引用的例子：在结婚仪式上，新郎和新娘在回答证婚人问"你是否愿意娶她为你的妻子"或者"你是否愿意接受这个人为你的丈夫"时说，"我愿意"。另一个例子是，在新船命名的典礼上，有嘉宾宣布"将这艘船命名为伊丽莎白女王号"。他指出在这些事例中，"说一句话（当然是在适当的情形下）并不是描述我在做我说这句话时应做的事情，也不是要陈述我正在做;说就是做"。[1] 此外,奥斯汀还区分了语内（illocutionary）行为与语外（perlocutionary）行为。如果说语内行为是关于说话时所实施的行为,那么语外行为则关注言说产生的效果,这两者共同构成言语行为在意义生成的过程中完成的那些工作。

在区分和界定了施行性话语之后,奥斯汀指出,言语的施行行为能否生效取决于恰当的情境。如果所有的条件都满足了,一个施行行为可以说是"适切的"（felicitous 或者 happy）。施行性话语的一个特点是,它不是简单以正确或者错误来评价的,而是主要通过是否"适切"（felicitous）来衡量,也就是当所有的条件全部满足了,施行性话语才算是成功,或者说是"适切"的。关于在什么情况下会产生"不适切的施行行为"（infelicitous performative）,奥斯汀具体提到了戏剧和文学的语言。他解释说,"比如,如果一个施行的话语由舞台上的演员所说,或者出现在一首诗中,又或者包含在独白里,那么它有可能是空洞或者无效的"。[2] 奥斯汀强调指出,言语行为理论不包括那些"不严肃的施行行为"（non-serious performative）。奥斯汀的一些学术继承者们往往将这一点看作是他整个理论的基石。另外,人们感兴趣的是,怎样把奥斯汀有关言语行为的分析运用于文学批评。其中,奥斯汀的学生、美国语言哲学家约翰·塞尔,更是在奥斯汀的基础上对于文学语言的"不严肃性"加以系统论述。塞尔将非直接、修辞性的和不严肃的语言使用归入"寄生性话语"（parasitic discourse）的范畴,同时认为文学语言总体

---

[1] J. L. Austin, *How to Do Things with Words*, J. O. Urmson and Marina Sbisà, eds. (Cambridge: Harvard University Press, 1975), 6.
[2] J. L. Austin, *How to Do Things with Words*, 21-22.

上属于这种"寄生性"或"派生性"的话语。他的文学语言理论的出发点是,与日常语言相比照,文学语言的本质是"反常的"。这是因为文学作品里的语言没法与事实进行对照以检验是否属实,而且也不需要如此。

德里达认可奥斯汀关于施行性话语可以用来行事的论述,但是激烈地批评他对于话语的适切性与不适切性的二分法,尤其是将文学的语言划为不适切性的范畴。在《签名、事件、语境》与《有限公司》中,他发明"可重复性"(iterability)和"可引用性"(citationality)的概念,认为文学的话语也是对可重复话语的重复,因而可重复性是一个语言的总体特性,在此基础上他指出奥斯汀的二分法明显是教条主义的。[1] 德里达解构了奥斯汀对于文学语言的偏见,赋予文学语言同日常语言一样的施行性力量。德里达的施行性话语理论为从言语行为的角度阐释文学作品的能动性与改变现实的力量奠定了基础。

同塞尔一样,德里达的批评也是从奥斯汀关于文学语言的"寄生性"入手。所谓文学语言的"寄生性",就是说,戏剧和文学作品中的施行行为一定是模仿日常生活中"严肃"的话语行为,是从现实中派生出去的。德里达认为,这种说法里面不可避免地含有一种价值判断,那就是,"寄生性"的东西是没有价值的,是必须依附于"主体"才能存在的。换句话说,它的生命是"主体"所赋予的。在一定意义上讲,文学语言的这种"次要"和"从属"地位意味着,文学作品的话语是对现实中原有话语的"引用"(quotations 或 citations)。关于这一点,德里达

---

[1] 参见 Jacques Derrida, "Signature, Event, Context," Gerald Graff, ed. and Samuel Weber and Jeffrey Mehlman, trans. *Limited Inc* (Evanston: Northwestern University Press, 1977), 1–24.

又重新回到奥斯汀的有关论述,尤其是他曾经强调"严肃的"施行话语在本质上是"可重复的"(iterable),也就是说,所谓的"严肃性"话语必然是对现存的书面语言的"引用"。德里达说:"一个施行的话语如果不是重复一个'编码'的或者说可引用的话语能成功实现其功能吗?换句话说,如果我们在会议开幕式上的致辞、新船下水仪式上的发言或者婚礼上的证词不符合已有的规范,或者说,不能被看作一个完美的'引用',那么能产生应有的效果吗?"[1]既然日常生活中施行的言语本身就是某种"引用",那么就很难区分什么是本原的,什么是派生的。德里达试图用奥斯汀的"矛"戳他的"盾",揭示奥斯汀关于言语施行行为"二分法"(严肃性 vs 非严肃性)背后的教条主义逻辑。

德里达进一步认为,可重复性是语言的本质特征,无论口语还是书面语,日常语言还是文学语言;任何语言单位要想实现其交流的功能,就必须是可重复的。但是,语言单位的可重复性绝不简单地意味着"同一性";恰恰相反,可重复性的前提条件是它们是差异的。这是因为,当一个语言单位或者符号再次出现时,它一定处在不同的结构或者语境中。也就是,一个再次出现的语言符号是不可能等同于自己的。这类似通常所说的:一个人不可能两次踏进同一条河流。因此说,差异性是"绝对的"。这里的关键问题在于,语言符号必须存在于一定的语言和社会语境当中,而且它还能够"脱语境化"和"再语境化"。这就是德里达强调的语言"开放性"和语意"重新意指"。

德里达后来继续对"可重复性"问题加以深入探究,从而揭示出其中的另一种矛盾性。就言语行为而言,可重复性是生

---

[1] Jacques Derrida, "Signature, Event, Context," 18.

成性的，赋予言语特定的意义，实现语言的交流功能。与此同时，可重复性意味着言语行为必须遵循语言的传统规则，只有满足条件的言语行为才能生效。换句话说，可重复性既是言语行为生效的条件，也是它失效的缘由。可以见得，这个概念包含着矛盾的、同时又是相互依存的对立面。德里达关于"引用性"和"可重复性"的论述在解构奥斯汀言语行为理论的同时，为表演性理论的发展奠定基础，也是认识巴特勒性别表演性理论不可或缺的参考和线索。

二、 表演研究与社会表演性

从奥斯汀到德里达的言语行为理论构成表演性概念的最重要来源和组成部分，另一个支撑的理论体系来自剧场与表演研究。20世纪初始，西方剧场圈内的人士对于舞台上自然主义的幻觉再现提出批评。德国戏剧家布莱希特提出"史诗剧"（epic theatre），通过背离舞台幻觉，让观众与演出保持距离，反思舞台上的演出并进而影响到行动。法国戏剧家阿尔托继承了这种"反表现"的剧场，他的"残酷戏剧"（theatre of cruelty）通过解剖当代西方社会人性的弱点，刺激观众的神经，从而让观众直面现实。在戏剧艺术上，阿尔托强调舞台上呈现真实的表演，演员与观众直接交流，而不是依赖叙事或者舞台意象的方法。舞台演出变成了"发生""事件"，产生改变现实的力量。费舍尔-李希特在《表演性美学》一书中运用"反馈圈"、阈限等概念解释表演给观众以及演员自己带来的转变性影响。后现代剧场的一个特点就是将文学边缘化，代之以强调戏剧的偶发、即兴表演、观演互动、表演者与观众同时在场、戏剧的文化介入等。美国导演罗伯特·威尔逊在1973年导演《约瑟夫·斯大林生活的时代》，演出持续12小时，他的其他很多作品也都很长。对于他这样做的动机，玛利亚·谢弗索娃解释说，"换言之，罗伯特·威尔逊这部《约瑟夫·斯大林生活的时代》以及其他作品表演时长之久，其暗含对于消费主义以及资本主义为了大规模生产从而加快速度与缩短时间这一现象的批判"。[1] 在欧美六七十年代的文化和政治运动中，戏剧起到了不可估量的巨大作用。至于80年代以后欧洲当代剧场的主流，费舍尔-李希特用"表演性美学"来加以概括，她先后有两部著作对这个理论加以探讨。[2] 而雷曼提出"后戏剧剧场"的理论，其要义在有的学者看来其实也可以"用一个词来概括，就是我们在此谈论的展演性"。[3] 在当代西方剧场研究中，表演性概念的核心内容是强调互动、生成性、创造力与干预。

20世纪60年代以来，表演研究拓展了传统的剧场研究，在欧美不断得到重视和发展，并逐渐成为独立的学科。一方面，人类学研究揭示人类生活中的很多活动都具有表演的层面，不仅包括舞蹈、音乐、讲故事，也包括庆典、仪式和游戏，等等。这些文化事件除了表达一些文本层面上的意思，而且也在事件发生的过程中起到表演性的作用，也就是说"做"了什么。米尔顿·辛格曾用"文化的表演"对此加以解释。[4] 人类学家维

---

[1] Maria Shevtsova, *Robert Wilson* 2nd Edition (London and New York: Routledge, 2019), 10.
[2] Erika Fsicher-Lichte, *Ästhetik des Performativen* (Frankfurt: Suhrkamp Verlag, 2004); id., *Performativität. Eine Einführung* (Bielefeld: Transcript Verlag, 2012).
[3] 参见李亦男《当代西方剧场艺术》，广西师范大学出版社，2017年，第33页。在这本书里，"performativity"被翻译成"展演性"。
[4] 参见 Milton B. Singer, *Traditional India: Structure and Change* (Philadelphia: American Folklore Society, 1959), xi.

克多·特纳对于仪式表演在社群建构中的作用有过深入系统的研究,尤其关注那些参与者如何在表演过程中因为阈限经历而产生认识上的转变。[1]他在《表演人类学》一书中提出表演是人类生活的一个基本特征:"如果人类是睿智聪慧的动物,能制造工具、自力更生以及会运用象征,那么人类同样是会表演的动物。"[2]欧文·戈夫曼从社会学角度讨论表演如何在人类生活中处处可见,在《日常生活中的自我呈现》一书中指出,人们在选择和承担自己的社会角色中都有扮演的成分,社会行为的一个重要基础是表演。"日常的社会交往类似一个戏剧场面,是由戏剧性的夸张动作、回应动作与终结性答复之间的互动构成。"[3]

在谢克纳那里,表演既是舞台上的,也是日常生活中的。关于戏剧,他区分成四个同心圆,最里面是剧本,其次是脚本,第三层是剧场,最外层的是表演。表演包含着表演者与观众之间发生的一切,超越了传统意思上的剧场空间。对于谢克纳而言,仪式有着非同寻常的作用,既可以在舞台上搬演,也存在于日常生活中。在这一方面,谢克纳与他所尊敬的波兰戏剧导演格洛托夫斯基有相似的地方。后者在他导演的剧场作品(比如代表作《卫城》)和演员训练中十分强调仪式性,重视身体的表演性,认为剧场的核心在于"相遇"。[4]谢克纳在与维克

---

[1] 参见 Victor Turner, *The Ritual Process: Structure and Anti-Structure* (Ithaca: Cornell University Press, 1977), 94-130。
[2] Victor Turner, *The Anthropology of Performance* (New York: PAJ Publications, 1987), 81.
[3] Erving Goffman, *The Presentation of Self in Everyday Life* (New York: Anchor Books, 1959), 72.
[4] 参见 Jerzy Grotowski, *Towards a Poor Theatre* (New York: Routledge, 2002), 55。

多·特纳的合作中深化了戏剧人类学的实践和研究,从不同角度关注日常生活中的表演性。在《表演研究导论》一书中,谢克纳对表演做了这样的定义:"仪式、戏剧、体育、大众娱乐、表演艺术,也包括社会、职业、性别、种族和阶级角色的扮演,甚至包括医学治疗、媒体和网络等。"[1]这些日常生活中人与人之间的互动和相互作用构成社会学和人类学层面上表演性的内核。

言语行为与社会表演的概念,在巴特勒的性别表演性理论建构中被重新整合和利用。在她的成名作《性别麻烦》中,巴特勒不仅讨论了美国同性恋易装者的表演,同时借鉴人类学家艾斯特·牛顿对于女同性恋农场中性别社会角色扮演与分工的田野调查成果[2],指出性别认同是通过对于性别规范的不断重复而建构起来的。她说,"性别不应该被解释为一个稳定的身份,或者能导致各式各样行为的代理场所。性别宁可被看作是在时间中缓慢构成的身份,是通过一系列风格化的、重复的行为于外在空间里生成的"。[3]当然这种性别身份的建构不仅是行动层面的,也包括话语层面的,而且最终主要还是在规范的重复和更新过程中得到实现和稳固。"如果社会性别的内在真实是一种虚构,如果真实的社会性别是在身体的表面上建制、铭刻的一种幻想,那么似乎就没有所谓真的或假的社会性别;社

---

[1] Richard Schechner, *Performance Studies: An Introduction* (London and New York: Routledge, 2002), 2.
[2] Esther Newton, *Mother Camp: Female Impersonators in America* (Chicago and London: University of Chicago Press, 1972), 18.
[3] Judith Butler, *Gender Trouble: Feminism and the Subversion of Identity* (New York and London: Routledge, 1999), 179. 参考了朱迪斯·巴特勒《性别麻烦》,宋素凤译,上海三联书店,2009年。

会性别只是某种原初的、稳定的身份话语所生产的事实结果。"[1]性别表演类似奥斯汀的施行性言语行为,在实施的过程中建构了指涉的性别身份。而且这也符合德里达关于引用性的言语行为理论,性别表演性的核心乃是对于性别规范的重复"引用"。巴特勒同时指出,性别表演在重复过程中并不总是能完全实现所期待的效果,而是在对规范的重新意指中不断产生偏差,甚至发生"裂变"。性别表演过程中的这种颠覆性突变是巴特勒酷儿理论的重要意旨,为表演性理论的进一步发展做出了贡献。

性别表演性理论进一步启发了社会身份认同的研究。如果性别是一个社会建构,那么其他的身份,诸如民族的、族裔的、阶级的,也都是反本质主义的,它们与历史与文化的语境相关,是在不同社会条件下经由话语的反复实践形塑和生成的。后殖民主义理论认为,西方关于东方的知识很大程度上是一种社会想象和话语的建构。西方的文学和艺术重复表演一种他者化的东方形象,从而生成了一种类型化的肤浅认识,不仅限制了西方的知识生产,而且有时也内化为东方的自我认同。这就是为什么赛义德在《东方主义》中说,"东方不是一个自然的内在本质",而是"一个历史观念,它有着自己的思想传统、意象系统和话语表达,它是西方世界中的现实和存在,为西方服务"。[2]而在全球化时代,身份认同呈现出王爱华所说的"灵活的公民身份",并把它视为跨国民族主义导致的一个必然结果。她说:"跨国的流动和掌控,意味着超越政治边界的身份构建和主体化

---

[1] 朱迪斯·巴特勒:《性别麻烦》,宋素凤译,第179页。
[2] Edward Said, *Orientalism* (New York: Vintage Books, 1979), 4.

过程的新模式。"[1] 在这个意义上，身份表演成为因应具体情形下的一个选择，这种不确定性、偶然性的，甚至有时可能带有颠覆性的行为，让这种表演具有事件的性质。

三、表演性的事件[2]

在西方哲学史上，关于事件的讨论有着漫长的历史，内容纷繁复杂、丰富多元。有将事件与现象联系起来讨论的，尤其是海德格尔、胡塞尔和梅洛-庞蒂，进而有学者提出"事件现象学"；[3] 有从事件的角度讨论时间、空间与存在，并借助数学的公式来加以推导和解释（阿兰·巴迪欧的《存在与事件》）；还有区分象征性事件、想象事件、实在事件的理论（拉康的心理分析学说）；等等。但是在文学和艺术研究界，德勒兹和齐泽克相关事件理论的论述引起了比较大的反响：一种是德勒兹的"生成"性事件，另一种是齐泽克的"断裂"性事件；不过两者不能截然分开，而是彼此联系、相互补充的。它们都与表演性概念有着密不可分的关系。

德勒兹在《意义的逻辑》（1990）中讨论了作为生成过程之事件的特点：第一，事件具有不确定性。事件不是单一方向的生成，因为它既指向未来，也指向过去，事件的主体在这个过程

---

[1] 王爱华：《灵活的公民身份：跨国民族性的文化逻辑》，信慧敏译，载尹晓煌（美）、何成洲主编《全球化与跨国民族主义经典文论》，南京大学出版社，2014年，第204页。
[2] 本节来自作者已发表的论文，参见何成洲《何谓文学事件》，《南京师大学报》（社会科学版），2019年第6期，第6—8页。
[3] 参见弗朗斯瓦思·达斯杜尔《事件现象学》，汪民安主编《事件哲学》，江苏人民出版社，2017年，第105页。

中也没有明确的目标，其身份有可能处于碎片化的状态。事件一方面以具体的形态出现，同时又逃避它的束缚，构成一个反向的运动和力量。举例来说，"成为女性"不是简单地做一个女人，而是隐含一个矛盾、不确定的过程，因为究竟什么是女人并没有清楚的定义，所谓的女性气质往往是自相矛盾的。成为女性往往表现为具体的行为，但是这些具体的行为并不一定能够充分构成女性的气质。在成为女性的过程中，真正起关键作用的往往是一些特别的、有分量的、意想不到的决定和行为，其中的事件性有偶然性，同时也具有一定的必然性。这就是为什么说，事件是"溢出"原因的结果。第二，事件具有非物质性。事件是事物之间关系的逻辑属性，不是某件事情或者事实。事件不客观存在，而是内在于事物之中，是"非物质性的效果"（incorporeal effects）。"它们无关身体的质量和属性，而是具有逻辑和辩证的特征。它们不是事物或事实，而是事件。我们不能说它们存在，实际上它们处于始终存在或与生俱来的状态。"[1] 事件也不是历史上真实发生过的具体事实，而是体现为它们之间的内在关联性。"事件这个词并不是指真实发生的事件，而是指潜在区域中一种持续的内在生成之流影响了历史的呈现。这种流溢足以真实地创造历史，然而它从没有囿于某种时空具象。"[2] 第三，事件具有中立性。事件本身是中立的，但是它允许积极的和消极的力量相互变换。事件不是其中的任何一方，而是它们的共同结果。[3] 比方说，易卜生在中国的接受构成了

---

[1] Gilles Deleuze, *The Logic of Sense*, Mark Lester and Charles Stivale, trans. (London: Columbia University Press, 1990), 4-5.
[2] Ilai Rowner, *The Event: Literature and Theory* (Lincoln and London: University of Nebraska Press, 2015), 141.
[3] Gilles Deleuze, *The Logic of Sense*, 8.

世界文学的一个事件。世界文学既不是易卜生，也不是中国文学，而是它们相互作用的结果。作为事件的世界文学，不只是研究作家和作品本身，而是这些作家和作品在传播中影响和接受的过程与结果。世界文学包含翻译、阅读和批评等一系列行动，但是它又总是外在于这些具体的文学活动。[1] 最后，事件包含创新的力量和意愿。事件是一条"逃逸线"（fleeing line），不是将内外分割，而是从它们中间溢出（flow），处于一种"阈限状态"（liminal state）。什么是理想的事件？德勒兹说："它是一种独特性，更确切地说是一系列的独特性或奇点，它们构成一条数学曲线，体现一个实在的事态，或者表征一个具有心理特征和道德品格的人。"[2] 事件位于关键的节点上，形成了具有转折意义的关联。这一点其实很接近齐泽克的事件观念。

在《事件：一个概念的哲学之旅》中，齐泽克提出，事件有着种种不同的分类，包含着林林总总的属性，那么是否存在着一个基本属性？答案是："事件总是某种以出人意料的方式发生的新东西，它的出现会破坏任何既有的稳定架构。"[3] 这里隐含着事件是指日常形态被打破，出现有重要意义的"断裂"，预示着革新或者剧烈的变化。由此而生发出的概念"事件性"成为认识和解读事件的一个关键，因而它成为事件的普遍特征。在齐泽克看来，事件发生的一个典型路径是人们观察和认识世界的视角和方式产生巨大变化。"在最基础的意义上，并非任何

---

[1] 参见 Chengzhou He，"World Literature as Event: Ibsen and Modern Chinese Fiction"，*Comparative Literature Studies* Vol. 54, No. 1 (2017): 141-160。
[2] Gilles Deleuze, *The Logic of Sense*, 52.
[3] 齐泽克：《事件：一个概念的哲学之旅》，王师译，上海文艺出版社，2016年，第6页。

在这个世界发生的事都能算是事件,相反,事件涉及的是我们借以看待并介入世界的架构的变化。"[1]他举了一部片名叫作《不受保护的无辜者》的电影来解释,该片的导演是杜尚·马卡维,影片中有一个"戏中戏"的结构,讲述了一位空中杂技演员阿莱斯克西奇在拍摄一部同名的电影,在后者电影中,无辜者是一个女孩,受到继母欺凌,被强迫嫁人。可是故事的最后让人看到阿莱斯克西奇从事杂技表演的辛苦和无奈,观众猛然意识到原来阿莱斯克西奇才是真正的不受保护的无辜者。齐泽克评论说,"这种视角的转换便造就了影片的事件性时刻"。[2]

另一个事件发生的路径是世界自身状态发生了巨大变化,不过这种变化往往是通过回溯的方式建构出来的。他以基督教的"堕落"为例,解释说"终极的事件正是堕落本身,也即失去那个从未存在过的原初和谐和统一状态的过程,可以说,这是一场回溯的幻想"。[3]当亚当在伊甸园堕落了,原先的和谐与平衡被打破,旧的世界秩序被新的世界秩序所取代。堕落还为救赎准备了条件,成为新生活的起点。借用拉康的话语体系,齐泽克解释说,事件是指逃离象征域,进入了真实状态,并全部地"堕入"其中。[4]《圣经》中"堕落"构成了基督教的世界观和人生观,标志着人的理性意识的萌芽。而在佛教中,"涅槃"则是通过控制欲望来消除烦恼,让人从生死轮回解脱出来,做到不生不灭。以上这两个宗教观念是东西方文明中认识论上的重要转折点。与此同时,这种信仰和观念的转变也促成了现

---

[1]齐泽克:《事件:一个概念的哲学之旅》,王师译,第13页。
[2]齐泽克:《事件:一个概念的哲学之旅》,王师译,第16页。
[3]齐泽克:《事件:一个概念的哲学之旅》,王师译,第57页。
[4]齐泽克:《事件:一个概念的哲学之旅》,王师译,第65页。

实世界的真正变化，体现在个人、群体和社会文化的方方面面。

齐泽克还强调了叙事对于事件的重要性，这一点与奥斯汀的言语行为理论颇为接近。"主体性发生真正转变的时刻，不是行动的时刻，而是做出陈述的那一刻。换言之，真正的新事物是在叙事中浮现的，叙事意味着对那已发生之事的一种全然可复现的重述，正是这种叙事打开了以全新方式做出行动的（可能性）空间。"[1] 这里齐泽克的意思是说，话语是表演性的，产生了它所期待的结果。换句话说，话语产生转变的力量，主体在叙述中发生了质的变化，以全新的方式行动。再举一个文学的例子。《玩偶之家》中娜拉在决定离家出走之前与丈夫有一段谈话，表明她看待婚姻、家庭和女性身份的观点产生剧烈的变化：她曾经一直认为女人要为男人和家庭做出自我牺牲，一个理想的女性应该是贤妻良母型的，但是通过丈夫海尔茂自私自利的行为她认识到，女人不仅仅要当好母亲和妻子，而是要首先成为一个人。她讲了一句振聋发聩的话："我相信，我首先是一个人——与你一样的一个人——或者至少我要学着去做一个人。"[2] 在《玩偶之家》中，娜拉的讨论是真正转变的时刻，剧末她的离家出走是这一转变的结果。

齐泽克对于事件的解释还有一个不同寻常之处，就是不仅谈到事件的建构，而且还在《事件》的最后讨论了"事件的撤销"。他提出，任何事件都有可能遭遇被回溯性地撤销，或者是"去事件化"（dis-eventalization）。[3] 去事件化如何成为可能？

---

[1] 齐泽克：《事件：一个概念的哲学之旅》，王师译，第177页。
[2] 易卜生：《玩偶之家》，夏理扬、夏志权译，民主与建设出版社，2018年，第121页。
[3] 齐泽克：《事件：一个概念的哲学之旅》，王师译，第192页。

齐泽克的一个解释是，事件的变革力量带来巨大的变化，这些渐渐地被广为接受，成为新的规范和原则。这个时候，原先事件的创新性就逐渐变得平常，事件性慢慢消除了，这一个过程可以被看作"去事件化"。但是笔者以为还可能存在另一种去事件化，就是一度产生巨大变化的事件后来被证明是错误的，在历史进程中被纠正和批评。这样一种去事件化在很大程度上是消除事件的负面影响，正本清源，同时也是吸取教训，再接再厉。[1]

德勒兹的事件生成性和齐泽克的事件断裂性理论为思考文学与艺术的表演性提供了新的参照、路径和方法。在这个新的理论地图中，作者（艺术家）、作品、读者（观众）、时代背景等传统的文学组成要素得到重新界定和阐释，同时一些新的内容，如言语行为、媒介、技术、物质性等受到了关注。在哲学和文化批评的语境中，事件概念是指生成或行动带来了巨大的变化，以至于现存秩序的内部产生无数断裂。无论是齐泽克意义上的重大转折或者颠覆，还是德勒兹意义上的生成或者超越，事件的本质是表演性的。与言语行为的概念一样，事件也为表演性拓展了新的理论空间，并成为该理论的另一个核心概念，共同成为奠定表演性理论的基础。

结语

表演性理论是文学与艺术的跨学科研究，是借用其他学科

---

[1] 参见 Chengzhou He, "Animal Narrative and the Dis-eventalization of Politics: An Ecological-cultural Approach to Mo Yan's *Life and Death are Wearing Me Out*", *Comparative Literature Studies* Vol. 55, No. 4 (2018): 837-850.

的知识丰富和更新文学艺术批评。语言学的言语行为理论、哲学的事件理论、性别表演性理论、表演人类学和社会学研究、剧场研究、跨媒介研究等等，已经给表演性理论提供了丰富的学术资源以及方法论的启迪。目前，言语行为、事件与表演的概念在经历新一轮的理论跨界旅行，将会给表演性不断带来新的资源和灵感，比如，新物质主义视角下的"后人文表演性"。因此，未来需要关注不同学科对于这些概念的讨论和运用。

作为一种越界的理论，表演性是很难明确界定的，它的意义不仅多元，而且甚至自相矛盾。此外，学者们对于之前表演性研究成果的理解与表述也不尽完整和正确。[1] 表演性在不同的领域有不同的界定和阐释，混淆表演性的不同意义会是非常糟糕的，这给相关研究带来一定的挑战，但它们之间也存在着某些共性和关联性，更重要的是他们之间既相互影响又彼此借鉴，从而丰富和加强了表演性理论。

---

[1] 参见 James Loxley, *Performativity* (London and New York: Routledge, 2007), 5。

第二章　巴特勒与性别表演性理论[1]

表演性理论一方面追溯到奥斯汀以讨论施行行为为核心的言语行为理论,而德里达以"引用性"和"重复性"等概念为主的解构批评为表演性奠定了理论基础;另一方面,它得益于剧场研究的表演性转向、社会表演性与人类表演学等领域的理论。朱迪斯·巴特勒将相关理论运用于性别研究,提出性别表演性理论,对后女性主义、酷儿研究、表演研究、文化和政治批评等产生深刻影响,但是也遭到一些批评。巴特勒的性别表演性理论不是一蹴而就的,她的里程碑式著作《性别麻烦》(1990)是这一理论的重要基础,但不是它的全部。在反思与回应相关批评的过程中,她不断修正和发展了性别表演性理论,其他相关的著作有《身体之重》(1993)、《消解性别》(2004)等。

一、性别身份与表演性

在女性主义之前的性别话语中,通常将身体(body)、社会性别(gender)和性属(sexuality)不加辨析地捆绑在一起,身

---

[1] 本章系根据笔者刊登在《外国文学评论》(2010年第3期)上的文章《巴特勒与表演性理论》修改而成。

体决定性别，也决定性属。女性主义强烈质疑传统性别观上的这种决定论。但是长期以来，女性主义为了维护女性的共同利益，通常将女性稳定的身份建构在男性和女性的二元对立基础之上，从而赋予女性统一的政治立场：反对父权制。巴特勒认为，女性主义在批评传统性别观的同时，沿袭了一些传统的性别思考方式和观点，从而束缚了女性主义的理论和政治事业。其中一个关键问题是，女性主义坚持认为性别差异是根本性的，是女性心理和主体性形成的条件。在这一方面，巴特勒受到法国女性主义批评家波伏娃的影响，后者有句名言：女人不是天生的，而是后天形成的。尽管波伏娃承认性别差异，但是不认为身体决定性别；或者说，虽然人的性属是既成事实，但是他/她的性别身份是开放的，也就是说，是可以改变的。

在《性别麻烦》一书中，巴特勒试图解构性别和性属的稳定性，质疑性别属性的自然性。她以她那标志性的怀疑和批判语气连续问道："性究竟是什么？它是自然的、解剖的、染色体的，还是荷尔蒙的？女性主义批评家该怎样评估那些打算为我们提供事实的科学话语？性是否有一个历史？是否不同的性有着不同的历史？是否存在一种能讲述性的双重性是如何形成的历史叙事？是否存在一种话语谱系能够揭示性的二元选择实际上是一种易变的建构？那些看上去自然的性事实难道不是由各种各样的科学话语为了服务其他政治和社会利益而推论出来的吗？"[1] 在巴特勒看来，性别主要是一种文化和社会建构，性别的二元化分是"强加的"。对于性和性别是社会建构，不仅人文和社会科学的学者这样认为，而且也越来越得到自然科学和

---

[1] Judith Butler, *Gender Trouble: Feminism and the Subversion of Identity* (New York and London: Routledge, 1999), 10.

医学领域学者的支持。美国著名生理学教授安妮·福斯特-斯特林在《区分身体的性》中写道:"男性和女性的性别划分是一个社会决定。我们可以使用科学知识来帮助我们作出这个决定,但是其实只有我们对于性别的信念,而非科学,能界定我们的性。更进一步讲,我们对于性别的信念从一开始影响了科学家们建构什么样的有关性的知识"。[1]

巴特勒认为性别是文化建构而非自然事实,但是性别身份与文化的关系如何?性别建构是怎样一种过程?个人的主体性是如何体现的?早在《表演性行为与性别建构:关于现象学和女性主义理论》(1988)一文中,巴特勒借鉴言语行为、戏剧表演和现象学等有关理论,讨论性别是如何通过身体和话语行为的表演构建的,以及这种性别表演性观念对于文化变革具有的潜在意义。巴特勒说:"身体不仅仅是物质的,而是身份持续不断的物质化。一个人不单单拥有身体,而更重要的是他执行(do)自己的身体。"[2] 身体是一种历史存在,取决于特定姿态和动作的重复表演和生产。身体行为本身建构个体的身份认同,无论是性别、种族还是其他方面的。

在《性别麻烦》中,巴特勒进一步指出:"如果性别是一个人要成为的对象(但是却永远不可能完全实现),那么性别就是一个成为或者动作的过程。性别不应该被用作一个名词,一个本质的存在,或者一个静态的文化标签,而应该被视为不断重

---

[1] Anne Fausto-Sterling, *Sexing the Body: Gender Politics and the Construction of Sexuality* (New York: Basic Books, 2000), 3.
[2] Judith Butler, "Performative Acts and Gender Constitution," W. B. Worthen, ed. *Modern Drama: Plays/Criticism/Theory* (Fortworth: Harcourt College Publishers, 1995), 1098.

复的一种行为。"[1]性别行为必须遵循一定的规范（norms），需要经历正常化的过程，在规范的限定范围内重复，并形成自我和主体性。这里，巴特勒借鉴了福柯，尤其是《规训和惩罚》和《性史》。在福柯看来，社会的各种机构和话语构成了种种权力的生产性模式，民众在压制性的机制下生活，获取自己的主体性认知。在这个基础上，巴特勒阐明了自己的性别观念，即：性别不是内在固有的，而是由规训的压力产生的；这种压力规范我们的表演，也就是说，按照社会认为适合某种性别的方式来行事。但巴特勒同时指出，在主体认知过程中权力运作并不只是通过压制欲望实现的，而是"强制身体将那些抑制性的法则作为他们行为的本质、风格和必然存在而加以接受和表现"。[2]巴特勒在性别理论的建构过程中受到福柯的很大启发，但是福柯的性理论（严格地说，是巴特勒在这一阶段所认识的福柯）同时也限制了巴特勒的理论思考，那就是，认为性和主体是权力运作的产物，身体自身的能动性没有得到充分重视。

就性别身份而言，性别规范通过身体的行为来对主体性的建构起作用。行为、姿势和欲望构成身份认同的要素，但是这些行为和姿势是表演性的，因而它们所表达的性别身份带有虚构性，是通过身体和话语符号来建构和维持的。为了更充分地说明性别缺乏内在的本质，巴特勒引用美国人类学家艾斯特·牛顿在《母亲营：美国的男扮女装》中关于异装表演的描述。[3]巴特勒认为易装表演表明不存在本质性的性别身份，性

---

[1] Judith Butler, *Gender Trouble: Feminism and the Subversion of Identity*, 43.
[2] Judith Butler, *Gender Trouble: Feminism and the Subversion of Identity*, 171.
[3] 参见 Esther Newton, *Mother Camp: Female Impersonation in America* (Chicago and London: University of Chicago Press, 1972), 20-40。

别的指称不能囿于非此即彼的话语模式，性别在本质上是建构的。在这个基础上，巴特勒在性别与表演之间建立了直接的联系和类比。她的性别戏仿说认为性别没有一个原初的样本，所谓限制性别认同的原初身份不过是"没有原初的模仿"。巴特勒在这里直接参考了詹姆逊的文章《后现代主义与消费社会》中关于"所谓原初的其实是派生的"的论点[1]，但是她这里没有联系到前面提到的德里达关于"引用"和"重复性"的相关论述。关于后一点，直到下一本书《身体之重》才受到重视并成为诱发巴特勒思想转变的"酵母"。

如果身份并非只是物质"存在"，而是一个能够被改写的文化场域。那么，身体的性别，在巴特勒看来，就是"肉体的风格"(styles of flesh)，但是这些风格不是自在的，而是历史性的，意思是说，是历史界定和限制的。作为一种仪式化的社会行为，性别是表演性的，不仅具有戏剧性，也带有建构性。以下就是巴特勒在《性别麻烦》中常被引用的那段话："性别不应该被解释为一个稳定的身份，或者能导致各式各样行为的代理场所。性别宁可被看作是在时间中缓慢构成的身份，是通过一系列风格化的、重复的行为于外在空间里生成的。性别的效果是通过身体的风格化产生的，因而必须被理解为身体的姿势、动作和各种风格以平常的方式构成了一个持久的、性别化的自我的幻觉。"[2] 值得强调的是，这些具有性别特征的行为是可重复的。表演性行为通过重复生成我们的性别主体性，但是这

---

[1] 参见 Judith Butler, *Gender Trouble: Feminism and the Subversion of Identity*, 176。
[2] Judith Butler, *Gender Trouble*, 179. 巴特勒在 1988 年的那篇文章《表演性行为与性别建构》中有过类似表述，但没有像这里一样展开讨论（参见 Judith Butler, "Performative Acts and Gender Constitution," 1097）。

并非表明身体是被动的,因为我们的身份认同是必须经过身体体验的过程。巴特勒对于身体的被动和主动的辩证认识在她以后的著作中不断得到完善。

二、 性别规范与身体的能动性

《性别麻烦》出版以后立即在西方学界受到广泛赞誉,但也招致一些批评,不少学者质疑巴特勒提出的性别身份的"虚构性"。这促使巴特勒对自己的性别表演性观点加以反思,并于1993年出版了她的另一部重要著作《身体之重》。[1] 困扰她早期性别表演理论的一大难题是如何消弭和整合性别唯意志论和性别决定论这一对矛盾。在《身体之重》一书的前言中,她首先批评了性别的唯意志论。她说:"假如我认为性别是表演性的,那可能意味着我是这样想的:一个人早上醒来,查看了衣橱或者其他类似地方,思量好性别的选择,按照这个性别穿上这一天的衣服,晚上回来将服装放回原处。这样一个任性、能选择自己性别的人显然是拥有不同性别的,他没有认识到他的存在其实早就为他最初的性别所决定。"[2] 如果表演性被作这样解读,那么显然过分强调了主体的个人意愿,这与该理论有关性别是社会建构的基本思想相背离。接着,巴特勒问道,"如果性别不是可以任意接受或者取消的,或者说不是可以选择的,那么我们怎么理解性别规范的构成性和强制性特征而不会掉进

---

[1] 巴特勒自己在书中说该书是"对《性别麻烦》中部分内容的重新思考",参见 Judith Butler, *Bodies That Matter* (New York and London: Routledge, 1993), xii。

[2] Judith Butler, *Bodies That Matter*, x.

文化决定主义的陷阱呢?"[1] 不论是"决定主义"还是"选择主义",都必须以性别的"建构"观念为基础。《性别麻烦》虽然强调性别不可能脱离文化建构,但没有充分解释身体物质性所起到的作用。正如她的书名《身体之重》所直接指出的,巴特勒在这里将探讨身体在性别身份形成中的能动性,尤其关注身体的物质性与性别的表演性之间的关系,回应学界对《性别麻烦》的一些批评。

如果说巴特勒在《性别麻烦》中的性别表演性分析,还是以她对表演研究和言语行为理论的认识为基础,那么她在后一本书中的性别表演性研究开始正式引入德里达关于表演性的系统论述,或者更准确地说,德里达的"引用性"和"可重复性"等概念启发和深化了她对于性别表演性的阐述。[2] 该书在开头不久写道:"但是性别表演性与身体物质化之间是什么关系?首先,表演性不应该被理解为是单一的、有目的的行动,而要被看作是重复的、引用的实践,话语正是借助它来对身体发生作用的。"[3] 巴特勒认为,性别的规范正是通过这种表演的方式生产身体的物质性,或者换句话说,将性别差异物质化。性别的规范是重复性的,必须在重复中发生作用,这也意味着它们同时也是脆弱的。"引用性"消除了规范和身体能动性之间的本质差异,性别身份是性别行为反复表演的效果,无所谓本质主义的"性别身份"。巴特勒的性别表演政治揭示了身份认同的普遍表演性。而表演性,在巴特勒看来,可以被看作是"引用

---

[1] Judith Butler, *Bodies That Matter*, x.
[2] 参见 Moya Lloyd, *Judith Butler from Norms to Politics* (Cambridge, UK: Polity, 2007), 43。
[3] Judith Butler, *Bodies That Matter*, 2.

的"。对德里达和他"引用性"理论的借鉴帮助巴特勒克服"决定主义"和"选择主义"之间的分歧[1],成为她性别表演性理论新旧转折的关键环节。

性别表演性是指身体通过引用和重复已有的规范持续不断地对身份认同产生作用,但是重复性表演并非是被动的,它在实施过程中同时产生对规范的抵制力量,削弱了规范的强制效果。巴特勒说"引用必然同时构成一种对于规范的阐释,进而揭示规范本身也不过是一个有特权的解释"。[2] 性别的认同过程既包含对于规范的妥协,也包含对于规范的抵制以及在此基础上产生的偏差。对此,巴特勒解释说,"性别形成的过程,也即,规范具体化的过程,是一项强制的、带有胁迫性的实践,但是这并不是因为这一过程完全是规定好的。所谓性别是一项任务,一定程度上意味着它的执行从来不会是圆满的,它的执行人绝不能够不折不扣实现他/她应该完成的目标"。[3]

除此之外,巴特勒还赋予表演性重复和引用一定的颠覆性,与克里斯蒂娃等人不同,巴特勒认为这种颠覆性是文化内的,而非文化外的。在《性别在燃烧:关于挪用和颠覆的诸问题》一章中,巴特勒引入阿尔杜塞关于质询影响主体形成的理论,但她同时指出这种质询也可能产生一系列的"不服从"。规则不仅有可能被拒绝,也可能"产生断裂,不得不重新来加以解释,从而让人们对它的片面性产生怀疑。正是由于这一表演性的失败,也即话语的规范力量和执行之间的差距,为以后的不服从

---

[1] 参见 Amy Allen, "Power Trouble: Performativity as Critical Theory," *Constellations* Vol. 5, No. 4 (1998), 462-3.
[2] Judith Butler, *Bodies That Matter*, 108.
[3] Judith Butler, *Bodies That Matter*, 231.

在语言层面提供了条件和方便"。[1] 巴特勒尤其谈到假如质询或者规则本身就是带有暴力的伤害性,那么这种主体建构的过程必然更加复杂和充满波折,在制裁和建构的角力中孕育着颠覆性的反抗力量。以上这一点超越了斯皮瓦克关于"侵犯与准许"(enabling violation)的论述,构成巴特勒"酷儿理论"的要旨。

由此可以看出,性别的表演性与性别规范的权力不可分开,权力/话语作用下的主体能动力并不能表明主体拥有选择的权利。所以,巴特勒一会儿说身体是如何被建构的,一会儿又强调身体是如何抵制建构的。对研究问题中矛盾性的追究和阐释似乎已经成为巴特勒写作和思考的一种风格。[2] 正是在探索和思考主体性、性别、性属和表演性的复杂关系中,身体的重要性得以彰显。后来在《消解性别》(2004年)一书中,巴特勒进一步指出性别的表演不是孤立的,而是在群体中共同完成的。"我们从来不是单独'执行'(do)我们的性别,而总是与他人一起共同'执行',尽管也许这个他者仅仅是虚构的"。[3]

对巴特勒而言,表演性既具有正常化的力量,同时也包含抵制它的反作用力,这里包含着黑格尔的辩证法,同时又超越了它——主要区别在于放弃统一性,注重差异性,因而被称为"不统一的辩证法"(non-synthetic dialectic)。[4] 通过反复回归

---

[1] Judith Butler, *Bodies That Matter*, 122.
[2] 参见 Bronwyn Davies, ed., *Judith Butler in Conversation* (New York: Routledge, 2008), 10。
[3] Judith Butler, *Undoing Gender* (New York and London: Routledge, 2004), 1.
[4] 巴特勒在她的博士论文中重点研究了黑格尔,修改后的博士论文 *Subjects of Desire: Hegelian Reflections in Twentieth-Century France*, 1987 和 1999 年哥伦比亚大学出版社出版。巴特勒融汇了黑格尔的辩证法以及德里达和福柯的思想,参见 Moya Lloyd, *Judith Butler from Norms to Politics*, 19.

德里达，巴特勒不断升华自己对于表演性和身份的认识。如德里达所说，引用的意义在于具体的语境。语境的变换可能赋予被引用的行为不同的意义。一个极端的、经常被提到的例子是，"怪异"这个词原先是带有侮辱性的，但是同性恋运动和理论界以此标榜自己，以致有了今天的研究领域"酷儿研究"。重复和引用"怪异"术语的目的和后果是彻底颠覆了它的原来语义。这就是，巴特勒、德里达和其他后结构主义者经常提到的"重新意指"（resignification）。从20世纪90年代后期开始，巴特勒运用有关理论进一步开展政治与文化批评。比如，在《激动的话语——表演性的政治》一书中，巴特勒通过回归奥斯汀的语言哲学，对法律和法庭判决的文本加以细读，揭示表演性"重新意指"对伦理和法律批评的应用价值。[1] 因此，严格意义上讲，这里主要探讨了巴特勒的性别表演性理论，而非她的表演性理论的全部。

三、性别表演性理论的影响及其批评

巴特勒的表演性理论不仅对于妇女和性别研究产生深远影响，而且对整个文化研究和批评理论做出重要贡献。其中，巴特勒与表演研究之间的关系尤其引人瞩目。巴特勒经常被看作是"将表演性理论和表演理论交叉起来的人"。[2] 她的那篇收

---

[1] Samuel A. Chambers and Terrel Carver, *Judith Butler and Political Theory: Troubling Politics* (London and New York: Routledge, 2008), 13. 巴特勒其他政治批评的著作还有：J. Butler, E. Laclau and S. Zizek, *Contingency, Hegemony, Universality: Contemporary Dialogues on the Left* (London: Verso, 2000).

[2] James Loxley, *Performativity* (London and New York: Routledge, 2007), 140.

入《表演性与表演》一书的文章《有争议的行为和伤害性的言语》对于表演研究十分重要。[1] 巴特勒在写作中经常援引表演的例子，比如易装表演。[2] 在理论阐释中，她也常借助戏剧的概念来类比，比如，那些重复的性别行为被比作是"身体的一种仪式化的公共表演"。[3] 之后，表演性概念逐渐成为表演研究的一个核心概念。德里达和巴特勒对于非严肃性话语行为的解构意味着，在舞台的虚幻表演和现实真相之间不存在一个清晰的界限，表演中有真实，真实中有表演，反再现的戏剧和表演成为主流。生活与艺术的区别被模糊，艺术回归生活本身，造成日常生活的艺术化。当今，表演研究的重要理论家，像谢克纳和费舍尔-李希特都非常重视巴特勒的表演性理论，并从中吸取思想的灵感。

谢克纳在《表演研究》一书中指出，表演的潜在概念是任何"架构、表现、强调和展示"的行为，表演研究的对象与表演性研究的范畴有相当大的重叠。难怪，谢克纳在《表演研究》中声称，"事实上，表演性是整个这本书主要的潜在的主题"。[4] 谢克纳认为，巴特勒的理论不仅对于性别研究，而且对于表演研究有重大的贡献。莎士比亚说过"整个世界就是一个大舞台"，巴特勒无疑就是这一观念的实践者。巴特勒将同性恋性别表演政治化，解构男权统治和异性恋主义的社会秩序。谢克纳虽然同意性别表演性具有反抗和挑战传统的价值，但是

---

[1] Judith Butler, "Burning Acts: Injurious Speech," Andrew Parker and Eve Kosofsky Sedgwick, eds. *Performativity and Performance* (New York: Routledge, 1995), 197 - 227.
[2] 参见 Judith Butler, *Gender Trouble*, 174 - 180。
[3] Judith Butler, *Gender Trouble: Feminism and the Subversion of Identity*, 277.
[4] Richard Schechner, *Performance Studies: An Introduction*, 110.

同时提出一个问题:"如果个体是暂时占有并且能够一定程度上改变他的'真实'的身份,那么是否存在一个永久的身份,或者说一个持久不变的漂泊的灵魂?"[1] 谢克纳的这个问题不是孤立的,而是反映一种对巴特勒的普遍质疑。

费舍尔-李希特的著作《表演性的美学》既包含对巴特勒的借鉴也有对她的回应。她借用巴特勒关于性别身份的辩证分析,认为表演性行为的风格化重复生成了身份认同,个人不能控制身份建构过程的条件。他们不能自由选择接受哪种身份,但是个体的身份认同也不完全由社会规范决定。社会与个人、现实和虚构、规范与表演不是截然对立的。费舍尔-李希特承认这种身份认同理论对于表演研究有很大的启发,该书的中心议题"作为事件的演出"就是要消除表演和观看的二元对立,因为这些演出事件既是真实的,又是艺术的。但是,费舍尔-李希特认为巴特勒的理论虽然与戏剧和艺术有关联,但是主要还是讨论日常生活,几乎很少涉及戏剧审美过程。她借用德国戏剧理论家马科斯·赫尔曼的戏剧理论来对话巴特勒的表演性理论。"赫尔曼认为表演绝不是先前给定事物的再现或者表现,这一点无疑与巴特勒、奥斯汀对于表演的定义是一致的。对他来说,表演是一种真正的创造,表演的过程牵涉到所有的参与者,从而赋予表演具体的物质性。在这里,他的表演观超越了奥斯汀和巴特勒,因为它的重点是表演当中主客体、物质性和符号性之间流动的关系。"[2] 赫尔曼指出的主体与客体、物质性与符号性之间不稳定、流动的关系其实类似我们今天在文化研究中常

---

[1] Richard Schechner, *Performance Studies: An Introduction*, 133.
[2] Erika Fischer-Lichte, *The Transformative Power of Performance: A New Aesthetic*, Saskya Iris Jain, trans. (London: Routledge, 2008), 36.

说的自我和他者之间的"灰色地带"。这一点，有待于在今后表演性理论中加以深化。

巴特勒的性别表演性理论从一开始就受到各种各样的批评，她也一直在回应这些批评过程中深化和发展自己的理论体系。总起来看，针对巴特勒的批评主要有以下两点。首先，认为巴特勒的理论失去一个道德的标准。表演性理论强调，在不同的语境下表演性重复过程包含一种抵抗，规范的"重新意指"会产生一种差异性。但问题是，提倡这种抵抗的效果是积极的，还是消极的？是正义的，还是反动的？在表演性的主体建构过程中，个体如何履行道德责任和义务？詹姆斯·洛克斯雷提出，"要超越表演性的概念，为了民主和道德的目标我们必须拯救规范性。"[1] 南希·弗雷舍批评巴特勒"放弃那些用以解释她理论中隐含的规范性判断所必须的道德理论资源"。[2] 由于巴特勒的这种放弃，我们时常对于是否应该赞同她的理论观点而产生困惑和彷徨。

其次，由于对于集体权力、女性和其他性别少数群体团结协作的忽视，巴特勒的表演性理论被批评是"政治上虚弱"[3]。长期以来，女性主义坚持一个反对性别歧视的立场，联合其他组织，为社会平等的事业而努力。巴特勒质疑存在"女人"这个概念本身，强调女性身份的差异性。巴特勒的激进身份认同政治的一个后果是，使得构想女性群体的权力变得困难。艾

---

[1] James Loxley, *Performativity* (London and New York: Routledge, 2007), 138.

[2] Nancy Fraser, "Pragmatism, Feminism, and the Linguistic Turn," Seyla Benhabib, Judith Butler, Drucilla Cornell and Nancy Fraser, eds. *Feminist Contentions: A Philosphical Exchange* (New York: Routledge, 1995), 162.

[3] Gill Jagger, *Judith Butler: Sexual Politics, Social Change and the Power of the Performative* (London and New York: Routledge, 2008), 16.

米·阿伦指出,"巴特勒对于'女性'类别的抵制让群体权力的理论化变得困难,而女性团结的力量一直是支持和滋养女性主义运动的关键"。[1] 而对玛莎·纳斯鲍姆来说,巴特勒的性别理论忽略"真实女性的真实处境",漠视"那些遭受饥饿、缺少教育、面对暴力和性侵犯的女性的痛苦"。[2] 同样,乔蒂·迪安认为巴特勒等第三阶段女性主义者不重视女性的团结,她们的理论"不能解释我们生活当中那些积极的交流层面"。[3] 在一定程度上,巴特勒被看作是女性主义的威胁,而非它的继续。

不论是从伦理还是从女性主义政治的角度批评巴特勒和她的表演性理论,都不能否认巴特勒对于性别研究和当代思想产生的影响。巴特勒个人的酷儿身份让她对于女性主义的局限性有着深刻的洞见。也许,我们可以更进一步认识到,性别研究的理论探索不可能只存在一个政治目标,多元的交叉和互动才是它的生命力。

结语

我这里既非为了论证巴特勒是怎样一位有影响的思想家——她已经被证明是"九十年代被引用次数最多的理论家"[4],也不是为了全面梳理表演性理论,而是着重探讨巴特勒和表演性理论之间的关系:一方面巴特勒在她的理论发展的不

---

[1] Amy Allen, "Power Trouble: Performativity as Critical Theory," 467.
[2] Martha Nussbaum, "Professor of Parody," *The New Republic* 22 Febuary, 1999.
[3] Jodi Dean, *Solidarity of Strangers: Feminism after Identity Politics* (Berkeley, CA: University of California Press, 1996), 66.
[4] Moya Lloyd, *Judith Butler from Norms to Politics*, 2.

同阶段深受表演性理论的启发，受到包括奥斯汀、德里达、福柯等人的影响；另一方面她又极大地发展和提升了表演性理论，表演性由此成为人文社科研究领域的一个核心关键词。

巴特勒的性别表演性理论是一个里程碑式的成果，它认为性别规范与主体能动性之间存在着辩证的关系，强调身体的物质性和行为的建构性，揭示了性别表演的文化干预力量。性别表演性理论不仅开创了女性主义与性别研究的新阶段，而且促进了其他诸如种族、阶级等身份认同的理论探索。更进一步说，它对于文学与艺术的批评传统产生了转变性的影响。

第三章　西方文论的表演性转向[1]

根据让-弗朗索瓦·利奥塔的观点，表演性是后现代知识生产的显著特点，知识不是用来描述，而是用于做的，而且是卓有成效地做。[2]近年来，随着新自由主义的退潮，西方文学研究界不断出现理论反思与批评的声音，对文学研究的发展趋势做了探讨与展望。文学理论强调文学对读者审美感知能力的培养和对社会文化的干预，呈现出一个以表演性为特征的范式移转。把表演性概念引入文学批评，目的是为了给以文学文本为中心的文学研究范式增加一个新的阅读和批评的维度。作为一个"反表征"的文学概念，表演性一方面有助于挖掘一些被忽视的文学特征和属性，另一方面也是提供一个新的观察、解读和批评的视角。具体说来主要包括：文学不只是指具有文学性的文本，而也应该被看作是行动和表达；文学的价值不仅仅在于反映和揭示一个时代的现象和特征，而且还在于阅读的生成性，它给个人和社会带来的改变；文学在给我们带来审美愉悦的同

---

[1] 本章基本上来自发表在《文艺研究》2020年第8期上的拙文《西方文论的操演性转向》。如前所述，本书统一使用"表演性"的译法，代替"操演性"等不同说法。
[2] See Jean-François Lyotard, *The Postmodern Condition: A Report on Knowledge*, Geoff Bennington and Brian. Massumi, trans (Minneapolis: University of Minnesota Press, 1979), 47.

时也能够渗透到当下的公共空间，在见证历史、改变现实和面对挑战上发挥作用。当然，以上三个方面是不能截然分开的，而是彼此联系与互为补充的。

一、 美国文学理论界的"三人谈"

2019年，美国文学理论界的三位资深学者阿曼达·安德森、芮塔·菲尔斯基与托莉·莫伊共同出版了《人物：文学研究的三种探究》，这是芝加哥大学出版社推出的人文研究"三人谈"或"三重奏"系列著作里的一种。在介绍集体写作动机的时候，她们直截了当地表示，"我们都对过去几十年统领文学研究的理论框架表示不满"。[1]由此，她们借助聚焦"人物"概念的新解读，提出对于文学理论发展轨迹的反思和对于未来趋势的展望。"我们都好奇小说如何关联于日常生活，以及普通读者和文学研究者对小说有怎样的反应。我们倾向于将小说作品视为产生深刻洞见的潜在来源，而非将它们当作毫不知情或者共谋合作的事例，从而需要理论化的元语言进行纠正。"[2]在这个学术"三人谈"里，她们各自的讨论体现了一个共识，那就是文学研究需要超越人物究竟是否具有真实性、读者如何与人物产生认同感之类的问题，彻底打破虚构与真实的界限，重点关注阅读的过程与能动性，讨论文学与伦理、政治以及社会生活之间的联系。

---

[1] Amanda Anderson, Rita Felski, and Toril Moi, *Character: Three Inquires in Literary Studies* (Chicago: The University of Chicago Press, 2019), 2.
[2] Amanda Anderson, Rita Felski, and Toril Moi, *Character: Three Inquires in Literary Studies*, 2.

如果我们熟悉以上三位各自近年来的一些著述，就会发现她们在《人物》一书里对于以往文学理论发起的批评并不令人感到意外。菲尔斯基在《文学之用》（2008）中，尖锐地指出历史和文化研究视角下文学阐释的弊端，重新解释"为什么阅读"的问题，从不同层面讨论阅读的过程与效果。不过，文学通常不能直接作用于现实世界，"只能通过阅读文本的人的介入产生影响"。[1] 之后，她在《批评的局限》（2015）中进一步反思"怀疑阐释"的不足，提出"后批评阅读"（postcritical reading）的新概念，探讨在新的历史条件下文学在审美和社会文化方面的能动性。莫伊借助对维特根斯坦、J. L. 奥斯汀和斯坦利·卡维尔的日常语言哲学的重新阐释，结合对西方文学批评传统的思考，提出阅读是一个"认可的实践"（practice of acknowledgement）。她也认为以往的文学批评过于依赖怀疑阐释，反对仅仅将文本视为客观对象，提出要把文本看作是行动、表达与干预。类似菲尔斯基，她也在书中专门讨论了"文学之用"。[2] 她认为小说"不是在说教，没有告诉我们思考什么，而是*训练*（原文是斜体）我们养成新的心理习惯，从而最终帮助我们发展优秀的性格品行"。[3] 文学的价值，在她看来，是教会读者发现新的东西。在《心灵与理念：心理学之后的道德生活》（2018）中，安德森指出传统的人文研究通常不考虑它的实用性，呼吁新的批评范式需要对于大众文化的现有形态与未来

---

[1] 芮塔·菲尔斯基：《文学之用》，刘洋译，南京大学出版社，2019年，第28页。
[2] Toril Moi, *Revolution of the Ordinary: Literary Studies after Wittgenstein, Austin, and Cavell* (Chicago: The University of Chicago Press, 2017), 213.
[3] Toril Moi, *Revolution of the Ordinary: Literary Studies after Wittgenstein, Austin, and Cavell*, 215.

发展承担责任。她说："人文学一方面关注论证和批评思维，另一方培养人的想象力，与不同处境的他人发生共鸣，从而有助于世界公民更好地应对当前面临的挑战。"[1] 显然，安德森这里说的人文学也与文学批评密切相关。

安德森、菲尔斯基与莫伊都认为文学阅读和批评的方法应该是多元的，承认文化和历史阐释的传统范式仍然具有重要价值，但是觉得在现阶段需要对它们有所反思和批评，进一步挖掘文学与现实世界的关联性，从当下性的角度探讨文学之用。她们在文学理论上所达成的一些共识在一定程度上反映了西方文学批评的一个范式转向，即重视文学的表演性，将审美能力的培养与文化干预紧密联系起来，强调文学的行动力、生成性、能动性与积极作用。这一转变既有学科内在发展需要的动因，也与跨学科的交叉影响和密切互动相关。下面分别从生成性与当下性的角度，分别讨论菲尔斯基的"后批评阅读"与诺斯的文学研究"第三种范式"。表演性转向给文学研究能带来什么样的新视角、新概念和新方法？它如何推动文学观念与批评实践的转变？

二、阅读的生成性：菲尔斯基与"后批评阅读"

对于如何阅读文学，桑塔格在《反对阐释》（1961）中就曾经指出，"现在重要的是恢复我们的感觉功能。我们必须学会更多地去看，更多地去听，更多地去感受"。[2] 文学阐释的目的

---

[1] Amanda Anderson, *Psyche and Ethos: Moral Life after Psychology* (Oxford: Oxford University Press, 2018), 86.
[2] Susan Sontag, *Against Interpretation and Other Essays* (New York: Farrar, Straus and Giroux, 1966 [1961]), 14.

被解释成"表明它是如何成为这样的，甚至它原本就是这样，而不是表明它具有什么意义"。[1] 在文章的最后，她明确指出"我们需要爱艺术，而不只是阐释艺术"。[2] 反对阐释不是不要阐释，而是需要有不同的阐释，桑塔格意思是说，以往的阐释往往借助弗洛伊德等人的理论，注重人物的心理分析和主题思想的表达，限制了人们对于艺术的认知。言语行为理论进一步改变了人们关于文学阅读的观念。在《阅读的表演》(2006)一书中，彼得·基维提出文学的阅读不仅仅是阐释，而更应该是一种行动和体验。他说，"它（阅读）是我们称之为行动或者活动的事件：它是由读者操演的动作。有关这个行动的最重要的一点是，它成为或者导致了一种'体验'"。[3]

菲尔斯基在《批评的局限》(2015)中借鉴"行动者网络理论"(Actor-Network-Theory)，提出了"后批评阅读"的概念，讨论了文学阅读的生成性，主要是它如何形塑读者和对于社会文化生活产生影响。菲尔斯基的后批评，不是反批评，而是为了表明批评可以有其他方式，现有的理论话语指导下的文学批评有局限性。菲尔斯基说，"无论文本会揭示或隐藏其置身的社会情形，都不会穷尽其自身的内涵。相反，这事关究竟是什么引起读者的兴趣——会唤起怎样的情感，能促使视角发生怎样的改变以及能创造怎样的纽带和联结"。[4] 菲尔斯基借用了桑塔格的一些观点，但不是简单的重复，而是在新的历史条件下的一种拓展，探索新的批评空间。

---

[1] Susan Sontag, *Against Interpretation and Other Essays*, 14.
[2] Susan Sontag, *Against Interpretation and Other Essays*, 14.
[3] Peter Kivy, *The Performance of Reading* (Malden: Blackwell, 2006), 5.
[4] Rita Felski, *Limits of Critique* (Chicago and London: The University of Chicago Press, 2015), 179.

"后批评阅读"的概念主要是要与以文化阐释为主的文学研究有所区分。那种将文学文本看作是文化症候与历史再现的文学研究,菲尔斯基称之为"怀疑阅读"。怀疑阅读的提出一定程度上是受到保罗·利科的"怀疑诠释学"的启发,后者认为批评家的任务就是"揭示潜在的真理,挖掘别人尚未发现、有悖于直觉、有贬损性的意义"。[1] 菲尔斯基认为,这正好反映一段时间以来西方文学研究的现状,并就其主要特点做了如下归纳:"怀疑式质询或者直截了当的谴责;在颐指气使兼具压迫性的社会力量面前,强调自身岌岌可危的立场;声称从事某种激进的学术与政治工作;将没有围绕批评开展的研究工作认定为缺乏批判性。"[2] 在具体文学研究的实践中,怀疑阅读意味着开展症状式阅读、意识形态批评、历史分析和文化研究等等。在以怀疑阅读为主导的文学学科当中,一整套的批评话语体系得以建立并且不断地得到丰富与巩固。批评以它丰厚的知识积淀、成熟的理论思辨和冷峻的批判性立场得到学术界的推崇。而理想的文学批评家被赋予了一系列的性格特点:敢于质疑、求知欲强、富有情感、自负等等,这些被菲尔斯基称为所谓的"批评气质"。[3]

20 世纪 80 年代以来,怀疑阅读的范式成为文学研究的主流,为从事文学批评的学者们所熟知,也理所当然成为文学课堂上传授的内容,关乎文学学科的总体格局和传承。但是,菲尔斯基觉得如果一种文学批评的范式成为学界默认的规则,这就有点令人惴惴不安了。批评的高度规范化是否导致一种认识

---

[1] Rita Felski, *Limits of Critique*, 1.
[2] Rita Felski, *Limits of Critique*, 2.
[3] Rita Felski, *Limits of Critique*, 6.

上的教条？批评的同质化是否遮蔽或者压制了其他一些有价值的观点与方法？是否限制了我们对于文学的想象和认识？最终，这种"批评的局限"能否成为文学理论重新出发的起点？

后批评阅读的提出当然不是否定"怀疑阅读"的价值，而是要加入到当下对于文学合法性的深层质疑与思考当中去。我们今天为什么要从事文学批评？难道文学的价值就在于它可以用于批评从而陷入"为批评而批评"吗？文学对于读者审美感知能力的提升、政治文化的更新和社会的进步能有什么特别的贡献？如何挖掘文学对于现实和时代的积极价值，而不仅仅关注它蕴含的负面文化表征？一些文学理论家正是在反思类似文学研究问题的基础上，努力为文学研究的未来走向贡献自己的一个方案。

在《批评的局限》中，菲尔斯基提出"后批评阅读"不是要排斥文学和艺术的社会性，而是把它与审美体验有机结合起来。她说，"艺术作品难以避免具备社会化、社交、联通、世俗、无所不在的特征。但与此并不矛盾的是，艺术作品也被感知为充满激情、非同凡响、高尚和独具特色。其独特性与社会性相互联系，而非相互对抗"。[1]从这个角度看，文学阅读应该具有包容性、开放性，赋予文学以希望、乐观、积极的基调。阅读不仅仅带来精神上的愉悦，而且产生积极的效果，包括读者自身的转变。阅读被看作是读者与文本的一次偶遇，在这个过程中，"读者为语词注入活力，而语词也能激发读者"。[2]

菲尔斯基坦诚地说，她对于文学阅读的认识受到了玛丽埃

---

[1] Rita Felski, *Limits of Critique*, 11.
[2] Rita Felski, *Limits of Critique*, 175.

尔·梅斯一篇文章的启发，题目是《阅读的方式、存在的模式》。正如题目所表明的那样，这篇文章的要旨是阅读与生活是紧密不可分开的。阅读，用梅斯的话说，"不是独立运行的活动，同生活之间没有竞争，而是作为日常生活的方式之一，赋予我们的存在以形式、特色及风格"。[1] 在梅斯看来，阅读是有力量的，不只是一个静态的解读，而是一个有影响的发生，一个行为。"这种行为只有沉浸于书籍时才会发生，是注意力、感知力与体验的产物，代表精神、身体与情感在语言形式内产生的变化。更进一步说，当读者通过阐释而将阅读融汇于个人来为人生提供指导时，那么阅读这一行为便在同书籍的相处中，甚至在书籍的指引下发生了。"[2] 所谓后批评阅读，菲尔斯基解释说，就是"认可文本拥有共同行动者（coactor）的地位：产生影响并促使新事物的发生"。[3] 阅读把读者和文学作品绑在了一起，让他们相互触摸、冲击、激发着对方，重新塑造了彼此。

菲尔斯基把文本称为一个"共同行动者"，是受到布鲁诺·拉图尔著作《重构社会性：行动者网络理论导引》（2005）的启发。在这部影响深远的著作中，"行动者网络理论"把批评的矛头指向传统社会学研究的保守与陈旧，认为它长期以来一直把社会结构、社会语境等作为解释不同领域问题的视角和方法，从而提出由不同领域的要素包括社会要素，结合成的网络更加具有解释力量。拉图尔解释说，"虽然社会学家将社会集合体视

---

[1] Marielle Macé and MaHon Jones, "Ways of Reading, Modes of Being," *New Literary History* Vol. 44, No. 2 (2013), 213.
[2] Marielle Macé and MaHon Jones, "Ways of Reading, Modes of Being," 216 - 7.
[3] Rita Felski, *Limits of Critique*, 12.

为先予之物，认为它们可以阐明经济学、语言学、心理学、管理学等学科的问题，但是其他学者，特别是行动者网络理论学家们，认为社会集合体应当由经济学、语言学、心理学、法律与管理学等所提供的具体关联之结来阐释"。[1] 行动者网络理论提出用"社会性""集合"的概念代替"社会"的概念，将人类行动者和非人类行动者并置。更进一步说，行动者不只是要素，它还可以扮演一定的角色，发挥积极的作用。由此可见，行动者网络理论不只是描述事物存在的状态，而是研究不同要素的相互作用如何产生改变世界的效果。那就不难理解，表演性为何成为行动者网络理论的一个原则。"对于研究社会的社会学家而言，秩序是规则……但是对于致力于行动者网络理论的社会学家而言，表演即规则。"[2]

借助行动者网络理论，菲尔斯基提出文学是由文本、人（比如阅读者、编辑）、资本、机构等若干要素构成，它们相互依靠、彼此互动，紧密联系在一起。她说，"我坚持认为文学作品的命运与各式各样的中介相关：出版商、评论者、代理商、书店、消费科技（电子阅读器、亚马逊网站），组织机构（如女性与种族研究群体），改编与翻译形式，书本里从字体到照片之类的物质材料等等"。[3] 这样看来，文学至少包含三个层次：文本（动态的生产、文本的物质形态）；文学的网络（读者、作者、出版商、批评家、书店、电子书、文学教育、研究机构等）；社会集合中的文学（文学仅仅是这个社会网络

---

[1] Bruno Latour, *Reassembling the Social: An Introduction to Actor-Network-Theory* (Oxford: Oxford University Press, 2005), 5.
[2] Bruno Latour, *Reassembling the Social: An Introduction to Actor-Network-Theory*, 35.
[3] Rita Felski, *Limits of Critique*, 184.

的一部分，这个网络还可能包含政治、意识形态、生态、经济、全球化等等）。在这个文学的行动者网络中，阅读占据一个核心地位，它的范畴被大大拓展了，有关理论得到丰富和加强。

尤为重要的是，行动者网络理论有助于让我们进一步认识到文学阅读对于社会文化的干预作用。在《比较与翻译：行动者网络理论的视角》（2016）一文中，菲尔斯基说，"行动者网络理论带领我们远离负面美学（无论是马克思-恩格斯关于对立冲突的话语或者后结构主义的颠覆表述），从而走向相关性的本体论，追踪行动者之间的联系。文学作品为何重要？因为它们创造或共同创造强有力且持久的、跨越空间与时间的联系。而我们的关注焦点在于这些联系的本质，即社会想象、情感纽带、借鉴与散播"。[1] 它围绕文学构成不同的集合，赋予文学不同的角色、意义、作用、审美、体验等等。它关涉语言的施行性，语言在阅读过程中生成一个个独特的文学世界。作品通过重复规范而成为自己，同时也挑战了文学成规，不断通过创新来构成它的独特性。"完成一部纯粹独创的作品，远不止扩大现存的规范，而是为文化体系的更新播种胚芽，引入外来的肌体，而我们无法依据现有的准则和实践对其进行解释。"[2] 与此同时，文学的阅读对于读者的情感、认知、行动等带来影响。更进一步说，阅读将文学置于现实语境之下，参与当下的社会、政治和文化生活，并发挥自己的独特作用。

---

[1] Rita Felski, "Comparison and Translation: A Perspective from Actor-Network-Theory," *Comparative Literature Studies* Vol. 53, No. 4 (2016): 761.

[2] Derek Attridge, *The Singularity of Literature* (London and New York: Routledge, 2004), 55.

三、批评的当下性：诺斯与文学研究的"第三种范式"

在剧场研究中，费舍尔-李希特在《表演性美学》一书中运用"反馈圈"和阈限等概念解释表演事件给观众以及演员自己带来的转变性影响。[1] 而巴特勒的性别表演性理论从根本上讲，它的贡献在于它颠覆了性别异性恋规范的压制力量，赋权于被他者化、妖魔化的边缘性性别身份认同。同样，文学表演性在很大程度上是关于文学在当下时代给个人和世界带来的变化，是以阅读产生的效果为导向的。"文学理论能做的是反思日常生活中文学的用途，而不是轻视它们：我们几乎从未真正理解这些用途是什么。"菲尔斯基说。[2] 毋庸置疑，关于文学的社会价值和教育意义，中外文论皆有系统的论述。西方文论的表演性转向发生在数字和媒体技术的时代，文学的式微甚至危机引发批评界的忧虑与反思，并试图从跨学科、跨媒介的角度重新给文学定位，重构文学与社会、时代的关系。在这方面，约瑟夫·诺斯的著作《文学批评：一个政治简史》（2017）有一定的代表性和启发意义，他提出的文学研究的第三条道路或者说"第三种范式"值得探究。

诺斯也对过去40年里以文化语境为出发点的文学研究提出质疑，认为要重视文学如何开发读者审美感知能力和产生社会文化与政治的积极变化。他认为20世纪70年代以前的欧美文学理论存在着两种范式，一种是"学者"主导的文学理论，特

---

[1] 参见 Erika Fischer-Lichte, *The Transformative Power of Performance: A New Aesthetic*, 161–180。
[2] Rita Felski, *Limits of Critique*, 191.

点是把文学作为文化研究的手段;另一种是"批评家"主导的文学理论,特点是把研究文学作为文化干预的机会。这两种范式一度不分伯仲,相互竞争的同时也相互支持、彼此交叉。70年代是文学理论的危机时刻,但也是它的转型期。一个重大的变化是,70年代末80年代初,学者主导的文学研究逐渐占据上风,文学的"历史/语境批评"不断成熟,并迅速占领文学研究的主流。至于文学理论如此发展背后的原因,诺斯把它归结于新自由主义浪潮席卷全球,左派思潮大踏步退却。

与菲尔斯基一样,诺斯对于"历史/语境"批评是不满意的,指出当务之急是要寻找文学理论的第三种范式。他认为,有必要在一定程度上回归"批评家"的文学理论范式,尤其是其中对于文学能动性的坚持,认为未来的文学理论需要加强研究文学如何对读者审美和情感方面产生影响,以及如何造成政治与文化上的转变。诺斯开宗明义地指出,"这本书承载着我的希冀:不仅探索历史语境范式,而且分析它所取代的批评范式,或许能帮助人们重新思考文学研究为推动这一时期的社会发展做出贡献,从而超越'学者型转向'"。[1] 对于文学批评的未来,诺斯特别强调文学之政治功用,并认为文学可以也应该成为社会进步的一个推动力。

诺斯提到,当下文学批评界对于理论范式的改变都有着期待,其实存在着一个共识,并做了如下解释:"历史/情境批评仍会是未来一段时期内文学理论的基本取向,但是会增强对于形式、情动、阅读的愉悦、跨历史与跨文化分析方法的重视,而非一定要限于单一和具体的地点和时段。要达到这一目标,

---

[1] Joseph North, *Literary Criticism: A Concise Political History* (Cambridge and London: Harvard University Press, 2017), 4.

不仅需要关注文学生产的语境，更要关注接受的语境。"[1] 这个共识综合了文化研究与审美批评，代表了文学研究的进步。但是，诺斯认为这个共识还只是学者型文学研究的延伸，而非革命性的巨大变革，还不能完全适应新的时代需要。对于这个新的时代，在诺斯看来，很大程度上就是新自由主义的退潮。他认为未来需要对于晚期资本主义的极端表现予以进一步清算和批评，而文学批评可以发挥它的作用，这显然与他的左翼政治观有关。

对于他心目中文学批评的第三种范式，诺斯做了一些展望，其中一个重点是要能生成社会凝聚力，形成拥有共同体意识的社群。他谈到人文学意义上的文学批评对于大众的教育与启发，这种总体性的人文研究有助于培养一种社会的集体意识。在《不为利：为什么民主需要人文》(2012)中，玛莎·纳斯鲍姆以中国和新加坡为例，谈到批评对于健康的商业文化起到的积极作用。她说："这两个国家都已认识到批判性思维是健康商业文化的一个重要组成部分——一旦没有人发出批评声音，有些巨大的错误就不会被察觉。"[2] 诺斯赞同纳斯鲍姆的看法，提出文艺要为大众服务，有利于创造美好的未来。也有人称之为文学批评的"公共转向"，关注文学对于公共事务的积极影响。这些左派色彩的文艺观与新自由主义在市场调节背景下崇尚个人主义的理念大相径庭。后者如前所述，为学者型文学理论的蓬勃发展提供了土壤。

作为一个学科，文学批评无疑是大学体制内的重要一环。

---

[1] Joseph North, *Literary Criticism: A Concise Political History*, 205.
[2] Martha C. Nussbaum, *Not for Profit: Why Democracy Needs the Humanities* (Princeton and Oxford: Princeton University Press, 2010), 150.

高校的人文教育和美育，要重视审美倾向的文学批评，警惕文化研究式文学批评的泛滥。后者以知识传授为中心，轻视文学对于审美感知能力的培养。为此，诺斯提出，"文学批评是美育的体制内项目，它把文学作品作为对象，尝试直接通过培育情感的新范畴、主体性的新模式以及体验的新能力，以此来丰富文化的内涵"。[1]对于选修文学课的学生等普通读者，学文学是为了什么？需要什么样的方法？诺斯认为目前的文学理论没有给予很好的解释。"非专业读者意图在文学中所寻觅的东西难以定义，或许我们起码可以这么说：他们在寻找可以有助于应付生活的东西，也就是让他们从容地活着。但文学研究学科的旗帜下鲜有能够帮助我们回应此种观察的资源，这就是现状。"[2]因此，文学批评的范式不仅仅是一个学术问题，也是一个美育问题，更是一个生存问题。更进一步说，范式的移转不仅仅是文学学科内部的事，而是文学内部和外部力量共同发生作用的结果。诺斯说，"文学批评的总体目标是在社会秩序之下保留一个独立的空间，从真正对抗性的角度致力于批评。因此有必要同学科之外的资源建立广泛同盟"。[3]

未来的文学批评可以有不同的理论范式共存，不是要取代或消灭历史语境式的文学研究，而是取长补短、相得益彰。诺斯提出，文学理论的新范式必须要重视文学的阅读，关注文学接受的过程以及接受的语境，提倡跨时空和跨文化的文学研究，强调批评的当下性。关于最后一点，诺斯解释道，"也许文学理论的新范式能够体现积极的'当下性'，不是竭力流连于过去，

---

[1] Joseph North, *Literary Criticism: A Concise Political History*, 6.
[2] Joseph North, *Literary Criticism: A Concise Political History*, 6.
[3] Joseph North, *Literary Criticism: A Concise Political History*, 211.

而是关注对于解决今日之问题有作用的历史与文化议题"。[1]关于批评的目的,他也给出了新的解释,那就是,"陶冶崭新的主体性和集体性,服务于广泛的文化、政治或更深层次的社会变化"。[2] 这种从积极和实用的角度重新审视文学与现实、文学与世界的关系构成文学研究表演性转向的要义。

结语

表演性给文学研究带来新的视角、概念和方法。首先,它拓展了文学的研究对象,不仅包括作家、文本、读者,而且也包括文学改编(舞台、电视和电影)、文学仪式、出版、文学机构等等。当然,这里不仅仅是文学研究对象在数量和范围上的增加,更意味着观念的改变。一方面,对于文本、作家、读者等这些传统研究对象有了新的认识。与此同时,阅读不仅被看作一个过程,也是一个行动和事件,在具体的时空和社会条件下发生,不仅给读者带来新的体验,也产生一些有意义的变化。其次,它给文学研究输入或者更新了一系列重要的研究概念,比如:言语行为、事件、表演性、表演、见证、仪式、跨媒介、社会性、行动者网络理论等等。这些概念的一个共同特点是,它们强调文学的生成性、文学的行为、文学的当下性,文学对于读者、现实乃至世界产生的影响。在文学的社会学、政治学等传统研究方法的基础上,通过这些新的理论概念的加入,文学批评呈现出新的气象,增强它在现有学科体系内的生命力。

---

[1] Joseph North, *Literary Criticism: A Concise Political History*, 205.
[2] Joseph North, *Literary Criticism: A Concise Political History*, 209.

再次,随着研究对象的拓展和理论概念的丰富,文学批评更加具有跨学科性。西方文论的表演性转向既汇聚了当下文学研究的众多概念、诉求和主张,又得益于人文社科内不同学科相关理论的积聚和迸发。因此,有必要进一步吸收不同学科的知识,同学科之外的理论资源建立广泛联系。

在新的时代,地球日趋"扁平化",不同社会、民族和文化背景的人们交往越来越频繁,也会遭遇不可预见的生存危机与灾难。包括文学在内的人文学需要关注如何让世界上的人们摈弃偏见,超越隔阂,习得"相处之道",团结应对人类面临的共同挑战。这一点将越来越成为世界文明对话的核心课题,文学及其理论研究也必将担负自己的使命。西方文论的表演性转向不仅给予我们重要的启示,也提供了有益的思想资源,为文学与艺术研究开拓了新的空间与可能性。当然,这种转向不可能是一蹴而就的,而是一个缓慢的过程。其中,有关文学行动与事件的讨论取得了积极的成果,推动了批评理论的转型。

第四章 文学的言语行为与事件

围绕文学的行动和事件，西方文学批评界曾有过热烈的讨论，主要的代表性人物包括：J. 希利斯·米勒、乔纳森·卡勒、特利·伊格尔顿、德瑞克·阿特里奇等。言语行为和事件是表演性理论的两个基本概念，涉及语言学、哲学、戏剧与表演研究、性别研究等不同学科领域。通过将文本性与表演性相对照和相结合，有助于揭示文学内涵的丰富性、文学意义生产的多元性以及文学的作用。[1] 文学不只是指具有文学价值的文本，而应该包含各种各样的文学活动，比如口头文学、文学仪式、文学改编等等。[2]

从表演性角度出发，文学可以被看作行为或者事件。具体来说，它主要包括两个方面的内容：一、文学是言语行为，它不只是表达了什么？反映了什么？而是"做"了什么？二、文学是事件，它有哪些要素构成？事件发生的过程如何？事件产生什么样的效果？文学的表演性在很大程度上涉及当下文学观念

---

[1] 参见 Eva Haettner Aurelius, He Chengzhou and Jon Helgason, eds. *Performativity in Literature* (Stockholm: The Royal Swedish Academy of Letters, History and Antiquities, 2016), 10 - 11。
[2] 参见 Joseph Roach, "Culture and Performance in the Circum-Atlantic World," Andrew Parker and Eve Kosofsky Sedgwick, eds. *Performativity and Performance* (London: Routledge, 1995), 45 - 63。

的更新问题,也影响到文学研究的方法论,尤其是文学的跨学科与跨媒介研究。文学的创作、作品、阅读和传播等不同环节构成一个紧密联系的动态系统,言语行为和事件成为解码文学的两把钥匙。值得注意的是,这两个概念不是截然分开的,而是相互缠绕、彼此关照的。

一、 作为行动的文学

在《东方主义》(1978)一书中,后殖民理论的奠基人爱德华·赛义德认为西方拥有一整套关于东方的话语建构,他说:"在与东方有关的知识体系中,东方与其说是一个地域空间,还不如说是一个作品主题、一组引用、一堆特征,它们似乎来源于一句引语、一个文本片段,或一段从他人有关东方的著作摘取的引文,或曾经的某种想象,或所有这些东西的混合。"[1]通过在话语体系(包括文学)中将东方他者化,目的是为了捍卫西方的社会、经济和政治体制,维护西方凌驾于东方的霸权。在《文化与帝国主义》(1993)一书中,赛义德进一步指出文学叙事在西方帝国形成的历史过程中扮演了不可替代的角色。他引用大量文学的例子来解释西方文化霸权心态的形成与帝国主义殖民扩张之间的关系。他明确地提出小说"在帝国主义的态度、参照和生活经验的形成过程中发挥了极其重要的作用"。[2]他认为,文学的叙事不只是殖民者用来想象和言说殖民对象的,而且也直接影响殖民的行为和结果。"帝国主义的主要战场当然

---

[1] Edward Said, *Orientalism* (New York: Vintage Books, 1979), 177.
[2] Edward Said, *Culture and Imperialism* (New York: Alfred A. Knopf, 1994), xii.

是在土地的争夺上,但是在关于谁曾经拥有这片土地、谁有权力在这片土地上定居和工作、谁管理过它、谁把它夺回以及现在谁在规划它的未来这些问题上,叙事不仅能够反映它们、进行争论,甚至有时可以起到决定性的作用。"[1] 这里,赛义德讲的叙事,包括文学叙事,被赋予了行动的力量。对于义学在殖民主义历史过程中产生的重要作用,赛义德发表了深刻的洞见,对于我们认识文学的行为和用途有很大的启发性。

希利斯·米勒在将言语行为理论运用于文学批评的理论和实践中做出了开拓性的贡献。就文学的行为性,米勒区分了四种形式:作者的写作行为、文学作品中叙事者的讲述、人物的施行性话语,以及读者的反馈(包括教学、批评和评论)。[2] 米勒尤其重视阅读的行动性,提出"文学可引导读者相信或者以新的方式行动"[3]。在阅读过程中,读者需要做很多决定,不仅影响如何解读作品,也构成了作为读者的"你"。在《共同体的焚毁:奥斯维辛前后的小说》(2011)一书中,米勒认为文学是一种可以见证历史的行为或事件,比如"二战"期间的犹太大屠杀。文学如何能见证巨大创伤性的事件?阿多诺说过一句有名的话,"奥斯维辛之后,写一首诗都是野蛮的"。[4] 这句话引起不同的反响,一种可能的解释是,奥斯维辛屠杀犹太人的凶残彻底暴露了人性的致命弱点,让人们很难再像从前那样用诗歌或者文学来赞美人和自然。另一种解释是,文学作为审美

---

[1] Edward Said, *Culture and Imperialism*, xii – xiii.
[2] 参见 J. Hillis Miller, *Literature as Conduct: Speech Acts in Henry James* (New York: Fordham University Press, 2005), 50。
[3] J. Hillis Miller, *Literature as Conduct: Speech Acts in Henry James*, 2.
[4] 转引自 J. Hillis Miller, *The Conflagration of Community: Fiction Before and After Auschwitz* (Chicago: University of Chicago Press, 2011), 9。

活动不能有效地阻止暴力，实施大屠杀的德国人恰恰是欧洲文明的一个重要推动力量。这些解释联系到"二战"以后独特的社会和文化语境似乎有合理的地方，当时人们因为经历战争的残酷而对于宗教和审美活动丧失了信心。米勒认为，我们不应该因为暴力而放弃写诗或者文学，恰恰相反只有通过文学才能更好地铭记历史和面向未来。文学能够以言行事，具有施行性力量，它能够见证历史性事件，包括奥斯维辛的大屠杀。在有关纳粹集体屠杀的一些文学作品里，文字带领读者去体验受害者的恐惧、绝望和麻木，文学比任何细致入微的历史叙述都更为震撼人心。米勒在书中用了奥地利作家伊姆雷·凯尔泰斯（Imre Kertesz）的小说《命运无常》（1975）作为例子，阐述文学比历史更能见证奥斯维辛的残酷，让读者在震撼之余产生认识和行动上的改变。米勒坦诚地谈到自己"在阅读、重读这部小说时内心发生的变化"。[1] 不仅如此，米勒作为文学批评家还进一步阐释学者的作用和贡献。他这样写道："然而，我的章节也具有表演性见证的维度。它记录了我在阅读和重读小说的过程中发生在我身上的事情。分析评论式的阅读，如果有效，可以帮助其他读者开启一部文学作品。由此，它也可能有助于产生新的读者群，这些读者们，就算不了解，至少不会忘记奥斯维辛。"[2] 文学的批评与文本的生产性密切相关，文本的意义和价值有赖于批评家的阐释活动，批评家也是文学事件的另一个主体。关于文学的见证力量，阿特里奇也有过论述："近期

---

[1] J. 希利斯·米勒：《共同体的焚毁：奥斯维辛前后的小说》，陈旭译，南京大学出版社，2019年，第267页。
[2] J. Hillis Miller, *The Conflagration of Community: Fiction Before and After Auschwitz*, 264.

的批评经常注重文学作品见证历史创伤的力量；在这里，文学作品即刻展现出多种功能：作为证据，文学有很强的见证力，同时，作为文学作品，它们上演这种见证行为，这样一种说法并不矛盾。(这种上演产生了一种强大的令人愉悦的力量，它使文学作品具有比史学著作更具见证的力量)。"[1] 这里说的"上演"（staging），是指文学作品的语言能够在阅读的时候在读者的大脑想象中表演发生的故事，读者产生如同亲临其境的感受，这是文学叙事的魅力所在，也是文学区别于其他写作的一个主要特点。更进一步说，阅读还包含伦理的内容。在米勒看来，阅读是"施行性干预"[2]，因此阅读的伦理也包括对于文本的尊重，不要将读者的主观意愿强加于文本。

乔纳森·卡勒将施行性话语作为 21 世纪文学理论的一个重要方向，但是他不是重复奥斯汀的言语行为理论，而是在充分认识到表演性概念的跨学科旅行的基础上，来思考文学作品中施行性话语的作用。在《文学理论入门：牛津通识读本》（1997/2011）中，他说，"认为文学具有施行力量的观念为文学提供了一种辩护：文学不再是无关紧要的虚构，在语言改变世界、生成了它所列举的事物的行动中，文学占据自己的一席之地"。[3] 借鉴巴特勒的性别表演性理论，他提出文学作品的写作策略往往是通过对于文学规范的重复，有时也包含一些改变，借以影响和形塑读者。"如果说产生了一部小说，那是说它以独特的形

---

[1] Derek Attridge, *The Singularity of Literature* (London and New York: Routledge, 2004), 97.
[2] J. Hillis Miller, *Literature as Conduct: Speech Acts in Henry James*, 83.
[3] Jonathan Culler, *Literary Theory: A Very Short Introduction* (Oxford: Oxford University Press, 1997), 97. 参考乔纳森·卡勒《文学理论入门》，李平译，译林出版社，2008 年，第 102 页。

式发生了,这是因为它激发了热情,赋予这些形式以生命。在这个过程中,阅读与思考推动了小说传统的改变,这或许引起规范或者形式的调整,读者借此去应对现实世界中的问题"。[1]这里,卡勒强调了读者的作用,不仅是参与文学的意义建构,还从文学中获得知识和训练,从而更好地在现实世界中应对各种问题和挑战。

芮塔·菲尔斯基在《文学的用途》(2008)一书中指出当下文学研究的范式在发生转移,认为文学批评的未来在于分析它的使用。"提出文学的意义在于考察它的用途,相当于开拓了一片可供探索的广阔领域,包含实践、期待、情感、希望、梦想以及阐释"。[2]她认为从用途的角度研究文学必须着重从读者的阅读动机和行为出发,但是当下这方面的理论资源非常有限。"我们急需对自我与文本之间的互动提出更为丰富、深刻的阐释。"[3]展望21世纪的文学批评,她提出要从四个角度推进文学用途的研究,那就是:辨识(Recognition)、着迷(Enchantment)、知识(Knowledge)和震撼(Shock)。辨识是强调读者如何被文本内容吸引,不断对照自己的经历和体验,进而产生一些认识上的改变。着迷指的是,读者完全被文本内容迷住了,陶醉在文本的世界里,忘却了周围的一切,甚至包括自己。知识指阅读可以丰富读者对于日常体验和社会生活方方面面的解释与理解,文学既提供正面的、成功的经验,也提供负面的、失败的教训,阅读让人变得成熟,足不出户便知道天

---

[1] Jonathan Culler, "Philosophy and Literature: The Fortunes of the Performative," *Poetics Today* Vol. 21, No. 3, (Fall 2000), 516–7.
[2] Rita Felski, *Uses of Literature* (Malden, MA: Blackwell, 2008), 8.
[3] Rita Felski, *Uses of Literature*, 11.

下大事、古今中外与人情世故。最后，文学可以让读者震惊，它类似我们熟悉的批评语汇，如越界、创伤、陌生化等。但是菲尔斯基用这个词是为了强调它的突然性、激烈性和不可预见性，认为它是"对连续性与统一性造成猛然的断裂，因为时间定会随之被撕裂成'先前'与'往后'两种戏剧性时刻"。[1]与着迷所包含的愉悦不同，震撼是指文本的叙事让你触不及防，思想和情感受到极大的震撼和打击，不得不有所行动。在这个意义上，震撼构成了一个文学阅读的事件性时刻。言语行为与事件理论的交互性将在下一部分作进一步解释。

《如何以小说行事》（2012）也是从言语行为角度出发来分析文学的，着重强调文学对于读者的形塑作用。"本书的意图正是在于强调一种理解小说的新型思路，和示范性、情动性无关，严格来说也和认知无关。我认为有一些文本可以被定义为'形塑性小说'，其功能在于调整我们的精神机能。"[2]关于何谓"形塑性小说"，作者进一步解释到，小说不只是提供知识，而是教会读者如何行动，赋予读者以技巧，训练读者的能力，通过阅读的精神锻炼，帮助读者成长。

以上关于文学行为的相关理论著述的梳理，显示当代西方文论的一个重要发展脉络，那就是，注重从意识形态、历史、审美、心理学等不同的角度探讨文学的社会和文化功用，以及阅读的生成性与能动性。这些理论观点的一个基础是言语行为的理论，同时也与事件理论相关。它们是密不可分的一对概念，不过后者在近年来得到学术界更多的关注，讨论也更为全面、深刻。

---

[1] Rita Felski, *Uses of Literature*, 113.
[2] Joshua Landy, *How to Do Things with Fiction* (Oxford: Oxford University Press, 2012), 56.

二、作为事件的文学[1]

21世纪初以来,文学研究经历一个事件转向,它与哲学、艺术和文化研究中事件和表演性理论的兴起有着密切的关系。J. L. 奥斯汀、德里达、巴特勒、德勒兹、齐泽克等人的理论论述启发了相关的讨论。与此同时,J. 希利斯·米勒、阿特里奇、伊格尔顿、芮塔·菲尔斯基等文学理论家,借助文学作品的文本细读与相关跨学科的理论资源,从不同角度直接或者间接地讨论文学事件的概念,丰富了有关的理论话语建构与批评实践。从事件的角度看待文学,核心问题是解释文学不同于其他写作的独特性,对于作家创作、文本、阅读等进行系统的重新认识和分析。需要讨论的重点议题包括:作者的创作意图与文本的意向性、文本的生成性,以及阅读的表演。与作为表征或者再现的文学观念不同,文学事件强调作家创作的过程性、文学语言的建构性、文学的媒介性、阅读的作用力以及文学对于现实的影响。归根到底,以独特性为特点的文学性不是一个文学属性,而是一个事件,它意味着将文学的发生和效果视为文学性的关键特征。"把文学作品看作一个事件,就要对作者的作品和作为文本的作品进行回应,这意味着不是用破坏性的方式带来改变,而是像库切小说中的角色所说那样,用作品中'流动的优雅'来改变读者,从而推动事件的发生。"[2] 在当今数字化时代,

---

[1] 本节主要源自笔者刊发在《南京师大学报》(社会科学版,2019年第6期)上的论文《何谓文学事件》,部分做了修改。
[2] Derek Attridge, *The Work of Literature* (London: Oxford University Press, 2015), 1.

文化娱乐化导致了文学的边缘化和危机，而事件的理论通过重新阐释文学的独特性有助于赋予它新的价值和使命。

文学不仅仅是客观对象，也是发生或者事件。英国文学理论家德瑞克·阿特里奇，从事件的角度来解释文学是什么和做什么。他在《文学的独特性》（2004）中讨论了文学事件的三个方面，即他者性、创新性、独特性，涉及文学的创作和接受过程。所谓他者性往往来自本文化系统之外，与现存的习惯有冲突，但是又能够产生有冲击力的文学力量。他者性不一定都是积极的、肯定性的。有价值的他者性的引入是可以挑战传统和过时的规范，从而带来真正的创新。这种创新，按照阿特里奇的理解是"并不是纯粹的，非纯粹性是这种创新的组成要素，需要常常接受侵蚀、修改、意外、再度阐释以及再语境化"。[1]在创新基础上，文学作品形成了自己的风格，与其他文学作品产生显著区分，从而具有了独特性。可以看出，这三者不是相互独立的，而是彼此联系的，互动的。"他者性产生于新思想和情感的理解过程中，创新指的是艺术作品的产出过程，同时在阅读中找到创新的踪迹，独特性是指一部作品特殊身份的显现。完全理解一部作品的文学性，需要体验以上三个方面。这三方面齐头并进，在单一复杂的运动中彼此得到加强"。[2]由他者性、创新性与独特性构成的文学事件，既包含文学的创作和生产过程，也涉及文学的接受和流通过程，是从一个新的视角对文学的全面解读。首先，文学不仅仅是对象，而是体验的过程，关注读者如何在阅读过程中产生思想、情感、认识等方面的改变。"文学作品被体验为一种事件而非对象，凭借情动，同

---

[1] Derek Attridge, *The Singularity of Literature*, 63.
[2] Derek Attridge, *The Work of Literature*, 57-8.

样——若非多于——凭借智力，靠着感觉，也靠着意义，来调控着读者的反应。"[1] 其次，这个体验的过程主要是与语言打交道，在阅读的过程中在情感上和理解上受到影响，并在行动上有所体现。"去体验某物，便是与之相遇，体验其背后的经历，向之袒露自身，并使自身随之转化"。[2] 阅读文学被称作体验文学，阿特里奇在这本书以及其他书中频繁提及"体验"这一关键词。再次，这个文学事件将读者和作者联系起来，将阅读与写作并置在一起，借助阅读去想象和建构创作的过程和作者的动机。这样读者面对的文本就不再是扁平的，而是立体的，多维度的。阅读变成一种参与性的对话与发现。

1. 作者的意图与文本的意向性

作为当代有着重要影响的文学批评流派，文本发生学（genetic criticism）关注作家创作与作品形成的过程，研究作品手稿以及不同版本之间的差别，破解作者的写作意图。这种文学考古式的研究方法影响了一大批文学数据库项目，它们将作家的手稿、不同时期修订出版的作品收集起来，利用电子检索的功能，方便有兴趣的读者和研究者追溯作者在创作过程中的心路历程、做出的选择，探讨其背后的原因。在《理论的未来》(2002) 中，让·米歇尔·拉贝特说，"例如普鲁斯特、庞德、乔伊斯等这些作家的现代作品太复杂了，迫使读者们都变成了文本生成学家：任何一个现代派的研究者都无法忽视高布勒1984年出版校勘版《尤利西斯》而引发的诸多争议"。[3]

此外，作家的访谈、自传等也能提供大量一手资料，有助

---

[1] Derek Attridge, *The Work of Literature*, 8.
[2] Derek Attridge, *The Singularity of Literature*, 19.
[3] Jean-Michel Labaté, *The Future of Theory* (Oxford: Blackwell, 2002), 142.

于理解创作过程中的曲折变化。"历史和自传研究都可以启发和丰富我们对书写过程的认识,因为写作发生在特定的时间和地点。这意味着创作的即时性,它是文学阐释中通过回溯建构的一个因素,是理解任何文学作品都不可或缺的部分。"[1] 这种文学的实证研究看似可靠,其实也有不少问题。作者在访谈、讲话、传记中说的话是否应该直接作为研究的佐证,这是一个值得讨论的问题。这不仅因为作者在特殊情况下也会说一些言不由衷的话,还在于作者对于自己作品的看法也只是他个人的见解,有时未必就是最恰当的。因而,作者的创作意图是模糊的,难以把握的。很多情况下,所谓的作者意图是读者根据文本和有关文献回溯性建构的,是一个解读,谈不上与作者的写作动机有多少关联。而且,所谓的作者动机也不一定对于作品的呈现和效果产生决定性的影响。因此,有必要区分作者或者讲话者的意图和文本的"意图性",它们之间的区别曾经是德里达与语言学家塞尔论争的一个焦点。[2] 德里达认为作者的意图是很难确定的,从而提出"意图性"的概念,指隐藏在言语活动背后的动机。[3] 作者的创作意图往往是依据作者自己的表述,文本的意向性更多的是读者在阅读基础上的想象建构。这两者有时是一致的,而更多的时候是矛盾的。伊格尔顿说,"内置于文类当中的意向性可能会与作者的意图背道而驰"。[4] 无论是作者的意图还是文本的意向性,"作为一种绵延于作者、作

---

[1] Derek Attridge, *The Work of Literature*, 104.
[2] 参见 John R. Searle, *Intentionality: An Essay in the Philosophy of Mind* (Cambridge: Cambridge University Press, 1983)。
[3] 参见 James Loxley, *Performativity* (London and New York: Routledge, 2007), 90。
[4] 特里·伊格尔顿:《文学事件》,阴志科译,河南大学出版社,2015年,第169页。

品和读者之间的关系性存在"[1]，对于文学批评是有着重要价值的。

对于文学创作历史与过程的追溯揭示了作品背后的无数秘密，作品因而变得具有立体感和可塑性，不再是静止、不变的客观对象。作品是作家创作的，也就是说作品是有来源的，是在具体时空和背景下生产出来的。"作者性有另外一种解读方式，它不是机械地去解码文本，而是展开充分的阅读，这就意味着不要把文本视作静止的词语组合，而是一种写作（written）或是更高的一个层面，一种书写（writing），因为文本捕捉到了写作中绵延不断的活动。"[2] 伟大作品的创作过程经常是漫长的，有时是数十年的时间，充满了坎坷和周折。不用说历史上的经典作品，比如中国的四大名著，就是当代的有些作品，比如《平凡的世界》，它的写作从 1975 年开始，1988 年完成，是作者路遥在他相对短暂一生中用生命写就的。有时文学的创作甚至是不同的人共同完成的，这一点在戏剧剧本创作上尤其明显，通常是剧作家在排练场与导演、演员沟通商量后，甚至是在得到观众的反馈意见之后，逐步完善的。

作家的创作研究关键在于在他如何既继承又挑战了传统，带来了文学的革新。"另外，把作品视为一种创新就是要强调作品与它所处文化之间的联系：成功的作家创造性地吸收了既有文化中的规范、多样的知识……并利用它们超越了先前的思想和感觉。"[3] 研究文本的意向性需要明白作品是为同时代的读者创作的。当时的读者如何期待和反应，显得很重要。同永恒性

---

[1] 汪正龙：《论文学意图》，《文学评论》2002 年第 3 期，第 166 页。
[2] Derek Attridge, *The Singularity of Literature*, 103.
[3] Derek Attridge, *The Work of Literature*, 57.

相比,"艺术品还有更重要的一面,即时间性"。[1] 读者的期待视野有着历史和文化的特殊维度,同样需要去分析和建构。文学是作家通过作品和读者的互动,因而作家期待中的读者是什么样的也非常重要。而且作家也是自己作品的读者,写作也是一种阅读,而且是反复的阅读,他是用读者的眼光来审视自己的作品。"我想展现的文学写作过程与文学阅读过程在很多方面极为类似;创造性地写作也是不断阅读和再阅读的过程,在与作品的互动中,在将出乎意料和难以想象的事情变成可能之后,感受自己的作品逐渐地被赋予多样化的文学性。"[2]

作家既是自己作品的创造者,又是它的接受者;既是主体,也是客体;既拥有它,又不得不失去了它。作者是自己作品的第一位读者,文学创作构成的事件对于他本人的影响往往也特别巨大。在这个事件中,作家自身经历了一次"蜕变"。阿特里奇这样说:"成为一位作家不等于从他/她的作品中获得象征性的权力;首先最重要的是,书写是事件施予作者的完全蜕变……这种改变基本上会扰乱个人状态;这种巨变必须包含思考和意志,也因此包括亲身体验的命运。"[3] 作家的体验构成他创作作品的底色,但是他不能左右作品的命运。文本一旦诞生了,便具有自己的独立性。它的生产性向着未来开放,充满了悬念与神秘感。

2. 文本的生成性

卡勒在《文学理论入门》中从奥斯汀的言语行为理论出发,

---

[1] 高建平:《从"事件"看艺术的性质》,第 98 页。
[2] Derek Attridge, *The Work of Literature*, 36-37.
[3] Ilai Rowner, *The Event: Literature and Theory* (Lincoln and London: University of Nebraska Press, 2015), 145.

谈到文学语言的施行性导致了文学的事件。"总之,施行语把曾经不受重视的一种语言用途——语言活跃的、可以创造世界的用途,这一点与文学语言非常相似——引上了中心舞台。施行语还帮助我们把文学理解为行为或事件。"[1] 这里对事件性的解释强调了文学改变现实的力量。在卡勒看来,文学事件的生成性可以有两个方面的理解:首先,文学作品诞生了,文学的世界变成我们经验的一部分。"我们可以说文学作品完成一个独特的具体行为,它所创造的现实就是作品。作品中的语句完成了特定的行为。"[2] 其次,文学的创新,改变了原来的文学规范,并引导读者参与对于世界的重新想象。"一部作品之所以成功,成为一个事件,是通过大量的重复,重复已有的规则,而且还有可能加以改变。"[3] 卡勒对于文学事件的解读,推动了文学理论的事件转向。

伊格尔顿在《文学事件》中提出类似的观点,即:文学的话语是建构性的,生产了它叙述的对象。"和其他施行话语一样,小说也是一种与其言说行为本身无法分割的事件……小说制造了它所指涉的对象本身。"[4] 文学语言在遵守规范和引用规范的同时,也修改规范。文学受到规范的束缚,通过重复规范,进行自我生产。"称虚构作品为自我形塑,并不表示它不受任何约束……然而,艺术将这些约束条件内化,把它们吸收为自己的血肉,转化成自我生产的原料,进而制约自身。因为这种自

---

[1] Jonathan Culler, *Literary Theory: A Short Introduction* (Oxford: Oxford University Press, 1997), 96. 译文参考了乔纳森·卡勒《文学理论入门》,李平译,译林出版社,2008年,第101—102页。
[2] Jonathan Culler, *Literary Theory: A Short Introduction*, 105-106.
[3] Jonathan Culler, *Literary Theory: A Short Introduction*, 106.
[4] Terry Eagleton, *The Event of Literature* (New Haven and London: Yale University Press, 2012), 137. 参考了阴志科译《文学事件》,137页。

我生产有自己的一套逻辑，所以它也无法摆脱某种必然性。"[1]学习文学，需要认识到文学不仅是意义的生产，也产生一种力量。这种文学的力量也可以表现为对于现实的影响。"同样，小说也仅仅通过言语行为实现它的目的。小说中何为真实仅仅根据话语行为本身来判断。不过，它也会对现实产生某种可察觉的影响。"[2] 在我们日常的经验世界，文学的人物经常被赋予现实的意义，而现实的人物不乏很多虚构的色彩，且不论那些我们没有见过面的人，就是我们见过的人又有多少了解呢？小说的语言生成了小说自身，构成我们生活世界的一部分。

伊格尔顿在《文学事件》（2012）中的许多讨论都是基于言语行为理论的。比如，关于表演的真与假的论点就和奥斯汀的继承者约翰·塞尔的说法相似。伊格尔顿说："扮演未必代表对正在做的事缺乏真实感受。假如你有办法激起一丝真正的痛楚，这将提升你展示悲恸的能力。无论如何，扮演不一定是看上去难过而实际上并不悲伤。"[3] 塞尔则在《表达与意义：言语行为的理论研究》中写道："表演就是扮演一个角色或者假装做一件事，在这个过程中我们仿佛真的成为那个角色或在做某件事，并不显露一分一毫欺瞒的意图。"[4] 这里关于表演的虚与实的讨论对于认识表演与表演性有重要的意义，表演本身也是一种发生，而且也会对现实发生作用，二者不能分割。同样，小说的虚

---

[1] Terry Eagleton, *The Event of Literature*, 142–143. 参考了阴志科译《文学事件》，162 页。
[2] Terry Eagleton, *The Event of Literature*, 132. 参考了阴志科译《文学事件》，150—151 页。
[3] Terry Eagleton, *The Event of Literature*, 122. 参考了阴志科译《文学事件》，139 页。
[4] John Searle, *Expression and Meaning: Studies in the Theory of Speech Acts* (London: Cambridge University Press, 1979), 65.

构与真实也是一样，二者也是彼此相连的，相互转化的。"小说也仅仅在言说行动中实现自身的目的。小说中的真实仅仅根据话语行为本身来判断。不过，它会对现实产生明显的影响。"[1]文学不仅在叙事中生成了外部世界，同时也在叙事过程中建构自己，制造了文学作品自身。文学自身的生产过程需要对于规范的服从和运用，也包含超越，这一个过程构成了事件的复杂面向。

文学文本有时具有跨媒介性。一方面是内部的跨媒介性，也就是说，文学当中包含多种媒介，比如：图像、戏剧、电影的元素。另一方面是文学外部的跨媒介性，这个通常容易被关注。这里，一种可能的形式是文学的朗读。读者与表演者面对面交流，同处于一个空间中，就像剧场的演出。"诚然，通过阅读方式呈现一首诗、一部小说或剧本与聆听这一作品、观看这种作品的舞台表演之间存在巨大的差别……如果我要对呈现在我面前的表演作品进行创造性的回应，并要公正地对待它的独特性、他者性和创新性，我仍然热衷于表演它，也就是说，我沉浸在这种表演事件中，同时也在一定程度上成为这种表演事件的主体。"[2]阅读文学、聆听和观看以文学为基础的演出都是一样的文学事件。文学的表演同其他表演一样打破了表演者和观众的二元划分，他们之间通过互动彼此都得到改变。费舍尔-李希特指出，"艺术家们创造了情景，并将自己与他人都置于这种无法控制的情景之中，因此也使得观众意识到他们在这个事件中担负的共同责任"。[3]另一种比较常见的形式是以文学为基础

---

[1] Terry Eagleton, *The Event of Literature*, 132. 参考了阴志科译《文学事件》, 150—151页。
[2] Derek Attridge, *The Singularity of Literature*, 98.
[3] Erika Fischer-Lichte, *The Transformative Power of Performance: A New Aesthetics*, 163.

的戏剧、电影改编等。在这些改编作品中,文学仅仅是其中的一个组成部分,其他艺术工作者也参与作品的生产。"当我呈现这种表演时,我不仅仅要回应导演、演员和设计师等艺术家们的潜能,他们的介入推动了表演的发生。"[1] 从文学文本出发的这些跨媒介演出并非文本本身,它们与文本构成互动、互补的关系,深入挖掘文本的潜力,极大地丰富了文本的生成性。

作家的文本不是独立存在的,通常只是作家创作的众多作品中的一分子。作为事件的文学独特性不仅仅只是针对单个作品,有时是一系列作品,甚至一个作家的所有作品。"独特性也存在于一组作品或作家全部作品中:我们已经讨论过这种经历,当一个作家的创新特色变得为大众所熟知的时候,他具有辨识度的声音会立即被认出。在这个方面(我们之后再讲其他方面),独特性具有与签名类似的功能。"[2] 对于作家,抑或一个作家群、一个文学团体、一个文学流派或者运动来说,文学风格的形成是通过作品长期累积的效果形成的,它是读者集体的阅读体验,是在长时间的阅读和阐释过程中形成的总体认识。因而,作家风格或者文学流派的形成也是事件性的。

3. 阅读的表演

文学阅读是一种体验,文学的独特性是在阅读的过程中不断被认识和揭示的。阅读是读者与作者的相遇,充满偶然性,具有不确定性,同时也富有活力,能激发读者的各种反应,包括智力、情感和行动上的。文学事件的潜在力量只有在读者的体验中才能实现。"创新需要对现存规范进行重塑,因此,不是每个语言学上的革新都是文学创新;事实上,大多数的创新都

---

[1] Derek Attridge, *The Singularity of Literature*, 98.
[2] Derek Attridge, *The Singularity of Literature*, 64.

非如此。只有当读者经历这种重塑并将之视为一种事件（这里的读者首先是阅读自己作品或边创作边阅读的作者）——它能够对意义和感觉开启新的可能性（这里的事件是一个动词），或者更确切地说，唯其如此，才称得上是文学事件。"[1] 在这个意义上，文学性不是一种静止的属性，而是一种阅读的表演，是通过读者与作者/作品之间互动建构的。

阅读是个体性的活动，人们常说："一千个读者就有一千个哈姆雷特。"不仅如此，同一个读者的每一次阅读都是不一样的。"关于这首诗中的独特性还有很多要说的，但是我想表达的是这个独特性的事件性。因为它作为一个事件出现，其独特性不是固定的；如果我明天读这首诗，我将会体验到诗中不同的独特性。"[2] 读者的每一次阅读都是独特的，是一次事件性遭遇，揭示了文学的特殊性。

在阅读的过程中，读者通过想象在脑海里"上演"一个既熟悉又陌生的文学世界，即带给读者丰富的知识，又产生巨大的愉悦，有时读者陶醉在这个文学世界之中忘却了周围的一切，甚至自己。"因此，这种形式上系列组合的功能是'上演'意义和感觉：这种上演在我们所说的表演性阅读中实现。文学作品提供多种类型的愉悦，但其中一个可以称得上独特的文学愉悦的方面就来自这种上演，或者说这种强烈但有距离的表演，它呈现出我们生命中最为隐秘、感受最为强烈的部分。"[3] 更进一步说，阅读文学不只是找寻意义，而是关注它的效果。"小说也塑造了这种相关性。它们开启了一个过程（就如约翰·杜威和

---

[1] Derek Attridge, *The Singularity of Literature*, 58-9.
[2] Derek Attridge, *The Singularity of Literature*, 70.
[3] Derek Attridge, *The Singularity of Literature*, 109.

其他人注意到的，一件艺术品不是一个客体而是一种体验），而且它们的影响远非信息的传输这么简单。用汉斯-格奥尔格·伽达默尔的话说，一件艺术品不是一个需要凝神观看以期读懂预设的概念意义的东西，相反，它是一个'事件'。"[1] 作为事件的阅读意味着读者经历一次非同寻常的改变，进入一个阈限状态，是对自我的一次超越。

作为事件的文学是开放性的，读者可以从不同角度去体验和理解文本的文学性。在《事件：文学与理论》（2015）中，伊莱·雷纳提出一种具体的事件文学的阅读方法，那就是"现象学悬置"（phenomenological suspension）。他解释说："当一般规则与判断、原初意图与意识形态目标、语义与历史指涉通通被悬置，读者便能够细读文本，直接参与文本的独特运动。"[2] 因而，文学的意义不是固定的，而是流动的，是在特定条件下生成的。"文学事件理论寻找一种中间位置作为它的第一原则。这种处于文本与物质之间的不稳定的位置开启了诠释过程。"[3] 事件是文学性的必要元素。文学事件接纳新的意义与感受。此外，文学的事件强调文学的效用，以及这种效用是如何实现的。"从文学中我们学到的不是真相，而是真相如何得到讲述或否认。近年出现的批评往往强调文学作品具备见证历史创伤的力量。我在这里再次强调，我们讨论的作品可同时在多方面发挥作用。它们蕴含着强大的见证能力，同时作为文学作品，它们也在上演见证之举。这种上演催生了阅读带来的愉悦强度，它

---

[1] Joshua Landy, *How to Do Things with Fiction* (London: Oxford University, 2012), 9.
[2] Ilai Rowner, *The Event: Literature and Theory*, 170.
[3] Ilai Rowner, *The Event: Literature and Theory*, 169.

通常使文学作品成为更为有效的见证,而不单单是历史记录。"[1]

阿特里奇还借鉴表演研究的理论来讨论文学的事件。文学的呈现方式不只是阅读一种,通常是指一个人静静地阅读。还可以有文学作品的朗读,既包括现场的朗读,又包括有声小说或诗歌这样借助一些技术媒介的传播,其中还有一种难得的朗读方式,就是作者朗读自己的作品。除此之外,还有根据文学作品的各式各样的改编,比如:舞台剧、电视、电影等。人们接触文学的方式越来越多元,有阅读,也有听和观看。有时,一部作品可以同时被阅读、朗读和观看。文学变成跨媒介的表演事件,需要我们积极改善应对的策略。由于牵涉到了表演,一个内容庞杂、发展迅猛、理论更新快的戏剧与表演研究领域给文学研究带来挑战,同时也提供了重要的机遇。除了舞台、电视和电影等跨媒介的改编理论之外,人类学与社会表演的理论也同样可以应用于文学事件的研究。文学的事件是一个包括创作、作品、阅读、改编、传播、接受等在内的动态网络。需要讨论的问题具体包括:文学事件是怎么发生和发展的?谁是主要角色?哪些媒介与之相关?文学事件与文本之间是什么关系?文学事件发生的社会、历史和文化语境如何?文学事件产生怎样的社会影响?等等。

阅读产生的效果是复杂多样的,难以预测。但有一点是肯定的,就是它改变了读者。"我相信,如果读者在阅读作品之后有所改变,这是由于作品展示给读者的他者性;但是我需要再一次强调,我所谈论的这种变化能够从人们生活中的整个道德

---

[1] Derek Attridge, *The Singularity of Literature*, 97.

基础的重估延伸到一个对句子力量的重新鉴赏"。[1]《如何用小说行事》也谈到文学对于读者的形塑作用。"这就是我写这本书的目的，一种与众不同的文学观念，它不是关于示范性的或者情感的，也不讨论对于认识的启迪。我认为，我们可以把一系列文本称为'拓展小说'，这些文本的功能是调节我们的心智能力……它们自我呈现为精神修炼（神圣的或者是世俗的）、延展阅读空间和积极的参与，这些都可以磨炼我们的能力，因此，最终可以帮助我们实现自我。"[2]

文学是审美的，也是施行性的；是精神上的，也是物质的；是个体的，也是集体的；是言语叙事的，也是行为动作的。此外，它既是自娱自乐的，也是一种伦理实践。"当我们阅读一部有创新性的作品时，会发现我们负有某些责任：尊重他者性，回应它的独特性，与此同时避免削弱作品的异质性。"[3]有效的阅读需要读者既能浸入文本世界，又能跳出来，摆脱文字的魔力，反思一下自己的阅读。"然而，它（文学的伦理需求）是作品具有文学性的前提：作品上演的基本过程就是语言影响我们和世界的过程。文学作品需要一种阅读，一种能够公正地对待这些复杂精细的过程，一种表演意义上可以放置于行动或戏剧中的阅读，它能够积极参与和抽离，并能够以一种好客的胸怀拥抱他者。"[4]作为事件的文学意味着，阅读既是一种责任，也是一种积极开放、不断进取的姿态和行动。

---

[1] Derek Attridge, *The Work of Literature*, 56–57.
[2] Joshua Landy, *How to Do Things with Fiction*, 10.
[3] Derek Attridge, *The Singularity of Literature*, 130.
[4] Derek Attridge, *The Singularity of Literature*, 130.

结语

以言语行为与事件为核心的文学表演性理论促进文学研究的转型。文学批评呈现出新的气象，最主要的表现是把文学看作是一个动态的、互动的、开放的过程。说它是动态的，是指文学不是恒定的，曾经习以为常的作品的确定性掩盖了作家创作活动的变化性和丰富性；而在当下的信息和数字化时代，作品的呈现方式不断变化，文学的文本性因为受到表演性的干预而需要不断地被界定。说它是互动的，不仅是因为作品的价值在于阅读或者观看，文学是由作品和读者/观众共同构成的发生或者事件；它还在于作家、读者、批评家、翻译者等构成彼此联系、相互作用的网络。其实，作家自己也是读者，在创作过程在用他想象的读者期待视野和审美境界来对自己的作品进行阅读、评价和修改。再如，作家与翻译的关系。在当下全球传播的时代，作家有时也是自己作品的译者，或者作家与自己作品的翻译者在创作或者出版过程中有了接触，这样翻译就可能介入了写作或者说作品形成的过程。说它是开放的，是因为文学的形态变得不确定了，文学的跨媒介传播更是延展了文学的空间，这样一来解释和评价文学的视角和方法变得更加多元。

随着文学观念的改变，研究方法也必然更加多样，具有这个时代特色的跨学科性，比如数字人文的方法。弗兰科·莫莱蒂借助一些文学研究实验室的建设，运用数据库和数字运算的方法，提出"远程阅读"的理论。[1] 它给文学研究，尤其是世

---

[1] 参见 Franco Morreti, *Distant Reading* (London and New York: Verso, 2013)。

界文学研究，带来新的视角和方法。另外，在戏剧与表演研究领域，数字化研究方法拓宽了研究视野。比如，有学者利用挪威易卜生中心的《玩偶之家》的演出数据库，从事该剧在全球传播和改编研究，探讨艺术家们是如何在不同的文化语境中重新解读和搬演这个剧本，同时分析在这个过程中各种社会、经济和政治的因素所起到的作用。[1] 此外，表演人类学的田野调查、口述史的访谈等也丰富了文学研究的手段和路径。

值得注意的是，从事文学的表演性研究要利用好中国传统与现代的文化资源，尤其是文论资源，让文学的表演性理论在中国能够更加接地气，从而不仅可以被学术界更多的人接受，同时也能够丰富文学表演性的理论建设，提高它的阐释效果。传统的"文以载道"与表演性在观念上是相通的。而社会主义文艺观的核心是，文艺是为大众服务的。在中国，文艺的社会功能一直受到高度重视，文学创作"对塑造一个国家的时代精神、树立其核心价值观、构建民族身份认同、传承民族文化传统，都具有重要作用"。[2] 在社会主义文艺思想指导下的创作实践是非常丰富和多样化的，可以从文学表演性的理论视角加以分析和反思，以期未来在文学理论和批评实践上都可以有新的突破和创新。

当然，任何一种文学批判方法都不是万能的，它有所侧重，也就必然会有所轻视。文学的表现功能、审美功能与表演性都涉及文学的本质，它们之间相互交叉、彼此融合。因而在研究

---

[1] 参见 Julie Holledge, Jonatthan Bollen, Frode Helland and Joanne Tompkins, *A Global Doll's House: Ibsen and Distant Visions* (London: Palgrave, 2016), 1-22。
[2] 王守仁:《总序》，载何成洲主编《全球化视域下的当代外国文学研究》，译林出版社，2019年，第1页。

实践中有必要借鉴不同的文学批评范式，统筹兼顾，尽可能在文学的批评实践中做到既敏感又睿智，既宏观又微观，既突出重点又照顾到整体。因而，文学表演性的批评是一种需要综合运用、反复平衡的学术"表演"。

　　目前，表演性理论应用于小说研究比较多，涉及戏剧和诗歌研究的相对有限。另外，它对于世界文学、比较文学、文学翻译等方面研究的启发性还没有充分展开讨论。更重要的是，文学、艺术以及其他不同学科的表演性研究要能够产生碰撞，相互启发，共同推动学术研究的发展。表演性理论的探讨需要超越文学研究，加强艺术领域的相关研究，尤其是戏剧和影视的表演性研究。

第五章　表演与表演性
——跨文化戏剧的视角[1]

戏剧表演是综合性艺术，涉及文学、音乐、舞蹈、美术、灯光、服装、建筑等。当代剧场一直是先锋艺术的试验场，是创新艺术理念的孵化器。戏剧给电影电视等艺术领域提供资源和支持；与此同时，后者也丰富了戏剧的表现形式和手段，推动戏剧艺术不断地推陈出新。但是，电影电视的普及化也给戏剧带了深刻的危机，直接导致剧场观众的不断萎缩。为了生存，戏剧必须寻找差异性发展的路径，强调观演同时在场作为戏剧的独特性，也是戏剧的魅力所在。在这个意义上讲，剧场是真正的公共空间，是能够在演出的参与者（包括演员和观众）之间直接产生思想碰撞、交流与互动。值得指出的是，剧场的空间是多元和多变的，不仅仅局限于传统的剧院，也可以是任何现实的场所。戏剧是政治的，一直是社会和文化干预的重要载体。戏剧的形态也在不断发生改变，随着20世纪60年代以来表演研究的兴起，戏剧越来越社会化和生活化，以至于我们现在通常用"戏剧与表演研究"来指涉这一不断扩大、纷繁复杂的人文领域。

---

[1] 本章来自笔者已发表的论文，这里稍作修改。参见何成洲《作为行动的表演——跨文化戏剧研究的新趋势》，《中国比较文学》2020年第4期，第2—14页。

在当代戏剧与表演研究中，人们对于表演的理解和阐释有了深刻的变化。表演不再是围绕演员和导演，而是演员与观众的同时在场与互动交流；表演不只是承载着意义和思想，而是引起观众各种本能的反应并影响他们的行为；表演不仅仅呈现了各种人物、冲突和场面，而且生成了物质性的存在。表演是艺术的，也是社会的和经济的，各种各样的因素影响着表演的准备过程和它的发生。表演对于观众产生影响，也改变了演员自己，同时也能够作用于社会，因而表演是能动的行为和事件，具有了表演性的不同特征。它的表演性既体现在审美的层面，也体现在认知的层面，还体现在行动的层面。戏剧与表演在艺术创作上丰富多彩，复杂多变，下面将聚焦跨文化戏剧，以此来展开对于表演与表演性的探讨。

自20世纪80年代以来，跨文化戏剧成为国内外戏剧界的一个重要现象，围绕它的理论争鸣一直没有停止过。到现在为止，跨文化戏剧的理论话语通常以西方的经验为主，凸显出西方中心主义的色彩，早期的西方跨文化戏剧也被批评为"霸权式跨文化戏剧"（HIT）。[1] 近10年来，德国戏剧学者费舍尔-李希特等人认为不应该将本文化以外的文化他者化，反对东西方文化之间的"二元论"，提出"交叉表演文化"的理论，赋予不同文化平等参与的权利和地位。最近有学者提出"新跨文化表演"的概念，一方面认为以往从意识形态与审美角度的阐释不可避免地将这些创新的戏剧试验"扁平化、普世化和去历史化"，[2]

---

[1] Charlotte McIvor and Jason King, eds. *Interculturalism and Performance Now: New Directions* (London: Palgrave Macmillan, 2019), 23.

[2] Charlotte McIvor and Jason King, eds. *Interculturalism and Performance Now: New Directions*, 23.

另外一方面也指出过去的理论研究对于西方以外，尤其是亚洲的跨文化戏剧所取得的成就和经验关注不够。这些恰恰也是本研究的出发点，但是思考的路径、概念和观点皆有所不同；这里所要做的是结合中西方跨文化戏剧的比较，借鉴新的、有挑战性的批评理论和方法，探讨戏剧的表演性问题。

还有一点，以往的跨文化戏剧研究往往囿于戏剧自身的讨论，没有充分考虑到戏剧事件发生过程中众多社会性因素的参与、互动和相互作用。根据布鲁诺·拉图尔提出的"行动者网络理论"（ANT）——社会性不是同质性的社会要素的集合而是异质性社会与非社会要素的"集群"（collective），跨文化戏剧的演出往往也是由许许多多戏剧与戏剧之外因素结合在一起相互作用下的事件。在这个基础上，借鉴芮塔·菲尔斯基在《批评的局限》（2015）中提出的从怀疑阐释转变为强调建构性的"后批评阅读"的观念，[1] 以作为行动的表演为讨论切入点，试图提出一个具有积极意义的、注重生成性和表演性的跨文化戏剧新理念，并由此进一步探讨表演与表演性之间的关系。

一、表演事件的生成

欧美的跨文化戏剧主要有三种类型：1. 改编和利用西方以外的故事和戏剧传统，比如布鲁克根据印度史诗改编的《摩诃婆罗多》。2. 在演员训练和演出中借鉴和融合西方以外的戏剧表演传统，常见于格洛托夫斯、阿里亚娜·姆努什金、巴尔巴、谢克纳等导演的作品与演员训练中。3. 全球化戏剧，比较有代

---

[1] Rita Felski, *The Limits of Critique* (Chicago and London: The University of Chicago Press, 2015), 12.

表性的是罗伯特·威尔逊的"企业模式"（corporate model），不仅体现在拥有全球资本和演出市场上，而且也包括在脚本创作、演员、舞台制作、演出支持团队等方面的国际合作，比如他的戏剧作品《奥兰多》（*Orlando*）、《内战》（*Civil Wars*）等。此外，还可以关注欧美的导演和戏剧家如何吸收和借鉴东方的戏剧和文化，比如，布莱希特研习梅兰芳的京剧提出"间离效果"概念，约翰·凯奇、威尔逊受《易经》启发发明随机组合的方法。相比之下，中国的跨文化戏剧由于历史与现实的原因，它最常见的形态是用中国的戏剧形式，包括戏曲，来改编西方的戏剧文本，莎士比亚、易卜生、奥尼尔、布莱希特等是最经常被改编的西方戏剧家。其次是在同一个演出中混合中外的演出传统，包括直接用外国的演员，比如中挪合作的《玩偶之家》（1998）、中日合作的《牡丹亭》（2008）、中英合作的"汤莎会"《邯郸梦》（2016）等。跨文化戏剧在世界范围内的兴起与全球化的社会进程有着密切的关联。

20世纪80年代以来，顺应时代的发展，跨文化逐渐成为日常生活的普遍现象，因而成为一个备受关注的话题。"随着城市和国家逐步摆脱单一性，随着国家、文化（不管愿意与否）之间的交流逐渐增强，随着杂糅和融合（形式的出现）日益成为无处不在的文化生产的特征，以及随着19世纪民族主义让位于21世纪的跨民族主义，就有必要重新审视文化交流以何种方式进行。"[1] 近年来，"跨文化主义"取代"多元文化主义"成为一个关键概念，受到越来越多的支持。人们设想跨文化理念和实践能够使不同种族、宗教、语言和社会背景的人"共同前进，

---

[1] Ric Knowles, *Theatre and Interculturalism* (London and New York: Palgrave Macmillan, 2010), 3.

在共同的普世价值观基础上建设性地、民主地处理我们不同的身份"。[1] 从这个意义上来说,跨文化主义有助于对文化"多样性"的理解,有助于增强社会凝聚力,让世界主义成为未来社会的一个文化标识。

当下,跨文化戏剧在世界各地蓬勃发展,对于我们更好地生存在这个"扁平地球"上有一定的启发性与指导性。"在表演中,可以尝试新的社会共存形式,或者新的共存形式自然显现。在这个意义上,表演文化的交叉过程,可以而且经常提供一种实验框架,通过实践一种美学,来体验文化多元化和全球化社会的乌托邦想象,从而形成社会中前所未有的合作策略。"[2] 像文学和其他艺术形式一样,戏剧也是一种行动,而不是纯粹的美学体验。然而,戏剧与表演并不能完全通过自身使事物发生变化,而要与由物、人和概念组成的社会和文化网络相结合。在《重塑社会:行动者网络理论导论》(2005)一书中,拉图尔指出,"一个要素是要借助很多其他要素才能发生作用"。[3] 跨文化戏剧研究不仅仅需要分析不同表演文化之间的接触和互动,还要关注包括戏剧和文化在内的多个要素如何被结合在一起,构成一个戏剧的事件?以及通过互动产生什么样的效果?具体说来,需要处理好以下几种关系。

首先是本土和全球的关系。拉图尔在书中提出用"社会结

---

[1] Charlotte McIvor, "Introduction," Charlotte McIvor and Jason King, eds. *Interculturalism and Performance Now: New Directions* (London: Palgrave Macmillan, 2019), 14.
[2] Erika Fischer-Lichte, Torsten Jost, and Saskya Iris Jain, eds. *The Politics of Interweaving Performance Cultures: Beyond Postcolonialism* (New York: Routledge, 2014), 11.
[3] Bruno Latour, *Reassembling the Social: An Introduction to Actor-Network-Theory* (Oxford: Oxford University Press, 2005), 46.

合体"(social collective)的概念代替传统社会学意义的"社会"(society)概念，不同点在于后者只是关注社会的不同层面，包括组织、群体、阶层、身份等等，而前者则包含经济、法律、语言学、心理学等，是由各种跨学科的异质因素组合或者重新组合构成的。这个社会结合体的建构包含三个具体的步骤，分别是：全球的本土化、重新分布本土化，以及建立本土之间的联结。跨文化戏剧是在具体本土语境下发生的，但是充分利用了全球化的因素。随着本土的跨文化戏剧作品走出国门，面对不同社会和文化环境，接触不同文化背景的观众。跨文化戏剧需要考虑它在不同地点和本土环境下的接受，它的价值必然需要将不同地方的演出联结起来考虑。这样一来，构成跨文化戏剧事件的网络就是包含本土的和全球的，是它们之间的有机组合。正如布莱恩·辛格尔顿所指出的，"网络现在超越了地方和国家的界限，在全球范围内、在以前无法想象的新领域中，与社会和文化行动者进行交流"。[1] 把全球的要素加入到一个本土演出当中，又让这个全球化的演出超越本土的限制，跨文化戏剧因而产生巨大的改变现实的力量。戏剧中的跨文化相遇为人们在新的历史时期如何共处提供了新的思考和参照。

其次是审美和社会性之间的关系。在《批评的局限》中，菲尔斯基呼吁以一种后批评阅读替代她称之为怀疑的诠释学，因为她相信"艺术作品是社会的、交际的、相互联系的、世俗的、普遍存在的，然而它们同时也毫无矛盾地给人炽热的、非

---

[1] Brian Singleton, "Performing Orientalist, Intercultural and Globalized Modernities: The Case of *Les Naufragés du Fol Espoir* by the Théatre du Soleil," Erika Fischer-Lichte, Torsten Jost, and Saskya Iris Jain, eds. *The Politics of Interweaving Performance Cultures: Beyond Postcolonialism* (New York: Routledge, 2014), 82.

凡的、庄严的、十分特别的感觉。它们的独特性与社交性是相互联系的，而不是对立的"。[1] 就跨文化戏剧来说，艺术上的大胆创新与社会、文化、政治等方面的考虑往往是密不可分的。里克·诺里斯用"表演生态"来描写这个戏剧事件的网络，认为它是由"表演者、表演、机构、艺术家、管理人员和观众"等因素构成的，它们之间的互动显然超越了剧场本身。[2] 这种剧场观用夏洛特·麦基弗和詹森·金的话说，是一种"新跨文化主义"。[3] 但是，它忽略了对于戏剧之外的种种因素，社会、政治、经济等方面的考虑，因而在阐释戏剧事件的时候仍然没有足够的说服力。

除此之外，还需要从比较的角度出发分析中国和西方的跨文化戏剧，它们的创作有着不同的背景和诉求。西方跨文化戏剧反对心理体验的自然主义戏剧传统，重视身体性和物质性，主要由热衷实验性的剧团来创作。这些戏剧团体通常处在传统剧场之外，重视演员训练和即兴表演，尤其习惯用亚洲、拉美等地的传统戏剧技巧来训练；在政治和文化立场上，是反主流的，很多时候与女权主义、同性恋、族裔冲突、移民等话题交叉；在主题内容上，批评资本主义的商业文化、贪婪的欲望、畸形的景观社会等等。在演出过程中，西方跨文化戏剧提倡演员和观众的混合，大力鼓励观众的参与。在中国，当代跨文化戏剧通常是由正式的官方演出团体实施，定位为试验性的尝试，有时是应国外戏剧节的邀请定制的，得到国内外的特别资助，

---

[1] Rita Felski, *The Limits of Critique*, 11.
[2] 参见 Charlotte McIvor, "Introduction", Charlotte McIvor and Jason King, eds. *Interculturalism and Performance Now: New Directions*, 11。
[3] Charlotte McIvor, "Introduction", Charlotte McIvor and Jason King, eds. *Interculturalism and Performance Now: New Directions*, 27.

而且国外演出一般被认为是推广中国文化,因而往往得到政府的重视和资助,可谓名利双收。总体看来,中国的跨文化戏剧中,观众的参与度不高,排演风格上也没有太多的不同,演员仍然是要多次排练的,即兴表演成分少。当然,有的时候跨文化戏剧的目标是追求艺术的创新,比如,80年代徐晓钟导演《培尔·金特》,目的是要变革话剧的易卜生式现实主义表演传统与戏剧理念。90年代以来,跨文化戏剧的演出动机和效果千差万别,不仅在戏剧艺术上追求先锋性和革新性,同时对推动文化上的多元和包容格局产生建设性的示范作用。

毋庸置疑,东方(包括中国)的跨文化戏剧与西方的跨文化戏剧又是密不可分的。比如,在创办太阳剧社之前,姆努什金曾在印度、日本、巴厘岛、泰国、柬埔寨等地游历,观看过无数的当地传统表演。她还广泛邀请亚洲的戏剧大师教授她的演员,为访问表演提供方便,创造跨文化交流的条件。在导演上,姆努什金将亚洲戏剧元素加入她导演的莎士比亚、埃斯库罗斯和欧里庇得斯的剧作中。不过,这里亚洲的舞台形式有时并不是真正亚洲的,而是西方艺术家想象中建构的。"它们是姆努什金对事实上应该被称为想象形式的自由改编,而这种想象形式又来自想象中的东方,她一直用'l'Orient'这个词代替'l'Asie'来指代亚洲,并不是没有东方主义的意味。"[1]西方跨文化戏剧的很多创新受到亚洲戏剧的启发,比如:在戏剧观念上,强调演员的能动性,注重剧场性,突出身体性(包括动作、服装、声音);在团队上,用了一些亚洲演员,邀请亚洲戏剧团队来表演和示范;在演出上,利用亚洲的表演形式,例如姆努

---

[1] Maria Shevtsova, *Robert Wilson*. 2nd ed. (London: Routledge, 2019), 100.

什金在太阳剧社让演员模仿歌舞伎（Kabuki）的白色脸部化妆。但是，这些作品总体上算是欧洲白人导演的作品，欧洲艺术家占主导地位。这也进一步佐证了前面提到的"霸权式跨文化戏剧"（HIT），现在是到了对此加以反思和批评的时候了。

同样，中国的跨文化戏剧也是与西方密切相关的。除了前面提到外国戏剧的改编、中外演员的同台演出等等，还涉及中国的文化政策、跨国资本、不同国家和地区之间机构之间的合作等等。影响跨文化戏剧事件的因素很多，是一个综合的网络，而且这个网络因时因地还会发生变化，因而是流动的、不稳定的。这方面一个典型的例子是张艺谋导演的歌剧《图兰朵》，1998年在北京太庙前面搭台演出。据了解，1990年以前《图兰朵》因为被批评含有东方主义的色彩而从没有在中国上演过。那么，为什么张艺谋能够在北京堂而皇之地上演该剧，并且演出阵容宏大、盛况空前呢？该剧由鲁宾·梅塔导演，意大利的交响乐团现场演奏，多位来自欧美的世界级男高音和女高音献唱，令人大开眼界的舞台布置，极其昂贵的服装，等等。如果说这些是看得见的因素，那么其他可以考虑的问题是：政府给予了什么样的政策和资金支持？国际合作怎么实施的？经费是如何筹措和分配的？张艺谋电影导演的声誉起到什么样的作用？等等。[1] 更有趣的是，张艺谋导演的《图兰朵》后来有了很多版本，被带到世界很多地方演出，比如韩国的国家体育馆、法国的法兰西体育馆、德国的慕尼黑体育馆。奥运会之后，2009年在北京的鸟巢体育场演出过，盛况空前。

---

[1] Chengzhou He, "The Ambiguities of Chineseness and the Dispute over the Homecoming of *Turandot*," *Comparative Literature Studies* Vol. 49, No. 4 (2012), 547-564.

张艺谋的《图兰朵》是一个全球化戏剧大事件，类似之前威尔逊在欧美导演的全球化戏剧。根据弗吉尼亚·伍尔夫的同名小说改编，《奥兰多》于1989年在德国首次推出，1993年出现法国版、丹麦版，1996年爱丁堡艺术节英国版，以及2009年中国台湾版。[1] 当下，全球化戏剧的娱乐化和商业化特点明显，这也是90年代世界戏剧的一个趋势，但是它是值得我们质疑和批判的，因为需要警惕它是否削弱了戏剧的社会和审美功能。我们不免要问：跨文化戏剧中表演者具有什么样的动机？是否发挥了他们的能动性并产生了积极的改变？

二、 表演者的主体间性

表演事件是由诸多不同属性的因素构成的，但是其中最重要的一个因素应该是演员或者表演者。跨文化戏剧中，表演者不得不走出自己熟悉的领域，面对各种前所未有的挑战，发挥各自的能动性。西方实验剧场，包括跨文化表演，重视身体的训练，强调从不同表演文化那里学习和借鉴身体的表演技巧和方法，其中包括中国、日本和印度的传统戏剧。在一次访谈中，彼得·布鲁克说，"我们的工作基于这样一个事实，即人类经验的某些最深刻的方面可以通过人体的声音和动作表现出来，能够引起任何观察者的共鸣，无论他的文化和种族背景如何；因此一个人可以在任何情况下工作，因为身体本身就是工作的源泉"。[2]

---

[1] Maria Shevtsova, *Robert Wilson*, 36.
[2] Peter Brook, "Brook's Africa: An Interview by Michael Gibson," *The Drama Review* Vol. 17, No. 3 (1973), 50.

欧美的跨文化戏剧重视即兴表演，发挥演员的创造力。从格洛托夫斯基、布鲁克、到巴尔巴等都重视即兴表演对于演员训练与演出的重要性。姆努什金在巴黎郊区的法国太阳剧社，吸引了来自全世界的演员，她的一个导演原则是充分发挥演员的能动性，让他们选择角色或者说寻找适合自己的角色，在表演中充分发挥自己的长处。她导演的作品很大程度依赖演员的即兴表演，拉近演员与观众的距离。她说："当导演意味着'给予'每个演员'正确的视野和好的桨'，之后我们必须一起划船。"[1]当代西方导演们推崇的以演员为中心的表演体系，与亚洲传统戏剧有一定相似之处，在一定意义上也受到了后者的启发。

跨文化戏剧的表演者，不仅对于其他的文化有一个理解、消化和接受的过程，同时对于自己的文化也有一个从新的角度反思的机会。因而，演员的表演反映了处在不同文化之间的主体间性，他们的体验也许可以用"阈限"（liminality）来加以解释。这个概念最初应该是维克多·特纳在讨论仪式的体验时提出来的，意思是一种不稳定的状态，"介于法律、惯例、习俗的规定、安排和礼仪之间"。[2]费舍尔-李希特在《表演性美学》一书中认为，有两个因素生成了"阈限"体验，"第一，自创生和出现；第二，二分法的崩溃"。[3]其中最重要的一点是，打破非此即彼的二元论束缚，通过主体之间的对话，进入一个阈限状态。跨文化戏剧通过文化对话鼓励人们克服自己的思维定势和习惯，实现对表演者以及观众的改造。

---

[1] 转引自 Maria Shevtsova, *Robert Wilson*, 101。
[2] Victor Turner, *The Ritual Process — Structure and Anti-Structure* (London and New York: Routledge, 1969), 9.
[3] Erika Fischer-Lichte, *The Transformative Power of Performance: A New Aesthetics*, 176.

中国的跨文化戏剧形式多样，演员的表演也呈现不同的形态，遭遇不同的问题和挑战。首先，在戏曲改编的西方戏剧中，演员看上去是在表演自己熟悉的戏剧传统，比如昆曲改编莎士比亚的《血手记》(1987)，或者越剧改编易卜生的《心比天高》(2006)，但是这种西方的心理戏剧对于戏曲演员来说是陌生的。当代戏曲剧目很多是折子戏，以讲故事为主，每一个折子戏都有一个独立的故事情节。而西方的心理戏剧注重呈现一个完整的动作，从人物的复杂动机、冲突的发生和发展，到情节的高潮等构成一个逻辑严密的体系，这些对于习惯程式化和类型化表演的戏曲演员来说是有很大隔阂的。但是从另一角度看，也是他们接触不同表演文化、丰富和提高自己表演艺术的一个难得机遇。这是一些戏曲演员们为什么愿意尝试跨文化戏剧实验的一个重要原因。

其次，在一些中外演员同台演出的表演中，演员们一方面表演各自的传统，另一方面还要努力与来自其他文化的表演者配合，他们之间构成了有一定张力的互动。而且，这里还有语言的问题，有的时候是双语或者多语演出。在这种被马文·卡尔森称为"双语混合剧场"（Macaronic Theatre）中，当一个人在演出中面对讲外语的同伴或者用自己不熟悉的外语演出的时候，他与自己的角色之间会产生不同程度的陌生感。另外，语言作为文化的载体，本身也是不平等的，有些语言，比如英文，隐含着一种优越感或者文化霸权。在特定的社会语境下，双语演出或者多语演出对于表演者的主体认同产生一定的影响。

还有一种不常见的情况，一个演员在表演过程中有意地去联结和沟通不同的表演文化，不仅仅是运用一些其他戏剧传统的技巧，而是在表演形式和风格上体现两种不同的戏剧传统。

毫无疑问，这个应该非常富有挑战性的。在中日合作版昆曲《牡丹亭》中，坂东玉三郎就是一个典型的例子。2006年，日本国宝级歌舞伎大师坂东玉三郎来到苏州昆剧院，学习昆曲《牡丹亭》，2008年起开始在中国和日本的多个城市巡演。他不会讲汉语，是如何演唱昆曲的？歌舞伎和昆曲在他的表演中是如何混合在 起？昆曲观众和名家的反响如何？

中日合作版《牡丹亭》在中国和日本的媒体上都引起了强烈的反响。在当时中日关系紧张的情形下，这个跨文化戏剧演出代表了一种友好的民间声音。而当这个戏后来在巴黎上演的时候，融合昆曲与歌舞伎的演出代表了一种"东亚跨文化范式"[1]，在欧洲观众那里得到不一样的体验和解读。对于跨文化戏剧而言，观众的角色更加复杂而多变；不过非常明确的是，观众的重要性得到进一步彰显。

三、 观演关系的转变

德国剧作家、导演和理论家布莱希特十分看重观演的互动。1927年他创作的歌剧《马哈哥尼城的兴衰》上演，部分喜欢高雅艺术的观众因不满而发出嘘声，布莱希特让演员用准备好的哨子声给顶了回去。在布莱希特看来，观众在演出现场的嘘声是演出的一部分，这种观演关系继承了欧洲民间演出卡巴雷的传统，是布莱希特叙事剧中"间离法"的一个重要特点。[2] 布

---

[1] Chengzhou He, "An East Asian Paradigm of Interculturalism," *European Review* Vol. 24, No. 2 (2016), 210-220.
[2] 参见李亦男《当代西方剧场艺术》，广西师范大学出版社，2017年，第41—42页。

莱希特的"间离"戏剧观直接启发了当代欧美实验剧场。

当代剧场理论的一个特点是强调观演的同时在场，观众的参与是实验戏剧的核心。作为当代西方实验剧场的开拓者，格洛托夫斯基将观众视为表演的参与者和"朋友"，在早期领导"十三排剧场"的时候已经将表演空间延伸到观众当中了，表演区与观众区的界线消弭了。在他导演的著名作品《卫城》（1962）中，观众不再是被动的观看者，当表演者用僵尸般的表情和动作，表现纳粹集中营中犹太人非人生活的时候，观众被强烈地震撼，"生成人性被践踏的集体体验"[1]。在表演过程中，他们流露出来的紧张情绪与演员一道构成了那次演出的整体效果。

费舍尔-李希特的剧场"表演性美学"也是建立在观众和演员互动基础之上的，她发明了一个重要概念"反馈圈"（feedback loop）。"简而言之，无论演员做了什么，都会引起观众的反应，从而影响到整个表演。在这个意义上，表演是由一种自我指涉和自发的反馈圈产生和决定的。"[2] 费舍尔-李希特还特别指出，在这个反馈圈中，不仅演员与观众之间有互动，观众之间也相互影响。因而，我们就可以理解，剧场不只是演员的表演，而是包括观众在内的总体效果，戏剧研究向观众接受和反应的转向就显得自然而然了。其实，这与文学研究中的读者转向是一致的。德里克·阿特利奇的文学事件，希利斯·米勒的文学行动，以及近期菲尔斯基的文学之用、后批评阅读

---

[1] Chengzhou He, "Theatre as 'An Encounter': Grotowski's Cosmopolitanism in the Cold War Era," *European Review* Vol. 28, No. 1 (2020), 83.

[2] Erika Fischer-Lichte, *The Transformative Power of Performance: A New Aesthetics*, 38.

等理论都强调从读者出发，以文学体验为中心，考察文学在审美和社会层面的生成性和行动力。这就是前文所说的西方文论的"表演性"转向。

在西方，戏剧被认为是公共生活的一个重要组成部分。在古希腊，戏剧是全民参与的活动，不仅反映城邦中民众的要求，而且也能体现他们的意志。德国的国家剧场体系正是基于戏剧的公共性，戏剧的社会价值得到承认和维护。克里斯托弗·巴尔默的"剧场公共空间"（theatrical public sphere）概念，借用哈贝马斯的社会公共空间理论，讨论戏剧在社会政治生活中所起到的作用。[1] 在中国，戏剧也一直承担社会教化的功能，同时也是不同阶层人们的主要娱乐手段。但是在当下，戏剧日趋边缘化，它的社会性没有得到很好地继承与保护。

姆努什金认为，"戏剧是一种公共服务"。[2] 值得注意的是，她认为戏剧是为普通大众服务，而不是少数中产阶级，戏剧成为践行民主理念的行动。这应该是她成立太阳实验剧场的宗旨，这个剧场是西方戏剧中观演互动的一个典型。玛利亚·谢弗索娃把这种戏剧试验称为"协作戏剧（collaborative theatre）"[3]，认为在这里剧场的实践体现了"集体创造力"。

当代戏剧理论认为，观众是积极的参与者和贡献者，不仅能实现自我的转变而且还能对社会和现实产生影响。在戏剧事件形成和发生的过程中，社会不仅仅是"背景"（context），而且也介入其中。根据拉图尔的 ANT 理论，社会不是外在于这个

---

[1] Christopher Balme, *The Theatrical Public Sphere* (Cambridge: Cambridge University Press, 2014).
[2] 转引自 Maria Shevtsova, *Robert Wilson*, 98.
[3] Maria Shevtsova, *Robert Wilson*, 102.

社会关系网络的，而是内在于它，并积极地发挥作用，这是ANT与传统社会学不同的地方。拉图尔用"联结的社会学"（sociology of associations）来与传统的"社会的社会学"（sociology of the social）加以区分。这个"联结"（associations）就不只是包含社会因素了，而是由新的异质性的因素组合成的。就跨文化戏剧事件而言，观演关系与相关的社会、政治、经济因素等相结合，为我们思考相关问题提供了新的认识框架。跨文化戏剧的观众在构成上有什么特点？不同文化的观众对于跨文化戏剧的接受有什么不同？哪些机构在戏剧的制作、宣传等环节发挥作用？国际戏剧节、基金会与跨文化戏剧有什么关联性？它与国内与国际的文化政策有什么关系？等等。

拿越剧《心比天高》来说，它改编自易卜生的名作《海达·高布乐》，2006年由杭州小百花越剧团演出，除了在上海、杭州等国内城市演出外，还到巴黎、奥斯陆、新德里等地演出过。2011年，当笔者本人在新德里和一群不同国家的演员、学者一起观看该剧的时候，他们的反应令我颇感意外，他们竟然认为这个戏就是越剧，不是什么跨文化戏剧。这让我想起在杭州观看这个戏时，周围有当地观众嘀咕说，这个不是越剧，越剧里不会有这样的人物，不会发生这样奇怪的故事，等等。由此可见，跨文化戏剧的观众是非常多元和不确定的，他们的反应也会是千差万别的。这启发我们在研究中关注这样的问题：面对不同文化背景的观众会给舞台上的演员带来什么样的影响？演出效果会发生怎样的变化？这些问题更加凸显了戏剧演出的事件性，让我们认识到戏剧表演是不可重复的和不稳定的，它受到具体的时间和空间、历史文化语境以及观众反应的影响。

在国内，跨文化戏剧在实际操作中困难是比较多的，因而特别需要文化政策的关照和文化机构的扶持。有时候，一些国际上的戏剧节邀请跨文化戏剧的作品参加。越剧《心比天高》的创作与受邀参加2006年挪威纪念易卜生逝世100周年的戏剧节活动有不小的关系。不管出于什么样的动机，跨文化戏剧在全球化时代的价值不容置疑，它提倡对于文化差异性的包容和文化多样性的尊重，代表了一种面向未来的价值观。上世纪后半期，在冷战的背景下格洛托夫斯基通过戏剧，尤其是跨文化戏剧，动摇了社会主义阵营与资本主义阵营之间的壁垒，传达了文化世界主义的观念。[1]作为行动的表演，是包括跨文化戏剧在内的当下戏剧表演的一个重要特征。

四、世界主义的文化认同

跨文化戏剧连接不同的文化，必然会发生不同的审美标准和价值观念的接触和碰撞。在这个过程中，人们得以重新审视自己的文化观念，进而有可能以开放和包容的态度对待不同的文化。在这个意义上，它是一种解放和进步，促使世界主义的理念和价值观得到肯定和传播。什么是文化上的世界主义？"文化世界主义可以被描述为一种接受不同文化影响的态度或倾向，也是一种跨越文化边界的实践"。[2]根据斯图亚特·霍尔的观点，文化世界主义"意味着一种能力，即置身于任何一个共同

---

[1] 这一点将在下文有详细论述，也可以参考拙文 Chengzhou He, "Theatre as 'An Encounter' Grotowski's Cosmopolitanism in the Cold War Era," *European Review* Vol. 28, No. 1 (2020), 76–89。
[2] Helen Gilbert and Jacqueline Lo, *Performance and Cosmopolitics: Cross-Cultural Transactions in Australasia* (New York: Palgrave Macmillan, 2009), 8.

体所书写的某人生活之外，不管这个共同体是一种信仰、传统、宗教或是文化——不管它是什么，并有选择地利用各种话语的意义"。[1]

　　跨文化戏剧与世界主义的联系一直受到学界的关注。杰奎琳·罗和海伦·吉尔伯特声称，跨文化戏剧"可能探索跨文化主义的根茎潜能——它在不同文化空间之间建立多重连接和断开连接的能力——并创造无限的、开放的、可能抵制帝国主义封闭性形式的表征。"[2] 在《跨文化主义与表演的新方向》的《导论》中，麦基弗认为，"新跨文化主义的批评方法不断地逆转、重新定向，使熟悉的跨文化交流网络或途径复杂化，在这一过程中破除东/西、北半球/南半球在名声与创新上的两级化"。[3] 此外，跨文化戏剧还和其他一些对抗性的文化议题，比如流散、性别、族裔等，彼此交叉和混合，从而加强了戏剧的能动性和改变现实的力量。

　　跨文化戏剧的特别之处，是让来自不同文化的演员或者观众面对面地交流和互动，产生了费舍尔-李希特所说的"变革力量"。格洛托夫斯基的一个戏剧方法是，让来自不同文化的演员在训练中彼此接触和学习，同时带领他们去各地与不同的表演者和演出团体接触和交流，用开放的心态和胸襟去拥抱他者的文化。格洛托夫斯基的这些做法后来被西方的其他导演仿效。

---

[1] Stuart Hall, "Political Belonging in a World of Multiple Identities," Steven Vertovec and Robin Cohen, eds. *Conceiving Cosmopolitanism: Theory, Context and Practice* (Oxford: Oxford University Press, 2002), 26.

[2] Helen Gilbert and Jacqueline Lo, *Performance and Cosmopolitics: Cross-Cultural Transactions in Australasia*, 47.

[3] Charlotte McIvor, "Introduction," Charlotte McIvor and Jason King, eds. *Interculturalism and Performance Now: New Directions* (London: Palgrave Macmillan, 2019), 1-2.

姆努什金就是这样一位导演,她把自己看作"一个在历史中看到自己的负责任的公民"。用她的话来说,"世界是我的国家,它的历史就是我的历史"。[1] 如果在戏剧里面她的世界主义情怀打上了戏剧化的印记,那么她在现实世界里的实践则体现了她作为世界公民的文化认同。她救助难民,给他们提供住宿,为他们取得合法身份而奔波。这些现实中的实际行动成为她戏剧行动力的延伸或者说是一种有力的佐证。近些年来,在欧洲国家,面对大量移民以及他们所带来的文化差异,跨文化戏剧得到政府政策上的支持和鼓励。尤其在欧盟内部,戏剧成为跨文化对话的实验平台和窗口,让人们尝试超越种族、宗教和文化的差异,尊重多元化,促进社会融合。

在中国,跨文化戏剧除了能够沟通不同文明、培养世界主义情怀之外,还担负将中国的传统文化介绍给世界、讲好中国故事、塑造中国形象的使命。中国传统文化的一个核心概念是"和而不同",跨文化戏剧有力地传递了这个思想。2016年在伦敦上演了一场《汤莎会〈邯郸梦〉》,纪念汤显祖和莎士比亚这两位东西方伟大的戏剧家去世400周年。这部戏由柯军和英国导演里昂·鲁宾合作指导,柯军和江苏省昆剧院的演员与英国舞台剧演员乔纳森·弗斯等同台演出,在昆曲《邯郸梦》的表演中插入选自莎士比亚《哈姆莱特》《麦克白》《亨利五世》《亨利六世》《雅典的泰门》《辛白林》《李尔王》中的十二个片段。在演出上,中方的昆曲与英方的莎剧是时有交叉的两条平行线,通过对一些普遍的人性主题,比如欲望、恐惧、犹豫、贪婪、盲目等的演绎,实现中英文化"跨时空"的对话。这部跨文化

---

[1] 转引自 Maria Shevtsova, *Robert Wilson*, 105.

戏剧是东西方戏剧平等交流的一个范例。

当今世界，全球化让文化互动变得越来越普遍，但与此同时文明冲突并没有得到终结，相反在有些时候随着文化接触的深入而变得更加激烈。因而，跨文化戏剧能够扮演特殊的角色，它所生成的世界主义文化景观弥足珍贵，这是它为什么得到戏剧实践界和理论界普遍重视的一个重要原因。

结语

当前的跨文化戏剧研究呈现新趋势，主要体现为将审美的和社会的（包括政治的）的视角相结合。注重从正面来阐释它的价值，强调表演的行动力和改变现实的力量。值得注意的是，中国的跨文化表演实践已经产生了惊人的成果，而且从演出的过程、剧场的空间、观众的接受等方面看都具有自身的特点，但是没有得到系统的理论总结。立足中国的跨文化戏剧创作、传播与接受，从中西比较的视角，探讨作为行动的表演对于新的跨文化戏剧理论的启发性和应用价值。

跨文化戏剧往往是一个由众多不同性质的因素构成的复杂网络，包含艺术的、社会的、经济的等等。有时，它由来自不同国家和民族的演员、导演和团队成员共同创作，在世界不同的地区演出，面对着不同的观众，它们之间不停地重新组合和互动，生成了表演的能动性和力量，在这一过程中表演与表演性的关系得到充分的演绎。那就是，表演是一个创新的实践，一个表演性的事件。它通常是动态的、开放的，表演者的身份认同不是固定的，而是经历了一次次蜕变。同时，观众的体验也得到升华，在审美、情感上有所转变，进而在行动上有所表现。

作为文学与艺术研究的一个新概念,表演性在具体的阅读和批评实践中怎么加以运用?能开拓什么样的新视角和新方法?为此,本书在第二、三、四部分呈现了一定数量的个案分析,涉及中外小说、比较文学与世界文学、戏剧与影视艺术、跨媒介的文学与艺术等等。

第二部分

文学的表演性

第六章 表演乡土中国性
——莫言与世界文学[1]

瑞典学院于2012年10月11日宣布将该年度的诺贝尔文学奖授予莫言,这是中国作家第一次获此殊荣,随后全球主要媒体刊登评论莫言的文章以及各类与他的访谈。与国内读者和媒体对莫言获奖的一致好评和赞誉不同,国际媒体对莫言获奖则是褒贬不一,而评论者当中有多位知名的汉学家,其中大部分负面评论的出发点主要是政治议题而非文学成就。在《这位作家有资格获诺奖吗?》中,美国人林培瑞质疑莫言没有足够的批评意识,暗示这是"在体制内写作的代价"。[2] 瑞典学者罗多弼赞赏莫言的文学成就,称他为"掌握百年口述故事传统的作家"[3],但是他也认为莫言的文学没有足够的批评力量。与此同时,罗福林和夏谷(Göran Sommardal)等学者为莫言辩护,

---

[1] 本章是在笔者发表的一篇英文论文基础上翻译和改写的,参见 Chengzhou He, "Rural Chineseness, Mo Yan's Work and World Literature," Angelica Duran and Yuhan Huang, eds. *Mo Yan in Context: Nobel Laureate and Global Storyteller* (West Lafayette, Indiana: Purdue University Press, 2014), 77 - 90。

[2] Perry Link, "Does This Writer Deserve the Prize?" nybooks. com 6 Dec. 2012, www. nybooks. com/articles/archives/2012/dec/06/mo-yan-nobel-prize/.

[3] Torbjörn Lodén, "Mo Yans hyllning till Mao förvanår" (Mo Yan's Praise of Mao is a Surprise). *dn. se* 10 December 2012, www. dn. se/kultur-noje/kulturdebatt/mo-yans-hyllning-till-mao-forvanar/.

向莫言的批判者发出诘问。罗福林反问道:"我是不是可以把批判者的声音理解成:除非中国的作家和艺术家'政治上更冒进'且招致牢狱之灾和流放之苦,或者更直接地说,向政府和政治体制直接开炮,否则他们一生的艺术努力和成就不能够得到诺贝尔文学奖此类国际奖项的认可?"[1]

莫言获奖引发的争议远比我所描述的复杂,且涉及面非常广泛。莫言在当年12月初前往斯德哥尔摩出席诺贝尔授奖仪式之前,对于那些针对他的负面批评应该是有所了解的。因而,他将如何利用在斯德哥尔摩逗留期间的各种场合来为自己辩护?在诺贝尔演讲等一系列演讲和致辞之类活动中,他将试图呈现一个什么样的中国作家形象?这个形象是否与他大部分文学作品的主题与风格保持一致?诺贝尔委员会作为一个文学机构在这一过程中起到了什么样的作用?莫言获诺贝尔文学奖构成了一个内容丰富、充满戏剧性的文学事件,其独特性不只关乎文学性,而更与政治有着密切的联系。

一、莫言:一个讲故事的人

对于任何一位前往斯德哥尔摩领奖的作家而言,在瑞典学院所做的"诺贝尔演讲"无疑是最重要的。这是诺奖得主们向世界展示自己的一个重要场合,尤其可以表达自己对文学、人生以及大千世界的思考。对于莫言来说,"诺贝尔演讲"的重要性是无须赘言的。这当然是一个仪式性的活动,要面对特别邀请的、来自不同文化的听众,因此他的演讲自然具有表演的成

---

[1] Charles Laughlin, "What Mo Yan's Detractors Get Wrong," *chinafile.com* 11 December 2012, www.chinafile.com/what-mo-yans-detractors-get-wrong.

分。更为重要的是，在这样的场合，他的话不只是叙述他的想法，而且也是在生产一个自己的"作家肖像"。经过国际媒体的广泛报道，他演讲中的表白和自我辩护又会进一步得到传播，成为世界文学史上一个被铭记的事件。

针对国际媒体从政治的角度对他本人和他作品的批评，莫言将会采取何种言语策略来加以回应？让我们先一起看看他的诺贝尔演讲题目"讲故事的人"：这样一种自我定位显然是从文学性入手来建构他的作家形象的，也十分契合他的文学风格。而且莫言的诺贝尔演讲也十分恰当地采用讲故事的方式，讲述了他青少年时期的磨难经历，深深打动了在场的听众。[1] 莫言在演讲中讲述，他年幼时母亲就因为饥饿、病痛和过分操劳而早逝："母亲去世后，我悲痛万分，决定写一部书献给她。这就是那本《丰乳肥臀》。因为胸有成竹，因为情感充盈，仅用了83天，我便写出了这部长达50万字的小说的初稿。"[2] 他还说到，他因家里贫穷只上了几年小学，辍学后放牛牧羊，而正是这样的农村生活为他的写作提供了丰富的素材。他还谈到他的家乡有着悠久的讲故事传统，对于他的文学创作产生极为重要的影响。他说起自己当年"聆听了许许多多的神鬼故事、历史传奇、逸闻趣事，这些故事都与当地的自然环境、家庭历史紧密联系在一起。我该干的事情其实很简单，那就是用自己的方式，讲自己的故事。我的方式，就是我所熟知的集市说书人的

---

[1] 笔者有幸受瑞典诺贝尔文学奖评委会主席谢尔·埃斯普马克（Kjell Espmark）的邀请，当年曾赴斯德哥尔摩参与了莫言在诺贝尔奖授奖典礼期间的多场活动，包括现场聆听了莫言在瑞典学院的演讲。
[2] 莫言：《莫言在瑞典学院的演讲：讲故事的人》，载谭五昌主编《见证莫言》，漓江出版社，2012年，第225页。

方式,就是我的爷爷奶奶、村里的老人们讲故事的方式"。[1]可以见得,莫言的演讲不只是讲了故事,而是一个有效的言语行为,表演了他的自我辩护。

莫言的文学创作,在很大程度上延续了中国民间古老的讲故事传统。在他的诺贝尔演讲中,他详细讲述自己的农村生活经历,目的是为了塑造一个乡土中国性的文学形象。如果说以上是间接表达了自己的文学观,那么下面这段话虽然有一点调侃的口吻,但是态度则显得直截了当。

> 我获得诺贝尔文学奖后,引发了一些争议。起初,我还以为大家争议的对象是我,渐渐的,我感到这个被争议的对象,是一个与我毫不相关的人。我如同一个看戏人,看着众人的表演。我看到那个得奖人身上落满了花朵,也被掷上了石块、泼上了污水。我生怕他被打垮,但他微笑着从花朵和石块中钻出来,擦干净身上的脏水,坦然地站在一边,对着众人说:对一个作家来说,最好的说话方式是写作。我该说的话都写进了我的作品里。用嘴说出的话随风而散,用笔写出的话永不磨灭。我希望你们能耐心地读一下我的书,当然,我没有资格强迫你们读我的书。即便你们读了我的书,我也不期望你们能改变对我的看法,世界上还没有一个作家,能让所有的读者都喜欢他。在当今这样的时代里,更是如此。尽管我什么都不想说,但在今天这样的场合我必须说话,那我就简单地再说几句。我是

---

[1] 谭五昌主编:《见证莫言》,第224页。

一个讲故事的人,我还是要给你们讲故事。[1]

就像莫言自己所说的,他首先是一个讲故事的作家。他的写作都基于自己的经验,尤其是他在故乡的生活经验,并在这个基础上刻画他所生活的社会,表达了自己的政治观念。

　　在诺贝尔答谢宴会上的致辞中,莫言称自己是"一个来自遥远的中国山东高密东北乡的农民的儿子",同时在最后说到,"我要特别地感谢我的故乡中国山东高密的父老乡亲,我过去是,现在是,将来也是你们中的一员;我还要特别地感谢那片生我养我的厚重大地,俗话说,'一方水土养一方人',我便是这片水土养育出来的一个说书人,我的一切工作,都是为了报答你的恩情"。[2]莫言在不同场合都把自己比作"来自中国乡村、讲述中国民间故事的说书人",对于阅读他作品的普通读者、他的评论家、出席诺贝尔颁奖典礼晚宴的嘉宾以及未来阅读他演讲词的读者而言,这样一种言语行为有力地形塑了他们对于作为作家的莫言以及他的作品的理解和认识。2012年12月8日下午,莫言在斯德哥尔摩大学礼堂里也向在场的大批本地和国际听众现场表演了中国乡村的说书人形象。他用中文朗诵了短篇小说《狼》和长篇小说《生死疲劳》的开头选段。作家本人的作品朗读是一个有意义的文学事件,牵涉到一系列的问题:这些选段是什么内容?他为什么选择朗读这些片段?他的朗读具有什么特点?观众有着怎样的反应?等等。这两个故事的共同特点是动物神话、乡土叙事和中国农村生活,都与乡土中国

---

[1]谭五昌主编:《见证莫言》,第226—227页。
[2]参见www.nobelprize.org/uploads/2018/06/yan-speech-ch.pdf.

性有着密切的关联性。莫言在朗读过之后，一个瑞典演员用瑞典语分别朗读了这两个片段，从而进一步丰富了这个文学的表演。在《环太平洋世界的文化和表演》一文中，约瑟夫·罗奇认为文学的类别应该突破传统文本的边界，将大量文化活动囊括其中，如口述故事、音乐、哑剧、仪式和其他类似的形式。[1]

在作品朗诵结束后，进入了记者提问阶段。关于农村生活如何对于自己创作产生影响，莫言解释道："乡村文化包含许多历史人物、传奇、事件，甚至神鬼故事如狼或者鸡幻化为人。民间叙事元素和口述传统在我的小说中留下非常明显的痕迹，因为这是我当时生活经历的一部分。"[2] 当被问到他对文学与政治之间关系的看法时，莫言答道："任何读者都有权询问作家对政治的看法。我虽然不是政治家，但我的小说都与政治有关。小说家的主要任务是创造出人物，这些人物进而表达作者的观点。"莫言要求读者和评论家不要依据他在公共场合的演讲和行为来判断他的政治态度，而应该立足于他的作品。任何仔细阅读莫言作品的读者，都不会错失他对中国社会乃至整个人类生存境况的批判性思考。

在诺贝尔奖典礼前后发表的演说中，莫言巧妙地借助言语行为的力量，向世界传递了至少三方面重要信息：首先，他是一个来自中国农村的作家，农村的生活经历形塑了他的性格，也影响了他的文学创作；其次，文学是关涉政治的，但是政治不

---

[1] Joseph Roach, "Culture and Performance in the Circum-Atlantic World," Andrew Parker and Eve Kosofsky Sedgewick, eds. *Performativity and Performance* (London: Routledge, 1995), 45.
[2] 这里莫言的话系笔者根据现场录音整理的。

是文学的全部，或者更准确地说，文学是超越政治的；最后，评判一个作家的艺术成就不是通过他的言行举止，而应该建立在对于他作品全面阅读和体验的基础之上。

二、莫言小说中的民间叙事

莫言将他小说中的民间元素归功于蒲松龄和他的《聊斋志异》(1680)。在《学习蒲松龄》一书中，莫言讲了一个蒲松龄搜集写作素材的故事：蒲松龄坐在村里大路旁的柳树下，沏上一壶茶，备上烟袋方便路过的人歇脚，这些路人只需要讲故事回报他。"于是，一个个道听途说、胡编乱造的故事，就这样变成了《聊斋》的素材。"[1] 在这些故事中，真实与幻想的边界被打破，角色既有狐仙、鬼怪，也有书生、朝廷官员等。《聊斋志异》在中国是老少喜爱的流行小说集，在现代有不同媒介的众多改编版本。蒲松龄的家乡离莫言家乡不远，都浸润在丰富的乡土文化传统中，那些民间故事叙述着普通百姓悲欢离合的生活经历。

《生死疲劳》(2006)是一部奇特的小说，人、鬼怪和动物的界限统统模糊了。《生死疲劳》讲的是被枪毙的地主西门闹，以动物和人类的身形经历了六次轮回：驴、牛、猪、狗、猴和千禧婴儿。故事开篇，西门闹因为地主身份被当地革命分子枪决，尽管他自认为并没有做过伤天害理的事情。西门驴作为叙事者是西门闹经历的第一个动物轮回，他辩称自己原是个勤勤恳恳、乐善好施的地主，不应该被枪决。他曾经救过一个奄奄一息的

---

[1] 莫言：《学习蒲松龄》，中国青年出版社，2012年，第1页。

孩童，并善待他，那孩童长大后成了他转世为驴后的主人。即便为驴，他仍然坚持认为"就冲着这一点，你们也不该用土枪崩了我啊！就冲着这一点，阎王爷啊，你也不该让我转世为一头毛驴啊！常说救人一命，胜造七级浮屠，我西门闹千真万确地是救了一条命。我西门闹何止救过一条命？大灾荒那年春天我平价粜出二十石高粱，免除了所有佃户的租子，使多少人得以活命。"[1]

　　莫言在乡村生活经历中，耳濡目染了许多传统的宗教活动。从西门闹投生为动物的故事可以看出，这本小说受到佛教轮回观念的影响。在诺贝尔演讲中，莫言介绍这部小说的写作灵感来自一幅佛教绘画："一直到了2005年，当我在一座庙宇里看到'六道轮回'的壁画时，才明白了讲述这个故事的正确方法。"[2] "六道轮回"的壁画非常繁复，绘有奇怪的形象如马头蛇身和龙头人身。这些形象阐释了佛教中苦海无涯、生死轮回、因果报应的观念，终极思想是善有善报、恶有恶报。

　　民间叙事中自然与动物往往被拟人化，这也是莫言创作的一大特点。在一次访谈中，莫言谈到："首先，我能够与自然建立非常亲密的关系。在学校长大和在田间地头长大的孩子与自然的关系，对动植物的感情是完全不同的。上学的孩子们每天被同学和老师环绕。而我每天被牛羊草木环绕。我对自然的感情非常微妙和感性。很久以来，我都认为动物和草木能够与人沟通，我还感觉到他们理解我说的话。这种经历是独特和可贵的。"[3]这种

---

[1]莫言：《生死疲劳》，作家出版社，2012年，第11页。
[2]谭五昌主编：《见证莫言》，第226页。
[3] Yu Sie Rundkvist Chou, "Mo Yan: Interview," *nobelprize.org*, 2013, www.nobelprize.org/nobel_prizes/literature/laureates/2012/yan-interview-text_en.html.

对于人与环境关系的超现实描写是莫言小说中"魔幻现实主义"的重要标志,让人想到马尔克斯的《百年孤独》。不过,他反复强调自己只浅尝辄止地读过《百年孤独》和福克纳的《喧哗与骚动》,因此对这两部小说中的细节不甚了解。尽管他对这两位作家创造性再现现实的手法深感兴趣,但是他主要还是深受中国农村的乡土文化和说书传统的影响,从《聊斋志异》之类的各色故事中汲取了丰富的灵感。

莫言叙事的另一个特点是将地方戏与讲故事相结合。20世纪80年代,电视在中国农村还未普及,地方戏是大众娱乐和教育的重要形式。中国有几百种地方剧种,如浙江和上海的越剧、江苏北部的淮剧、安徽的黄梅戏等等。在莫言的故乡高密,茂腔深受百姓喜爱,拥有两百多年历史和一百多个常演剧目。在《用耳朵阅读》中,莫言把看茂腔当作自己受教育的源头之一。他只上到小学五年级,但是爱看戏,戏曲是农村人的"开放的学校"。[1] 在莫言的诸多小说中,地方戏构成与主要故事情节相呼应的*互文*文本,最典型的例子是《檀香刑》。小说中有些章节开篇就包含了茂腔的选段,这些选段以诗意的语言书写,适于吟唱,它们还暗示了故事的情节发展。此外,主要人物中有的还是茂腔演员,如主人公孙丙就是茂腔名角。孙丙在茂腔戏曲中扮演的角色与现实生活中的行为相互交融。例如,他的英雄主义观念就受了茂腔戏中他所扮演的英雄人物的影响。像许多其他戏曲剧种那样,茂腔演出中观众和演员的互动也是非常关键的,因而在小说中经常出现观众在旁观时发出"咪呜—咪呜—"的声音。看着"生天台上的孙丙",叙事者以为义猫"哭

---

[1] 谭五昌主编:《见证莫言》,第212页。

嚎是看到孙丙受刑后心中悲痛呢，但马上也就明白了，这声哭嚎是一个高亢的叫板，是一个前奏"[1]。

在《檀香刑》中，戏曲化表现在很多方面。在刽子手赵甲看来，杀人无疑是一场大戏，一场需要很多准备和投入的"表演"。为了让他"大清第一刽子手"的称号更加名副其实，赵甲煞费苦心地发明了臭名昭著的"檀香刑"来处死孙丙。而受刑者为了满足围观者的好奇心，有时也会装出一副满不在乎的"英雄"样子，呼喊一些临刑前的"豪言壮语"，或是吟唱一段类似的小调。这部小说清楚地表明《檀香刑》同时也是一部戏曲，它们之间存在着密切的互动关系。小说的封底因此写道："这是一部真正的民族化小说，是一部真正来自民间，献给大众的小说。"这种虚构小说与传统戏曲结合的方式，是作者试图复兴中国古典小说写作方式的一种策略："当然，这种回归，不是一成不变的回归，《檀香刑》和之后的小说，是继承了中国古典小说传统又借鉴了西方小说技术的混合文本。小说领域的所谓创新，基本上都是这种混合的产物。不仅仅是本国文学传统与外国小说技巧的混合，也是小说与其他的艺术门类的混合，就像《檀香刑》是与民间戏曲的混合，就像我早期的一些小说从美术、音乐甚至杂技中汲取了营养一样。"[2] 对从中国经典和非本土（大部分是西方）文学中汲取养分的现代中国文学来说，这种跨门类、跨媒介的混合是非常必要的。小说与中国戏曲的结合在李碧华的小说《霸王别姬》中也有所体现，该小说后来被陈凯歌改编为同名电影，广受国内和国际观众的赞誉。

莫言作品的表演性还在于他将自己置于虚构的高密东北乡。

---

[1] 莫言：《檀香刑》，作家出版社，2012年，第539—540页。
[2] 谭五昌主编：《见证莫言》，第226页。

下面摘自1992年小说《酒国》的选段再现了莫言式的自我嘲讽：

> 躺在舒适的——相对硬座而言——硬卧中铺上，体态臃肿、头发稀疏、双眼细小、嘴巴倾斜的中年作家莫言却没有一点点睡意。列车进入夜行，车厢顶灯关闭，只有脚灯射出一些微弱的黄光。我知道我与这个莫言有着很多同一性，也有着很多矛盾。我像一只寄居蟹，而莫言是我寄居的外壳。莫言是我顶着遮挡风雨的一具斗笠，是我披着抵御寒风的一张狗皮，是我戴着欺骗良家妇女的一幅假面。有时我的确感到这莫言是我的一个大累赘，但我却很难抛弃它，就像寄居蟹难以抛弃甲壳一样。在黑暗中我可以暂时抛弃它。我看到它软绵绵地铺满了狭窄的中铺，肥大的头颅在低矮的枕头上不安地转动着，长期的写作生涯使它的颈椎增生了骨质，僵冷酸麻，转动困难，这个莫言实在让我感到厌恶。[1]

在莫言的多部小说如《生死疲劳》和《蛙》中都出现了"莫言"这个人物，在不同的上下文语境中扮演着不同的角色。人物"莫言"出现在小说中，表明作者经历了真与假的割裂，同时享受穿梭于现实与虚构之间的自由。值得注意的是，人物"莫言"与现实生活中的莫言并不能等同，作为人物的"莫言"蕴含了作者应对外界对其政治立场的批判的狡黠姿态。另一方面，高密东北乡在他的文学与非文学文本中被反复提及，成为莫言文

---

[1] 莫言：《酒国》，浙江文艺出版社，2017年，第334页。

学中乡土中国性的一个显著符号。在他的诺贝尔演讲的开头部分，莫言说道："通过电视或者网络，我想在座的各位，对遥远的高密东北乡，已经有了或多或少的了解。"〔1〕莫言在那次演讲中八次提到高密，最后他说"我希望把小小的'高密东北乡'写成中国乃至世界的缩影一样"。〔2〕高密东北乡自从第一次出现于他1984年短篇小说《秋天的洪水》后，就超越了故乡的范畴而成为他的文学家园。在这片虚拟的土地上，莫言用自己的笔和文字辛勤地耕耘，引导或者形塑了当代各国读者对中国——尤其是乡土中国性——的认识和看法。高密东北乡作为一个虚构的文学空间，不仅仅是一系列作品中故事发生的背景，也代表着一个叙事风格、情感体验和美学的建构。

莫言的文学再现了家乡波澜壮阔的历史场景和生动活泼的生活图景，巩固了他的乡土作家的身份和地位，同时也疏远了对历史的正统叙事。他的乡土文学话语绘就了另一幅现代中国的生动画卷。正如瑞典学院院士维斯特拜里耶在12月10日颁奖典礼上的致辞中所言：

> 在莫言作品里，一个消失了的农民世界在我们的眼前栩栩如生地展开，你能感觉到它的鲜活味道，即使是最腥臭的气息，虽然残酷无情让你惊骇，但是两边又排列着快乐的牺牲品。这里没有一个死去的瞬间。这位诗人无所不知，无所不能，描绘一切——各种各样的手工艺，锤炼出来的，建筑起来的，挖掘出来的，有家畜的饲养，也有游击队的

---

〔1〕谭五昌主编：《见证莫言》，第221页。
〔2〕谭五昌主编：《见证莫言》，第225页。

诡计。你感到整个人类的生活都能在他的笔尖下呈现。[1]

尽管中国当代作家中不乏乡土文学的高手,诸如路遥、陈忠实、贾平凹和毕飞宇等等,但是莫言的"高密东北乡"小说系列构成了独特的文学风格,它跟政治的关系若即若离,有利于帮助读者更好地理解小说中美学与政治的议题。

三、 作为另类话语的乡土中国性

乡土中国性的表演在一定程度上挑战了中国历史和政治上的某些宏大叙事。莫言以乡土为名,避开了过度政治化的解读,同时巧妙地对现代中国的社会和政治现实提出自己的批评。《红高粱》和《丰乳肥臀》提供了有关革命和社会进步的另一幅场景。《红高粱》没有像官方叙事那样讲述中国人民如何抵抗日寇的侵略。王德威与麦克·贝里指出:"故事情节展开的同时,家族历史与国家历史逐渐交汇,随着'爷爷和奶奶'在游击战中歼灭日寇的场景达到高潮。莫言似乎以此向革命历史小说致敬。"[2] 在大多数中国抗日小说中,主角通常是一些仁人志士,他们为了保家卫国和中国人民的解放事业而上阵杀敌。相较而言,《红高粱》中爷爷带领村民伏击日军,主要是为死去的村民报仇。祖辈的英勇行为口口相传,激励莫言写下这段农村抗击日寇史,有助于补充官方的历史叙事。

《丰乳肥臀》构成了对进化叙事和父权制意识形态的进一步

---

[1] 这段话是瑞典翻译家陈迈平翻译的,来自他给笔者的翻译文稿。
[2] Der-wei David Wang and Michael Berry, "The Literary World of Mo Yan," *World Literature Today* Vol. 74, No, 3 (2000), 490.

挑战。"我之所以坚持认为他的《丰乳肥臀》是'一部伟大的汉语小说',就是因为他在这部作品中张扬了传统民间社会的美好与诗意。如果用最简单的话语来概括,这部小说所表现的题旨,就是记录了'中国传统民间社会在20世纪被侵犯和被毁灭的过程',母亲所代表的人民与民间世界,在一切外来的政治与权力因素的合谋下,在一切外来势力的侵犯下,最终陷于了从肉体到精神的毁灭。"[1] 这部小说贯穿了自1900年义和团起义到20世纪90年代市场经济的中国百年,通过一个家族的兴衰描绘了中国传统乡村社会如何逐步走向解体。主人公金童是瑞典父亲和中国母亲生下的混血儿子,他的懦弱和性无能隐喻了中国乡村社会的凋敝。

莫言的小说《蛙》是对家乡所经历的独生子女政策一个回顾式的评论。《蛙》和《丰乳肥臀》一样被视为"伟大的汉语小说",是2011年第八届茅盾文学奖的获奖作品。独生子女政策对过去四分之一个世纪影响重大,并将在未来仍然深远地影响中国社会生活的方方面面。在中国大部分地区,尤其是城市中,独生子女政策一度被严格贯彻,违反者受到严肃处罚。近年来,随着中国开始步入老龄化社会,这一政策得到修正。《蛙》描绘了一群经受创伤、寻求宽恕的农村人,他们曾经为了响应国家政策,直接或者间接导致了胎儿和孕妇的死亡。

在小说中,赎罪的主题可以划分为几个不同的层次:首先,"我姑姑"从赤脚医生和农村助产士做起,后来成为公社里执行生育政策的主任,任务是要确保每一个没有获得当地政府生育许可的孕妇接受堕胎。因为这一身份,她在村民中得了个"活

---

[1] 张清华:《诺奖之于莫言,莫言之于当代中国文学》,《文艺争鸣》2012年第12期,第3页。

阎王"的外号。当时的农村为此采取了一系列措施，小说对此进行了细致的描写。姑姑退休之后开始了漫长的忏悔之路，祈求得到那些未降生婴孩以及他们受伤害的母亲的宽恕。其次，小说叙述者蝌蚪自身的赎罪构成了第二层伦理反思。他同意怀孕妻子王仁美接受堕胎，却没想导致妻子死亡。后来，他感到自己应该为第一任妻子和他们未降生孩子的死亡负责。小说中隐隐暗示他希望通过写作这一段经历来完成赎罪的心愿。但写作非但没有缓解，反而加重了他的负疚感。再次，《蛙》中的赎罪是在农村集体层面进行表演的。当地两位民间艺人埋头制作陶土娃娃，因为姑姑要供奉他们，这些陶土娃娃栩栩如生地刻画了那些未来到人世便夭折的胎儿的面貌："姑姑将手中的泥娃娃，放置在最后一个空格里，然后，退后一步，在房间正中的一个小小的供桌前，点燃了三炷香，跪下，双手合掌，口中念念有词。"[1] 最后，故事的主体部分在形式上是叙述者与一位日本友人的几封通信，因而他的忏悔超越了国家和民族的层面，具有一种普遍的人道主义精神。同时，由于这位日本友人的父亲当年曾是一位进驻高密的侵华日军将领，这位日本友人也在为父亲和侵华日军给中国人民所造成的伤害和破坏寻求宽恕，这样一种平行的情节结构安排很大程度上拓宽了赎罪主题，升华了作品的主题思想。

尽管莫言有时也会在写作中直面政治问题，如《天堂蒜薹之歌》和《酒国》，但是他更多的是以隐喻的手法表达自己的批评立场和态度。文学无法回避政治，但是能够通过隐喻、反讽等技巧疏离和超越政治。莫言借诺贝尔演讲这难得的机会向读

---

[1] 莫言：《蛙》，上海文艺出版社，2009年，第181页。

者讲述了他对美学和政治关系的理解:"我在写作《天堂蒜薹之歌》这类逼近社会现实的小说时,面对着的最大问题,其实不是我敢不敢对社会上的黑暗现象进行批评,而是这燃烧的激情和愤怒会让政治压倒文学,使这部小说变成一个社会事件的纪实报告。小说家是社会中人,他自然有自己的立场和观点,但小说家在写作时,必须站在人的立场上,把所有的人都当作人来写。只有这样,文学才能发端事件但超越事件,关心政治但大于政治。"[1]对莫言而言,表演乡土中国性成为质疑宏大历史和政治叙事的一个手段,也为我们提供解读他文学作品的一个重要视角。

结语

莫言的小说引发我们对于乡土中国性的重新想象,促使我们从不同角度思考中国性的建构、解构和重构。中国性不应被神秘化,也不应该被视为统一和不变的概念。中国性不仅可以从外部加以审视,中国性及其矛盾也可以从中国内部,从不同的视角进行质询、批判和分析。通过表演独特的乡土中国性,莫言不仅没有如笔名所暗示的"保持沉默",而是在文学作品中对各种政治和社会问题发出了振聋发聩的声音。在这个意义上,莫言的笔名本身就是一个反讽,更加凸显了他作为一个讲故事的人的幽默和胆识。

说莫言表演了乡土中国性意味着,他既为观众和读者展示了自己的乡土情怀,也在写作中建构了乡土中国性的文学身份。

---

[1] 谭五昌主编:《见证莫言》,第 225—226 页。

在小说中，他运用讲故事等民间的叙事手法，描绘了山东高密东北乡发生的一件件往事。在文化层面，通过出席诺贝尔文学奖颁奖典礼的时机，借助公开演讲和接受访谈的方式，向全世界的读者直接地表达了自己的文学观念和主张。而这些文本世界与现实世界的言语行为相互关联、彼此呼应，共同生成了一个世界文学的事件，建构了莫言的文学身份和地位。莫言所表演的乡土中国性，构成了一种以反思或修正方式进行的"反话语"，它可以被视为一种对主流话语的抵抗、改写和补充，也是对那些质疑和批评他获得诺贝尔奖的人的一种反驳。

第七章 《檀香刑》的乡土叙事、事件性与历史创伤

莫言的小说《檀香刑》（2001）中有这么一个小故事：德国人为了维持在山东的殖民统治和攫取经济利益，决定修建胶济铁路。作为外来的殖民者，他们需要培养一批中国人来为他们服务，于是用马队将一些未成年的男孩子带走，给他们以现代的德国教育，然后用他们来帮助德国人管理与运营铁路。这其实是一个当时西方人普遍使用的殖民手段，也就是所谓的"思想上的殖民化"（colonizing the mind）。[1] 这部小说还揭露了其他一些西方殖民者惯用的统治手段，比如勾结殖民地本土势力，扶持殖民代理人等。对于那些愿意合作的人，殖民者往往是威逼和利诱。而对于反抗的民众，他们常常采取严厉的惩罚措施，有时甚至是集体屠杀，目的是为了显示殖民者的权威，恐吓广大的民众，从而达到稳定殖民统治的目的。

《檀香刑》主要描写高密农民在孙丙的带领下，反抗德国人修建胶济铁路，这是有历史根据的。1899 年，德国殖民当局修建胶济铁路，在高密遇到农民的奋勇抵抗。德国一方面迫使中国政府去压制农民的反抗，同时在军事上对参与抵抗的农民实

---

[1] 参见 Ngũgĩ wa Thiong'o, *Decolonising the Mind: the Politics of Language in African Literature*（Oxford: James Currey, 2011）。

施残酷的镇压和杀戮,制造了许多屠杀乡民的惨案,包括不少无辜的妇女儿童在内的老百姓被杀害。这些在中国和德国的文献中都有所记载。[1] 有关的历史档案表明,当时农民自发反抗德国修建铁路的首领叫作孙文,他在起义失败后被杀害。这件事在当时就被高密的地方戏茂腔改编演出,在当地广为流传。但是小说中,起义失败的农民领袖孙丙被施行"檀香刑"的情节是作者的想象。这是一个恐怖的刑罚,受到西方"十字架"处决刑罚的启发,但是要更加残酷。它是由德国人提议,在它的代理人和同谋者袁世凯的威逼下,大清朝廷的首席刽子手赵甲设计出来的。

莫言的这部小说运用了茂腔特色的乡土叙事,通过对农民英雄被德国殖民者施行"檀香刑"这一血腥事件的书写,重构了德国殖民山东的这一段悲剧历史给当地民众以及他们的后代所带来的精神和心理创伤。乡土叙事、事件性与历史创伤这三个维度的结合,在莫言其他作品中也有体现,比如《生死疲劳》(2006)将佛教的生死轮回观加以应用,从动物的视角讲述了它们眼中的一幕幕重大事件,揭示其中的荒诞性以及人民所遭受的身体、物质和精神上的伤害。《蛙》(2009)将书信、话剧与小说结合起来,讲述了计划生育在农村的实施及影响。

当代中国小说家中很多善于从民间视角重写历史,比如贾平凹、陈忠实等。他们的作品经常被归入"新历史主义小说",但是各自的风格有所不同。莫言形成了自己独特的现实主义风

---

[1] 参见 Klaus Mühlhahn, *Herrschaft und Widerstand in der "Musterkolonie" Kiautschou: Interaktionen zwischen China und Deutschland, 1897 – 1914* (Munchen: R. Oldenbourg Verlag, 2000)。政协高密委员会文史资料组编,《文史资料选辑》第一辑,1983年,第8—20页。王守中:《德国侵略山东史》,人民文学出版社,1988年,第152—160页。

格，诺贝尔文学奖委员会用了"幻觉现实主义"（Hallucinatory Realism）来描述莫言的小说创作，其中的原因可能有：一是，与拉美的"魔幻现实主义"（Magic Realism）相区别，突出莫言的主体意识和艺术创新；二是，表明莫言的幻觉现实主义不是外在技艺层面的，不是能够简单模仿学习的，而是代表作者独特的文学创作风格和理念，是形式和内容的统一。

聚焦重大事件，围绕事件的发生、发展和效果展开叙述，是莫言小说创作的一大特点。这方面，《檀香刑》是最具代表性的。乡土叙事、事件性和历史创伤这三个维度共同构成一个互动、有机联系的网络，其中叙事与事件的关系是核心，也正是我们对于《檀香刑》展开分析的出发点和重点。为此，下面将首先针对小说叙事的事件性，从理论上加以一些铺垫，从而为后面的文本分析提供一个有力的理论视角。

一、 叙事的事件与事件性

在叙事学的理论中，小说叙事的关键是呈现事件或者事件性。在《事件与事件类型》一文中，戴维·赫尔曼说，"理论家们试图将故事的定义归结为描述与表现事件或状态变化的核心性质"。[1] 事件的关键是转变，从一种状态过渡到另一种状态，从而彻底改变了现状。他接着说，"事件可以被看作是从某个源状态……到目标状态……的过程中特定的时间和空间的转变，

---

[1] David Herman, "Event and Event-types," David Herman, Manfred Jahn and Marie-Laure Ryan, eds. *Routledge Encyclopedia of Narrative Theory* (London and New York: Routledge, 2005), 151.

因此是叙事的必备前提"。[1] 在《事件和事件性》一文中，彼得·胡恩也把事件看作叙事性的基本特征之一，认为它指的是一种状态的变化。而事件性概念则被认为是与阈限有关，指的是超越特定限度的重大转变。[2]

关于文学叙事中事件作用的讨论，在西方是有传统的。事件作为一种概念首次出现在歌德的著作《小说》当中。他在1827年1月29日与艾克曼的谈话中说："如果没有发生闻所未闻的事件，何以称之为小说。"这个闻所未闻的事件指的是"一种发生在公共空间中或者是在构成个人主体中至关重要的、令人忐忑的、决定性的转折"。[3] 这里所说的"事件"与我们在叙事学中使用的事件概念有着一定的关联性。

事件是如何在叙事中构成的？杰罗姆·布鲁纳（Jerome Bruner）提出叙事的事件性有四个重要的纬度：首先，"阐释的可构筑性"，意思是说故事并不存在于世界中，它是人们根据已有的经验在意识中生成的。其次，偏离的模式，也就是说，一个叙述事件会打破常规，与人们的期待相违背；再次，规范的参考价值，任何偏离都涉及规范；最后，语境制约，任何事件都在特定的时空内发生，并且用于文化协商。[4] 在文学的世界里，事件的发生通常与特定的历史与文化语境有关，读者需要通过有关知识的了解和掌握，来认识和评价一个文学事件。"尽管文本内含意义，但事件性终究不是一种文本特质，而必须是

---

[1] David Herman, "Event and Event-types," 151.
[2] 参见 Peter Hühn, "Event and Eventfulness," Peter Hühn, Jan Christoph Meister, John Pier, and Wolf Schmid, eds. *Handbook of Narratology* (Berlin and Boston: Walter de Gruyter, 2014), 159–160.
[3] Peter Hühn, "Event and Eventfulness," 162.
[4] 参见 Peter Hühn, "Event and Eventfulness," 169.

由读者通过关联文本线索与他们这个阶段的知识而推断和构建的。尽管这种文本因此被视为适当线索的提供者,但读者们仍可能错过事件的意义,尤其是他们如果忽视了小说所处的社会和文化语境或者如果他们带入了不恰当的参考框架,也可能理解不了这种转折的关联和难度。"[1] 在一定意义上,这样一种对于文学事件的理解和阐释,启发了西方文学研究界重新编写和出版了一个新国别文学史的系列,开启了一个文学史编撰的新范式。[2]

事件性有强弱程度的划分,那么如何解释强弱程度的差异?是否有相应的评价和衡量标准?胡恩在《事件与事件性》中解释说,"具体来说,这种标准是关联性(在象征世界的意义)、不可预见性(与预期及普世秩序中规则的偏离)、效果(给相关读者及被叙述世界带来的后果)、不可逆转性(变化结果的持续性和不可撤销性)、非重复性(变化的独特性)"。[3] 需要指出的是,事件性及其强弱程度不是绝对的,而是相对的,不仅与语境相对,也和参考的视角相关。在《叙事小说中事件性的作用与形式》一文中,胡恩认为"事件性不能够被视为一种绝对的东西,而是一种相对的性质——这个相对的概念不仅仅指的是语境,还指叙事背景内的参考点,不管这个参考点是人物、

---

[1] Peter Hühn, "Functions and Forms of Eventfulness in Narrative Fiction," John Pier and José Ángel García Landa, eds. *Theorizing Narrativity* (Berlin and New York: Walter de Gruyter, 2008), 155.
[2] 参见 Denis Hollier, ed. *A New History of French Literature* (Cambridge: Harvard University Press, 1998); David E. Wellbery, ed. *A New History of German Literature* (Cambridge: Harvard University Press, 2005); David Der-wei Wang, ed. *A New Literary History of Modern China* (Cambridge: Harvard University Press, 2017) 等。
[3] Peter Hühn, "Event and Eventfulness," 169.

叙述者、作者还是读者"。[1] 就小说而言，一部作品里的叙事事件比较多，在我们的研究中，需要根据各自的研究视角，抓住一些最重要的事件。而某一个主要的事件往往关乎小说情节的重大转变。在讨论塞缪尔·理查逊的小说《帕梅拉，或美德有报》(*Pamela, or Virtue Rewarded*, 1740)中的事件性时，胡恩说："帕梅拉社会地位的根本转变代表了一种高度的事件性，因为它严重违背了等级制的社会规范，强调情感与道德的作用，彻底背离了叙事中那些诱惑和传统婚姻的旧套路。"[2]

莫言的小说大都是从民间的视角重写20世纪中国的重大历史事件。"通过回溯历史，莫言能够重塑国家想象。《檀香刑》、《丰乳肥臀》(1996)、《红高粱》(1987)、《生死疲劳》等其他小说囊括了当代中国历史的全部进程。"[3]《檀香刑》是关于高密农民反抗德国殖民的历史事件，但是整部小说是围绕檀香刑这个事件展开的。这是一个虚构的酷刑，但是比所有那些历史上的刑罚更加残酷，已经穷尽人对于酷刑的想象力。参照有关叙事事件与事件性的理论，这里要研究的问题包括：檀香刑的叙事有什么特别之处？不同的人，比如殖民者、孙丙、民众，如何看待檀香刑？檀香刑在实施过程中发生哪些突变？产生了什么样的效果？在多大程度上实现或者违背了不同个人与群体的期待？

---

[1] Peter Hühn, "Functions and Forms of Eventfulness in Narrative Fiction," 159-160.
[2] Peter Hühn, "Functions and Forms of Eventfulness in Narrative Fiction," 153.
[3] Liu Hongtao, "Mo Yan's Fiction and the Chinese Nativist Literary Tradition," Li Haiyan, trans. *World Literature Today* Vol. 83, No. 4 (Jul. — Aug. 2009), 30-31.

《檀香刑》在叙事上的一大特色是地方戏茂腔的运用，在历史上的同名茂腔戏中，历史人物孙文的故事已经被传唱了很多年，为小说的故事情节做了很好的铺垫。但是，茂腔戏在小说中的作用远远不只是仅此而已，而是渗透到叙事的方方面面。那么，茂腔戏是如何在小说中被运用的？对于叙述檀香刑的事件性有什么作用？

二、 作为本土化叙事的茂腔戏

小说《檀香刑》运用传统茂腔戏中"凤头—猪肚—豹尾"的结构，分成三个紧密相连、前后呼应的部分：第一部分"凤头部"有四章，第二部分"猪肚部"有八章，第三部分"豹尾部"有五章。第一部分和第三部分的每一章开头都引用了"茂腔"《檀香刑》剧本中的一段戏文，这给小说深深地打上了地方戏曲的印记。另外，茂腔戏《檀香刑》的情节也为小说提供了一个互文的基础，小说情节的关联性得到了加强，有助于檀香刑这一叙事事件的建构。不仅如此，小说的叙事中大量穿插茂腔风格的唱词以及戏剧场面的描写，这使得小说因其浓厚的乡土风味，而显得与众不同，或者借用阿特里奇的话说，是取得了鲜明的文学"独特性"（singularity）。[1] 但是，这个扎根民间的作品是否符合当今文学的潮流，能否吸引读者的阅读兴趣？莫言曾经不无担心地说过，"民间说唱艺术，曾经是小说的基础。在小说这种原本是民间的俗艺渐渐成为庙堂里的雅言的今天，在对西方文学的借鉴压倒了对民间文学的继承的今天，《檀香刑》

---

[1] Derek Attridge, *The Singularity of Literature* (London and New York: Routledge), 2004.

大概是一本不合时尚的书"。[1] 不过从接受的角度出发，莫言的这部小说继承了民间的说唱艺术，成为它叙事的一大特点，受到了读者的欢迎。也正是因为这个戏曲的因素，该小说近来被改编成民族歌剧，在山东、北京等地上演，成为一个产生较大社会反响的演出活动。[2]

同其他地方戏类似，唱对于茂腔戏是至关重要的。莫言自己说，这部小说更适宜听，而不是阅读。"也许，这部小说更合适在广场上由一个嗓音嘶哑的人来高声朗诵，在他的周围围绕着听众，这是一种用耳朵的阅读，是一种全身心的参与。"[3] 这部小说里的声音非常庞杂，除了孙丙、孙媚娘等人用茂腔的即兴歌唱，还有茂腔观众的应和声音，这些与受刑人的痛苦呻吟结合在一起，让人分不清戏境和现实，这种混沌的魔幻状态构成了莫言"幻觉现实主义"的一个特点。它一方面分散了读者对于酷刑的注意力，同时也让读者感到震惊，丰富了读者对于这一受刑事件的体验和认识。

在小说里，戏曲的戏剧性首先充分体现在人物之间的关系上。小说的情节安排主要围绕两个家庭，分别是孙家和赵家。孙家父女孙丙和孙媚娘都是茂腔的优秀演员，其中孙丙还是茂

---

[1] 莫言：《檀香刑》（后记），2012 年，第 424 页。
[2] 2018 年，由作家莫言和山东艺术学院教授李云涛共同编剧的民族歌剧《檀香刑》先后在山东和北京国家大剧院演出，引起了强烈反响。"该歌剧由山东艺术学院的旅奥歌唱家宋元明、上海歌剧院男高音歌唱家韩蓬领衔主演，乐队则由青岛交响乐团担纲，指挥家、上海音乐学院指挥系主任张国勇执棒。在创作上，《檀香刑》突出了民族元素，大胆运用山东琴书这种传统说唱形式与歌剧构成双重叙事结构，并在旋律、和声等方面吸收了山东地方戏曲茂腔的艺术特色。"《莫言〈檀香刑〉改编成歌剧，引入山东琴书》，《新京报》（2018 年 11 月 12 日）〈http://www.bjnews.com.cn/ent/2018/11/12/520693.html〉
[3] 莫言：《檀香刑》（后记），第 424 页。

腔的传承人，他致力于将茂腔发扬光大。父女二人性格开放、热情主动、精力旺盛，是敢作敢为的当地农民。赵家父子赵甲和小甲，都是刽子手，前者的职业是杀人，后者的职业是杀猪。老甲形容枯瘦，身体畸形；小甲五大三粗，痴呆庸俗。这两个家庭构成一个鲜明的对照，然而他们之间却存在各种矛盾的联系：媚娘为了生计嫁给了小甲，赵甲为了个人和家庭利益要充当杀孙丙的刽子手，儿子要成为父亲帮手，杀自己的岳父。小说利用两个家庭错综复杂的关系，制造跌宕起伏的戏剧冲突。

除此之外，县老爷钱丁与孙丙有相似之处，他们都有美胡须，颇具英雄气概，彼此惺惺相惜。尔后，孙媚娘因不满丈夫的呆傻和无能，成了钱丁的情妇，他们俩一样有血性，敢爱敢恨，又一起杀了赵甲。钱的同胞兄弟刺杀袁世凯未遂被凌迟处死，也是刽子手赵甲执行的。所以钱丁和媚娘有着同样的遭遇。钱丁是小说中的一个特殊角色，作为当地的县令，他是处死孙丙事件的参与者，但同时他也是一个旁观者和一个见证人。他原本是代表清廷的地方官员，但是又对清政府的腐败不满。最终，他在孙丙以死抗争的感召下，放弃自己的官位，站到了农民起义者的一边。钱丁立场的完全改变是令人意外的，也是非常具有戏剧性的，构成檀香刑事件的一个重要组成部分。

赵甲、赵小甲、钱丁的身份地位殊异，但是有一个共同点，那就是，他们都是茂腔的"粉丝"，而且都是与孙丙父女有着各种紧密关系的相关方。而德国殖民者和清政府地方大员袁世凯是孙丙父女的对立面，前者是罪恶的行凶者，后者是正义的反抗者。刽子手赵甲父子是殖民者杀人的工具，不过他们也是受害者。与赵家父子和钱丁热爱茂腔不同，殖民者、袁世凯这些人民的敌人对于茂腔非常漠然，甚至是仇视。

小说描写了很多颇具戏剧性的场景，尤其是农民起义的组织和行动。孙丙借用戏文里的人物和故事来鼓动村民造反，抗击殖民者的军队。他让手下的两员大将分别扮成了孙悟空、猪八戒的模样，而他自己则扮演成了民族英雄岳飞。他设祭坛，装神作法，诱导农民加入起义军的队伍。作为起义军的首领，他用让农民战士喝香灰水之类的巫术手段来提振武装反抗的勇气。这一群看上去可笑的乌合之众，却有着朴素的保卫家乡的决心。因此，他们又是值得尊敬的人。

小说的第一部分和第三部分主要是第一人称的叙事，每一章有不同的叙述者，孙家父女、赵家父子、钱丁各自登场，有点像戏曲的自报家门。传统戏剧在结构上最大的特点是"突转"，之后迅速达到"高潮"，这个突转通常构成一个戏剧的事件。《檀香刑》里的关键性转折是围绕檀香刑的实施展开的。孙丙本可以在乞丐的搭救下逃走，却选择留下来领受酷刑。"真假"孙丙的一幕戏非常具有戏剧性。为了救下英雄孙丙，一个乞丐装成孙丙，他参加了劫狱，准备代替他去受刑。但是孙丙拒绝被营救，甘愿受刑，目的是希望用自己的受刑和赴死唤醒老百姓反抗的意识和决心。在他和那个乞丐一起被抓后，他们在德国人和袁世凯面前都说自己是孙丙，生动地表演了"真假美猴王"一幕，这样做一方面突出了孙丙同孙悟空一样具有大无畏的反抗精神，另一方面讽刺殖民者及其代理人的无能。孙丙是演员，他用做戏的方式表演自己的死亡，但是他的死却是他主动承受、心甘情愿的。演戏是他的手段，他在真真假假中完成了精神上崇高的"转变"。人物内心的真实诉求和抗争因为包裹在一层层戏剧扮演的外衣里，读者不是一下子就能够完全理解和把握的，这是莫言幻觉现实主义的另一个特点。

在德国文化里,戏剧一词的含义最初包括杀人的仪式。在中国,传统上将犯人游街并当众处死也类似于戏剧。赵甲说:"天下的戏没有比杀人更精彩的了。"[1]传统上讲,杀人是一种公开的表演、一个仪式。福柯在《规训与惩罚》(1975)中提出,"酷刑是一场公共表演"。[2]在旧中国,官府杀人主要是给人看的,目的是震慑老百姓,巩固自己的统治。对执刑的人来说,杀人不仅是自己的职业,而且事关个人的声誉和权威。赵甲就是一个典型的因杀人技术高超而赢得地位和声望的人,被称为"大清第一刽子手"。受刑的人有时也会配合,参与这个戏或者仪式,也会利用这个公共场合最后一次表明自己的立场,达到自己期望的社会或者政治效果。

孙丙的死是一场真正的大戏。孙丙在赴刑场游行的囚车里引吭高歌,高密百姓及茂腔班子的演员们呼应孙丙的唱,上演了一场万众若狂、轰轰烈烈的刑场大戏。孙媚娘说:"爹,你唱了半辈子戏,扮演的都是别人的故事,这一次,您笃定了自己要进戏,演戏演戏,演到最后自己也成了戏。"[3]孙丙自己遭受酷刑带来无法想象的痛苦,是他甘愿为乡亲们牺牲的信念在支撑着他。他豪迈地吟唱道:"但愿得姓名早上封神榜,茂腔戏里把名扬。"[4]需要解释的是,他期待茂腔戏将他扬名,并非为了自己,而是为了当地的老百姓,他要用自己的死来激励他们勇敢地反抗,同时也向殖民者表明,他自己以及千千万万像他一样的当地老百姓,具有不屈的斗志和视死如归的精神。

---

[1] 莫言:《檀香刑》,第 261 页。
[2] Michel Foucault, *Discipline and Punish*: *The Birth of the Prison*, trans. Alan Sheridan (New York: Vintage Books, 1995), 7.
[3] 莫言:《檀香刑》,第 10 页。
[4] 莫言:《檀香刑》,第 305 页。

孙丙的自我牺牲得到群众的高度认可和拥戴,当地的茂腔艺人在行刑台前搭建舞台,上演以孙丙为主人公的茂腔戏。受刑的人、表演者和观众都沉浸于癫狂的极端状态之中,把悲惨的刑场变成了众猫合唱的狂欢广场。尔后,这个狂欢的广场又变成杀人的屠场,德国人枪杀了众多的茂腔演员。而茂腔演员宁死不屈,进一步用自己的行动弘扬了民间老百姓的反抗精神,人人都可以成为反抗殖民统治和社会压迫的英雄。这是檀香刑作为叙述事件的高潮,但是它也有一个戏剧化的准备和发展过程。

三、《檀香刑》的事件性

叙事学理论提出事件性的叙事有三种类型:一是,情节的突然转折,带来出乎意料的变化;二是,重复或者模仿一些叙事范式,但是产生了新的意义;三是,事情的偶然变化,具有多种解释的可能性。[1]《檀香刑》分别运用了以上不同的事件性叙述策略。第一是突变,乞丐们为了救孙丙去劫狱,由长相酷似他的一名乞丐小三子换出孙丙。劫狱由于有内应,进展顺利,但是出乎意料的是孙丙拒不接受这个安排,宁愿留在狱中等待被处死。第二是重复,孙丙面对檀香刑表现出非凡的英雄气概,他的所作所为其实是复制民间豪杰或者革命英雄赴刑场时的场景——正气凛然,视死如归,在刑场上发表慷慨激昂的讲话,鼓动群众反抗压迫。第三是解读的多重性。孙丙甘愿牺牲自己的行动既可以解释为,是他受到了戏曲中精忠报国思想的影响,

---

〔1〕参见 Peter Hühn,"Event and Eventfulness," 163。

希望死后进入封神榜，千秋扬名，这反映了他的个人英雄主义观念；也可以解释为，他要成为抵抗德国殖民侵略的民族英雄，这是一种爱国主义情怀；还可以解释为，他为了保一方百姓平安甘愿受死，这是一种民间的侠义精神。

更为重要的是，作为核心事件的檀香刑在叙事上不是一次完成的，而是分阶段实施的。关于仪式性的事件，阿诺德·范·盖内普（Arnold Van Gennep）曾经提出一个"三段论"的解释，"我建议把与先前世界分隔的仪式称为前-阈限仪式，那些在转变阶段中的仪式可称为阈限（或门槛）仪式，而那些汇入新世界的仪式称为后-阈限仪式"。[1]对于这部小说来说，檀香刑实施前、实施过程中、实施后的三个阶段，分别对应三种不同的体验，充分体现了檀香刑的事件性。

首先，小说做好故事的铺垫，充分交代了行刑的各种准备工作。第一阶段的一个重点是，叙述了三次在公开场合发生的酷刑，均由赵甲实施。第一次，皇帝在宫里杀小虫子，是杀一儆百。皇帝说看了一场好戏。第二次，"践约"一节写赵甲杀"戊戌六君子"这些倡导社会变革的人。老百姓议论的主要是赵甲杀人的技艺高超，这是讽刺普通百姓的麻木。第三次，赵甲凌迟处死刺杀袁世凯的勇士，袁世凯和士兵在观看。赵甲的行刑被称为"杰作"，得到袁本人的肯定。观看酷刑的有两种人，一种人是命令实施酷刑的人，他们希望酷刑能够让周围的人害怕，以巩固自己的权威；还有一种人，绝大多数的观众，酷刑是要让他们感到恐惧，不敢冒犯权威。这些杀人事件都是赵甲描写的，一方面交代赵甲的奴才身份和残暴性格，另一方面为

---

[1] 转引自 Peter Hühn, "Event and Eventfulness," 165。

后面的檀香刑做了心理暗示和铺垫。

　　第一阶段的另一个重点是描述孙丙抗争的过程，是第三人称叙事。不仅交代了他的性格特点，还有他反抗殖民侵略的个人和社会缘由。这对于理解他后文面对酷刑的表现做了充分的准备。孙丙对试图代替他去死的小三子说："好孩子，咱们爷两个正在演出茂腔的第二台大戏，这出戏的名字也许就叫《檀香刑》。"[1] 孙丙希望用自己的死成就一个戏剧事件，同时也是一个政治、历史事件。

　　第二阶段注重行刑过程的细节描写，包括行刑者和受刑者的行动和心理的刻画。檀香刑作为一个阈限事件，它的过程是曲折和不断变化的。关于阈限性有这样的解释："阈限性是一个检验价值、梳理问题、抉择生效的阶段。"[2] 檀香刑本来是德国殖民者用来惩罚孙丙的，要让他的极其痛苦的死亡过程成为一个公共场景，一个让老百姓难忘的恐惧"景象"。没有料到的是，孙丙在受刑的过程中通过自己的表演性言语和行为，让他成为一个老百姓心目中的"英雄"，完成从戏子到英雄的转变。受他的英雄气概的感染，当地的戏班在行刑台前上演孙丙受死的戏，他们为孙丙歌唱，从而让他在死亡之前就已经成为一个戏曲中的人物。这也体现了戏剧语言的施行性力量。此时，真实与虚构的界限被打破了。檀香刑原本是要成为一个殖民者控制和威吓民众的手段，却因为孙丙的宁死不缺和民众的支持而转化成抵抗殖民的策略。

　　第三阶段突出了行刑事件产生的效果，尤其是旁观者的反应。作为事件的檀香刑，一个关键的问题在于：观看了这个事件

---

[1] 莫言：《檀香刑》，第 317 页。
[2] Peter Hühn, "Event and Eventfulness," 166.

的人是什么反应？这里一个标志性的事件是钱丁的变化，他从一个忠诚的"走狗"县令，变成了与人民站到一起的反抗者。他用刀杀死了孙丙，是不希望洋人的阴谋得逞。钱丁是檀香刑的见证人，同时他更是见证了殖民的不合法性、残暴以及它的脆弱性。檀香刑中孙丙形象的转变，颠覆了殖民者的优越心态，彰显了在那个时代被压制的民间正义，尤其是老百姓的权利和尊严，也无情地讽刺了封建政权的虚伪和堕落。

在阅读这一事件的过程中，读者经历了从恐惧到崇高的戏剧性变化。刚开始，读者对于以往酷刑细节的描写会感到恐惧。随后，在檀香刑实施过程中，恐惧上升到了极点。然后他们发现，当地民众会不畏死亡去呼应孙丙的表演，而且有茂腔演员上台演戏，即使面对德国殖民军队的枪口也毫无畏惧。读者会突然发问：他们为什么宁愿去死？答案也许是，他们原来也和孙丙一样，是用自己的死去唤醒民众的反抗意识。这也是为什么前面会提到"六君子"被杀，他们是甘愿受死的，目的是树立造反的旗帜。到了这个时候，读者克服了恐惧，因为他们体会到了"崇高"。由此看来，檀香刑不仅仅是一个叙事事件，也是一个转变性的阅读事件，更是一个仪式性的文化事件。

这个从恐惧到崇高的阅读体验是文学创伤书写的一个特点。小说见证了历史创伤，文字的见证是为了不要忘记。"一旦文学的使命从'模仿'转变到'见证'，我们对文学的本体也有了完全不同的理解。"[1] J. 希利斯·米勒在谈到有关纳粹大屠杀小说的时候说过："文学本身成为见证，特别能够提醒我们不要忘记那些超过六百万的逝去的生命，并由此指引我们从记忆走向

---

[1] 但汉松：《恐怖叙事与文学事件——从〈西省暗杀考〉到〈封锁〉》，载何成洲、但汉松主编《文学的事件》，南京大学出版社，2020年，第124页。

行动。"[1]那么,莫言对于这一段殖民创伤记忆的书写在当下有什么启发意义呢?它如何影响了读者的历史认知与行动?

四、 殖民创伤与政治寓言

莫言小说从民间的视角呈现殖民统治给老百姓带来的伤害与创伤,目的不仅仅是通过重现历史场景来揭示殖民的真相,而且要通过文学想象来激发读者的情感体验,影响他们的历史认知和现实行为。"在艺术与艺术批评中,追求真理既不是唯一、也不总是最重要的考量。艺术的诗学、修辞和表演性方面的重要性也是不言而喻的,它们不仅铭刻而且影响历史(这些在剧中表现各异的方面在历史书写中也是一样重要)。"[2]就《檀香刑》而言,殖民创伤的叙事至少有三个重要的动机:一是从民间的视角对于帝国主义和殖民主义的伤害加以清算,对于封建统治者自私自利、不顾人民死活的行径予以控诉;二是对于政治宏大叙事的消解和抵制,聚焦普通人的品格和毅力,突显民间的抵抗力量;三是彰显人民群众的力量,形塑一种乡土文化认同。因而,在一定意义上,这部小说是一个政治寓言。"尽管莫言夸大和编造了各种精彩纷呈的奇人异事让读者目瞪口呆,但从根本上说,他创造了一种政治寓言。"[3]

莫言一再强调小说家与历史学家不同,他笔下的历史是来

---

[1] J. 希利斯·米勒:《共同体的焚毁:奥斯维辛前后的小说》,陈旭译,南京大学出版社,2019年,第4页。

[2] Dominick LaCapra. *Writing History*, *Writing Trauma* (Baltimore: Johns Hopkins University Press, 2014), 15.

[3] David Der-Wei Wang and Michael Berry, "The Literary World of Mo Yan," *World Literature Today* Vol. 74, No. 3 (Summer, 2000), 490.

自民间的传奇，是一种带有他本人浓重主观色彩的艺术创作。"用民间话语在历史的边缘与夹缝中寻找被遗落的真实，让那些被隐没的民间历史重新再现，在还原历史本真的过程中，莫言的小说显示出震撼人心的力量。"[1] 历史创伤将过去与当下连接起来，并在当下文化身份的建构中产生作用。身份建构不仅仅是民族的，也可以是地方的。莫言的小说大多是以他家乡高密为背景的，高密是乡土中国的一个缩影。

　　莫言说他写《檀香刑》的动机是出于两种声音，童年的时候听到的火车的声音与茂腔的声音。火车是德国殖民的遗存，茂腔是地方文化的遗产，两者的奇诡结合构成了高密独特的历史景观。小说中的高密东北乡是莫言虚构的地理和历史空间，《檀香刑》的反殖民历史叙事为这个虚构的文学地理空间增添了新的纬度。"当很多当代中国本土作家把他们的家乡作为他们小说的主要灵感来源时，也有一些人能够超越简单的模仿复制，而且持续地给读者提供想象的空间。莫言把高密东北乡作为他的聚焦点，把他的红高粱祖辈们的传奇故事集合在一起，给当代中国小说构建了最重要的历史空间。"[2] 不仅如此，檀香刑作为一个乡土的集体创伤，还从民间角度构建了本土的身份认同。

　　小说的一个重要主题是殖民统治对于社会底层人民的伤害。对于孙丙受刑，钱丁说，"在高密历史上也是在大清的历史上书写了鲜血淋漓的一页……"[3] 孙丙的檀香刑是历史事件，同时

---

[1] 陈卓、王永兵，《论莫言新历史小说的民间叙事》，《当代文坛》2016年第2期，第50页。
[2] David Der-Wei Wang and Michael Berry, "The Literary World of Mo Yan," 488.
[3] 莫言：《檀香刑》，第353页。

也超越了历史。小说揭示在大清帝国风雨飘摇、行将就木的年代,底层人民受到的双重压迫,老百姓的利益得不到重视。通过夸张、荒诞、反讽的手法,书写乡村社会中人民的苦难经历一直是莫言文学创作的主题。笔者认为,《檀香刑》中这个政治寓言的核心不仅在于殖民统治带来的伤害,还在于表明民间在殖民抵抗过程中起到了无可取代的巨大作用。这两个方面结合在一起,构成他幻觉现实主义的思想精髓。

小说在叙事上运用反讽、夸张等手法颠覆和消解了历史和政治上的宏大叙事。比如小说中有一个民间传说:一根弯曲的虎须,可以看清人的本相。小甲相信这个民间传说,要到了虎须,在幻觉中看到他老婆是一条白蛇,他爹是豹子,衙役是狼,师爷是大刺猬,县官是大老虎,德国总督是一只狼,袁世凯是一个大乌龟。这样一种书写方式,旨在讽刺那些道貌岸然的人其实是非常暴力、残忍的,不是野兽但是残忍胜过野兽。正是这些民间传说的运用,赋予莫言小说叙事上的幻觉色彩。

小说另一个特点是不同叙事视角的交叉和文体的混杂。小说第一部分和第三部分各有四章和五章,每一章都是一个主要人物的第一人称叙事,比如,第一章的叙述者是媚娘,第二章的叙述者是赵甲。不同的叙述者,不同的叙事角度,看法不一样。尽管错综复杂,但是更好地呈现了现实境况。陈思和称之为"复调民间叙事",并指出"它至少有两条以上的叙事线索在同时起作用,都来自民间的想象空间,但其间可以起到相互补充又互相解构的艺术效果"[1]。同时,莫言小说呈现各式各样的语言风格,高雅的与低俗的、严肃的与滑稽的,它们都被有

---

[1] 陈思和:《莫言近年小说创作的民间叙述》,《钟山》2001年第5期,第204页。

机地糅合在了一起。"莫言小说的语体风格既相互混合、杂糅,又相互分化、比照,具有一种复杂的讽刺幽默感,一种绚丽斑驳的杂语性,一种深度可逆的复调性特征。"[1]复调叙事的目的是更全面地呈现历史,在对话中接近历史真相。"莫言不遗余力混杂叙事风格和形式,这本身构成了他在创作历史对话中最有效的工具。"[2]

在莫言小说里,主人公往往是一些有血有肉的普通人。这些人美丑共存,善恶同体。在《红高粱》里面,高密东北乡被说成是一个"最美丽最丑陋、最超脱最世俗、最圣洁最龌龊、最英雄好汉最王八蛋、最能喝酒最能爱的地方"。[3]孙丙是一个性格复杂、敢爱敢恨的普通人,可是却经受了檀香刑的考验,在他的自我牺牲中他的人格精神达到了顶点。莫言有着一种民间理想主义的愿景,颠覆了殖民统治的合法性和封建官僚的权威。

> 刑场还原为戏台,整个中国封建晚期社会的历史情状都被浓缩在这里进行表演:人生悲剧与历史喜剧、人间道义与社会公理、人类尊严与国民劣性、生命激情与皇权肆虐。这只能意味着,这场仪式的本初涵义——皇权至上"神话"和有关"文明"的"神话"在"它可笑的相对性方面"被颠覆和消解。这恐怕就是莫言赋予《檀香刑》的终极价值

---

[1] 赵奎英:《规范偏离与莫言小说语言风格的生成》,《山东师范大学学报》(人文社会科学版)2013年第6期,第25页。
[2] David Der-Wei Wang and Michael Berry, "The Literary World of Mo Yan," 494.
[3] 莫言:《红高粱家族》,人民出版社,2009年,第2页。

的指向。[1]

因而，创伤书写一方面是对于历史的回顾、反思和批评，另一方面也是对文化优越性、体制权威之类宏大叙事的颠覆与批判，突出了民间抵抗的价值与贡献。类似的文化干预策略也常见于莫言的其他小说创作。

结语

《檀香刑》讲述了一段德国殖民给山东百姓带来伤害的历史故事，揭露了殖民统治的残暴、封建统治的保守和自私，民众权利被无辜剥夺，人民成为殖民暴力的对象，成为被屠杀的羔羊。它一方面控诉了封建统治者与外国殖民者的同流合污，置老百姓的生命和生活于不顾；同时也批评有些民众，比如赵甲的封建愚昧，以及封建统治下一些群众形成的奴性。民间叙事的复杂性和模糊性丝毫不能掩盖莫言批判的锋芒。通过对于历史事件的重新想象和建构，读者体验和见证了历史创伤，从而对于自己的认知和行动产生持久性的影响。

莫言笔下的茂腔、檀香刑的事件性以及殖民创伤在互动中构成了《檀香刑》小说的叙事特色。以这本小说的分析为基础，可以将莫言"幻觉现实主义"简单归纳为以下几点：第一，在现实主义的根基上具有后现代美学特征，具体体现在声音、图像的大量混合和拼贴上。第二，叙事手法上具有鲜明的乡土色彩

---

[1] 杨经建：《"戏剧化"生存：〈檀香刑〉的叙事策略》，《文艺争鸣》2002年第5期，第62页。

和民间风格,比如夸张、荒诞、狂欢化。第三,通过民间的复调叙事,重新想象和构建创伤性的历史事件,更进一步接近历史真实,并加以批判性反思。从根本上说,叙事不是仅仅为了再现,而是去见证、操演和改变,因而成为一种事件。

莫言的幻觉现实主义与拉美魔幻现实主义有一定的相似之处,但是从根本上说与中国民间的传奇在叙事、审美和主题上是相通的。"这些人物的行动不仅表达了魔幻现实主义的典型特征和传统中国民间传说的影响,同时也展现了这两种迥异的文学体裁之间的异曲同归之妙"。[1] 在《檀香刑》里面,莫言主要是为民间的英雄立传,为即将消失的民俗留下生动的文字记录。莫言的小说是要建构一种独特的民间文化场景,体现了他的乡土情怀和人文精神。

---

[1] David Der-Wei Wang and Michael Berry,"The Literary World of Mo Yan," 492.

第八章　动物叙事与政治的"去事件化"：莫言《生死疲劳》的生态-文化批评[1]

在哲学和文化批评语境下，事件概念通常是指一个产生巨大改变的发生或者行动，它导致了已有秩序的断裂。齐泽克在《事件：一个概念的哲学之旅》(2016)中将事件解释为"以出人意料的方式发生的新东西"，[2]他认为事件总是以一种回溯的方式对历史重新架构，从而对当下现实产生影响。在分析了不同文化内事件的思想资源和发生的具体形态之后，《事件》在最后一章讨论的话题是"事件的撤销"(the undoing of event)。他以歌剧《塞尔维亚理发师》(1918)为例，指出在这部戏剧里，此前发生的法国资产阶级革命被回避，导致了法国资产阶级的革命精神被全然"去政治化"[3]，成为一部地道的诙谐剧。接着，齐泽克提出一个有意思的问题："对任何事件而言，它们是否会遭遇上述的'撤销'或者被'去事件化'的情况？"[4]他自己的解答是：任何事件都有可能被回溯性地撤销。不仅如此，

---

[1] 本章根据笔者的英文论文修改而来，参见 Chengzhou He, "Animal Narrative and the Dis-eventalization of Politics: An Ecological-Cultural Approach to Mo Yan's *Life and Death Are Wearing Me Out*," *Comparative Literature Studies* Vol. 5, No. 4 (2018), 837–50。
[2] 齐泽克：《事件：一个概念的哲学之旅》，王师译，第6页。
[3] 齐泽克：《事件：一个概念的哲学之旅》，王师译，第191页。
[4] 齐泽克：《事件：一个概念的哲学之旅》，王师译，第192页。

在特定压抑的大环境下,对以往事件的撤销会成为主导型的进程。为什么事件会被撤销?齐泽克的解答是因为它们构不成一个"激进的转折点"。[1]他进一步解释说,真正的事件不仅产生了巨大的变化,而且这种变化改变了规范,产生新的原则,以及人们对于新原则的认可、忠诚和拥护。[2]齐泽克在《事件》中讲述的"去事件化",是指政治事件的变革性在被广为接受后,渐渐变得稀松平常,直至这种革命性的力量被剥夺了实质,事件因此被撤销。换句话说,如果从齐泽克的拉康精神分析背景来看,即是一种在真实界(the real)的革命力量进入象征界(the symbolic)后被象征化和秩序化了。在我看来,"去事件化"还可以有另一种不同的解释路径,产生完全不同的效果。那就是,一个政治事件在一段时间内被树立为革命和进步的,但是很快被纠正了。在当代中国文学里,政治事件在叙事中被撤销往往构成对于过去一段历史的反思和批评,这样做不仅是为了正视历史问题,形成一个全面、正确的历史认知,更是为了以史为鉴、面向未来。

莫言的代表性小说《生死疲劳》(2006)的故事正是从批评和反思的角度出发的。在小说里,这些政治事件在叙事层面一一被去事件化,构成了对当代中国历史的文化批评。但是,这部小说的独特之处在于这一"去事件化"过程不是像其他绝大多数小说那样通过描写一个个产生创伤记忆的故事来展开的,而是通过一系列以动物为言说主体的叙事事件来实现的。《生死疲劳》中动物叙事的特点是人和动物(主要是家畜)构成一个生死轮回的链条,动物是人死后的再生,人和动物的边界是模

---

[1] 齐泽克:《事件:一个概念的哲学之旅》,王师译,第211页。
[2] 齐泽克:《事件:一个概念的哲学之旅》,王师译,第212页。

糊的，难分彼此。不仅如此，人和动物又都与土地紧密相连，他们一起构成一个紧密的"生命圈"，体现了具有中国传统文化特色的生态观。因而，这部小说包括了政治上的去事件化和生态的事件性建构，这种叙事上的"双重运动"构成《生死疲劳》动物叙事的主要特点，赋予它以情节上的张力和思想的深度。

从当代叙事学的角度看，《生死疲劳》中的动物叙事是一种"非自然叙事"。什么是"非自然叙事"？在《不可能的故事世界——如何面对》一文中，扬·阿尔贝解释道："非自然指涉的是物理世界中不可能的情形和事件，即按照已知的、支配物理世界的法则无法实现的情形和事件，以及逻辑上的不可能情形和事件，即按照现有逻辑原则无法实现的情形和事件。"[1] 尚必武认为"在非自然叙事文本中，人物的摹仿性特征开始隐退，人物表现出'非人类'（non-humanlike）的特征，进而体现出较强的非自然性。例如，在卡夫卡的《变形记》中，主要人物变成了一只甲虫；在阿特·斯皮格尔曼的《鼠族》中，人物被描绘成老鼠"。[2] 非自然叙事运用非自然的形式来表达非同寻常的事件如何"产生了一种不同的、具有挑战性质的审美体验"。[3] 关于怎样阅读非自然叙事的文学作品，阿尔贝分析了不同的阅读策略，指出其中最高级的一种阅读策略是将不同的阅读框架融合，建构新的阅读视角。"这种阅读策略对于理解叙事者为动物、躯体或无生命体的构想具有关键作用。"[4] 因此，

---

[1] Jan Alber, "Impossible Storyworlds — and What to Do with Them," *Storyworlds: A Journal of Narrative Studies* Vol. 1 (2009), 80.
[2] 尚必武:《非自然叙事学》,《外国文学》2015 年第 2 期, 第 102 页。
[3] Jan Alber, "Unnatural Voices, Minds and Narration," Joe Bray, et al., eds. *The Routledge Companion to Experimental Literature* (London: Routledge, 2012), 365.
[4] Jan Alber, "Impossible Storyworlds — and What to Do with Them," 82.

针对《生死疲劳》，本文提出将文化研究与生态批评这两个不同的理论架构融合起来，解释动物叙事的这两个层面是如何相互关照、互为补充的。

一、投生为驴与农业合作社的反思

《生死疲劳》的故事发生在 20 世纪后半期，它通过人投生为动物的六次轮回，也即人—驴—牛—猪—狗—猴—人，从动物的视角书写当代的一些重要历史事件。另外一方面，动物的轮回遵循作者所认为的佛教思想：忘记仇恨，积累德行，才能重新投身为人。在人投生为畜的轮回中，人性渐渐减弱，动物性不断增强。猪是平衡点，它最后为救儿童而死，体现人性的伟大，也是小说中人性的高峰。之后，狗身上的人性慢慢消失，猴则完全回归动物性，之后最终重新投生为人。以佛教生死轮回观为基础的人畜轮回转世，为作者书写当代历史提供一种可能性，动物话语在文学中可以弥补人类视角的局限和偏差。"在这种情况下，人类视角比较激进地让位于动物化的视角，虚构作品中就萌生了人类知觉以外的叙事视角。"[1]

《生死疲劳》故事的出发点就是地主西门闹的土地在解放区农村土改运动中被没收，他本人未经审判，被本村的一群民兵枪毙。地主不服气，死后到阎王那里去喊冤，结果被投生为驴。而由于他的怨气难消，被阎王一次次投生为畜，直至他渐渐忘却过去的一切，包括仇恨，才将他重新投生为人。西门闹土地

---

[1] Marion Gymnich and Alexandre Segao Costa, "Of Humans, Pigs, Fish and Apes: the Literary Motif of Human-Animal Metamorphosis and its Multiple Functions in Contemporary Fiction," *L'Sprit Createur* Vol. 2 (2006), 72.

被剥夺、被枪杀的故事揭示土改运动中的一些值得反思的地方。对土改运动的反思是这部小说的出发点，也为小说的主题和风格奠定了基础。

在《生死疲劳》中，人和动物的叙事大多数情况下交替进行、相互缠绕。在论文《人畜混杂，阴阳并存的叙事结构》中，陈思和提出人畜混杂的故事有三种类型：第一，动物直接参与人世间的故事，推动了人世间故事的发展与变化。第二，动物故事补充人世叙事无法完成的描写。第三，单纯的动物故事描写，构成对人世间生活的一种嘲讽。[1] 我觉得《生死疲劳》中这三种故事类型都存在，叙述者既有人也有动物，而且故事的主体不再是人，这改变了读者对于叙事的认识和理解。"叙事学理论领域中最有趣的一个转变就在于虚构作品中引入了概念差异用以区分人物和角色。"[2] 有必要指出的是，角色未必限于人类。

1954年10月1日，高密东北乡第一家农业合作社成立，成立情形的描写非常简短，只有一段话，完全被淹没在动物的叙事当中。动物叙事的主导地位，一定意义上构成了对于历史事件的解构和颠覆。这部小说中，驴的故事是那么神奇，充满了夸张的细节描写与戏剧性的情节变化，尤其是驴的求爱和交配场面的描写非常生动和传神。动物的本能欲望是那么自然而然，那么美好，超乎人类的想象。在这里，动物交配的狂喜，映照着人类的堕落。"我要与她相会、交配，这是最重要的，其余都是狗屎。"[3] 如果说上面没有点名什么是狗屎，下面这句话则

---

[1] 陈思和：《人畜混杂，阴阳并存的叙事结构》，《当代作家评论》2008年第6期，第103页。
[2] Margot Norris, "The Human Animal in Fiction," *Parallax* Vol. 1 (2006), 4.
[3] 莫言：《生死疲劳》，第70页。

更加直截了当。"我在大街上,追随着那令人神魂颠倒的气味狂奔。街上的风景很多,我无暇顾及,那都是些与政治有关的东西"。[1]政治事件的狂热在驴的疯狂求爱中被排斥了。这是作者借助动物的视角,对于政治事件的模糊处理。以往中国现代小说中关于政治事件的叙事往往是直接描写其中的荒诞成分,但是莫言的小说非常巧妙地运用动物叙事来间接反映和讽刺一些政治事件的荒诞和非理性。

驴的故事为《生死疲劳》中的动物叙事定了基调。"我对你讲述了我为驴的一生,就等于把后来的事告诉了你大半。"[2]因此,对于驴的叙事的研究非常关键,具有示范性。首先,驴的叙事具有强烈的批判性,揭示了农业合作社的盲目以及农村的民间暴力。"民间暴力留不下任何可靠的文字纪录、法律档案以及历史真相……所以只有文学才能来承担这一份历史书记官的责任,只能靠作家用虚构的形式、想象的方法以及审美的特点,来保留一份真实的社会历史的档案。"[3]文学见证了历史,从而读者能够通过文学了解历史的真相,受到触动,改变他们对于特定历史的看法,尤其是与错误的观点保持距离。文学对于读者的这种影响表明了它具有表演性力量。

其次,驴与主人的关系值得关注。"我父亲多次说,他与那头驴,不是一般的主人与家畜的关系,而是心心相印,如同兄弟。"[4]蓝脸几乎不与其他人交往,一个人独来独往,他与他的驴做伴。当驴受伤,不能行走,有人提出杀了吃,蓝脸说:

---

[1] 莫言:《生死疲劳》,第70页。
[2] 莫言:《生死疲劳》,第91页。
[3] 陈思和:《土改中的小说与小说中的土改——六十年文学话土改》,《南京大学学报》2010年第4期,第91页。
[4] 莫言:《生死疲劳》,第95页。

"如果你的爹伤了腿,也会卖到屠宰组去吗?"[1] 人和动物不仅有情感交流,而且在精神上有共通点。这里人和动物的关系类似奥维德《变形记》里的描写。"我们是宇宙万物中的一部分,我们也在改变;我们不仅有肉体,也有生翼的灵魂,我们可以托生在野兽的躯体里,也可以寄居在牛羊的形骸中。凡是躯体,其中都可能藏着我们父母兄弟或其他亲朋的灵魂,因此我们不应该伤害任何肉躯,而应予以尊重。"[2] 正如《变形记》中的那样,动物在《生死疲劳》中被描绘成我们的父母、我们的兄弟姐妹。投生为驴的西门闹是父亲、丈夫,是曾经的主人。小说中对于驴的爱情的描写以及人与驴情感交流的描写令人想起德里达在《动物故我在》中所说的"动物的激情,我对动物的激情,我对动物他者的激情"[3],德里达用"激情"来消解人与动物之间的鸿沟,解构了人类中心主义的思维定式。这里,驴与主人关系的生态意蕴在于:人与动物是可以交流的,是平等的,人与动物之间的"等级制"受到质疑与批评。不仅如此,驴与主人在政治态度和立场上也保持一致。他们一起反对合作社,和合作社在生产上竞争。蓝脸说,"老黑,好伙计,去年你也出了大力,能打这么多粮食,一半功劳是你的。今年,咱们加把劲,把合作社打败"。[4] 驴的政治倾向性后来在牛身上得到更加充分的体现,消解了政治事件的进步性。

---

[1] 莫言:《生死疲劳》,第82页。
[2] 转引自 Marion Gymnich and Alexandre Segao Costa, "Of Humans, Pigs, Fish and Apes: the Literary Motif of Human-Animal Metamorphosis and its Multiple Functions in Contemporary Fiction," 69. 译文参考奥维德《变形记》,杨周翰译,人民文学出版社,1984年,第235页。
[3] Jacques Derrida, The Animal That Therefore I am, David Wills, trans. (New York: Fordham University Press, 2008), 12.
[4] 莫言:《生死疲劳》,第58页。

二、 投生为牛与人民公社的问题化

人民公社化的反思在第一部分就出现了。"作为一头驴,一个单干户饲养的驴,在1958年这个特殊的年份里,有一些颇为传奇的经历,这是我想说的,也是你想听的吧?我们尽量不谈政治,但假如涉及了政治,那就请你原谅"。[1] 1958年特殊的年份就在于人民公社化是在这一年开始的。人民公社化运动中,蓝脸的单干身份更加突出,引起干部和群众的憎恨和厌恶。"在那个春天里(1965年——作者注),我们的家庭所承受的巨大压力。消灭最后一个单干户,似乎成为我们西门屯大队,也是我们银河人民公社的一件大事。"[2] 但是,蓝脸没有放弃自己的立场,坚持单干。

人民公社化从1958年开始建立,一直到1978年解体,历经20年。但是在《生死疲劳》的小说里,人民公社以及与之相关的政治活动并没有怎么被提及。在牛的故事里,政治的描写被作为背景,不是焦点,比如"四清运动"仅仅是点到为止,便马上写到:"好吧,言归正传。"[3] 政治事件是时代背景,动物的故事才是主要的。这种叙事安排,一定意义上是反传统的书写,因为在很多类似的小说中人民公社化运动描写往往占主要位置。

在《生死疲劳》的第二部分,牛的描写也是非常生动、细致入微的。牛是孤独的,但是忠诚、坚定、不动摇。牛与主人

---

[1] 莫言:《生死疲劳》,第69页。
[2] 莫言:《生死疲劳》,第98页。
[3] 莫言:《生死疲劳》,第121页。

蓝脸的性情极其相似。蓝脸是单干户,不加入集体,不参加人民公社的活动。牛跟随蓝脸,为他卖力耕地,并且因为力气大又机智,为蓝脸在群众中间赢得尊重。"尽管我家是--头牛拉一犁,生产队是两头牛拉一犁,但我们的犁很快就超越了生产大队的头犁。我很骄傲,压抑不住的兴奋。我跑前跑后,恍惚觉得我家的牛和犁是一条鼓满风帆的船,而翻开的土地就是波浪。"[1]单干户的人和牛能干活,收获的粮食多,人民公社的人和牛不能与之相比。由此说明,加入人民公社的效率是降低了,而不是提高了,从而间接地批评了全面的人民公社化。

后来,蓝脸迫于压力同意儿子蓝解放加入合作社,并且让他带着他们的牛入社。但是牛拒绝为集体耕地,结果被村民们狠命地抽打。"使牛汉子们拉开架势,一个接一个,比赛似的,挥动长鞭,打在你身上。"[2]不论怎么被抽打,牛卧在田地里,一动不动。以至于作者在问:"这是一头牛吗?这也许是一个神,也许是一个佛。"[3]牛的逆来顺受似乎告诫人们:"不要对他人施暴,对牛也不要;不要强迫别人干他不愿意的事情,对牛也不要。"[4]由于牛拒绝为集体劳动,最后被烧死,这只能说明被政治运动冲昏头脑的人是多么疯狂,失去理智,从而构成了政治的批判。

人民公社期间经常有群众集会,小说描写了一次群众的集会如何变成一场骚乱,起因是人们争抢死掉的大雁。"我看到在这个事件过程中那些贪婪的、疯狂的、惊愕的、痛苦的、狰狞

---

[1] 莫言:《生死疲劳》,第125页。
[2] 莫言:《生死疲劳》,第183页。
[3] 莫言:《生死疲劳》,第184页。
[4] 莫言:《生死疲劳》,第184页。

的表情,我听到了那些嘈杂的、凄厉的、狂喜的声音,我嗅到了那些血腥的、酸臭的气味,我感受到了寒冷的气流和灼热的气浪,我联想到了传说的战争。"[1]这里,群众的集会被比作战争,战争是敌我双方的你死我活的对抗,而群众集会通常是以人民的名义组织的。群众的集会产生这样的效果完全背离了活动的初衷,充分暴露当时一些政治事件的荒诞不经。

同人与人之间的恶劣关系相比,牛与它的主人之间建立起更加牢固的纽带。蓝解放曾这样感慨地说:"我也坚信我们之间的关系早已超越了农民与役畜的关系,我们不仅仅是心心相印的朋友,我们还是携手并肩,同心协力,坚持单干,反抗集体化的战友。"[2]与蓝解放将牛看成自己的朋友和战友不同的是,他的父亲蓝脸说:"我的牛,就像我的儿子一样,通人性。"[3]人和动物的这种超越物种界限的亲密关系生动体现了人与自然和谐的生态思想,这一点与《变形记》反映的生态思想接近。"万物相关的生态思想因为吸纳了灵魂转世的观点而圆满,这一点在奥维德《变形记》的人和动物转换的语境中得到印证。"[4]所不同的是,在《生死疲劳》里,动物叙事的文化批评在很大程度上促进了生态和谐思想的表达,政治造成了人与人之间的隔阂、人的残忍和非理性,可与此相对的是牛和主人之间亲密无间的信任和死心塌地的忠诚。因而,牛与主人关系的动物叙事构成了对于主流话语的抵抗和解构。当然,在小说前两个部

---

[1] 莫言:《生死疲劳》,第134页。
[2] 莫言:《生死疲劳》,第118页。
[3] 莫言:《生死疲劳》,第119页。
[4] Marion Gymnich and Alexandre Segao Costa, "Of Humans, Pigs, Fish and Apes: the Literary Motif of Human-Animal Metamorphosis and its Multiple Functions in Contemporary Fiction," 81.

分的人畜轮回故事里，驴和牛的选择也是非常得当的，因为他们在家畜当中与主人的关系最密切。这些生动的人和家畜亲密关系的描写表达了一种人与动物和谐的生态伦理观，改变了人的自我认识以及对于他人、动物和环境的态度。"与其他动物一起生活的价值部分地在于为我们提供机会，拓展对自身动物性和在自然世界中位置的认知，改变我们应对外在事件和外部刺激的方式，加深对不同的生命存在的移情和恻隐之心。"[1] 动物叙事给莫言提供了发挥文学想象和语言实验的巨大空间。

投生为猪这一章是《生死疲劳》中写得最长的，也是内容最丰富的。它描写了一系列的故事：猪与猪之间的弱肉强食，猪王的争夺战，饥荒年代里猪吃猪的惨剧，猪的逃亡，野猪群被人猎杀，猪的复仇等等，这些故事具有强烈的寓言性质。类似《动物农场》，它讽刺了当时的社会问题。"在《动物农场》《生死疲劳》中动物与人已经融合为一体，动物世界不从属于人的世界，它与人的世界是完全平等的，二者共同完成了对一个时代人类的生存本相和精神本相的隐喻。"[2] 猪是《生死疲劳》的分水岭，如果说前三次轮回是关乎近似人性的动物，后来的轮回则是描绘远离人性的动物。

三、 动物性的回归与生态整体观

《生死疲劳》中，西门闹死后变成不同的动物，起先这些动

---

[1] Lori Gruen, *Ethics and Animals: An Introduction* (Cambridge: Cambridge University Press, 2011), 158.
[2] 刘广远：《动物小说的寓言与现实存在的隐喻——以〈生死疲劳〉与〈动物农场〉为例》，《小说评论》2010 年第 2 期，第 21 页。

物保留人的记忆和情感，尤其是仇恨和冤屈，但是慢慢地忘记仇恨，变成了纯粹的动物。"狗与人的关系已经松弛，不像西门驴、西门牛、西门猪那样紧密相关，暗示生命转世已经渐渐疏离了前世的冤孽，趋于平淡正常了。"[1] 下一次轮回到了猴子，则完全摆脱前世的影响，回归到动物性。最后一个轮回，才是人。这意味着，人只有摆脱种种精神、物质的束缚，只有消灭仇恨，像动物那样自由自在、无忧无虑，才能重新投生为人。这是根据佛教的生死观变化而来的，佛教认为人有时候需要几次转世，历经磨难，包括转世成为动物，最后方能投生为人。佛教修行的重点是业报。佛经中阐释了不同的业报有不同的投生去处。投生的不同道被细分为地狱道、天人道、畜牲道、阿修罗道、饿鬼道和人道，六道根据业报身所受福报大小划分。[2] 不同道的生死流转被称为"轮回"。在这个意义上，《生死疲劳》中西门闹死后经过六次轮回，重新投生为人的一系列故事构成一个生态的文学事件。它给读者的启发是：人和动物的界限是模糊的，不仅动物具有人类的情感，人也会越来越模仿动物，甚至学会与动物沟通。比如蓝脸，他的生活习性越来越像他的家畜，夜里劳动，习惯孤独，默默地艰苦劳动，甚至还吃生粮食等。虽然他不与别人交流，包括他的家人，但是他喜欢和家畜聊天，还一起抽烟。最终，人、动物与自然构成一个整体，包含着中国传统的"天人合一"的思想。

---

[1] 陈思和：《人畜混杂，阴阳并存的叙事结构》，《当代作家评论》2008年第6期，第104页。
[2] 参见业露华、董群《中国佛教百科全书：教义、人物卷》，上海古籍出版社，第68—70页。

"天人合一"的思想在当代得到新的阐释。[1] 在《天人合一论：中国文化对人类未来可有之贡献》(1991) 中，钱穆认为中国"天人合一"的概念是中国文化中最伟大的成果之一："所以中国古人认为一切人文演进都顺从天道来。违背了天命即无人文可言。'天命'和'人生'合为一这一观念中国古人早有认识。我以为'天人合一'观是中国古代文化最古老最有贡献的一种主张。"[2] 钱穆的观点得到了另一位传统中国思想和文化的领军人物季羡林的青睐。为呼应钱穆将"天人合一"的概念赋予普世价值的热情，季羡林就东方哲学里面天、人与自然的关系做了进一步的阐释。季认为"'天'就是大自然，'人'就是我们人类，天人关系就是人与自然的关系。"[3] 对季羡林来说，传统东方文化里面对于自然的态度是友之、知之、甚明之。这也是建立在人们想尽力得到所想所需的基础之上的。因此，"天人合一"的观念渐渐形成一种哲学并得到进一步发展。值得注意的是，季羡林认为"人与自然的关系上就是人与自然为一个整体，人与其他动物都包括在这个整体之中"。[4]《生死疲劳》不仅体现了儒家的"天人合一"观念，而且通过文学的言语行为不断产生施行性效果，这对当下生态思想的建构是有益的。

---

[1] 有关新儒家对于"天人合一"思想的当代阐释，参见拙文 Chengzhou He, "New Confucianism, Science and the Future of Environment," *European Review* Vol. 26, No. 2 (2018), 368 - 380。
[2] 转引自季羡林《"天人合一"新解》，《传统文化与现代化》1993 年第 1 期，第 13 页。
[3] 季羡林：《"天人合一"新解》，《传统文化与现代化》1993 年第 1 期，第 14 页。
[4] 季羡林：《"天人合一"新解》，《传统文化与现代化》1993 年第 1 期，第 15 页。

在小说中，动物的视角（西门闹的几次转世）与人的视角交叉，构成双重的叙述视角与叙事运动。在蓝解放的叙述中，人与人之间充满矛盾、相互煎熬，最后不幸一个个死去，主要体现了政治事件对于人的伤害和荒诞不经，并最终导致政治的去事件化。动物在文本里不仅是被叙述的对象，也是叙述者。动物的叙述体现了仇恨不断被忘却，动物的诉求是生存性的，最后经过几个轮回成为人。在小说中，动物故事与人世故事交替并存，不断在他们之间切换，而且是以动物故事为主，丰富了文学的表现力。在《人畜混杂，阴阳并存的叙事结构》（2008）中，陈思和提出："小说里动物的故事比人间的故事更精彩，更有动人之处，就是因为这些故事本来就是由动物讲述的。"[1]

这种人和动物的双重叙事构成了对于中国当代现代性的批判。"生产制度的大循环为作品提供了诸多叙事可能性。轮回的50年，人们创造的物质世界变得越来越好，但是精神愈见贫乏、呆板，缺少思考和创造性。作者表达了对于现代性的历史经验态度。"[2]小说中，人与动物难离难分，具有共同性、相通性，比如生命的脆弱与有限性。"对人类具身性的关注，帮助读者接纳我们与众生相同都具有躯体脆弱性和有限性这样一个事实。"[3]在小说的结尾，蓝脸的那块地，也就是单干户的自留地，成了墓地。"你娘葬在那里，驴葬在那里，牛葬在那里，猪

---

[1] 陈思和：《人畜混杂，阴阳并存的叙事结构》，《当代作家评论》2008年第6期，第102页。
[2] 张富利：《"轮回"的历史与民族国家的寓言——〈生死疲劳〉的叙事解读》，《西部学刊》2017第2期，第14页。
[3] Lynn Worsham, "Toward an Understanding of Human Violence: Cultural Studies, Animal Studies, and the Promise of Posthumanism," *Review of Education, Pedagogy, and Cultural Studies* Vol. 33, No. 1 (2013), 53.

葬在那里，我的狗娘葬在那里，西门金龙葬在这里，没有坟墓的地方，长满了野草。这块地，第一次荒芜了。"[1]小说结尾有这样一句话，也是主人公蓝脸的墓志铭："一切来自土地的都将回归土地。"[2]最终，小说生成了一种人、动物和自然相统一的"生态整体观"。

结语

《生死疲劳》是莫言"幻觉现实主义"的一个代表性作品。小说中的动物叙事具有狂欢化特征和寓言性质，这个寓言揭露的是某些政治事件的不合理性和荒诞，表达了一种反抗的批判精神。《生死疲劳》中的动物叙事跳出了20世纪80年代以来主流的现实主义的叙事方式，以一种怪诞变形的方式呈现历史，反思过去。这种从动物视角出发的寓言叙事彰显了民间话语的抵抗力量、祛除蒙蔽真相的话语建构。"动物口中所说的一切，那么具有历史真实性。人不方便说出的断裂的记忆、历史，通过动物讲述出来，这是莫言的寓言。"[3]从而，《生死疲劳》的动物叙事造成了历史和政治的去事件化，表演了文学见证历史真相的角色，起到改变读者历史认知的作用。

莫言批判社会政治运动对于人的压抑和迫害，他的叙事手段是描写动物性，打破人类中心主义视角下的人与动物的隔阂和壁垒。"在探索、挖掘人性的文学践行中，对于人类动物性的

---

[1] 莫言：《生死疲劳》，第503页。
[2] 莫言：《生死疲劳》，第509页。
[3] 张富利：《"轮回"的历史与民族国家的寓言——〈生死疲劳〉的叙事解读》，《西部学刊》2017年第2期，第17页。

多维表现成为莫言的显著特征,他通过人物向食、色的动物性回归,语言、行为的动物性退化,感觉的动物性位移,甚至人变形为动物等文学方式,打破人与动物的文明壁垒,人类一次次向动物退归。"[1]《生死疲劳》基于佛教六道轮回的文学想象,从人投生为动物,再重新恢复为人,完成一个循环。这一过程不仅表达了人需要忘却仇恨的生存愿望,也建构人与动物平等、人与环境和谐的生态整体观。生态批评和文化研究之间存在重叠之处,生态批评可以用来支持文化反思,同时文化反思也有利于生态思想的建构,佐证了生态思想的重要性和合理性。但是,这样一个"文化—生态批评"的最终目标还在于反思人性所受到的种种外在和内在的束缚,从而让人们能够返璞归真。这种理想集中体现在莫言在《生死疲劳》扉页上引用的佛家经典格言:"少欲无为,身心自在。"

---

[1] 张雪飞:《叙事空间之于莫言小说的意义》,《文艺争鸣》2016年第1期,第147页。

第九章　易卜生、"娜拉事件"与中国文化的现代转型[1]

中国话剧的诞生有一个标志性的事件,就是1907年中国赴日本留学生组织成立的"春柳社"在东京上演了话剧《黑奴吁天录》,该剧系根据美国作家斯托夫人的小说《汤姆叔叔的小屋》改编而来,表达了强烈的社会进步的诉求。与以歌舞为主的传统戏曲不同,话剧以日常语言呈现现实场景中的普通人。"现实主义戏剧可以承载反抗帝国主义霸权的政治情绪,《黑奴吁天录》除了介绍这种带有情节和对话的现实主义戏剧之外,还把场景的概念引入中国。"[2] 中国的话剧最初源于西方,早期的话剧也模仿了一些西方戏剧,特别是易卜生的现实主义问题剧。胡适创作的中国第一部现代戏剧《终身大事》(1919)就是以易卜生的《玩偶之家》为范例的。

20世纪20年代出现了大量以《玩偶之家》为蓝本的本土现代戏剧,剧中的主人公跟随娜拉的脚步,强调个人的价值,反抗家庭中的父权制,摈弃社会中陈旧的道德准则。"对'人'的

---

[1] 本章系根据笔者已经发表的英文论文翻译与修改的,参见 Chengzhou He, "'Before All Else I Am a Human Being': Ibsen and the Rise of Modern Chinese Drama in the 1920s," *Neohelicon* Vol 46, No. 1 (2019), 37-51。
[2] Walter J. Meserve and Ruth I. Meserve, "*Uncle Tom's Cabin* and Modern Chinese Drama," *Modern Drama* Vol. 17, No. 1 (1974), 58.

发现和思考，对禁锢人性的半殖民地本封建社会的暴露和批判，使新兴话剧放射出犹如西方'文艺复兴'和'启蒙主义'的光芒，同时也带有易卜生'独战多数'的社会问题剧的色彩。"[1]与此同时，还出现了现代戏剧的表演实践，特别是学生组成的业余剧团演出。在这些现代戏的演出中，学生们业余排演的《玩偶之家》往往能得到公众的热情关注，促进了中国话剧的成熟，也影响易卜生和娜拉在中国的传播与接受。因而可以这么说，娜拉在当代中国的接受与影响不仅是一个文学事件，也是一个表演事件，更大意义上讲还是一个文化事件，贯穿这些事件的一个核心思想是个人独立与妇女解放。"娜拉事件"宣传妇女解放的思想，鼓吹个性独立和自由，在中国文化的现代转型中起到了不可替代的作用。

文学和文化事件的理论有助于进一步讨论20世纪20年代易卜生对于中国话剧以及新文化运动的影响。具体说来，下面将重点讨论以下几个问题：中国早期的话剧创作如何创造性模仿和借鉴了《玩偶之家》，尤其是其中娜拉出走的情节？《玩偶之家》在中国演出和接受的状况如何？在这个基础之上，娜拉在中国的接受怎样成为一个文化事件？这一事件对中国文化的现代性进程产生了什么样的影响？在回答这些问题之前，有必要扼要阐释一下文学事件、表演事件和文化事件的内涵以及它们之间的关联性。

一、事件：表演、文学与文化

事件不是一件事情或一个事实，而是一种过程，新的变化

---

[1] 陈白尘、董建：《中国现代戏剧史稿（1899—1949）》，中国戏剧出版社，2008年，第112页。

在这个过程中产生。事件具有构成性和转变性，它不是单方面的，而是由多种矛盾和不确定的因素组成的。德勒兹说："个体的不确定性并非一种对正在发生之事的疑惑。相反，它是事件本身的一种客体性结构。前提是，只要它同时朝着两个方向进行，只要它随着这两个方向进行时对主体进行了分化。"[1] 因此，事件通常被理解为具有关联性，它连接过去与现在、外在与内在。"事件的空间性经常指一种边缘，一种穿越不相容的实体之间的边界，比如人类与动物，或者穿越异质模式，比如视觉与听觉，通过表达差异标示它们之间的碰撞，以此证实它们的力量。"[2] 事件本身是中性的，可以在主动和被动之间互相转换。事件既不是此在也不是彼在，而是它们之间的相互关联，从而能对于现状产生影响。

表演事件理论强调表演者与观众的共生关系。对剧场表演这一种艺术形式的传统阐释往往以创作者为中心（包括剧作家和表演艺术家），他们也被认为具有自主性。借助表演事件的概念，剧场研究将艺术家和观众置于相互关联和相互作用之中。"他们用短暂的、独特的、不可重复的艺术过程取代了艺术品，即便没有废除艺术生产者和接受者的基本分工，也使他们之间的界限变得不再那么绝对。"[3] 与解释艺术品的意义不同，事件理论的重心转向了演出的整体，分析不同的表演元素（如表演者的身体呈现、场景和观众的反应等）如何彼此影响，以及

---

[1] Gilles Deleuze, *Logic of Sense*, M. Lester and C. Stivale, trans. (New York: Columbia University Press, 1990), 3.
[2] Ilai Rowner, *The Event: Literature and Theory* (Lincoln and London: University of Nebraska Press, 2015), 155.
[3] Erika Fischer-Lichte, *The Transformative Power of Performance: A New Aesthetics* (London and New York: Routledge, 2008), 162.

表演如何对现实世界发生作用。

就文学研究而言,文学事件的理论强调读者的作用。在《文学的独特性》一书中,德里克·阿特里奇认为,"我们把体验文学作品的过程视为事件而非客体,事件可以重复但从不雷同,这一点很多人都会意识到,但很少有人会深究其中包含的意蕴"。[1] 读者在阅读的过程中情感上产生变化,认识上得到提高,并在行动上有所体现。从阅读的角度来看,文学事件有三个重要层面。他者性指的是阅读带给读者的惊喜或陌生感。一个真正的文学作品给文化母体带来的是异质化的东西,这是不能用现存的准则和惯例来解释的。因而,这种他者性具有文化革新或更新的潜力。创新性是指文学创作给构成现状的既定范式带来挑战,通常情况下,范式必须通过重复来得到加强,但是重复也会产生差异。独创性是由超出读者期望的文化客体的独特性组成的,它不是完全新颖、全然不同的东西,它依然会吸收现有的一些特征并将它们用一种创新的方式加以重塑。值得指出的是,事件的这三个特征不是相互独立,而是相互依存和互为补充的。

文学和表演的事件也是文化事件,或者是,它们构成了文化事件。文化不是同质的,也不是固定不变的。"从某种意义上说,文化不是具有清晰和固定边界的同质化实体;文化假设、习惯、惯例和产品等都可以归类,但是这种分类从内部来说是分散而流动的,这些组群可以被分为更小的类别或者聚合成更大的组群,并不断经受变化。"[2] 文化上的变革通常是由于不

---

[1] Derek Attridge, *The Singularity of Literature* (London and New York: Routledge, 2004), 2.
[2] Derek Attridge, *The Singularity of Literature*, 82.

同类型的事件积聚而成，同时也经由它们得到展示。相类似的社会事件体现了一些共同的品质和特点，这些共同点构成了文化转变的内涵。换言之，任何重要的文化变革都应该通过特定的具体事件来引领与实践，新的文化特征要通过这些事件加以呈现。比如，在中国"五四"以后，一系列戏剧、小说、演出、媒体的事件共同表达了对女性自由和男女平等的追求，在推动中国20世纪20年代的社会和文化现代性转型过程中起到了积极的作用。

二、表演"娜拉"与跨文化的改编演出

话剧演出刚开始在中国是不怎么受欢迎的。1920年，萧伯纳的《华伦夫人之职业》在上海"新舞台"上演，观众寥寥无几。西方戏剧的观念和外国剧本的新内容不能一下子被中国观众所接受。戏曲虽然脱离时代现实，但是在商业上有很大优势。新兴话剧必须打破剧场商业模式的束缚，开辟一条发展艺术的道路，其中最重要的是业余演出。正是在这种情况下"爱美的"（Amateur）戏剧运动开展起来，以北京、上海、天津、南京为中心，全国的"爱美的"戏剧演出开始大量涌现。

1921年3月，第一个"爱美的"戏剧团体"民众戏剧社"在上海成立，5月创办了第一个戏剧杂志《戏剧》。发表在《戏剧》第1卷第1期上的《民众戏剧社宣言》中说："当看戏是消闲的时代现在已经过去了，戏院在现代社会中确是占着重要的地位，是推动社会前进的一个轮子，又是搜寻社会病根的X光

镜……"[1]在"爱美的"戏剧运动中,学校的爱美的剧社非常活跃。早期,易卜生戏剧的改编和演出大多数是校园爱美的剧社的作品。茅盾的小说《虹》中就有学生们在校园里排演《玩偶之家》的描写,参加演出的女学生们对娜拉和林敦太太勇敢反抗父权制和追求独立的精神表达了景仰与敬佩。例如,梅女士这样说道:"我却觉得全剧中就是林敦夫人最好!她是不受恋爱支配的女子。她第一次抛开了柯士达去和林敦结婚,就因为林敦有钱,可以养活她的母亲和妹妹;她是为了母亲和妹妹的缘故牺牲了自己。她第二次再嫁给柯士达,又是为了要救娜拉。她就是这样一个勇敢而有决断的人!"[2]

1923年,北京女子高等师范学校的女生们上演了《玩偶之家》。作为中国第一个也是当时仅有的全国性的女子高等教育机构,北京女子高等师范学校发端于晚清政府在1908年成立的京师女子师范学堂。当时的一些进步人士认为,如果中国想要推动现代化的进程,就必须兴办妇女教育。受1919年"五四运动"的影响,越来越多的新女性开始觉醒,追求平等和独立的新生活。在那时,传播新思想的一种方式就是上演现代戏剧。在北京女子高等师范学校,来自物理和化学系的学生们于1923年5月5日在新明剧院上演了《玩偶之家》。

在这场演出中,所有的男性角色都是由女学生来扮演的。虽然她们的表演不够专业,但这场表演不仅仅吸引了学生,还受到学者们的青睐,其中不乏一些戏剧专家们。戏剧评论家仁陀观剧后,很快在《晨报副刊》上发表了一篇剧评,他在评论

---

[1] 转引自陈白尘、董健《中国现代戏剧史稿(1899—1949)》,第100—101页。
[2] 茅盾:《茅盾全集》(第二卷),人民文学出版社,1984年,第44页。

中对这场演出大加赞赏。他带着潘家洵的译本去看剧，发现女演员们的表演都非常忠于原著。他非常欣赏扮演娜拉的女演员，称赞说："演员中以扮娜拉者最能体会剧情，她的动作神情，处处都能够表现出娜拉的个性来。"[1] 芳信曾是一名演员，也对这场表演深有感触。他在《晨报副刊》的评论中写到："其实剧本上，娜拉说的话，有如讨论问题的论文；而人反乐它的原因，正因为她如纸包石块掷在人的情绪的水中。"[2] 另外一位对这场表演大加赞赏的是何一公，他赞赏这场演出不仅忠于原著，而且演员的表演和剧场的布景都很精彩，他还称赞娜拉的扮演者是一个"创造的艺术家"。[3]

这几篇评论都提到，当时很多观众并不知道应该如何欣赏话剧。他们已经习惯了以歌舞和音乐为特色的传统戏曲，在观看的过程中大声交谈，并且对台上的对话缺乏耐心。遗憾的是，很多观众在前两幕之后就离席了。观众们的这种态度和行为受到一些戏剧评论家的批评与谴责。他们大都支持现代话剧，因为它相对于传统戏曲来说，具有传播新思想的力量，相比之下传统戏曲主要用道德说教和精彩的表演技巧来娱乐观众。在这些剧评中，当然也不乏在表演艺术层面的一些负面评价。比如，陈西滢批评演员们太业余，缺乏专业表演技巧。[4]

从剧场事件的角度来看，演出既不仅仅是关于艺术家的，也不只是针对观众的，而是由他们的同时在场与互动共同构成。更进一步说，作为事件的演出具有改变现实的能动性，有可能

---

[1] 仁陀：《看了女高师演剧以后的杂谈》，《晨报副刊》，1923年5月11日。
[2] 芳信：《看了娜拉后的零碎感想》，《晨报副刊》，1923年5月12日。
[3] 何一公：《女高师演〈娜拉〉》，《晨报副刊》，1923年5月18日。
[4] 陈西滢：《看新剧与学时髦》，《晨报副刊》，1923年5月24日。

在重大的社会变革中发挥作用。事实上，北京女子高等师范学校的《玩偶之家》演出事件在社会上引起了关于妇女自由和独立的讨论。1923年12月26日，鲁迅受邀在北京女子高等师范学校发表了题为《娜拉走后怎样?》的演讲，他在演讲中提出了关于女性经济独立的重大问题。鲁迅说，如果一个中国女性像娜拉一样出走，她将会"不是堕落，就是回来……还有一条，就是饿死了"。[1]这是因为中国女性没有获得与男性同等的权力，特别是经济权。很显然，鲁迅把导致妇女问题的原因归咎为父权制的社会，这也是当时现实主义文学（包括戏剧在内）社会批评的一大特色。

与北京女子高等师范学校的全女性演员阵容相反，南开中学在1928年上演的《傀儡家庭》则全部是由男生扮演的。南开新剧团是中国北方创立最早、最有影响力的戏剧团体。话剧界有所谓"南有南国社，北有南开新剧团"。[2]南开新剧团为中国话剧的奠基和发展做出了独特的历史贡献。胡适在1919年说，南开新剧团"要算中国顶好的了"。[3]受传统戏曲文化的影响，南开新剧团早期曾有过男扮女的传统，周恩来、曹禺、黄宗江是当时南开的"三大女演员"。[4]

曹禺在中学时代就是一个现代戏剧的爱好者，热衷于参与舞台演出。1927年参加《压迫》（丁西林）、《获虎之夜》（田汉）、《人民公敌》（易卜生）的演出。在《人民公敌》的演出

---

[1] 鲁迅:《娜拉走后怎样?》,《鲁迅全集》（第一卷），人民文学出版社，1973年（第二版），第145页。
[2] 田本相:《序》，崔国良主编《南开话剧史料丛编：编演纪事卷》，南开大学出版社，2009年，第8页。
[3] 田本相:《序》，崔国良主编《南开话剧史料丛编：编演纪事卷》，第8页。
[4] 田本相:《序》，崔国良主编《南开话剧史料丛编：编演纪事卷》，第1页。

中，曹禺饰演了斯多克芒医生的女儿佩特拉，受到观众的好评。这场表演被警察叫停，因为驻守天津的军阀认为这部剧是对他们的讽刺。1928年南开24周年校庆，上演易卜生的《傀儡家庭》，曹禺男扮女装，主演娜拉，大获成功。当年《南开双周》第2卷第3期刊文说："此剧意义极深，演员颇能称职，最佳者是两位主角万家宝和张平群先生，大得观众之好评。"[1]南开新剧团的成员鲁韧在回忆《娜拉》的演出时说："到现在，这样好的艺术境界、艺术效果是很难找到的。他把娜拉和海拉茂夫妻间的感情，甚至她的感情分寸，都很细腻地精湛地表演出来，这就不能不令人倾倒。"[2]

扮演娜拉在一定程度上增强了曹禺对易卜生的兴趣。后来，他开始逐一阅读易卜生的剧本，为他的戏剧生涯打下了坚实的基础。"从易卜生的剧作中了解到话剧艺术原来还有这许多的表现方法。人物可以那样真实，又那样复杂。"[3]1933年，曹禺在清华大学的本科毕业论文就是用英文写的《论易卜生》。他同年创作的第一部剧作《雷雨》也与易卜生的《群鬼》有很大的相似性。[4]1978年，曹禺在《纪念易卜生诞辰一百五十周年》的文章中写道："我从事戏剧已数十年。我开始对于戏剧和戏剧创作产生的兴趣、感情，应当说，是受了易卜生不小的影响。"[5]事实上，很多中国现代剧作家都读过易卜生的剧作或者观看过相关的演出，特别是《玩偶之家》，并从中得到启发。

---

[1] 贾长华：《曹禺与天津》，天津社会科学出版社，2006年，第103页。
[2] 贾长华：《曹禺与天津》，第103页。
[3] 转引自田本相与胡叔和主编《曹禺研究资料》，中国戏剧出版社，1991年，第17页。
[4] 参见 Chengzhou He, *Henrik Ibsen and Modern Chinese Drama*（Oslo: Oslo Academic Press, 2004), 183-212。
[5] 曹禺：《纪念易卜生诞辰一百五十周年》，《人民日报》，1978年3月21日。

这从一个方面证明了《玩偶之家》在中国所产生的转变性影响。

三、"娜拉出走"与早期的话剧创作

一些模仿娜拉并以女主人公出走为结局的早期话剧通常被归类为"出走剧"。这些"出走剧"模仿了《玩偶之家》的情节，但又有着重要的差异，比如说，出走剧中的主人公们可以是男性或女性，这意味着反抗父权制不仅仅是一个性别问题，更是一个社会问题。另外一个不同之处是，和娜拉抛夫弃子不同，话剧中男女青年的出走通常是为了婚姻自由、挣脱父权制束缚和争取个人的独立，这反映了20世纪20年代中国社会正在发生的积极变化。

出走剧有一个基本相同的故事情节，那就是：主人公意识到自己在家庭和社会中没有自由选择的权利，尤其是没有恋爱和婚姻的自由，于是一致把离开家庭当成解决问题的必要条件，然后在冲突的高潮时刻，他们决定离开家去追寻他们的爱与自由，全剧也随着主人公的出走戛然而止。出走在中国话剧中有这样几层意思，都与当时中国的现实有关。首先，出走是一种反抗，是对于封建家庭和旧的伦理的叛逆。其次，出走表明传统文化和体制的危机，尤其是家长制和男权思想不能适应现代社会的需要。再次，出走是对于新的自由和独立观念的肯定和宣扬。它表明主人公觉醒了，要维护个人的权利和尊严。最后，出走是一个群体行为，是一群进步青年的共同要求。总之，话剧中的出走既是一个言语行为，也是一个行动，它建构了一个新的文学事件。它给当时的社会现实带来变化，启发和引导青年人去追求独立自由的生活。

20年代话剧中的"出走"不只是一个文学上的情节，更是具有转折意义的现代性事件，它标志着现代作家对于中国传统文化的批判性思考以及对于现代文化的拥抱，这是一个积极而又痛苦的蜕变。剧作家们笔下的出走不是一次性动作，而是一个过程性行为，一个不断产生回应的事件。[1] 20年代的出走剧不仅仅反映了时代，而且也改变了那个时代，文学事件的能动性得到生动的体现。

《终身大事》（1919）是第一部用白话文写成的话剧剧本。主人公田小姐出身富贵人家，父亲据说是新式学校培养出来的有知识的人。她曾在日本留学，爱上了同是留学生的陈先生。她想嫁给一个自己选择的男人，但是父母不同意。失望之余，她决定和他私奔。这部传播女性解放思想的话剧，给了那些想要反抗家庭父权制和社会压迫的中国青年很大的鼓舞。这部剧很快促成了其他许多现代话剧剧本的出版，在这些现代剧里都有一个娜拉式的形象逐渐意识到自我的价值，并决心赢得自己的独立。

继胡适的《终身大事》之后，一些现代话剧的先驱们写了一系列的"出走剧"，其中以下四部剧最成功地呈现了模仿娜拉的女性角色：《泼妇》（欧阳予倩，1922）、《卓文君》（郭沫若，1923）、《兵变》（余上沅，1924）和《青春的悲哀》（熊佛西，1924）。在上述剧作中，女主人公们要么为了婚姻自由对抗父母，要么为了她们的独立和个人权利反对她们的丈夫。以《卓文君》为例，这部剧作基于历史上年轻聪慧的卓文君与著名诗人司马相如之间的故事。剧中，卓文君受父母之命嫁人，在夫

---

[1] 李倩：《中国现代戏剧中的"出走"模式研究》，《戏剧文学》2012年1期，第76—79页。

君去世后归家与父母同住。她仰慕的诗人司马相如恰巧住在隔壁。不久，两人坠入爱河，但是遭到了卓文君老父亲的反对。为了维护寡妇的传统道德准则，他不允许文君嫁给司马相如，这令文君很生气。她勇敢地说："便是我自己做人的责任！盲从你们老人，绝不是什么孝道。"[1]这让我们联想到《玩偶之家》的第四幕里，娜拉对海尔茂讲的话："首先，我是一个人。"文君仅仅是中国"出走剧"中娜拉形象的一个例子。因为她们像娜拉一样具有反抗的勇气，也因此被称为中国的"娜拉姐妹"。当然，女性主义的问题经常会连带揭露其他的社会问题，比如：贫穷、妇女的受教育权利等等。因此，这些剧作也被视为20世纪20年代的"问题剧"。

除了上述以叛逆的女性为特色的四部剧作之外，中国话剧也出现一些具有娜拉精神、反抗父母强权意志而出走的男性角色。1924年的《欢迎会》（成仿吾）和《青春的梦》（张闻天）就是其中的两个例子。这两部剧作思想非常激进，给爱情题材涂上了社会革命的色彩。前者讴歌与旧社会作战的叛逆精神，后者通过与罪恶的家庭决裂，抗议祸国殃民的官僚腐败。这也与两位剧作家是激进的早期马克思主义青年知识分子有着极大的关系，他们随后加入了中国共产党，逐渐成为有影响力的革命者。

成仿吾的《欢迎会》讲述了1922年上海的一个官僚买办家庭中两代人的冲突。刘家的长子刘思明从英国归来，刘家准备为他举办一个欢迎会。张克勤与刘思明的姐姐刘德明比较要好，但是刘德明的父亲反对他们的恋爱和婚姻。刘思明当着张克勤

---

[1] 郭沫若：《郭沫若剧作全集》，中国戏剧出版社，1982年，第134页。

的面解释说,他们家反对的原因是因为他家的经济状况一般。对此,张克勤气愤地解释说,那不过是"我的父亲没有做强盗打劫,没有祸国殃民罢了"。[1] 在弄清了父亲贪污腐败的真相后,刘思明责问自己的父亲:

> 刘兄:我今天才把我自己所处的地盘认明白了。我今天才把你的真相也看清楚了……你把我养大,送我读了这么多年书,我感激你;只是你不该做强盗打劫,祸国殃民把我养大,来送我读书。我此刻觉得我的全身,我的灵魂都充满你的罪恶,都被你的罪恶污坏了。[2]

刘思明表示要离开这个家。刘思明的弟弟,一名中学生,也积极呼应哥哥,他说:"我们非要把这样的社会,全然革命不可。"[3] 他们在戏剧结尾一同离开了家,变成了中国的"男娜拉"。

成仿吾(1897—1984)是"五四运动"中成长的青年,他原来学理科的,后来感到科学不能救国,搞文学更有意义。他和郭沫若、郁达夫是创造社的三大主将。他于1923年创办《周报》,并发表了一篇重要文章《新文学的使命》。在文章中,成仿吾说:"文学是时代的良心,文学家应当是良心的战士。我们的时代已经被虚伪、罪孽和丑恶充斥了!生命已经在浊气之中窒息了!打破这种现状是新文学家的天职。"[4]

成仿吾在谈写作《欢迎会》剧本的意图时说,"在这篇作品

---

[1] 成仿吾:《欢迎会》,《中国现代独幕话剧选(1919—1949)》,人民文学出版社,1984年,第341页。
[2] 成仿吾:《欢迎会》,《中国现代独幕话剧选(1919—1949)》,第342页。
[3] 成仿吾:《欢迎会》,《中国现代独幕话剧选(1919—1949)》,第344页。
[4] 余飘、李洪程:《成仿吾传》,当代中国出版社,1997年,第80页。

里我所想表现的是旧社会的虚伪和新青年的反抗精神"。[1] 1928年他转为职业革命家，30年代参加了长征，后来担任陕北公学、华北联合大学、中国人民大学等校的校长。他被称为从"文化人"转变成"革命人"的一个典型。[2]

张闻天《青春的梦》的故事发生在杭州，时间是1921年。许明心在父母的安排下结了婚，但是跟妻子没有感情，婚后一直借故独自一人在外地学习和生活。作为一个有着独立精神和新思想的青年，许明心却不得不面对家人的要求，回到妻子和孩子身边，承担自己作为丈夫与父亲的责任和义务。

明心（悲哀而又愤激）：我有那么许多义务？哦，我向来没有知道它们阿。现在我知道了，它们像无数的重担压在我的身上。但是我没有负担这些重担的气力呀。它们将压倒我，像压倒一只负重的牛，我不能，我不能，娘娘。[3]

许明心有一个邻居徐兰芳，一个女学生，在南京女子大学上学，和许明心一样追求自己的独立和自由。

兰芳：是的，我觉得新中国的妇女都应该像你所说的，不顾一切赤裸裸地去发展自己的生命，我们女子受社会的束缚已经够了，这是我们觉醒的时候了……[4]

---

[1] 余飘、李洪程：《成仿吾传》，第154页。
[2] 余飘、李洪程：《成仿吾传》，第2页。
[3] 张闻天：《青春的梦》，《张闻天早年文学作品选》，人民文学出版社，1983年，第188页。
[4] 张闻天：《青春的梦》，《张闻天早年文学作品选》，第182页。

怀着共同的理想和追求,许明心和徐兰芳之间产生了爱情,他们最终不顾家人的反对和阻拦,决定一起离家出走。他们的结合宣告新式爱情的诞生,那就是建立在相互理解、交流和沟通之上的爱情。《青春的梦》中的明心是以张闻天自己的生活为原型的。张闻天写道:"1917年在学校中看到《新青年》,我的思想起了很大的变化,我开始对中国旧社会的一切发生了怀疑和反抗,而景仰欧美民主、自由、平等的思想与生活。资产阶级、小资产阶级的民主主义、个人主义的思想从此发端了。"〔1〕张闻天自己也有一个包办的婚姻。1920年,张闻天来到上海,经济来源靠写作和翻译的稿费。他写了大量的文章,内容涉及家庭婚姻、妇女解放等。他还写了新诗。这些情况也发生在他笔下戏剧的主人公身上。

张闻天是中国马克思主义的早期传播者之一。在1918至1919年间,他注意到各种社会主义思潮,尤其对于马克思主义表现出极大的兴趣。他思考的问题,已经不再局限于追求个人解放、恋爱自由,他已经开始思考怎样认识和改造中国社会这个根本的问题了。张闻天小说《旅途》的主题是:理想的爱情凭借个人奋斗是无法得到的,必须向整个社会挑战。〔2〕《旅途》是中国"恋爱与革命"小说的开端。青年知识分子从追求个人解放、恋爱自由、婚姻自主发展到投身革命运动,并酝酿武装斗争。《青春的梦》表达这样一个观点:只有将恋爱与社会革命联系起来,反抗旧社会,青年人才能得到光明、自由和幸福。

兰芳:只有在与旧社会旧制度冲突的中间,只有在反叛的行

---

〔1〕程中原:《张闻天传》,当代中国出版社,2000年,第18—19页。
〔2〕程中原:《张闻天传》,第85页。

为中间——总之，只有在革命的中间，我们才感到生之快乐，与生之欢喜——我们才有生命。[1]

这个剧本对于鲁迅提出的"出走"以后"不是堕落就是回来"的问题做出了回答，把青年恋爱和婚姻的话剧提高到有关个人的权利的新高度。张闻天在《读红楼梦的一点感想》中写道："请君特别注意我的'人的中心'四个字。'人的中心'就是我的真生命，我的标准，我的爱。"[2]张闻天在散文诗《生命的激流》中写道："朋友，你的'人权'在哪里，你能有一点思想的自由与行动的自由，努力去做一个人的权力吗？"[3]张闻天的"人的中心"思想同样呼应了娜拉的那句划时代的宣言："首先，我是一个人。"

在《玩偶之家》中，娜拉在第四幕中要求海尔茂坐下来，她要同他面对面地讨论一下家庭和婚姻的问题，这才应该是真正的转变时刻，离家出走只是这一转变的结果。关于这一点，我们也可以从事件的角度加以解释。齐泽克认为："主体性发生真正转变的时刻，不是行动的时刻，而是做出陈述的那一刻。换言之，真正的新事物是在叙事中浮现的……正是这种叙事打开了以全新方式采取行动的可能性空间。"[4]正如阿兰·巴迪欧所言："这些长篇叙述才是戏剧性转换真正发生的地方——在这些叙述中，我们见证着叙述者所经历的深刻的主体性变化。"[5]但是20年代的"出走剧"在戏剧创作上有明显的缺

---

[1]张闻天：《青春的梦》，《张闻天早年文学作品选》，第212页。
[2]程中原：《张闻天传》，第59页。
[3]程中原：《张闻天传》，第104页。
[4]齐泽克：《事件：一个概念的哲学之旅》，王师译，第177页。
[5]齐泽克《事件：一个概念的哲学之旅》，王师译，第177页。

点，主人公的出走比较突然，缺少情节的铺垫。在那些话剧剧本里，出走变成戏剧的焦点，陈述变得不充分，因此削弱了这一文学事件的力量。

四、"娜拉事件"与中国的现代性

模仿娜拉的文学事件和扮演娜拉的剧场事件虽在形式上有所不同，但主题上有不少重合之处。此外，《玩偶之家》的译本、有关娜拉的介绍和评论文章、娜拉改编演出的评论等等，所有这些都促使娜拉蜕变成为现代中国的一个文化事件。一方面，娜拉成为思想启蒙和个人独立的象征，在新文化运动中发挥了重要作用。另一方面，娜拉也符合左翼政治激进主义的利益。"娜拉事件"在20世纪20年代中国现代文化的转型过程中起到了推波助澜的积极作用。

娜拉标志着戏剧和文学中现实主义的诞生，在传播新思想和教育年轻人过程中起到了重要作用。胡适认为，易卜生主义实质上就是现实主义。"易卜生把家庭社会的实在情形都写了出来，叫人看了动心，叫人看了觉得我们的家庭社会原来是如此黑暗腐败，叫人看了晓得家庭社会真正不得不维新革命：这就是'易卜生主义'。"[1] 从这方面来说，娜拉让中国的读者和观众们看到了他们的社会中存在的问题。除了思想上的价值之外，现实主义还与艺术形式有关，比如说话剧中使用了散文语言而非诗体语言。易卜生在他的现实主义问题剧中从诗到散文的转变，也被一些20世纪20年代的作家奉为典型。"易卜生打定主

---

[1] 胡适：《易卜生主义》，《新青年》1918年第4卷第6号，第502页。

意要替这满身是病的社会诊病开脉案,所以不能不用一种明白真确的白话文做工具,不然,病情说不透的。"〔1〕

20年代话剧的先驱们大多鼓吹"写实主义",这是戏剧观念新浪潮的核心。与此同时,话剧的倡导者批评传统戏曲,贬低旧戏的价值,不过他们否定传统戏曲的观点显然不够客观、有失偏颇。"他们没有从戏剧美学的高度,科学地分析不同戏剧观念和艺术方法的优劣长短及其历史价值,更没有考虑在中国戏剧从古典形态向现代形态转化的过程中如何继承传统的问题,但是,他们在冲破戏剧旧观念、促进戏剧与现代生活的结合上,起了先锋的作用。"〔2〕

在当时的中国,娜拉成为西方文化的一个象征性符号,传播了个人主义、人权和妇女独立的思想。"五四新文化运动的核心是它的民主精神,是它的思想解放的精神。这种进取的精神是当时的文化观念,具有两大特点:一是对外来文化的开放与吸收,二是对传统封建文化的否定与批判。这两大特点也就成为五四时期以致整个20年代中国现代戏剧思潮的根本特点。"〔3〕娜拉是中国个人主义思想的一个原型。青年人崇拜娜拉反叛和追求自由的勇气。娜拉所宣扬的个人价值——"首先我是一个人"——在20世纪早期的中国妇女解放运动中起到了不可或缺的作用。茅盾在《从娜拉说起》(1938)一文中讲到:"《娜拉》被介绍过来以前,《新青年》已经谈到妇女运动,但是《娜拉》译本随'易卜生专号'风行以后,中国社会上才出现新的

---

〔1〕潘家洵译:《易卜生选集》,商务印书馆,1921年,第5页。
〔2〕陈白尘、董建:《中国现代戏剧史稿(1899—1949)》,第95页。
〔3〕陈白尘、董建:《中国现代戏剧史稿(1899—1949)》,第92页。

女性。"[1]

更进一步说,娜拉的文化事件有利于传播中国的社会主义思想。鲁迅曾批评那些自由主义的易卜生分子,比如胡适,因为他们把易卜生解读为一个个人主义者。鲁迅批评胡适的文章《易卜生主义》太"肤浅和抽象"[2],他认为解决娜拉问题的答案是只有整个社会解放了,妇女才能解放。同样,茅盾也从中国文化的角度批评娜拉:"很自然的是,一个主要的原因是娜拉并不具备一个正确的政治和社会意识,仅仅是具有反抗的热情。"[3] 在他的小说《虹》中,女主角梅女士从一个个人主义者成长为一个社会主义者,最终加入革命中去。作为一个"中国的娜拉姐妹",梅女士为"娜拉之后怎样"这个问题提供了一个社会主义的答案。

在中国,娜拉的斗争不仅仅是一个性别问题,还是一个社会问题。女性不只要为了她们个人的自由而奋斗,还要为所有女性的独立乃至国家的进步而斗争。娜拉被转换成一个"新文化"的象征,服务于民族的复兴和社会进步的事业。在中国,娜拉既被普遍化,也被本地化,甚至有时表现得过于激进,这是认识20世纪20年代中国"娜拉事件"的关键。

结语

在20世纪20年代现代中国的历史转型时期,易卜生的引入

---

[1] 茅盾:《从〈娜拉〉说起》,《文艺论文集》,群益出版社,1942年,第71页。
[2] 鲁迅:《娜拉走后怎样?》,《鲁迅全集》(第一卷),第577页。
[3] 茅盾:《从〈娜拉〉说起》,第72页。

为话剧在剧本创作与舞台演出两方面的发展与成熟做出了积极的贡献。《玩偶之家》的改编演出和中国"出走剧"的创作让娜拉在中国的接受构成了一个文化事件，它强调并承认个人的价值和妇女解放的重要性，对话剧的发展、现实主义小说和现代文化的转型产生深刻影响。

易卜生在中国的接受与影响为反思世界戏剧（包括翻译、改编、演出和接受在内）的形成提供了一个范例。当《玩偶之家》在世界各地传播之时，它通常被本土化，根据当地戏剧形式加以改编，娜拉的本土化演出不仅启发了观众，也对当时的社会环境变化产生影响。此外，娜拉被剧作家和其他作家争相模仿，在这个过程中，娜拉的形象发生了转变。各种创造性的重写在被阅读或表演的过程中，进一步传播了女性主义的观点，从而更加巩固了娜拉的现代女性形象。在这个意义上讲，娜拉是一个世界戏剧的事件。

作为世界戏剧的娜拉，既不属于易卜生也不限于它的当地改编或者改写，而是它们之间相互碰撞和交流的结果。娜拉在中国的接受表明世界戏剧不是一个客体，而是一个事件。把世界戏剧看作一个事件，这与传统的戏剧研究观念不同，后者通常把戏剧的跨文化传播描述为单方向的输出和影响。从事件的角度看，一方面，娜拉这个外来的人物形象在改编、传播、挪用的过程中对中国现实主义戏剧、文学以及现代文化的转变起到了不可代替的巨大作用；另一方面，娜拉形象的内涵也在这个过程得到丰富与提升。娜拉是挪威的，也是中国的，同时更是世界的。

第十章　作为政治评论的话剧：曹禺剧作中的女性与"五四"遗产[1]

"五四运动"的一个重要遗产是"五四"新文学，其中话剧的诞生与走向成熟是一个标志性成果。受到易卜生尤其是《玩偶之家》的影响，中国话剧的先驱们在创作中塑造了一批追求自由和独立的女性形象，她们构成了新女性的一个形象集群，不仅在当时产生了爆炸性的轰动效应，影响了一大批年轻人去实践"五四"新文化的精神，而且对于后面的文学和戏剧创作乃至社会运动也产生了巨大影响。曹禺在《雷雨》《日出》和《北京人》中，塑造了蘩漪、白露、瑞贞和愫芳等一系列现代女性形象，在她们身上洋溢着一种新文化与新思想的活力，然而也因此遭遇到各种困难和险阻，拥有各自不同的命运和人生轨迹。曹禺的戏剧不仅体现了剧作家受到"五四"精神的熏陶，而且在阅读、上演和传播的过程中被赋予了参与社会历史进程的行动力，产生了干预现实的力量，他的戏剧可以被看作是一种政治评论的书写。就作为行动的文学，J. 希利斯·米勒提到了三种形式：1. 作者的写作是一种有意图的行动；2. 文学作品

---

[1] 本章根据笔者已经发表的英文论文翻译和修改而来，参见 Chengzhou He, "Drama as Political Commentary: Women and the Legacy of the May Fourth Movement in Cao Yu's Plays," *Journal of Modern Literature* Vol. 44. No. 2 (2021), 49-61。

中的人物或者叙事者发出的言语行为产生了一种"以言行事"的效果;3. 读者或者评论者在解释作品或者发表评论时,他们的话语本身也是一种"行动"(doing),而且还会产生连环效应。[1] 这三种文学行动的形式对于我们分析曹禺话剧的行动力有指导意义。今天,文学包括话剧,越来越失去它的能动性和积极参与社会改造的作用,逐渐变成了商业消费和闲暇消遣的对象。通过重访曹禺戏剧中妇女形象的生成、接受与影响,进一步探讨"五四运动"百年来的文学遗产,同时借此讨论文学的发生和行动力,揭示文学如何"以言行事"。

一、 曹禺与"五四"新文化运动

今天,如何看待100年前的"五四运动"?如何认识"五四"的遗产,尤其是"五四"新文化的影响?如何从反思"五四"新文学的角度,讨论当下文学面临的困境及其出路?在《作为一种思想操练的五四》一书中,陈平原说:"回过头看,20世纪中国,就思想文化而言,最值得与其进行持续对话的,还是五四。一代代中国人,从各自的立场出发,不断地与五四对话,赋予它各种'时代意义'。"[2] 今天我们重新讨论"五四"文学,一个重要的启迪是那个时期的文学不仅有形式和内容上的创新,而且更重要的是有很大的行动力,是推动社会进步的重要力量。更难能可贵的是,当时的知识分子都普遍相信

---

[1] 参见 J. Hillis Miller, *Literature as Conduct: Speech Acts in Henry James* (New York: Fordham University Press, 2005), 1。

[2] 陈平原:《作为一种思想操练的五四》,北京大学出版社,2018年,第3页。

文学能在改造社会和世界方面发挥重要作用，并致力于实践它。当年鲁迅弃医从文绝非是一个例外，乃是代表了一种对于文学之用的认识和信念。今天，不仅这种文学的行动力慢慢消退了，而且人们对于文学的认识和期待发生了很大的改变。

20世纪初以来，受西方现代戏剧的影响，话剧应运而生。与戏曲相比，话剧的"新"在于：一方面，戏剧人物来自普通大众，他们的对话使用了日常语言，这一点与白话文运动相关。语言的革新是施行性的，是产生社会变革的一个重要力量。另一方面，话剧在主题上是呈现现实问题、表达社会关切、讨论解决方案的。"五四"时期话剧的一个最重要的主题是女性的解放、独立和自由，这也是"五四"新文化的一个主要命题。受到易卜生尤其是《玩偶之家》中娜拉的影响，当时出现了一系列的"出走剧"，塑造了一系列敢于冲破封建家庭束缚的进步女性形象。这些出走的女性构成了新女性的一个形象集群，成为新文化运动的一面旗帜，传播了新思想，鼓舞成千上万的女性，尤其是接受过教育的知识女性，走出家庭，追求自己的人生目标和理想。更进一步说，现实世界中女性主义运动的蓬勃开展又为现代戏剧的革新注入了新的活力与动力，由此看来文学与现实世界的界限是模糊的，两者是彼此关联的。用德里达的话说，二三十年代中国的女性解放话语既是"引用性的"，同时它又是"施行性的"或者"表演性的"，是改变现实世界的重要力量。

但是话剧呈现的这些出走的知识女性形象也受到人们的质疑，主要包括：她们是否脱离中国当时的社会实际？觉醒的女性真能实现自己的梦想，赢得独立吗？家庭中的阻力和障碍到底有多大？社会能接受她们，并为她们提供成长和发展的环境吗？

这些中国的娜拉是不是太理想主义了？她们的想法是不是太浪漫了，以至于不切实际？几千年的封建传统习惯和观念能一下子被克服吗？她们一旦离开家庭的保护会遇到什么样的困难？她们能应对得了吗？等等。鲁迅就是这样一个怀疑论者。他在《娜拉走后怎样？》一文中表达了自己的观点，认为在当时的社会情况下，知识妇女离开家庭出走后不会有好的结局。他的短篇小说《伤逝》中的子君就是一个这样的代表：她和涓生相爱，不顾父母的反对和他一起生活，但是由于社会的偏见致使他们得不到独立谋生的机会。在走投无路的情况下，子君还是不得不回到父母的身边，最后生病死去了。子君的悲剧表明鲁迅在妇女解放问题上的现实主义立场。他当然不是在批评那些勇敢的女性，而是意在揭露封建思想的保守、社会经济制度的落后，以及国民党统治下政治的反动和黑暗。

曹禺是在"五四"之后的新时代成长的。他在南开中学读书，那里是话剧的摇篮。曹禺的戏剧生涯与南开的话剧氛围密切相关。他热爱演话剧，演过易卜生的娜拉，熟悉风靡一时的"出走剧"。后来他进入清华大学攻读外国文学，深入系统地学习了欧美戏剧，尤其是易卜生等现代戏剧大师的作品，并开始了自己的戏剧创作生涯。在30年代的几个剧本里，尤其是《雷雨》《日出》和《北京人》中，他塑造了一批话剧历史上非常成功的女性形象，包括繁漪、白露、瑞贞和愫芳。她们与20年代话剧中"出走的娜拉"有一些相似之处，但是人物形象更加饱满和成熟。

曹禺戏剧里的这些女性形象有一个共同点，就是她们都是受过教育的知识女性，都追求独立和平等的新生活，但其遭遇不同，结局也不一样：一方面，繁漪、白露在压抑的家庭和社会环境下一个变疯，另一个自杀，揭示了知识女性觉醒了却没有出路的困境，因而是对于"娜拉出走"模式的"去事件化"。[1]另一方面，瑞贞和愫芳在新的社会环境下，受到了新思想的启发和鼓舞，果断而自信地离开家庭，获得了充满希望的新生。在这个意义上，也许可以说她们的成长故事是对于娜拉出走的"再事件化"，不过不是简单的重复，而是在新的历史条件下被赋予了新的内容。在曹禺的这些剧本中，无论是对娜拉出走的"去事件化"，还是"再事件化"，都体现了一些重要的思想转变，具体来说就是：对于当时社会中根深蒂固的封建思想与政治腐败的深刻批判，对于人性的深刻理解和揭示，对于女性被压迫命运的无比同情，对于社会进步和国家兴盛的无比渴望。在这个意义上，曹禺的戏剧可以被看作是一种政治批评的书写，表演了干预现实的行动力。

二、《雷雨》中的觉醒女性

曹禺在南开中学读书的时候，出演过易卜生的戏剧《玩偶之家》《人民公敌》，还参加了不少其他话剧的演出。他的老师、戏剧社的指导教师张彭春送给他一套英文的《易卜生戏剧选集》，曹禺认真阅读，从中领悟了戏剧的创作手法。他到了清华读书，仍然对易卜生感兴趣，不仅导演了《玩偶之家》，还自己扮演娜拉，而且本科毕业论文的题目是《论易卜生》。他在访谈

---

[1] Slavoj Žižek, *Event: Philosophy in Transit* (London: Penguin Books, 2014), 192.

中回忆说,"我是先学易卜生,也就是写现实的路子"。[1]曹禺了解易卜生尤其是娜拉在中国的接受,对于易卜生影响下的中国早期问题剧也是熟悉的。他说,"五四时期,胡适提倡易卜生主义,《新青年》发表了易卜生的剧本,鲁迅先生的《伤逝》,就反映出易卜生的影响。特别是《终身大事》一出,就出来不少'问题剧'"。[2]当时的问题剧的一个典型就是"出走剧",但是这些剧本基本都是独幕剧,情节简单,重点就是女主人公的出走,缺少情节的铺垫,人物心理的变化没有充分展开,因而出走的决定往往沦为一种姿态,着重在表达女性主义的理念,艺术上不够成熟。

曹禺的《雷雨》是他的处女作,也是中国话剧史上第一个成功的四幕剧,同时也是20世纪中国话剧的一个代表作。在"五四"以后的二三十年代,中国社会仍然是困难重重、举步维艰。国共之间的斗争加剧,政局不稳定,经济上落后,西方和日本的欺凌带来民族耻辱感,文化上保守,家庭和社会上封建旧思想和旧习惯没有多少改变,等等。在这个悲观、压抑的氛围里,很多年轻人对前途看不到希望,感到非常沉闷。这也是曹禺青年时代的写照(他的访谈录就命名为《苦闷的灵魂》也许与此有关)。"五四运动"中提倡女性接受教育,但是受到教育就能改变命运了吗?觉醒的女性,往往因为得不到解放和自由,反而更加痛苦,更加绝望,从而变得歇斯底里。在《性别与现代性》一书中,芮塔·菲尔斯基指出,女性主义者与歇斯底里症状患者是现代性背景下性别政治的两个主要形象。前者

---

[1] 田本相、刘一军编著:《苦闷的灵魂:曹禺访谈录》,江苏教育出版社,2001年,第108页。
[2] 田本相、刘一军编著:《苦闷的灵魂:曹禺访谈录》,第12页。

是一个反抗者，后者是一个失败的反抗者。[1] 盖尔·芬尼在《现代戏剧中的女性》一书中也有类似的表述："女性主义是反叛的、解放的、建设性的——具有改变世界的潜力，相比之下歇斯底里是顺从的、压制的、自我毁灭性的。"[2] 繁漪是渴望自由和爱情的，却不得不生活在一个压抑的封建家庭环境里。"繁漪"的变疯是对于"五四"以后中国社会现实，尤其是对家长制暴力的控诉。

繁漪出身名门，受过一些新式教育，少女时代对于爱情和婚姻自由有过浪漫的想象。但是刚成年就嫁给比她年长十多岁的周朴园。尽管他从德国留学归来，却没有一点男女平等的意识，反而十分封建保守，刚愎自用，暴躁霸道。繁漪婚后尽管有物质上的保障，但是精神上十分空虚、压抑，感觉周家是一个不透气的"铁屋子"，毫无生机和自由。周萍是周朴园的私生子，原来在老家生活，成年后回到父亲的身边。他和繁漪年龄相差不大，对于这位继母的遭遇比较同情，他们两个渐渐产生情愫。繁漪狂热地爱着周萍，而周萍却是胆小、意志薄弱的人，担心自己与继母的乱伦被父亲发现。当周萍提出要离开家，与家里的女仆（其实是同母异父的妹妹）四凤私奔的时候，繁漪愤怒地喊来周朴园加以阻止，暴露了周萍和四凤是同母异父的真相，导致了这两个年轻人以及繁漪亲生儿子周冲的死亡。悲剧发生后，繁漪因承受不了打击而变疯了。

繁漪是该剧的关键人物。曹禺在《雷雨》"序"中说，"在

---

[1] 参见 Rita Felski, *The Gender of Modernity* (Cambridge: Harvard University Press, 1995), 3.
[2] Gail Finney, *Women in Modern Drama: Freud, Feminism and the European Theatre at the Turn of the Century* (Ithaca: Connell University Press, 1991), 8.

《雷雨》的八个人物中，我最早想出来的，也较觉真切的是周蘩漪，其次是周冲"。[1]雷雨是一个重要的意象，曹禺经常提醒改编和上演他戏剧的人，不要忘记这个所谓"第九个人物"的雷雨。而蘩漪被认为最能体现雷雨的意象。"她最'雷雨'的性格，她的生命交织着最残酷的爱和最不忍的恨，她拥有行为上许多的矛盾。"[2]蘩漪有自己的梦想，那里有"五四"的影响，但是被困在这个家庭了。她走不出这个家庭，是因为她没有那个勇气和决心，她离不开周家安逸的物质条件。《雷雨》中蘩漪虽然是一个觉醒的知识女性，但是她陷入一个封建大家族的封闭环境里，经历过无望的抗争后极端失望与沮丧，不可避免地陷入歇斯底里的状态。"歇斯底里，"托莉·莫依解释说，"并非体现了被剥夺了话语权的妇女们的反抗——原谅我这里不同意埃莱娜·西苏的观点，而是表明了失败，是妇女们认识到自己别无出路。正如凯瑟琳·克莱曼所言，歇斯底里是女性抗争失败后的呼救，此时她认识到自己已经完全被控制，失去了选择的自由。"[3]理想破灭的蘩漪是值得同情的，也是值得赞美的。她有火一样的热情、强悍的心理，也有抗争的勇气，却最终是一个失败者。

研究女性需要分析她们身边是什么样的男性，他们之间的关系如何。她的丈夫周朴园是一个专横跋扈的男人，封建等级观念浓厚。蘩漪爱的是周萍，但是他是不值得信赖、胆怯的男人。蘩漪的悲剧不仅是她个人的悲剧，也是周萍的悲剧、四凤

---

[1] 曹禺：《曹禺作品精选》，长江文艺出版社，2004年，第7页。
[2] 同上。
[3] Toril Moi, "Representation of Patriarchy: Sexuality and Epistemology in Freud's Dora," *Feminist Review* No. 9 (1981), 67.

的悲剧，是那个时代年轻人的悲剧。《雷雨》具有"五四"后那个时代特有的感伤和悲观情绪。被新思潮唤醒的一代青年人，常常有着梦醒后无路可走的困惑，于是苦闷、彷徨、感伤，这些在当时的小说、诗、散文、戏剧中都有所反映。

  曹禺的戏剧没有直接提到"五四"，他自己认为写作要关注现实，但是要与现实保持距离，尤其是政治环境，这一点他在不同场合多次提到。这一个戏剧创作立场，曹禺在30年代的戏剧中一直坚持，包括后面要讨论的《日出》《北京人》。"五四"与其说是一个语境，不如说是一个寓言。什么是寓言？"在这里，借古讽今、以史为鉴的过程被称之为'寓言化'。在此意义上，寓言是一种记忆的重构，旨在明确地指引当下。"[1] 在《雷雨》写作完成的时候，"五四"启蒙刚过去十多年。曹禺是在"五四"的启蒙环境中成长的，他用"五四"精神来反思他所看到的社会现实。在《雷雨》中，蘩漪追求爱情和自由无疑体现了"五四"启蒙的影响，但是她却不能够实践"五四"精神。"五四"被用来作为参照，帮助读者认识到封建的旧思想和顽固的坏作风不可能轻易被破除。"……这场启蒙运动虽远远不能剔除旧文化和旧习性的根源，但揭示了在中国文化的诸多方面陈旧腐败无处不在。"[2]

  在20年代话剧中女性出走的浪潮之后，《雷雨》呈现出一个被家庭束缚、走不出去的蘩漪，她最终变疯的严酷现实表明女性要靠自己走出家门、实现自由和独立的梦想是很难做到的。

---

[1] Vera Schwarcz, *The Chinese Enlightenment: Intellectuals and the Legacy of the May Fourth Movement of 1919* (Berkeley: University of California Press, 1985), 241.

[2] Vera Schwarcz, *The Chinese Enlightenment: Intellectuals and the Legacy of the May Fourth Movement of 1919*, 286.

在这里，话剧传统中"娜拉出走"的文学事件被回溯性解构了，经历了一个齐泽克意义上的"去事件化"。就"五四运动"而言，由于顽固势力的抱残守缺，抗争的年轻人看不到希望。如果说繁漪变疯是当时许多知识女性的一种遭遇，那么白露的自杀则是一些知识女性的另一种宿命。

三、《日出》中的绝望女性

1923年12月26日，鲁迅应邀在北京女子高等师范学校文艺会上发表了题为"娜拉走后怎样？"的演讲，他对"中国娜拉"的未来感到悲观无望。作为一个左派的进步作家，鲁迅这里不是说女性不应该要求独立和自由，或者女性不应该勇敢地走出家门。他的目的是指出封建势力和落后的观念非常强大，不可能真正支持女性追求自由的人格和独立的生活，而会想方设法地利用她、迫害她，而这正是陈白露离家后的遭遇。

陈白露出身书香门第，是爱华女校的高材生。她接受了"五四"新思潮的影响，渴望自由和爱情，颇有才干。她曾经是社交界的明星，美丽、聪明、自信。父亲突然离世，让她没有了经济保障。在这一点上，白露的遭遇类似易卜生笔下的海达、契诃夫笔下的三姐妹。[1] 白露后来与一个诗人结婚，但是很快失望了，选择离婚，自谋生计。

白露在离开家庭之后也曾打拼过，希望靠自己的劳动在社会上立足。鉴于她的成长经历和过去优越的家庭条件，她希望过上体面的生活，也是能够理解的。白露走出去了，能在社会

---

[1] 参见拙文 Chengzhou He, "Hedda and Bailu: Portrait of Two 'Bored' Women," *Comparative Drama* Vol. 35, No. 3-4 (2001), 447-463.

上独立吗？当时的社会依然在压迫剥削妇女，女性很难得到平等的工作机会，经济上的不独立成为她们自立和自强的最大障碍。好色的潘四爷为了她的年轻貌美，愿意出钱养着她，花花公子乔治把跟她交往当作一个消遣，来她住所玩乐的人没有一个是真正的朋友，没有一个愿意在她困难的时候帮一把。

为了突出女性的悲惨命运，《日出》的第三幕刻画了一个名叫翠喜的妓女，这是一个苦难的女人，却也是一个善良的女人，为了家人能够有饭吃、有衣穿，她甘愿出卖自己的身体谋生。剧本中还有一个没有真实姓名，叫作"小东西"的女孩，为了逃避一些黑帮坏蛋的蹂躏，躲到了白露的房间。虽然白露十分同情她，也想尽办法帮助她，但是"小东西"还是被卖到了妓院，她最终用自杀摆脱痛苦和折磨。翠喜和"小东西"的悲惨命运是用来烘托旧社会女性没有地位、受到迫害的主题。白露更是从"小东西"的遭遇中清楚看到了社会的腐败和不公，女性没有出路，这些为她最终选择自杀做了一定的铺垫。

白露的人生道路正如鲁迅在《娜拉走后怎样？》一文中所说的那样，她受过教育，有过觉醒，但是一旦走出去，不仅堕落，而且还以死亡告终。白露的自杀，反映了曹禺的悲观、他的冷静与思考。对于早期话剧中女性出走的范式，曹禺通过白露的形象表达了他的怀疑态度，因为他深入了解到当时的社会制度下女性不可能获得经济独立之困境。较之《雷雨》中蘩漪提出的家庭问题，陈白露被放到社会中探索她的悲剧命运，因而分析更加深入，揭露的问题不仅与封建的旧习惯有关，也与当时的社会制度有关。陈白露的悲剧是社会悲剧，揭露了造成女性难以独立生存的社会根源。"从《雷雨》到《日出》，已显示出曹禺是一个特别关心妇女生活命运和地位的作家。尤其是那些曾经受过'五四'个性解放洗礼的知识女性，在他的作品中占据着突出的位置。这种情形不是偶然的。这不但因为他亲眼看见多少'繁漪'和陈白露式的妇女，也是因为这些'解放'出来的知识女性的命运，在当时社会中也成为一个突出的问题。"〔1〕

　　白露的死不是没有价值的，她不是不得不死，而是她选择了死。这一点类似易卜生的海达。海达也是选择了死，因为她不愿意受男人的摆布。〔2〕同样，陈白露不愿意成为别人的玩物。曹禺说："陈白露是清清楚楚死去的，也可以说她代表着知识妇女的道路，她堕落了又不甘于堕落。"〔3〕曹禺对于白露的人物塑造，反映出他强烈的社会批判意识。一方面，他继承了"五四"的启蒙精神，捍卫自由与独立的价值观；另一方面，他读鲁迅、郭沫若等左派作家的书籍，受到他们的影响，思想上也变得更加激进了。曹禺说，"创作《日出》，当时认为劳动是光荣的，劳动者是伟大的，是受到左派的影响，受到一点马克思主义的影响"。〔4〕

　　同《雷雨》一样，《日出》也有一种悲观失望的情绪，表现出对于"五四运动"之后社会变革效果的怀疑。这是因为当时的政治是压抑的，文化上趋于保守。1934年春，民国政府发起所谓的"新生活运动"，改革民众在生活和思想上的陈规陋习，但是这个运动被一些别有用心的人用来抵抗"五四"之后的新文化运动，从而对进步知识分子实施压制和迫害。在《日出》

---

〔1〕田本相：《曹禺剧作论》，中国戏剧出版社，1981年，第111页。
〔2〕何成洲：《对话北欧经典：易卜生、斯特林堡与哈姆生》，北京大学出版社，2009年，第48页。
〔3〕田本相、刘一军编著：《苦闷的灵魂：曹禺访谈录》，第22页。
〔4〕田本相：《曹禺传》，北京十月文艺出版社，1988年，第378页。

中,"陈白露自杀,代表了一种进入死胡同的知识分子的道路"。[1] 白露的死是对于"娜拉出走"的又一次去事件化。从繁漪到白露,悲观的情绪得到了进一步强化,但它不是否定"五四"精神,而是表达了一种社会批评的立场。面对社会上的性别偏见和压迫,知识女性虽然走出去了,也努力去争取独立和自强,却没有找到前途,甚至陷入一种绝境。面对残酷的现实,人们常引用雪莱的那句名言,"冬天来了,春天还会远吗?"确实,就曹禺的戏剧创作来说,在现代女性的无奈和绝望中孕育着人们对于新生活的强烈期盼。

四、《北京人》中"新女性"的再事件化

有人说,《雷雨》《日出》是悲剧,《北京人》是喜剧,但是这一点是有一些争议的。同前两个剧本一样,这个剧本里面也发生自杀事件。可是文清的死不是悲剧意义上的,因为他的自杀与白露的自杀不一样的,没有多少积极的意义。该剧的主旨是要表现现代女性勇敢地走出去,为未来而奋斗。这是一个非常积极主动的态度,是正面的。"《北京人》是喜剧。该死的人死了,该走的人走了。"[2]《北京人》的喜剧是契诃夫式的,含蓄温和。在俄国,契诃夫的喜剧也曾经被误解过,高尔基说过,如果把契诃夫的喜剧当作悲剧处理,"那就使它变得沉闷,把戏剧毁掉了"。[3]

---

[1] 田本相:《曹禺传》,第380页。
[2] 田本相:《曹禺传》,第383页。
[3] 叶尔米洛夫著:《论契诃夫的戏剧创作》,张守慎译,中国戏剧出版社,1985年,第239页。

《北京人》在风格上明显不同于前面的剧本,没有紧张的冲突,人物刻画非常细腻生动,语言幽默,具有讽刺意味。"当作家发现了这个不合理世界的喜剧性的时候,他就不是捶胸顿足去发泄'被压抑的愤懑',而是满怀信心,含着微笑同古老的生活方式诀别了。"[1] 曹禺在访谈中承认,《北京人》受了契诃夫,尤其是《三姐妹》的影响。在《日出·跋》中,曹禺就谈到自己曾为契诃夫笔下三姐妹的境遇而感动过。他写道:"我记起几年前着了迷,沉醉于契诃夫深邃艰深的艺术里,一颗沉重的心怎样为他的戏感动着。读毕了《三姊妹》,我阖上眼,眼前展开那一幅秋天的忧郁,玛夏(Masha),艾琳娜(Irina),阿尔加(Olga)那三个有大眼睛的姐妹悲哀地倚在一起,眼里浮起湿润的忧愁,静静地听着窗外远远奏着欢乐的进行曲,那充满了欢欣的生命的愉快的军乐渐远渐微,也消失在空虚里,静默中,仿佛年长的姐姐阿尔加喃喃地低述她们生活的悒郁,希望的渺茫,徒然地工作,徒然地生存着,我的眼渐为浮起的泪水模糊起来成了一片,再也抬不起头来。"[2]

《北京人》无论在艺术上还是思想上,应该是更加成熟了。有学者声称,"《北京人》是曹禺写的最好的剧本了"。[3]《北京人》的成熟不仅体现在戏剧形式上,也体现在思想上。悲观之中,有一些乐观,表达了女性真正独立的希望。因为她们实在太压抑了,受压迫女性发出了一声"呐喊"。《北京人》中,妇女走出去是一次全新的开始。走出去,不是重复过去,是完全

---

[1] 田本相:《曹禺剧作论》,第198页。
[2] 曹禺:《〈日出〉跋》,《曹禺戏剧集》,四川文艺出版社,1985年,第252页。
[3] 田本相:《曹禺剧作论》,第271页。

的觉醒，是满怀坚定信心的。这一点与20年代"出走剧"的女主人走出家庭有天壤之别。

瑞贞是智慧的也是自信的，完全不同于以往话剧中的出走女性。另外一个主要的不同是，瑞贞的丈夫同意她离开，他们签了离婚协议，彼此都自由了。瑞贞的出走不仅是她一个人的觉醒，也是一群年轻人的觉醒，而且得到了进步人士的鼓励、支持与帮助，因而能够坚定地面向未来的挑战。出走不是盲目、冲动的，而是自信、愉快的。告别不是因为恨，而是为了爱。"瑞贞是这个黑暗王国中最先觉悟的人物，她走向新生绝不是偶然的。"[1]

跟随瑞贞出走的另一个人是愫芳，她其实是戏剧中一个最重要的人物。"愫芳，这是作家继蘩漪、白露之后贡献给新文学史的第三个杰出的典型形象。这是一个终于挣脱了旧时代悲剧命运而勇敢跨进新的生活世界的妇女典型。"[2]作家在揭示愫芳的觉醒过程上是真实而深刻的，她最后的出走完全符合她性格发展的逻辑。愫芳生活的时代，正是一个由旧的时代向着新的时代过渡的历史阶段。愫芳是这样一个一旦看清光明的前途，就头也不回地朝着新的时代迈去的坚毅之人。"像瑞贞、愫芳绝不再是掌握不了自己命运的人物，尽管充满着艰难和痛苦，却终于冲出了重围。"[3]愫芳的出走宣告那旧制度正在走向崩溃。愫芳的生活遭遇是悲剧性的，她的爱情和生活给她带来深深的痛苦，但是她吃苦耐劳，不计较个人得失，一直帮助他人。她不惧怕困难，是一个有着独立生活能力的女人。有学者认为，

---

[1] 田本相：《曹禺剧作论》，第212页。
[2] 田本相：《曹禺剧作论》，第213页。
[3] 田本相：《曹禺剧作论》，第197页。

曹禺偏爱愫芳，跟他自己的生活经历有关。"愫芳的原型是他爱的人，一个才女，名字叫译生。"[1]

从《雷雨》到《蜕变》，作者所走的道路一直是进步的。《雷雨》描写的是家庭悲剧，《日出》是社会悲剧，《原野》加强对于人性的深度挖掘，《蜕变》的主人公具有新的力量与新的生命。《北京人》中曾家的老一代浑浑噩噩，年轻人在绝望中产生"蜕变"的动机，采取了积极的行动，从而迎来了生机盎然的春天。这也许与《北京人》写作的社会历史语境有关，1940年前后抗战到了相持阶段，国共合作，全民抗战。曹禺曾与闻一多合作编排《原野》，受到了他的影响。在闻一多的建议下，他读了托尔斯泰的《复活》。1938年，他还与周恩来有过接触。所以，曹禺说："也许在写《北京人》的时候，我朦胧地知道革命在什么地方了，但严格地说，那时我仍还根本不懂得革命。"[2] 如前所说，曹禺在写作的时候总是避免运用具体的背景，从而赋予剧本更加普遍的意义。在访谈中，曹禺在谈到《北京人》时说，"只要一把日本和抗战连上，这部戏就走神了，因此非抽调不可"。[3]

《北京人》在主题上仍然批评封建主义，这和当时的新启蒙运动有关。"新启蒙运动（1936—1939）诞生于这种共同的忧虑。在民族存亡的时刻，曾参与'五四'运动的知识分子和年轻的共产党人一道引领人们坚信：有必要、有理由开展以'反封建'为核心的文化批判。"[4] 在这一点上，可以说《北京人》

---

[1] 田本相：《曹禺剧作论》，第267页。
[2] 田本相：《曹禺剧作论》，第268页。
[3] 田本相、刘一军编著：《苦闷的灵魂：曹禺访谈录》，第123页。
[4] Vera Schwarcz, *The Chinese Enlightenment: Intellectuals and the Legacy of the May Fourth Movement of 1919*, 197.

是回归"五四"精神，宣扬出走的女性，鼓励大家对未来要有信心。瑞贞和愫芳与象征自由的新女性袁圆一起离开，而且瑞贞的丈夫也表示要离开家出走。这是有着进步思想的年轻人的集体出走，是民族的希望所在。1937年以后，抗日战争全面爆发，民族意识显著增强，为了民族的生存，需要大多数人一起抗争，而不是个别人。可以看出，《北京人》中瑞贞、愫芳的出走，是对于"娜拉出走"的重新事件化，并赋予它新的时代意义。

结语

从《雷雨》《日出》到《北京人》，曹禺笔下的知识分子女性似乎经历了一个重新启蒙和深刻反思的过程：繁漪走不出那个压抑的家，变疯了；白露走出家门，但是没有能够自立而不得不靠出卖肉体过着纸醉金迷的生活，最终因失望、心灰意冷而自杀；愫芳和瑞贞认识到封建家庭的毒害，真正觉醒了，在进步人士的帮助和支持下，她们非常坚定而自信地走出去了，预示她们的明天是充满希望的。从悲剧到喜剧，曹禺的戏剧从批评中国传统文化的落后面和社会制度的不合理，到反思"五四运动"的价值和影响，最终带给观众对未来的希望和信心。曹禺的话剧在走向成熟的过程中，知识分子女性命运的戏剧化安排既是对"娜拉出去"的回溯性解构，同时也建构了一个新的女性出走的文学事件。这个事件是表演性的，是对于"五四"的一种反思、评价，对于"五四"以来社会和政治的一种批判，对于青年知识分子的鼓励，对于中国未来的一种构想。

需要指出的是，这里的讨论主要是曹禺的戏剧文本，他的戏剧演出的情况没有涉及。事实上，戏剧主要是用来演出的，戏剧反馈的主体既有读者，也有观众。戏剧的创作很大程度上是在与观众的互动中不断得到新的启发和滋养，从而推动戏剧在艺术上和思想上的创新。与此同时，正是通过这些演出，戏剧才能够真正发挥它对于社会现实的影响力。曹禺的戏剧是紧扣时代的，是对于"五四"运动后社会、政治和文化的干预，因而我们说他的戏剧是政治评论的书写。20世纪30年代，曹禺的这几个戏剧在演出上取得极大的成功，是中国话剧演出历史上最为重要的篇章，在当时产生了巨大的社会影响，极大地拓展了他的戏剧的社会影响力；与此同时，曹禺戏剧的演出吸引了一批话剧的专业人士与爱好者，诞生了好多个专业的演出团体，在全国多地掀起了一个演话剧的热潮，从而奠定了中国话剧表演的体系与传统。这一方面的研究这里没有展开，有待于在未来的研究中加以系统分析。

第十一章　作为事件的世界文学
——易卜生和中国现代小说[1]

在《世界文学的猜想》(2000)一文中,弗兰科·莫莱蒂认为:"世界文学不是一个实体,而是一个问题,一个呼唤新的批评方法的问题。迄今为止,没有人仅仅通过阅读更多的文本就找到了这个方法。"[2]玛格丽特·科恩提出的"伟大的未读"同样表明:阅读更多不同民族的文学作品并非世界文学的出路。为此,莫莱蒂提出一种解读世界文学的方法,他称之为"远读"(distant reading)。与细读相比,远读"让你聚焦于比文本更大或者更小的事物上,如技巧、主题、修辞,或体裁与系统"。[3]莫莱蒂的"远读"理论极大地受惠于数字人文的新发展。没有数字计算的辅助,要研究浩如烟海的文本是不太可能的。

在莫莱蒂看来,"远读"可以让我们对一个纷繁复杂、充满变数的文学交流系统有一个大致的认识。他观察到,现代小说(大约从1750到1950年)的全球性传播"总是外来的形式与本土材料相互妥协的结果"。[4]莫莱蒂关于核心文学或源文学

---

[1] 本章根据笔者的英文论文翻译和修改而来,参见 Chengzhou He, "World Literature as Event: Ibsen and Modern Chinese Fiction," *Comparative Literature Studies* Vol. 54, No. 1 (2017), 141-160。
[2] Franco Moretti, *Distant Reading* (London and New York: Verso, 2013), 39.
[3] Franco Moretti, *Distant Reading*, 41.
[4] Franco Moretti, *Distant Reading*, 41.

(西方的)影响了边缘文学(非西方的)的理论对于更好地理解正在形成的世界文学来说是不充分的,因为它将世界文学和民族文学对立起来,没有深入研究外来形式或外国作家如何在本土语境中被挪用和转化。因此,"远读"并不能代替细读,而只能作为一种补充,我们可以把这两种阅读策略结合起来,将世界文学理解成一个具有生产性和转变性的独特过程或事件。

一、作为"事件"的世界文学

从根本上说,世界文学是关联性的,它连接着不同的文学和文化。在《何为世界文学》一书中,戴维·戴姆拉什说:"我认为世界文学应该包含一切超越源文化而获得传播的文学作品,无论是通过翻译还是以源语言(长久以来,欧洲人就是通过拉丁语阅读维吉尔)传播……无论何时何地,一部作品只有超越其原初文化而活跃在另一个文学系统里,它才能够作为世界文学具有有效(原文为斜体——笔者注)生命。"[1] 因此,要将个体作家或作品看成是世界文学的一部分,需要回答以下几个问题:当一个作家的作品被译成其他语言或者在跨文化语境中被阅读的时候会发生什么?他的作品如何在一个本土语境中被阐释、挪用和转化?读者接受的效果是什么样的?从这个意义上讲,世界文学不再是一个实体,而应该是在时间和空间二重维度上构成的一个行为或者一个事件,注定会在本土语境中产生重要的改变和转化。同时,本土化又对世界文学的生产和传播

---

[1] David Damrosch, *What Is World Literature* (Princeton, NJ: Princeton University Press, 2003), 4.

产生反哺，由此，文学事件在更广阔的范围内获得延续和赋权。

如果世界文学可以作为一个事件来看待，那它具有哪些主要特点？世界文学不产生于某一文化以内而是产生于不同文化之间。一部文学作品之所以被翻译、传播并能在本国文化之外被阅读，是因为它给异国文化中的读者带去了差异性或者说他者性。考虑到它能给个体读者、读者群体以及整个社会所带去的变化，这种他者性对于目标文化来说是大有裨益的，从而文学接受在私人和公共领域都有可能成为一种创新。世界文学的创新性在很大程度上与本土文学叙事的创造力有关，本土文学吸收了外来作品的营养，然后将其融入创作过程中，以此来构建一个与之相关又意义丰富的文学文本。在此基础上生成的文本并不囿于本土语境，而是可以重新进入一个全球文学互动的场域之中。在这种多重的互动与创新过程中，文学的独创性产生了，它不是简单地通过任何单一的文本或行为，而是依靠一系列文学和文化事件的组合。

将世界文学作为一个事件的新构想，要求我们对研究方法做出新的思考。在《事件：文学和理论》（2015）一书中，伊莱·罗纳就文学事件的研究提出了九条原则，其中一些原则对于研究世界文学也具有重要意义。罗纳提出的第一条原则是"居间位置"，意思是说我们"既不需要从作品内部也不需要从作品外部来对作品进行解读"。[1] 换句话说，我们可以处在介于文本和物质世界之间的第三种位置来认识和分析文学，这一点有利于阐释什么是世界文学的事件，尤其是因为世界文学涉

---

[1] Ilai Rowner, *The Event: Literature and Theory* (Lincoln and London: University of Nebraska Press, 2015), 169.

及跨文化的文学接触与传播。罗纳提出的另一个原则是选取一部作品的一个片段作为研究重点。他指出,"微观分析必须提出一个有创意的问题,以此对'无情节的偏离'和'虚构距离'进行一次独特的案例分析。重要的不是作品的整体结构和作为执行者的人物,而是它的外部界限,当作品的架构达到它的极限,(读者)也就能够触及一种部分大于整体所带来的浩瀚之感"。[1] 由于这种复杂性和宽阔的视野,"微观分析"也可以成为一种研究世界文学事件的重要方法。把注意力聚焦到世界文学事件中一个独特而意义重大的案例上,我们能够进行卓有成效的分析研究,进而理解其机制的本质。在笔者看来,罗纳最重要的观点是认为文学事件是一个"可察觉的秘密"[2],它拒绝被编码。同样,世界文学的事件也有一个"可察觉的秘密",但是它不易被发现,但对我们的解读来说却至关重要。

世界文学的事件性应该至少解决三个主要问题:首先,外国作家或者他的作品在本土语境中的他者性;其次,相关本土写作中具体叙事的创新性;最后,文学作品为它的读者以及他们所处的社会带来的创造性和表演性力量。世界文学的事件性为研究易卜生在中国的接受提供了一个新的视角,接下来的分析将聚焦中国现代小说中的女主人公阅读《玩偶之家》这一事件,讨论的问题包括:在小说中,人物阅读或讨论《玩偶之家》的频率如何?《玩偶之家》的读者是些什么样的人?作品中的主人公们如何像娜拉那样追求独立和自由?这些小说在中国的现代性进程中发挥什么样的作用?在此基础上,将进一步反思易卜生与娜拉在中国的接受研究对作为事件的世界文学的新理解有何

---

[1] Ilai Rowner, *The Event: Literature and Theory*, 170 – 71.
[2] Ilai Rowner, *The Event: Literature and Theory*, 174.

启发?

二、 阅读易卜生和《玩偶之家》

莫莱蒂认为远读可以挖掘个人阅读难以发现的真相,这一点很大程度归功于数字技术。作为一种新的方法,计算分析可以用于发现和收集数据。在《宏观分析:数字研究和文学史》中,马修·乔克斯认为:"宏观分析的方法可以揭示读者在细心阅读过程中所关注不到的文本细节。"[1] 这是因为作为单个读者我们的能力有限,数字计算可以帮助我们察觉到更广阔、更深层次的内容。

远读的理论和方法如何有助于对世界文学做出新的解释?以易卜生和《玩偶之家》在中国传播与接受研究为例,一个多世纪以来,国内外几代学者对这一议题著有大量文章和书籍。现在依靠数字技术,我们可以利用数据库来帮助解决以前没有满意答案的一些问题。我的第一项研究是在"民国文献大全"[2] 数据库里搜索三个关键词:易卜生、娜拉和《玩偶之家》,[3] 然后用两个变量来辅助统计:一个是出版的形式,包括书籍、杂志和报纸;另一个是时间维度,以每十年作为一个时间段,即 1911—1920 年,1921—1930 年,1931—1940 年,1940—1949 年。

---

[1] Matthew L. Jockers, *Macroanalysis: Digital Studies and Literary History* (Urbana: University of Illinois Press, 2013), 26.
[2] 数据库网址:http://cadal.hytung.cn/Main.aspx
[3] 易卜生和《玩偶之家》当时在中国有着不同的译法,易卜生有被翻译成"伊勃生"或者"伊普生"的,而《玩偶之家》时常翻译成《傀儡家庭》或者直接翻译成《娜拉》。本项研究在搜索过程中使用了这些不同的译法。

表1　"民国文献大全"(1911—1949)中易卜生出现次数统计

易卜生	书籍	杂志	报纸
1911—1920	13	1 390	5
1921—1930	182	137	188
1931—1940	183	36	139
1941—1949	101	12	23
1911—1949	479	1 575	355

表2　"民国文献大全"中娜拉出现次数统计

娜拉	书籍	杂志	报纸
1911—1920	0	1 326	0
1921—1930	3	7	20
1931—1940	58	47	474
1941—1949	22	9	7
1911—1949	83	1 389	501

表3　"民国文献大全"中《玩偶之家》出现次数统计

玩偶之家	书籍	杂志	报纸
1911—1920	6	3	0
1921—1930	2	9	16
1931—1940	3	2	24
1941—1949	9	1	2
1911—1949	20	15	42

根据表1—3，可以得出以下结论：第一，20世纪上半叶易卜生在中国被广为介绍和研究，是当时最有影响的西方作家之一。如果我们把易卜生和娜拉这两个名字在中国的书籍、杂志

和报纸上出现的频率与莎士比亚和哈姆雷特（见表4—5）相比，可以发现前者在一段时间内（1911—1920）胜过后者不少。另外，我们还可以用一个例子来解释在当时的中国知识分子阶层中易卜生相对于莎士比亚的受欢迎程度。中国话剧的奠基者之一洪深在美国学习戏剧回到中国之时，有人问他是否希望成为中国的莎士比亚，他回答道："如果可能的话，我愿做一个易卜生。"[1] 洪深选择成为易卜生而不是莎士比亚，这不仅仅是审美趣味的问题，更是基于政治和社会需求的考虑。总体上讲，将易卜生引入中国满足了当时中国知识分子倡导文化变革的迫切需要。相比之下，莎士比亚在中国的阅读、改编和研究一直都局限于通识教育和人文素养的培育。

表4　"民国文献大全"中莎士比亚出现次数统计

莎士比亚	书籍	杂志	报纸
1911—1920	1	43	37
1921—1930	41	149	304
1931—1940	80	242	267
1941—1949	664	154	109
1911—1949	786	588	717

表5　"民国文献大全"中哈姆雷特出现次数统计

哈姆雷特	书籍	杂志	报纸
1911—1920		6	1
1921—1930	37	26	17

---

[1] 洪深：《我的打鼓时期已经过了么？》，《良友画报》1935年第108期，第12—13页。

(续表)

哈姆雷特	书籍	杂志	报纸
1931—1940	37	12	31
1941—1949	4	3	1
1911—1949	78	47	50

第二，在20世纪初，易卜生和娜拉在中文杂志上出现的频率非常高，但其后就有些下降了。这主要是因为在"五四"运动前后，中国掀起一股介绍和学习易卜生的热潮，娜拉成为年轻人的楷模。胡适等人不遗余力地在杂志上鼓吹和推荐易卜生。例如，1918年胡适在当时非常有影响力的《新青年》杂志上发表了一篇重要文章《易卜生主义》，[1] 这篇文章在知识青年中传阅，产生了不小的影响。

第三，在20世纪二三十年代，易卜生和娜拉在书籍和报纸上出现的频率超过了杂志。一方面，易卜生和娜拉在此前已经被引入中国，逐渐成为知识分子研究和写作中的热门话题。例如，戏剧评论家袁振英出版了两部关于易卜生的著作《易卜生的社会哲学》(1927)及《易卜生传》(1930)。另一方面，随着报纸的普及，中国知识分子认为有必要通过报纸向大众进一步介绍易卜生。报纸这一公众媒体当时发展迅猛，社会影响力剧增，成为传播易卜生戏剧和他的思想的重要途径。最后，有必要解释一下，在中国《玩偶之家》剧本常常被提作"娜拉"，这也就是为什么这部戏剧的名字出现的频率反而不高。

在20世纪二三十年代的新文化运动中，易卜生和娜拉成为

---

[1] 胡适：《易卜生主义》，《新青年》1918年第4卷第6号，第489—507页。

中国知识青年崇拜的偶像。在鲁迅、胡适将易卜生引进中国后不久，易卜生和《玩偶之家》被当作中国话剧的范本。事实上，胡适在1918年就模仿《玩偶之家》创作了《终身大事》，胡适的这部剧本（他的唯一一部话剧）常常被看作话剧诞生的标志。许多话剧的先驱们，如洪深、田汉和曹禺，都是易卜生的"追随者"，在他们的创作中吸收了易卜生的灵感。因此，中国话剧巩固了易卜生在当时年轻一代中的影响力。在这样的文化氛围下，易卜生和娜拉成为中国作家们最喜欢的外国作家和经典的人物形象就不足为奇了。在他们的文学作品里，年轻的主人公们都对易卜生非常熟悉。更有趣的是，他们不仅仅阅读和讨论《玩偶之家》，甚至还对它加以改编后搬上了舞台。

有鉴于此，我的第二项研究就是搜索那些提及易卜生、娜拉和《玩偶之家》的中文长篇或中篇小说。在阅读中国现代小说的过程中，读者会不时地发现有些主人公喜欢阅读并讨论易卜生，学界对此也有过讨论。[1]然而，到目前为止还没有进行过系统的研究，因为仅仅通过个人阅读收集到的相关文本信息是比较有限的。现在，基于一些数据库和中国作家作品的电子文本，可以比较全面地收集相关统计数据并加以计算分析。在此基础上，我们有选择性地聚焦其中的八部小说，因为在这些文本里易卜生、娜拉或《玩偶之家》不仅被多次提及，而且对于人物塑造和故事情节产生比较大的影响。下表是对八部中文小说中三个关键词易卜生、娜拉和《玩偶之家》出现频率的统计数据。

---

[1] 参见 Chengzhou He, *Henrik Ibsen and Modern Chinese Drama*（Oslo: Academic Press, 2004），30-32。

表6　中国小说中易卜生、娜拉和《玩偶之家》被提及的次数统计

出版年份	作者	小说	易卜生	娜拉	《玩偶之家》
1923	冯沅君	《隔绝》	1		
1925	鲁迅	《伤逝》	2	2	
1929	茅盾	《虹》	4	7	
1931	沈从文	《一个女演员的生活》	1		
1933	巴金	《家》	4	1	1
1939	林语堂	《京华烟云》	4	1	
1958	杨沫	《青春之歌》	1	1	
1960	林海音	《城南旧事》	1		2

根据表6所做的分析如下：第一，一些重要的中国现代作家熟悉易卜生和他的作品，娜拉让他们印象深刻，因此在他们的作品中，主人公会讨论娜拉和她的出走。其次，大多数这些长篇、中篇小说都创作于20世纪二三十年代，这与我们之前的研究结论是相符合的，即易卜生在这一时期频繁出现在书籍和报刊上，成为一个热门的公共话题。也正是由于这个原因，易卜生和娜拉会时常出现在一些小说的情节中。第三，在20世纪50年代后期，易卜生和娜拉仍然出现在中国的"红色畅销书"中。当大多数西方作家受到批判或者被禁止阅读的时候，为什么易卜生能成为一个例外呢？一个可能的解释是，人们认为易卜生深刻地批判了资产阶级的弱点，揭露了西方世界的社会矛盾和问题。

在阅读和阐释中运用数字统计方法无疑有助于解答文学史上的一些疑惑。但是，类似的"远读"方法并不能回答如下问题：小说中谁在阅读易卜生？他们对易卜生或者娜拉持什么样的

态度？阅读和讨论易卜生发生在什么样的社会背景下？阅读给他们自己或者他们周边的人带来什么样的影响？要回答这些问题，我们需要做进一步的文本细读。下面以茅盾的作品《虹》为例加以分析。

《虹》出版于 1930 年。在小说里，女学生梅对易卜生发生兴趣，与她的朋友一起讨论易卜生和娜拉。当她所在的学校决定排演《玩偶之家》时，她自愿要求扮演林敦太太，因为她认为林敦太太是一位勇敢的女性。离开学校之后，梅不得不接受一桩包办婚姻，嫁给一个她不了解的男人。婚后，她发现她的丈夫是妓院的常客，她的婚姻完全是失败的，于是梅毅然决然地像娜拉一样离家出走。她起初在一所学校里教书谋生，后来成为家庭教师。她通过抗争赢得了独立和尊重，这也提供了中国版娜拉的一种答案。

文学阅读是一种个人选择，不仅仅受到个人生活环境的影响，也受制于历史、政治和文化语境。《虹》中梅阅读易卜生和《玩偶之家》的情节并不是一个孤立的、微不足道的文本现象。相反，应该将它放在更广阔的"易卜生热"和中国新文化运动的背景下考察。"深层次的假设是，通过探索大量的文学文本记录的细节，我们可以更好地理解单个文本存在的环境，从而加深对这些个体文本的理解。"[1] 梅阅读《玩偶之家》并受娜拉影响是当时中国新一代女性在小说以及在现实生活中的一个代表性事件。从表演性理论的角度来看，文学阅读在本质上是一种行为。"这是一种我们可以称之为行为或活动的事件：它是由读者完成的一种行动。这种行为最重要的方面是它是一种'体

---

[1] Matthew L. Jockers, *Macroanalysis*, 27.

验'或者产生一种'体验'。"[1] 阅读不仅影响读者的认知，而且可以激励他们采取行动。在中国现代小说中，阅读易卜生和《玩偶之家》的青年们最终以不同的方式追随娜拉的脚步。

三、"表演"娜拉

在《远读》一书中，莫莱蒂说："民族文学，为了让人看见树木；世界文学，为了让人看见海浪。"[2] 在这里，"海浪"的比喻是强调世界文学跨文化传播的连续性；"树木"的比喻是指民族文学的独特性和内部多样性。莫莱蒂认为，远读是一种学习世界文学的有效策略。"看看远读与世界文学之美：它们与民族文学史的编撰学格格不入。"[3] 但是，世界文学作为一个事件，需要我们充分利用远读和细读的优势，世界文学和民族文学应该是彼此联系、相互影响的。关于西方小说在世界上的接受和影响，莫莱蒂曾试图做一个极其简化的描述："外国情节，本土人物；然后，本土叙事声音；正是在这个第三维度上小说似乎是最不稳定的。"[4] 要分析"本土叙事声音"的神秘感和复杂性，就离不开对单个文本进行细读。

就易卜生和中国现代小说而言，外国情节可以简要概括如下：当娜拉发现海尔茂在婚姻和家庭生活中如何对待她的真相后，她开始意识到自己并没有被当作一个个体受到尊重，于是决定离开她的丈夫，去寻找女性生活的真相，并试图争取在这

---

[1] Peter Kivy, *The Performance of Reading* (Malden, MA: Blackwell Publishing, 2010), 5.
[2] Franco Moretti, *Distant Reading*, 47.
[3] Franco Moretti, *Distant Reading*, 43.
[4] Franco Moretti, *Distant Reading*, 44.

个父权社会中赢得独立和自由的权利。本土人物通常指的是中国现代小说中的那些女主人公,她们受到娜拉精神的鼓舞,决心以她为榜样,离开家去争取自由。关于"本土叙事声音",最重要的问题是:作家们如何刻画中国式的"娜拉"?如何讲述她们追求独立自由的故事?

以鲁迅的小说《伤逝》(1925年)为例。我们可以先统计一下易卜生在鲁迅作品中出现的次数。根据"鲁迅作品集"数据库,易卜生出现了44次,比莎士比亚出现的次数还多(表7和表8)。另外一个显著的区别是,易卜生出现在了鲁迅的25个作品中,而莎士比亚只出现在他的14个作品中。鲁迅在作品中提及娜拉和《玩偶之家》一共有22次,而哈姆雷特只有11次。由此可见,鲁迅的确对易卜生有着非常浓厚的兴趣,甚于很多其他的外国作家。

表7　鲁迅作品中易卜生、娜拉、《玩偶之家》出现次数统计

鲁迅作品	易卜生	娜拉	玩偶之家
散文	44	18	2
小说	2	2	

表8　鲁迅作品中莎士比亚、哈姆雷特出现次数统计

鲁迅作品	莎士比亚	哈姆雷特
散文	39	11
小说	1	

鲁迅的中篇小说《伤逝》,在很大程度上是他对易卜生和《玩偶之家》的回应。在这部小说中,子君是个年轻的女学生。

她和涓生都接受了西式教育。当平等和自由的新思想传入中国后，他们开始一起讨论像他们这样的中国年轻人应该如何反抗父权制，寻求独立自主的生活和自由选择爱人的机会，而不是接受父母强迫包办的婚姻。在他们关于易卜生的谈话中，他们提到了《玩偶之家》和《海的女人》。子君告诉涓生，娜拉的觉醒和对自己权利的捍卫给她留下了深刻的印象。在《玩偶之家》中，娜拉对着海尔茂说，"首先，我是一个人"[1]。相应地，子君声称"我是我自己的，他们谁也没有干涉我的权利！"[2] 子君和涓生对生活、社会和未来有着相似的看法，他们因共同的理想走到一起。然而他们的恋爱遭到子君父母的强烈反对，子君最终决定离开家，去和涓生生活在一起。

　　子君阅读和讨论《玩偶之家》的行为与她在生活中的勇敢反抗之间有着什么样的关系？这里我们可以回顾一下奥斯汀提出的言语行为理论，他进一步区分了言语行为的言内行为、言外行为和言后行为三个方面。奥斯汀认为，言内行为意味着语言的语义和指示功能。言外行为表明了完成的或即将完成的行为类型，例如，表达警告、威胁等等。这里问题不是语言的意思或者指示什么，而是语言是什么或者做什么。言后行为是指言说所产生的效果，这是奥斯汀施行话语概念的重要内容。无论在现实还是虚构的环境里面，阅读都可以被视为一种行为或事件。在《伤逝》中，子君的阅读是一种表演性的行为，影响到她后来在自己生活中采取的行动。总体上讲，表演娜拉是指小说的人物阅读易卜生、学习娜拉，并以她为榜样为争取自己

---

[1] Henrik Ibsen, *The Complete Major Prose Plays*, trans. Rolf Fjelde (New York: Penguin, 1978), 193.
[2] 《鲁迅全集》（第二卷），第278页。

的独立与自由而采取行动。

《伤逝》中子君的故事是许许多多从易卜生和《玩偶之家》获取灵感的中国文学作品的一个范例。阅读《玩偶之家》,然后像娜拉一样去抗争,是中国现代小说中易卜生事件的重要组成部分,开创了中国女性解放运动的新天地。在《事件:文学与理论》中,罗纳指出:"研究文学事件,不是通过确定其绝对本质,而是通过给出条件和原则,以考察文学中刺痛和伤害(stab and wound)时刻,感觉到作品被带到了它的能力的极限而'呼喊'的时刻,以及作品中一个细节创造出来的力量超过了整部作品的时刻?"[1] 子君决定不顾父母的反对,离家出走和她的男朋友住在一起,这是中国现代文化发展进程中一个重要的历史时刻,是史无前例的,给当时中国的父权制传统以致命的"刺痛和伤害"。

鲁迅是如何看待以娜拉为榜样的中国女性的?1923 年,鲁迅在北京女子高等师范学校做了题为"娜拉走后怎样?"的讲座。[2] 在演讲中,鲁迅认为中国女性也许敢于像娜拉一样为了寻求个人自由而离家出走,但是没有出路。鲁迅的演讲为我们分析他写作《伤逝》的意图提供了重要的线索,尽管我们不应该把他的小说当作他个人观点的直接表达。这里,我认为有必须区别意图(intention)和意向性(intentionality)。关于这个问题,伊格尔顿有过这样的解释:"斯金纳(Skinner)在这里区分了他所谓的'意图去做'(intention to do)和'做的意图'(intention in doing)。前者指作者的目标,这一目标有可能实现也可能无法实现;后者指的是在他的作品中他的写作所实现的

---

[1] Ilai Rowner, *The Event: Literature and Theory*, ix.
[2] 鲁迅:《娜拉走后怎样?》,《鲁迅全集》(第一卷),第 143—151 页。

点（point）。这对文学批评来说是卓有成效的区分。"[1] 反观我们对鲁迅的演讲和他的小说的讨论，很明显，鲁迅仍然对中国年轻女性反抗父权制的未来感到悲观，但是这要归咎于那个糟糕的社会状况。尽管以悲剧告终，小说却因为子君自主选择生活方式的勇气而被人们所熟知。因此，无论鲁迅的创作意图是什么，子君的叛逆是这部小说取得成功的关键。

　　作为中国现代小说中一个反复出现的情节，"表演"娜拉是一个不仅对女主人公自身，而且对现代中国的社会与文化影响巨大的文学事件。虽然是虚构的作品，文学的事件能够在现实世界中产生转变性的力量。对此，伊格尔顿说过，"更重要的是，文学作品的结构产生了事件，而事件又反过来作用于结构，改变了结构的条件（terms）；在这个意思上，这些作品具有一种自由的人类行动的形式。尽管这一双向的过程也适用于所谓的日常语言，但相比之下，文学文本以一种更具戏剧性、更易觉察的方式发生作用"。[2] 文学的表演性理论倡导一种新的、严肃有效的文学批评方法。乔纳森·卡勒认为，文学"在改变世界的语言行为中占有一席之地，赋予它们所指称的东西以内涵"。[3] 在20世纪二三十年代，易卜生、《玩偶之家》以及中国文学中像娜拉这样的女性形象，促进了关于中国妇女解放和新文化运动的话语建构，其中"娜拉主义"这个新名词具有很大的代表性。

---

[1] Terry Eagleton, *The Event of Literature* (New Haven: Yale University Press, 2012), 147-48.
[2] Terry Eagleton, *The Event of Literature*, 200.
[3] Jonathan Culler, *Literary Theory: A Very Short Introduction* (Oxford: Oxford University Press, 2011), 97.

四、"娜拉主义"：一种中国的女性主义话语

娜拉对中国现代文学和文化的重要性毋庸置疑。《玩偶之家》不仅经常被搬上舞台，它还成为早期话剧模仿的对象；更重要的是，在中国现代文学中涌现一批效仿娜拉的人物形象；除此之外，还出版许多关于易卜生和娜拉的文章和书籍。自从被介绍到中国以来，易卜生一直就是知识分子讨论的热门话题。1918年《新青年》刊发的"易卜生专号"标志着一个"娜拉时代"的开始，在这份专号上不仅有关于易卜生和娜拉的文章，还刊登了罗家伦、胡适合作翻译的《玩偶之家》。

现在无法确定是谁第一个使用了"娜拉主义"，该词最早见于茅盾发表在《珠江日报·妇女周刊》（1938）的文章《从〈娜拉〉说起》。"如果我们说：'五四'时代的妇女运动不外是'娜拉主义'，也不算是怎样夸张的。"[1]"娜拉主义"是什么意思呢？茅盾没有进一步解释，只是说指"五四"以后的妇女解放运动。笔者认为，娜拉主义作为一个新的女权主义话语，至少包括两个层面的内容。

其一，个人主义的娜拉。易卜生和《玩偶之家》在20世纪二三十年代被引入中国，这一时期个人主义引起青年知识分子的极大关注。胡适是个人自由的积极鼓吹者，他对娜拉的推崇符合他的自由主义思想倾向。在回答娜拉为什么要出走时，胡适认为责任在她的丈夫身上："他把娜拉当作'玩意儿'看待，既不许她有自由意志，又不许她担负家庭的责任。"[2] 胡适认

---

[1] 茅盾：《从〈娜拉〉说起》，《文艺论文集》，第71页。
[2] 胡适，《易卜生主义》，第504页。

为娜拉所代表的个人主义对于他所设想的中国社会未来发展是不可或缺的,他说:"自治的社会,共和的国家,只是要个人有自由选择之权,还要个人对于自己所行所为都负责任。若不如此,决不能造出自己独立的人格。社会国家没有自由独立的人格,如同酒里少了酒曲,面包里少了酵,人身上少了脑筋:那种社会国家决没有改良进步的希望。"[1] 与胡适的观点相反,鲁迅对娜拉代表的个人主义持批评态度,他认为这是天真的或理想主义的。《伤逝》在某种程度上是鲁迅对个人主义者娜拉在中国的批判。

其二,社会主义的娜拉。从20世纪20年代开始,大多数中国左翼作家认为中国女性争取自由和独立的斗争是以阶级为基础的。比如在前文提到的《虹》中,梅最终成长为一名革命者,献身于反对阶级压迫和争取民族解放斗争的进步事业。在另一部影响深远的小说《青春之歌》中,林道静在故事一开始就成了一个娜拉式的人物。中学毕业后,继母想让她嫁给一个比她大很多的地方官员。林道静对包办婚姻感到失望,像许多被唤醒、努力捍卫自己权利的中国女性一样离家出走。这是她生活中的第一个重要决定。后来当她在乡下的一所学校教书时,和一个年轻的同事交了朋友,他看起来像一个浪漫、自由的知识分子。他和林道静谈论易卜生和娜拉,他说:"林,你一定读过易卜生的《娜拉》;冯沅君写过一本《隔绝》你读过没有?这些作品的主题全是反抗传统的道德,提倡女性的独立的。可是我觉得你比她们还更勇敢、更坚决。你才十八岁是不是?林,你

---

[1] 胡适,《易卜生主义》,第505页。

真是有前途的、了不得的人。"[1] 他支持妇女独立自由的思想给她留下了深刻印象，林道静同意嫁给他。婚后，她发现她丈夫的生活其实是依赖他的地主家庭剥削穷人的劳动成果，他本人对穷苦大众没有同情心。在一名中国共产党人的影响下，她开始阅读马克思、列宁的著作，决心结束她和那个来自剥削阶级、自私自利的男人的婚姻生活，这是她人生中的第二个重要决定。她与国民党政府做斗争，经历了很多困难，最后加入了中国共产党，成为一名勇敢的无产阶级战士。林道静是中国现代小说中被读者称为娜拉式人物的主人公之一，是中国青年知识分子的一个典型代表。他们放弃个人安逸，投身于社会主义事业，为最广大人民群众的利益服务，致力于将国家从日本侵略者与封建地主阶级的压迫下解放出来。

娜拉不仅是一个可供阐释的文学形象，而且生成了一系列超越不同体裁和文化的文学事件。《玩偶之家》中娜拉的离家出走既是易卜生戏剧中的一个文学事件，也是无数次改编和演出中反复操演的一个独特的文学事件；而在中国现代戏剧和小说中，主人公追随娜拉的脚步离家出走是一个将娜拉本土化的叙事事件，它有助于建构独具特色的中国女性主义话语体系。可以看出，娜拉形象在中国现代小说中反复出现，但又有着显著差异。她的形象具有了德里达所说的"可引用性"，每一次重复引用都是一次意义的重新建构。娜拉形象在中国的不同变体是丰富的，而且卓有成效，它们构成了中国现代文化中的娜拉现象或事件。当易卜生，特别是《玩偶之家》被引入中国并本土

---

[1] 杨沫：《杨沫文集卷一：青春之歌》，北京十月文艺出版社，1992年，第43页。

化时，娜拉主义作为一个"本土叙事声音"发挥了重要作用。易卜生影响下的中国女权主义话语的发展，生动地阐明了娜拉作为一个世界文学事件所蕴含的力量。

结语

作为事件的世界文学，挑战了源文学与目标文学的二元划分。以往，西方文学通常被当作中心，非西方的文学处于边缘的位置。与之相反，我们认为世界文学在本土化的过程中获得了发展的动力。换言之，本土化的创新实践是世界文学获得成功的基础。因此，世界文学的研究不同于将作家和作品视为中心的接受研究和影响研究。当易卜生在中国被当作世界文学来研究的时候，问题的重点不再是易卜生如何被介绍到中国来，而是易卜生如何启发和影响了本土的文学创作和文化活动，以及这些本土的文学行为如何参与到社会现实的想象与建构中来。通过对中国现代小说中女主人公阅读易卜生和《玩偶之家》这一事件的微观分析，让我们得以重新审视和理解易卜生和娜拉在中国现代文化转型中起到的作用，特别是女性为争取自由和独立所做的抗争。

通过结合细读和"远读"，作为事件的世界文学成为一个动态的、开放的系统。当世界文学在不同的文学体裁和民族文化中传播时，它的不同变体建构了它的存在，生成了它的意义，积聚了转变性力量。在东亚和中国，西方文学在20世纪上半叶被积极地引进，对于民族文学与文化的发展产生深远的影响；与此同时，本土知识分子对西方文学的创造性挪用也丰富和发展了前者。因此，世界文学和民族文学之间存在着复杂的互动关系，这不同于莫莱蒂关于"远读"与世界文学的解释。就娜拉而言，在中国现代小说中，追随她脚步的女主人公们成为一代又一代年轻人的榜样，这些不同文化中的新女性人物让娜拉的形象更加丰富多彩。世界文学成为一个不断发展的事件，不同文学传统在其中既有分歧又有交汇。

第十二章　狼神话、环境感伤主义与文化干预:《狼图腾》的生态-政治批评[1]

在过去的 30 多年里，中国经历了一场前所未有的环境危机，不过最近几年环境治理初见成效，生态有所恢复。虽然经济的快速增长极大地提高了生活水平，但人们普遍对环境问题感到不满，比如空气污染、水污染以及一些野生物种的灭绝等。因而，大家对于人与自然的和谐关系产生了广泛的怀旧和感伤情绪。在文化层面，感伤主义与环境伦理之间产生了重要的交叉，我称之为中国的"环境感伤主义"。

在中国和西方文化中，对感伤主义的传统理解是：作为一种情感取向/倾向，感伤具有明显的情感过度化特征。然而，从伦理的角度来看，感伤主义也意味着一种基于内在人性的道德情感。在《道德感伤主义》(2013) 一书中，迈克尔·斯洛特讨论了与社会压迫有关的关怀伦理，他说："关怀伦理可能是现存最具影响力和最有趣的感伤主义形式，它也涉及道德和正义问题，特别关注女性和其他弱势群体或个体。虽然我想把注意力主要

---

[1] 本章根据笔者的英文论文翻译修改而成，参见 Chengzhou He, "The Wolf Myth and Chinese Environmental Sentimentalism in *Wolf Totem*," *Interdisciplinary Studies in Literature and Environment* Vol. 21, No. 4 (2014), 781–800。

集中于女性主义思想和抱负之上，但我所讨论的大部分内容将以丰富而有趣的方式延续到种族、民族、性别取向以及关于压迫和不公正的种种事实。"[1]这就解释了为什么感伤主义在致力于维护边缘群体权益的女性主义和当代文化研究中得以复兴。

在《感伤的虚构：当代中国电影》一书中，周蕾明确指出感伤主义是有利于维护弱势群体尤其是女性权益的。她说："始于20世纪七八十年代的女性修正主义研究发现，感伤主义越来越多地与那些被边缘化的人（最典型的莫过于那些专注于家庭生活的中产阶级白人女性）的能动性相结合，并被解读为另一种获得权力的方式。具有讽刺意味的是，这种权力获取形式是以社会剥夺、服从和排斥为基础的情感专注。在这种社会等级制度的逆转中，过去被认为是微不足道和软弱的东西被重新解读为炫目和力量：那些遭所处环境禁锢的人表面上处于被动或少数化，重新被定义为具有一种以前被摒弃或忽视的操控潜能。"[2]这里对女性的讨论也同样适用于自然，这是生态女性主义的基础。"受生态学、女性主义和社会主义影响，生态女性主义的基本前提是，认可以种族、阶级、性别、性属、体能和物种等为基础的压迫性意识形态与认可对自然的压迫性意识形态是一样的。"[3]与女性一样，自然也遭遇了压迫和排斥，同时也具有挑战主导性意识形态的潜力。

---

[1] Michael Slote, *Moral Sentimentalism* (Oxford: Oxford University Press, 2013), 108.
[2] Rey Chow, *Sentimental Fabulations, Contemporary Chinese Films: Attachment in the Age of Global Visibility* (New York: Columbia University Press, 2007), 16–17.
[3] Greg Garrard, *Ecocriticism* (London: Routledge, 2004), 1.

感伤主义不是指"孤独的、具有抒情意识的、敏感的忧郁",[1]它在道德责任和社会正义的讨论中可以发挥作用。有鉴于此,周蕾在《感伤的虚构》中进一步阐述了感伤主义对中国电影研究及其他领域的意义。周蕾认为,感伤主义的概念可以用来讨论一些文化现象:"突出的情感倾向症状,如在某些电影中可以发现的那些,如何在与社会互动的基础和实践的关系中被理论化?这个问题摆在前台,感伤就不再被等同于情感过剩的发生本身,而是被更富成效地重新当作一个言语集合——跨越情感、时间、身份和社会习俗,其形态在不同的文化背景下发生变化,并有不同的类型、形式和媒介。"[2]沿着周蕾的思路,笔者尝试将感伤主义作为近期中国生态文学批评的一条路径。中国的"环境感伤主义"不仅是指人对于自然和动物的共情,而且也可以用于文化和政治的反思和批判。从而,文学不再仅仅是社会文化症状的表征,而是参与到对于现实和政治的重新想象与建构,具有了表演性的作用和力量。2000年以来,在中国的生态文学领域,出现了一个显著的、以狼为主题的文学现象,出版了一批关于人与狼相遇故事的小说,有些还成为畅销书,在读者中产生了很大的影响。其中,最引人瞩目的是姜戎的长篇小说《狼图腾》(2004),这部作品在国内外影响大,争议性也比较大。

一、 狼文学与当代文化转型

描写狼的文学在中外都有着悠久的传统,著名的作品有杰

---

[1] Rey Chow, *Sentimental Fabulations, Contemporary Chinese Films: Attachment in the Age of Global Visibility*, 17.
[2] Rey Chow, *Sentimental Fabulations, Contemporary Chinese Films: Attachment in the Age of Global Visibility*, 17.

克·伦敦的《雪狼》《野性的呼唤》，罗德亚德·吉卜林的《丛林之书》等。19世纪后期，美国作家杰克·伦敦在北方艰苦环境中顽强生存，在旷野中与狼群朝夕相伴，为其征服自然和顽强生存的能力所感染，写作了几部不朽的文学作品。当然，作者描写狼的生活在很大程度上还是基于他对于人自身生存处境的思考。"这些观点的存在使人们相信《野性的呼唤》应该被解读为对人类经验的寓言性书写。"〔1〕那只名叫巴克的狼狗作为征服自然的象征，成为作者心目中资本主义工业化时代的一个英雄。但是这种"适者生存"的观念也还是存在问题的，需要做进一步批判性解读。英国作家吉卜林的小说《丛林之书》中有一个在森林中被母狼喂养长大的男孩，名叫莫格里，他与狼兄弟们一起玩耍，和森林里的其他很多动物交了朋友。小说里描写的各种故事非常新奇，尤其受到少年读者的喜爱。1907年瑞典学院在给吉卜林的诺贝尔文学奖授奖词中有这样一段话："《丛林之书》使吉卜林成为许多国家的儿童喜爱的作家。成人也分享着孩子们的乐趣，他们在阅读这些亲切可爱、富于想象力的动物寓言时，仿佛又回到了童年时代。"〔2〕

当代西方文学中以狼为素材的作品不断涌现，人与狼的故事通常与历史叙事结合在一起。1997年，比利时作家米莎·德冯塞卡出版了她唯一的一部小说《与狼为伴——不一样的童年》，故事曲折感人，立即在欧美文坛引起轰动。在这部以作者童年生活为原型的自传体小说中，主人公米莎是一位只有7岁

---

〔1〕 Franklin Dickerson Walker, *Jack London and the Klondike: the Genesis of an American Writer* (New York: St. Martin's Press, 1998), 145.
〔2〕 Nobelprize. org. *Nobelprize. org.* Nobel Media AB 2014. Web. 1 Mar 2015, www. nobelprize. org/nobel _ prizes/literature/laureates/1907/press. html.

的犹太小女孩，1941年，她的父母被纳粹士兵带走，她自己也差一点被收养她的家庭交给纳粹。生活在孤独、恐惧中的小米莎决定一个人去流浪，寻找她的亲人。在四年的流浪当中，她穿越了德国、波兰、乌克兰等欧洲国家的乡村，为了躲避人群经常在森林中行走。在饥饿和寒冷的荒野，她不时地被狼群收留，在它们当中得到关爱和照顾。"于是，我试着让母狼喂我吃。我像小狼一样，爬到母狼跟前，嗅着它的嘴唇，舔着。起初，它后退了一步，我便像小狼一样小声地叫起来。我坚持不舍，它终于在我面前吐出了一口，我赶紧上去接，还热的！我也成了它的孩子，跟其他小狼没有区别。我接受着母爱和食物，欣喜若狂。"[1]米莎在狼群里找到了家的感觉，小狼成了她玩耍的伙伴。然而在此期间，她一次次目睹纳粹的暴行：纳粹士兵强奸少女后又将她杀害；纳粹士兵将犹太儿童推入土坑活埋……狼群的人性与人类的兽性形成强烈反差，于是当流浪结束后重新回到人类当中生活对米莎来说变成一场严峻的考验。

  在世纪之交的中国文坛，狼文学勃然兴起，异彩纷呈。小说有池莉的《以沙漠为背景的人与狼》、郭雪波的《狼孩》、贾平凹的《怀念狼》和姜戎的《狼图腾》，散文有《军狼》《给狼命名》《猛禽》，还有电影《雪狼》等。在这些作品中，关于狼的一些集体记忆模糊了，传统的叙事方式消解了，取而代之的是对狼的习性和活动细致生动的描写。狼的形象寄予了作家的个人情感、生态思想和文化反思。狼成为时下一种文化符号，狼形象的"去他者化"超越了历史和现实的语境，寄托着人们对未来的种种想象。

---

[1] 米莎·德冯塞卡：《与狼为伴——不一样的童年》，胡小跃译，人民文学出版社，2006年，第156页。

郭雪波的小说《狼孩》是《大漠狼孩》的修订本，2001年出版，曾获得全国首届"生态环境文学奖"和全国民族文学"骏马奖"。小说中"我"村子里的村民杀死了狼的两只幼崽，焦急的公狼为了救回被人类抢走的小狼死在了村民无情的乱棍之下。"我"出于恻隐之心，收留了小狼，而尚在哺乳的弟弟却被在村子附近伺机夺子的母狼抢走。人和狼都为了夺回亲生的孩子而彼此争斗，最终狼孩被救回村落，却无法忘记哺育自己成长的狼母。小说的结尾，狼孩始终无法适应他已经陌生的人类社会，奋不顾身地寻找他的代理母亲，直到最后死在了被村民射杀的母狼身边。

《狼孩》让人想起杰克·伦敦的小说《雪狼》中狼的"母子之爱"，小说中雪狼母子生离死别的故事让读者受到震撼，人类不人道的行为受到谴责。同样，《狼孩》对人性中凶残自私一面的反思也拷问着读者的灵魂。此外，《狼孩》还具有深刻的环境意识，对于日益沙化草原的描写让人震惊。《狼孩》中借叙事者"我"的口发出了焦急的呐喊："野兽被咱们文明人吃得快干净了，这大漠就剩下这只不屈的母狼了。""早晚会有更大的兽来吃咱们这人兽的。"[1] 人类如果不立刻停止对大自然的掠夺和破坏的话，那么必将遭受厄运。由此可见，文明和进步其实不是必然的，而应该是人与自然相认同的结果。盲目乐观的进化论是非常有害的，现在就是我们该反省的时候了。

《怀念狼》(2001) 以作家贾平凹熟悉的商州为背景，以猎人傅山等为当地尚存的十几只狼收集身份材料为线索，揭示狼的消失与人的肉体和精神弱化之间的联系，思考人与自然之间

---

[1] 郭雪波：《大漠狼孩》，中国文联出版社，2001年，第260—261页。

的依存关系。长期以来,狼的存在是猎人们生活的一部分。正如有的猎人所说,"跟狼搅拌了几十年,习惯了"。在人们的意识中,打狼是天经地义的事,狼是恶的化身。经历从捕狼到护狼的转变,猎人陷入体质退化和自我认同的双重危机。

虽然要护狼,商州剩下的那十几只狼最后还是被人消灭了。正如作者在小说中所说,"人见了狼是不能不打的,这就是人。但人又不能没有了狼,这就又是人。往后的日子里,要活着,活下去,我们只有心里有狼了"。[1] 于是"怀念狼"就成为猎人们生活的寄托。在廖增湖的《贾平凹访谈录——关于〈怀念狼〉》一文中,贾平凹说:"人是在与狼的斗争中成为人的,狼的消失使人陷入了惶恐、孤独、衰弱和卑鄙,乃至于死亡的境地。怀念狼是怀念勃发的生命,怀念英雄,怀念着世界的平衡。"[2]

《狼图腾》是一部半自传体小说。作者吕嘉民,笔名姜戎,是北京的一位政治学专家。1966年,他被送往内蒙古草原"接受贫下中农再教育",并在那里生活了十多年。《狼图腾》就是以作者在内蒙古草原上的经历为基础写成的。和作者一样,小说的主人公陈阵也是一个20多岁的小伙子。他离开北京到内蒙古乌珠穆沁旗插队,亲眼目睹了来自农业区的汉人新移民如何大量捕杀狼群导致狼最终在草原上的灭绝。狼群灭绝后,草原的生态平衡被破坏,草原遭到老鼠、兔子等动物的肆意破坏。随着草原的沙漠化,牧民们不得不适应新的环境,传统的生活方式也随之发生了巨大变化。该书揭示了农耕思维如何造成了

---

[1] 贾平凹:《怀念狼》,作家出版社,2000年,第260页。
[2] 廖增湖:《贾平凹访谈录——关于〈怀恋狼〉》,《当代作家评论》2000年第4期,第88页。

草原的生态灾难。小说结尾，陈阵在他北京的公寓里，此时一场沙尘暴将皇城变成了"迷茫的黄沙之城"。[1] 小说的最后一段文字是："伫立窗前，怆然遥望北方。狼群已成为历史，草原已成为回忆，游牧文明彻底终结……"[2] 小说叙事饱含这深深的遗憾和悲伤，又常常被愤怒的批判打断。

《狼图腾》在图书市场取得了巨大成功。作为连续十年的一本畅销书，它已经在中国和海外售出数百万册。2007年，该书荣获首届曼氏亚洲文学奖，并被译成数十种外语。此外，它还在中国国际广播电台的黄金时段播出。根据该书改编和拍摄的一部同名电影也获得不错的票房和评价。狼故事中的"环境感伤主义"受到读者的追捧，但这并非中国特有的文学现象。在《美国文学中的狼和狼神话》（2009）一书中，罗比斯基写道："尼古拉斯·埃文斯充分挖掘了环境感伤主义，无须担心叙述的深度和细腻。他描写马语者、空降消防员和爱狼人士。他的主题是城里人离开都市，爱上了荒野以及那里的动植物，产生了顿悟体验，然后带着美好回忆和对生活苦乐参半的拥抱回家，阿隆·科普兰的美妙乐曲在她的脑海中逐渐消失。这种文学创作是市场上的一个神奇公式，在过去20年左右的时间里，考虑到曼哈顿出版业垄断地位的绝对偏狭，如果你把一本书的背景同时设置在纽约和一个西部大州，那么你就有了一台成功的赚钱机器。"[3]

《狼图腾》不单是一部感伤之作，它唤醒了读者的生态意

---

[1] 姜戎：《狼图腾》，长江文艺出版社，2004年，第408页。
[2] 姜戎：《狼图腾》，第408页。
[3] S. K. Robisch, *Wolves and the Wolf Myth in American Literature* (Reno: University of Nevada Press, 2009), 330.

识,并展开文化上的自我批判。《狼图腾》中的环境感伤主义与狼的数量减少、最后灭绝以及狼群灭绝对草原生态的毁灭性影响密切相关。20世纪90年代以来,中国文学出现了环境转向。小说中关于环境恶化的叙述不仅反映了中国的现实,而且成为环境恶化的见证。与此同时,小说中对于人与狼之间关系以及狼与环境的细致描写,一定程度上颠覆了传统文化中狼的负面形象,这种转折不仅反映了当代文化的巨大变迁,而且也参与了当下生态文明体系的话语建构,践行了文学作为文化干预的力量。

二、蒙古狼神话

历史上,狼是中国北方几个强大而有影响力的少数民族的图腾,包括匈奴、突厥和蒙古,这些民族彼此以某种方式相互联系。很多关于狼是这些少数民族祖先的传说流传了下来。[1]《狼图腾》中文版的每一章开头有一些历史文献的引用,讲述了中国北方少数民族的狼神话。在有关蒙古历史的文献中,"白狼"据说是蒙古人的祖先,蒙古帝国的创始人成吉思汗(1162—1227)被称为"白狼"。[2] 在西方,在关于罗马城来历的神话中,罗慕路斯(Romulus)和勒莫斯(Remus)两兄弟在出生后被遗弃在台伯河中,一只母狼发现了他们,用自己的奶喂养他们,后来罗慕路斯成了罗马的缔造者。

---

[1] 刘毓庆:《中国古代北方民族狼祖神话与中国文学中之狼意象》,《民族文学研究》2003年第1期,第9页。
[2] 索罕·格日勒图:《〈蒙古秘史〉所传"苍狼神话"与"阿阑豁阿神话"》,斯林格译,《蒙古学信息》2001年第3期,第35页。

小说多次提到狼是蒙古人的老师。在第一章中，通过观察狼群如何攻击黄羊，陈阵对它们的智慧、组织性和纪律性产生了深刻的印象。当地人还经常告诉陈阵，蒙古人和草原上的其他民族正是通过向狼学习而成为战争之王："他脑中灵光一亮：那位伟大的文盲军事家成吉思汗，以及犬戎、匈奴、鲜卑、突厥、蒙古一直到女真族，那么一大批文盲半文盲军事统帅和将领，竟把出过世界兵圣孙子、世界兵典《孙子兵法》的华夏泱泱大国，打得山河破碎，乾坤颠倒，改朝换代。原来他们拥有这么一大群伟大卓越的军事教官；拥有这么优良清晰直观的实战军事观摩课堂；还拥有与这么精锐的狼军队长期作战的实践。"[1]这部小说的一个特点是叙事中经常穿插评论，这是因为作者是一位政治学专家。在一次访谈中，姜戎声称这部小说之所以吸引人，部分原因在于它对历史上的一个重大谜题做出了解释："成吉思汗如何以这么少的人征服世界？""答案就在于东西方之间有着某种共同之处，那就是游牧文化。"[2]

狼是凶猛的猎食者，也是草原的保护者。蒙古牧民对狼有着复杂的态度。对他们来说，狼既是敌人也是伙伴。毕利格老人告诉陈阵，他打狼，但并不多打。他解释说，"要是把狼打绝了，草原就活不成。草原死了，人畜还能活吗？"[3]对毕利格这样的牧民来说，草才是草原上最重要的。"草虽是大命，可草的命最薄最苦。根这么浅，土这么薄。长在地上，跑，跑不了半尺；挪，挪不了三寸；谁都可以踩它、吃它、啃它、糟践

---

[1] 姜戎：《狼图腾》，第19页。
[2] French Howard, "A Novel, by Someone, Takes China by Storm," *New York Times* 3 Nov. 2005：E1.
[3] 姜戎：《狼图腾》，第13页。

它。……把草原的大命杀死了,草原上的小命全都没命!"[1]黄羊、老鼠和兔子破坏了草原,比如,老鼠挖洞吃掉草根,它们的数量会短时间内急剧增长。草原上的狼控制着这些动物的数量,因为狼主要以它们为食,而不是绵羊、鹿、牛等。《狼图腾》给读者上了生动的一课,纠正了大家对于狼在生态环境中所扮演角色的错误认识。这一点也是西方狼文学的主要贡献,北美作家法利·莫瓦特和欧内斯特·汤普森·西顿等人讲述的狼故事"将狼和驯鹿的关系视为一种共生关系,而不是肆意捕食。还有一个相关的论点是,北极狼的主要食物不是驯鹿,而是老鼠"。[2]

姜戎在写作中很有可能受到了莫瓦特和杰克·伦敦的狼小说的影响,杰克·伦敦的狼故事如《海狼》《热爱生命》以及《野性的呼唤》在《狼图腾》一书中均有提及。这部中国狼小说和一些西方的狼故事,如莫瓦特的《狼踪》(1963),都讲述了同样的道理:狼在保护草原方面有着不可替代的作用。重复那些过时的、天真的童话故事不可能真正地理解狼,因为童话故事中的狼往往被描述为邪恶的、破坏性的。相反,应该在狼生存的生态系统中去理解狼,"阅读的时候应该纳入地域因素……在生物群中真实狼的行为是全面理解一个狼故事的原材料,这也是必备的(如果是基本的)知识,必须考虑生态"。[3]

在《狼图腾》中,狼被描述为忠于自己的狼群,从不抛弃家族中弱小和受伤的成员。为了保护幼崽,狼会运用自己的智

---

[1] 姜戎:《狼图腾》,第29页。
[2] Brian Johnson, "Ecology, Allegory, and Indigeneity in the Wolf Stories of Roberts, Seton, and Mowat," Janice Fiamengo, ed. *Other Selves: Animals in the Canadian Imagination* (Ottawa: University of Ottawa Press, 2007), 336.
[3] S. K. Robisch, *Wolves and the Wolf Myth in American Literature*, 7.

慧战斗至死，尤其是母狼。为了喂养自己的孩子，或者狼群中的其他幼崽，母狼会在捕猎时尽可能多吃，然后当它们"回家"时，再把肉吐出来给小狼吃。在不同的语言中也有很多关于母狼如何哺育人类婴孩的故事，比如郭雪波的《狼孩》。在这种情况下，如小说中所描述的，残忍地杀死大批的狼，包括怀孕的母狼和小狼，就会引起读者的感伤情绪和道德上的反感。

草原上人和狼的故事是小说的灵魂，它们吸引着读者，其中也包括译者。葛浩文（Howard Goldblatt）在回忆翻译这个不同寻常且扣人心弦的故事时说："我不是在处理文本——我是在和狼打交道。不得不承认，这仍然令我害怕，在我翻译的时候，那些暴力、平静、美丽、丑陋的时刻真的让我深陷其中。"[1]在《狼图腾》中，"人与狼"的故事与蒙古土著牧民和新定居者（其中大多数是汉人）之间的文化冲突交织在一起，这为小说增加了一个重要而独特的维度。无视狼神话，这些"外来者"为了物质利益来到草原捕杀动物，这种行为有其历史和文化根源。"任何关于生态帝国主义的实践和模式的历史分析，都必须回到这个哲学基础上来，承认工具理性的那些形式，即视自然和动物为'他者'，要么外在于人类需要，因此实际上是可有可无的，要么为人类需求提供永久服务，因此是没完没了地被利用的资源。"[2] 20世纪六七十年代，"工具理性"在蒙古草原新移民中占主导地位。从长远来看，他们对狼的非理性仇恨和对肉食的贪婪造成了毁灭性的后果。

---

[1] Bernice Chan, "*Wolf Totem*: A Landmark of Chinese Literature." 9 Apr. 2008, www.straight.com/life/wolf-totem-landmark-chinese-literature.
[2] Graham Huggan and Helen Tiffin, *Postcolonial Ecocriticism: Literature, Animals, Environment* (London and New York: Routledge, 2010), 4.

没有了狼神话，草原变成了一个需要关注和呵护的濒危之地。因此，《狼图腾》在呼唤人们对环境和自然的道德责任方面发挥了一定的作用。劳伦斯·布伊尔在《为濒危的世界写作》(2003)一书中写道："环境想象……潜在地表达和激发了至少四种与世界接触的方式。它们可能将读者与他人的经历、苦难和痛苦——无论是人类的还是非人类的——间接联系起来；它们可能把读者和他们曾到过的地方重新联系起来，或者把他们带到他们也许一生都不会亲临的地方；它们可能把思想引向另一种未来；它们可能影响一个人对物质世界的关注，让它感觉起来弥足珍贵、濒临危机或任人支配。所有这一切都可能降临到一个对文本适度关注的读者身上，他正在阅读的故事是关于一个被珍爱、被滥用或濒危的地方。"[1]生态文学批评的一个出发点是，环境文学对提高读者的生态意识、改变他们的行为方式具有重要作用；更进一步说，它推动了全社会生态文明的建设。[2]不过，小说不是长篇大论，而是通常运用个人叙事的方式直接打动读者，《狼图腾》尤其如此。

三、 个人叙事

《狼图腾》生动描述了陈阵与狼的亲密接触，这与其他的狼故事，如《怀念狼》《狼孩》等不同，这些故事通常从远距离描述狼，而且常具有隐喻性。小说最令人兴奋的部分是陈阵遭遇

---

[1] Lawrence Buell, *Writing for an Endangered World: Literature, Culture, and Environment in the U. S. and Beyond* (Cambridge: Belknap Press of Harvard University Press, 2003), 2.
[2] 参见 Cheryll Glotfelty, "What Is Ecocriticism," www. asle. org/site/resources/ecocritical-library/intro/defifining/glotfelty/

狼群的几个场景。他和毕利格老人近距离观察狼群猎捕一大群黄羊的场景拉开了小说的序幕,对猎捕过程生动而鲜活的描述,感觉就像看野生动物的电视纪录片一样引人入胜。在等待狼群猎捕的时候,陈阵回忆起他第一次遭遇狼群的情景,那是他到达额仑草原一个月后,事情发生在他从场部回来的路上:"距他不到40米的雪坡上,在晚霞的天光下,竟然出现了一大群金毛灿灿、杀气腾腾的蒙古狼。全部正面或侧头瞪着他,一片锥子般的目光飕飕飞来,几乎把他射成了刺猬。离他最近的正好是几头巨狼,大如花豹,足足比他在北京动物园里见的狼粗一倍、高半倍、长半个身子。"[1] 幸运的是,他骑的是毕利格老人的马,这匹马很有经验,在狼群面前显得很平静。然后他想起老人告诉过他,狼害怕金属敲击的声音,于是他把两个马镫取下来,相互撞击,吓跑了狼,设法逃脱。

  作为一个来自北京的汉族小伙,陈阵很幸运有一位蒙古导师,在他与狼的多次冒险中担任向导。毕利格老人是额仑草原富有智慧和经验的牧民。在《狼与人》(1978)中,巴里·洛佩兹认为因纽特人是"本土线人",拥有了解其他人不可解译的动物意识的特权。[2] 毕利格老人就是这样一个蒙古草原上的"本土线人",是"会说话的狼",就像奥泰克一样,后者是《狼踪》一书的作者莫瓦特的向导和老师。"这种认同在莫瓦特的书中很典型,通过狼和因纽特人之间的亲密关系,尤其是通过莫瓦特和年轻的伊哈米乌特人奥泰克的关系,奥泰克被莫瓦特描述为

---

[1] 姜戎:《狼图腾》,第4页。
[2] Brian Johnson, "Ecology, Allegory, and Indigeneity in the Wolf Stories of Roberts, Seton, and Mowat," 342.

'一个未成年的萨满'和'精神上几乎就是一只狼'。"[1]

作为毕利格老人的"养子",陈阵力图成为一名蒙古牧民,但他们之间也存在冲突。陈阵并不总是听从毕利格的建议,他们对狼和草原的理解仍然有所不同。对于毕利格和蒙古牧民来说,狼是他们的图腾,是腾格里(上天)派到草原上来的。陈阵是一个年轻的都市知识分子,信奉"适者生存"哲学,而狼则体现了完美竞争对手的精神。从这一点来看,陈阵与《狼踪》中的主人公并没有太大不同,这位主人公也没有完全了解狼和当地文化。"这个故事蕴含着对种族和文化界限的挑战……莫瓦特认识到这种重叠,使人好奇的是,他坚持认为自己只不过是一只'伪狼'——言下之意,一个伪原住民。"[2]

陈阵和毕利格之间最严重的一次冲突是陈阵决定收养一只小狼。一次,在捕杀一只母狼的时候,陈阵和他的朋友们发现了一个狼窝,里面有几只小狼。出于一种要更好地了解狼的急迫心情,陈阵不顾当地牧民的警告,决定带一只小狼回家。他全心全意地喂养这只小狼,近距离观察它,去了解它独特的性情和行为:"这条小狼在吃食天天顿顿都充足保障的时候,仍然像饿狼一样凶猛,好像再不没命地吃,天就要塌下来一样。狼吃食的时候,绝对六亲不认。小狼对于天天耐心伺候它吃食的陈阵也没有一点点好感,反而把他当作要跟它抢食、要它命的敌人。"[3]陈阵发现,这只小狼拒绝被驯服,即使面临被打死的威胁。当小狼越长越大,变得愈发危险时,陈阵不得不用铁

---

[1] Brian Johnson, "Ecology, Allegory, and Indigeneity in the Wolf Stories of Roberts, Seton, and Mowat," 347.
[2] Brian Johnson, "Ecology, Allegory, and Indigeneity in the Wolf Stories of Roberts, Seton, and Mowat," 348.
[3] 姜戎:《狼图腾》,第168页。

链把它拴起来。为了重获自由，小狼不停地与铁链抗争，喉咙受了重伤。陈阵和他的朋友们悲伤却又无助，他们同情小狼的遭遇，这种同情也影响着读者对人与动物关系的认知。"人与动物之间的界限是反复无常的，而且是无关紧要的，因为我们与动物一样，具有一种只有'暴政之手'才会忽视的忍受痛苦的能力。"[1]

为了结束它的痛苦，给它作为一只狼的尊严，陈阵不得不亲手杀死了它，然后和朋友一起为这只小狼举行了天葬，将剥了皮的小狼尸体放在山岩上留给老鹰，小狼终于在死亡中获得了它努力争取的自由："猛烈的西北风，将小狼的长长皮筒吹得横在天空，把它的战袍梳理得干净流畅，如同上天赴宴的盛装。蒙古包烟筒冒出的白烟，在小狼身下飘动，小狼犹如腾云驾雾，在云烟中自由快乐地翻滚飞舞。此时它的脖子上再没有铁链枷锁，它的脚下再没有狭小的牢地。"[2] 在这里，小狼被诗意化，成为人类自由理想的象征。自此，小狼的死成为陈阵永远的"痛"，他对动物的记忆充满了感伤，这在动物故事中并不鲜见。"与关注生态系统的环境作家不同，关注非人类动物的作家诉诸情感，因此常常被指责多愁善感，尽管他们注意到濒危物种数量正在减少。"[3] 20年后，陈阵回到草原，再次来到他第一次发现小狼的狼穴，表达他的怀念和敬意。

陈阵是基于汉人驯养动物的理念来进行小狼抚养实验的。

---

[1] Greg Garrard, *Ecocriticism*, 137.
[2] 姜戎:《狼图腾》，第353页。
[3] Rebecca Raglon and Marian Scholtmeijer, "'Animals Are Not Believers in Ecology': Mapping Critical Differences between Environmental and Animal Advocacy Literatures," *Interdisciplinary Studies in Literature and Environment* Vol. 14, No. 2 (2007), 124.

毕利格被陈阵驯养小狼的想法所激怒,生气地说,"我在草原活了六十多岁,还从没听说有人敢养狼。那狼是人可以养的吗?狼能跟狗一块堆儿养的吗?跟狼比,狗是啥东西?"[1]就其本性而言,狼与其他驯养动物不同,因此,狼成为牧民的图腾。在杰克·伦敦笔下,狼狗们被驯服了。"白牙四分之一的狗血统使它被驯化。"[2]在《野性的呼唤》中,巴克在主人死后回归荒野。

因为陈阵精心养育小狼,他被当地的汉人和牧民戏称为"狼爸"。抚养小狼是小说中最引人入胜的部分,因为它把人和狼的世界紧密联系在一起。讲述与非人类动物相关的真实的故事,依赖于观察者对作为个体的它们的友善的感情,甚至是爱。在这方面,我们与非人类动物的关系和我们与环境的关系有很大不同:在缺乏情感和个人联系的情况下,我们无法充分了解非人类动物。[3]《狼图腾》的读者普遍为陈阵对小狼的动情叙述所感动,这有可能改变我们对动物和自然的看法。陈阵和小狼之间的关系让人联想起感伤文学中人与人之间的关系:"感伤文学的主题是对亲密关系的渴望,是感情丰富的作家和读者所渴望的情感、同情、关怀或类似的道德或精神倾向。"[4]自然环境受到破坏或者人对于动物的伤害,是中国环境文学的一个主题,尤其在《狼图腾》之类的狼文学作品中。

《狼图腾》中的狼叙事挑战了人们对狼的偏见。在中国传统

---

[1] 姜戎:《狼图腾》,第172页。
[2] S. K. Robisch, *Wolves and the Wolf Myth in American Literature*, 327.
[3] Rebecca Raglon and Marian Scholtmeijer, "'Animals Are Not Believers in Ecology': Mapping Critical Differences between Environmental and Animal Advocacy Literatures," 131.
[4] Hoanne Dobson, "Reclaiming Sentimental Literature," *American Literature* Vol. 69, No. 2 (1997), 267.

文学中，狼经常被描述成邪恶和危险的，比如在中国家喻户晓的"东郭先生和狼"的故事。陈阵对中国主流文化中狼的负面形象进行了解构。到目前为止，我们对狼的认知通常是为人类的自私目的服务的。"动物权益倡导者可以通过一系列观察来反驳这些指控。首先，人类对非人类动物的'认识'被一种需要扭曲，这种需要为人类对非人类动物的剥削辩护，对它们的利益漠不关心。人类的知识不值得完全信任。"[1] 从这方面来看，《狼图腾》再一次与《狼踪》不谋而合。"因为莫瓦特认为人们讨伐狼的根源在于人们觉得狼是'野蛮强大的猎杀者'，所以《狼踪》根本上是一部去神秘化的作品，其主要目的是驳斥人们对狼的刻板印象，即认为狼是邪恶的野兽，或者是吞食小红帽的罪魁祸首……这一戏剧化过程通过一系列自我嘲讽的情节展开，莫瓦特在其中扮演一个紧张的、怕狼的都市人。"[2] 陈阵一开始也是"一个紧张的、怕狼的都市人"，但他逐渐改变了看法，学会尊重和欣赏狼以及它们在蒙古草原上所扮演的角色。

陈阵是蒙古草原上新来汉人中的一个特例，对他们中的大多数人来说，当这个国家正遭受肉类、皮毛和其他动物产品短缺之苦时，消灭狼是保护其他更为迫切需要的动物的必要措施。他们没有想到狼的灭绝会给草原生态和当地游牧文化带来不良后果。奥尔多·利奥波德在《沙乡年鉴》(1987)中写道："我意识到，并且从那时起，我就知道那双眼睛里有一种全新的东西——一种只有她和大山才知道的东西。那时我还年轻，满脑

---

[1] Rebecca Raglon and Marian Scholtmeijer, "'Animals Are Not Believers in Ecology': Mapping Critical Differences between Environmental and Animal Advocacy Literatures," 135.
[2] Brian Johnson, "Ecology, Allegory, and Indigeneity in the Wolf Stories of Roberts, Seton, and Mowat," 336.

子都是好战的念头；我总以为，狼越少，鹿就越多，没有狼的地方就意味着猎人的天堂。但在看到绿火（狼的眼睛）熄灭之后，我感觉到狼和山都不同意这样的观点。"[1]《狼图腾》的叙事是施行性的，它不仅如卡勒在《文学理论入门》中所言生成一个虚构的世界，而且让读者看到了人们曾经在蒙古草原上犯下的错误，并在悲哀的忏悔中反思这些错误。

四、 游牧文化的挽歌

陈阵不同于其他新来的汉人，因为他觉得自己属于蒙古草原。在那里待了几年之后，陈阵了解了狼，和当地人交上了朋友，并且爱上了这个地方。额仑草原已成为他的第二故乡，后来他离开了，那里也一直是他魂牵梦绕的地方。奥尔多·利奥波德写道，"在我看来，没有爱、尊重和崇拜，与土地的伦理关系是无法存在的"。[2]正是陈阵对这片土地的热爱和对狼的崇拜解释了他对环境保护和动物权益的道德感。

离开草原20年后，陈阵终于又回到额仑草原。车一进入内蒙古，他们就发现草原已经变得不一样了。"天空干燥得没有一丝云。草原的腾格里几乎变成了沙地的腾格里。干热的天空之下，望不见茂密的青草，稀疏干黄的沙草地之间是大片大片的板结沙地，像铺满了一张张巨大的粗砂纸。"[3]这正是毕利格老人曾经警告过的草原狼被消灭后将会发生的状况。狼的灭绝

---

[1] Aldo Leopold, *A Sand County Almanac* (Oxford: Oxford University Press, 1987), 130.
[2] Aldo Leopold, *A Sand County Almanac*, 223.
[3] 姜戎：《狼图腾》，第355页。

对蒙古牧民及其文化产生了重大影响；没有狼的草原变得荒芜，伴随着的是草原上传统文化的消解。

在现在所谓的草原上，人们的生活方式不一样了。年轻人不再骑马，而是在沙地上骑摩托车。蒙古人不再住在蒙古包里，而是住进了农业区一样的砖瓦房。狗很少，也很小。"从前吉普路过蒙古包，被七八条十几条毛茸茸巨狗包围追咬的吓人场面见不到了，狗的吼声再也没有了以前能吓住草原狼的那种凶狠气概。"[1]人们不再放牧羔羊、绵羊、奶牛了。相反，这些动物在固定的地方圈养，由当地政府分配给各个家庭。越来越多的外来者为了赚钱而租用牧场，这对草原来说是一场噩梦。"这帮人根本不顾载畜量，只能养500只羊的草场，他们就敢养2000只、3000只，狠狠啃上几年，把草场啃成沙地了，就退了租，卖光了羊，带着钱回老家做买卖去了。"[2]

多年后，在小说的结尾，陈阵接到了在额仑草原插队时的房东巴图和嘎斯迈的电话，他们说，"额仑宝力格苏木（乡）百分之八十的草场已经沙化，再过一年，全苏木就要从定居放牧改为圈养牛羊，跟你们农村圈养牲畜差不多了，家家都要盖好几排大房子呢……"[3]游牧传统遭遇巨大的危机，作者对此大声疾呼："马背上的民族已经变成摩托上的民族，以后没准会变成生态难民族。"[4]几十年来，内蒙古草原的沙漠化日趋严重，[5]

---

[1] 姜戎：《狼图腾》，第358页。
[2] 姜戎：《狼图腾》，第361页。
[3] 姜戎：《狼图腾》，第408页。
[4] 姜戎：《狼图腾》，第357页。
[5] 自20世纪50年代以来，我国北方特别是内蒙古地区的沙漠化形势进一步恶化。据权威统计，每年新增的沙化土地面积，在1950—1960年代为1560平方公里；在1970—1980年代为2100平方公里；到1990年代后期则剧增到3436平方公里。参见高国荣《土地缘何沙化》，《江苏社会科学》2010年第4期，第102页。

这是导致整个地区环境恶化和气候变化的重要原因[1]。

草原文化被异化的另一个表现是人们对动物的肆意杀戮。对大多数新移民来说，捕杀狼不仅仅是为了保护家畜，也是为了满足他们的贪欲，狼皮可以卖钱，狼肉可以食用。出于同样的目的，他们不遗余力地去杀死草原上的其他动物，比如兔子、沙狐、野鸭、天鹅，甚至猎狗。以动物为食物的过度消费在中国当代的许多小说中都遭到了讽刺和谴责，比如2012年诺贝尔文学奖得主莫言的小说《酒国》（1992）。《狼图腾》中更糟糕的是，一些草原上的新移民使用像自动步枪这样的先进武器大规模猎杀狼，严重破坏了草原的生态和文化。陈阵在重返草原、故地重游时，遇到一个以前定居者家的小男孩，他用步枪射击老鹰。当被问及为什么要射老鹰时，男孩只是简单地回答，"玩呗"。[2]

与其他动物故事一样，文学中的狼也无法摆脱其象征意义。玛格丽特·阿特伍德在《生存》一书中写道，文学作品中的动物总是具有象征性，因为它们不会说人类的语言。[3]狼是地球上的一种生物，是文学中的一个角色，也是一种文化隐喻。随着草原逐渐沙漠化，游牧文化的退化不可避免，这是一个历史悲剧。这里，悲剧不是表达一种英雄气概，而是通过个人叙事来书写一个无奈的挽歌，这也是文学中感伤主义的一个特点。

---

[1] 自20世纪50年代以来，中国北方特大沙尘暴呈急剧上升趋势。据国家沙尘暴监测统计，50年代共发生5次；60年代共发生8次；70年代共发生13次；80年代共发生14次；90年代共发生23次。参见高国荣《土地缘何沙化》，《江苏社会科学》2010年第4期，第103页。

[2] 姜戎：《狼图腾》，第358页。

[3] 参见 Brian Johnson, "Ecology, Allegory, and Indigeneity in the Wolf Stories of Roberts, Seton, and Mowat," 334。

对此，巴赫金解释说："感伤风格主要由那种对高度英雄化情绪的抵制所决定的，这种情绪产生了抽象的类型。细致入微的描述，有意突出日常细节，把自己呈现为来自对象本身、未经调和的印象，以及一种由无奈和软弱而不是英勇的力量所引起的悲情。"[1] 北方游牧文化的挽歌因中华民族身份的内在多元化而变得更加复杂，这就需要在世纪之交对"中国性"的一些主导观念进行批判性反思。而这不仅是小说表现出来的意向性，也正是作者的意图。《狼图腾》在叙事上的一个特点是，在故事之外插入了大量的文化评论，从而增强了小说的批判力量。

五、 狼图腾还是龙图腾？

狼的形象常常被政治化，这在不同语言和文化的狼故事中很常见。"在杰克·伦敦所代表的文学传统中，狼作为一种政治动物出现在我提到的每一位作家的作品中……它们承载着阳刚和阴柔的气质、强有力的大地原型以及生物和生态的指涉。"[2]《狼图腾》的一个显著特点是虚构叙事与政治评论相结合，它不仅描写草原上狼和人的生活，也在字里行间传达着作者对历史、民族、种族的一系列观点，其中有些观点引起广泛争议。[3] 尤

---

[1] M. M. Bakhtin, "Discourse in the Novel," Michael Holquist, ed., Caryl Emerson and Michael Holquist, trans. *The Dialogic Imagination: The Four Essays by M. M. Bakhtin* (Austin: University of Texas Press, 1981), 397-398.
[2] S. K. Robisch, *Wolves and the Wolf Myth in American Literature*, 2009.
[3] 许多学者对小说中的狼崇拜、将农业文明与游牧文化对比而做出的片面否定评价进行了批评，比如，黄轶：《"后乌托邦批评"的尝试——读李小江〈后寓言：《狼图腾》深度诠释〉》，《当代作家评论》2011年第1期，第66—74页；丁帆：《狼为图腾，人何以堪》，《当代作家评论》2011年第3期，第5—14页。

其是,这部小说为探讨中国文化的"多元性"、中华文明的自我革新和中国的民族性格提供了一些线索。蒙古游牧文化以狼和草原为精髓,与农耕文化不同。接受与包容差异,这是中华文化的优良传统,对于当前生态文明的建设也大有益处。

在《想象的共同体》(2006)中,本尼迪克特·安德森讨论了以纪念物象征国家认同的例子:"没有什么比无名战士的纪念碑和墓园,更能鲜明地表现现代民族主义文化了。"[1] 比这一现代发明更早、更普遍的是图腾形象,它们有意无意地产生至关重要的影响。在中国,龙是中华民族的象征。在古代,中国的皇帝被称为"龙之子";在晚清,龙的形象出现在国旗上;而在当代,中国人会自称为"龙的传人"。80年代以来,一首流行歌曲《龙的传人》,有力地强化了龙在民族想象与身份认同中的作用。《狼图腾》里面提出一个假设,那就是,龙图腾可能部分来源于狼图腾。"中华龙图腾很可能就是从草原狼图腾演变而来的,就像华夏农耕民族是由草原游牧民族演变而来的一样。"[2] 游牧民族迁徙到农业区后,逐渐改变了他们的生活方式和习惯,狼图腾在这一过程中转变为龙图腾,表达了对农业繁荣的愿望。作者希望通过对狼图腾形象的重新塑造,凸显中国文化的多重根源。狼图腾或龙图腾不是一个选择的问题,而是开启了不同民族之间文化调和的互动空间。在这方面,《狼图腾》作者的笔名值得细究。"姜戎"在汉字中含有北方民族的意味,它进一步表明,该小说要用边缘化的立场挑战华夏文明中根深蒂固的中

---

[1] Benedict Anderson, *Imagined Communities: Reflections on the Origin and Spread of Nationalism* (London: Verso, 2006), 9.
[2] 姜戎:《狼图腾》,第405—406页。

原中心观。[1]

作为一种文化内的"他者",游牧文化是中华文明不断取得进步的重要源泉。在中国历史上,有些朝代,如元朝和清朝,是由北方少数民族身份的帝王统治的。中华文明的延续是汉族与少数民族,特别是北方游牧民族,互动和融合的结果。《狼图腾》肯定了蒙古游牧民族的文化价值,将其描述为"自由、独立、尊重、困难之前不屈不挠、团队合作和竞争精神"。[2]《狼图腾》中的这种文化干预态度让人想起了一些西方的狼故事。"此外,和西顿一样,莫瓦特也对狼产生了兴趣,这反映了他对土著人更深层次的迷恋。……在这样的背景下,莫瓦特为北极狼所做的预言式挽歌呈现出一种象征性共鸣的深度,通过反复将狼视为一种未受污染的、让人渴望的本土性,引发了一种寓言式的解读。"[3]

在《狼图腾》中,动物权利、生态保护、文化干预等不同类型的话语交织在一起,不仅唤醒了我们的环境感伤情绪,而且在我们的文化自我批评中发挥着建设性作用。"感伤不应作为一些过去的现象仅仅被归入其历史运作之中,而应被视为在当代文化中创造社会变革的有力与可行的手段。"[4] 以人类对自然和动物的共情为基础,《狼图腾》中的环境感伤主义通过对少

---

[1] 叶舒宪:《狼图腾,还是熊图腾?》,《中国图书评论》2006年第10期,第74页。
[2] French Howard, "A Novel, by Someone, Takes China by Storm," *New York Times* 3 Nov. 2005, E1.
[3] Brian Johnson, "Ecology, Allegory, and Indigeneity in the Wolf Stories of Roberts, Seton, and Mowat," 346 - 47.
[4] Val Plumwood, "Nature, Self, and Gender: Feminism, Environmental Philosophy, and the Critique of Rationalism," *Hypatia* Vol. 6, No. 1 (1991), 12.

数民族文化的尊重来倡导环境公正。2004年以来，《狼图腾》的大规模媒介化已经表明，文学可以成为一个表演事件，具有吸引和激发读者行动的潜力。新千年，《狼图腾》和中国环境文学在我们对中国性的想象和实践中都具有重要意义。在《想像中国的方法》一书中，王德威说："小说不建构中国，小说虚构中国；而这中国如何虚构，却与中国现实中的实践息息相关。"[1]我想强调的是，小说中讲述中国历史和文化的故事，作为言语行为不仅塑造我们的世界观，也积极地影响着我们改造现实的实践。

结语

《狼图腾》中的个人叙事将狼描述成牧民生活中可恨却不可或缺的"伙伴"，而不仅仅是抽象的认识对象。这种个人叙事的特点是会话风格，根据巴赫金的观点，这种风格常为感伤主义的作家所采用："无论发生在哪里，感伤小说都与文学语言的根本变化有关，感伤小说的语言更接近于那种会话准则。"[2]巴赫金这里的意思应该是说，小说的语言混杂了不同的叙述形式，服务于不同的叙事目的，有些很直白地表明了作者自己的态度，而另外一些则需要根据具体语境加以解读。这些不同的叙事以一种对话的方式相互缠绕在了一起，构成了文学语言的丰富性与复杂性。《狼图腾》在虚构叙事中插入了文化评论，既表达了作者的一些意图，又以隐喻的方式传达了文本的意向性。

---

[1] 王德威：《想像中国的方法：历史·小说·叙事》，生活·读书·新知三联书店，1998年，第2页。
[2] M. M. Bakhtin, "Discourse in the Novel," 397.

《狼图腾》使环境文学中"感伤"话语的复兴成为可能，它融合了道德责任伦理和社会正义伦理。虽然具有中国历史文化的特殊性，《狼图腾》中的中国环境感伤主义却具有跨越地域的潜能，可以在跨国语境中加以解读，并对全球的生态文化建设做出贡献，这部小说在国际图书市场上的成功以及它的跨媒介传播力已经证明了这一点。

第十三章　全球在地化、事件与当代北欧生态文学批评[1]

全球在地化（glocalization）是20世纪90年代才出现的新词，它是全球化（globalization）与在地化（localization）两个词的结合。它最初产生于商业领域，相对于全球化的潮流，在地化是指任何一种经济活动或商品流通，必须适应地方需求，为某一特定国家和地区所接受，才有可能快速发展。因而，全球在地化是指在全球化与本土化之间取得一种新的平衡，当全球化看上去势不可挡的时候，在地化是一个与之相依存的制衡力量。"全球在地化是全球化通过本土产生的折射。本土没有被全球化消灭、吸收或者摧毁，相反本土影响了全球化的最终结果。"[2]全球在地化重视本土的视角、体验和实践，全球与在地化的复杂联系可以用"全球在地性"加以概括。"全球在地性是指在本土或者通过本土视角来体验全球化，本土视角包括当地的权力关系、区域政治、区域地理，文化独特性等。"[3]社会学家罗兰·罗伯逊（Roland Robertson）将这一概念引入社会

---

[1] 文章曾发表于《武汉大学学报》2018年第2期；人民大学报刊复印资料《外国文学研究》2018年第10期全文转载。
[2] Victor Roudometof, *Glocalization: A Critical Introduction* (New York: Routledge, 2016), 65.
[3] Victor Roudometof, *Glocalization: A Critical Introduction*, 68.

和文化领域。他在1992年的著作《全球化：社会理论与全球文化》中认为全球在地化强调全球化和本土化的同时性和共生性。在谈到现在随着卫星电视的普及人们可以足不出户而知道天下大事时，罗伯逊指出："这种想法是有严重问题的，因为他没有充分考虑到'本土'和'全球'之间日益复杂的关系，没有充分认识到'在地性'总是被选择的，而且也没有能够把握'本土'媒体，尤其在美国越来越多地报道'全球话题'的大趋势。"[1]

就生态批评而言，全球在地化不仅是指全球性的生态问题如何影响到一个地区和那里的人民，而且也可以是指不同地区的人民如何从本土的历史和经验出发来反思和应对这些生态问题。因此，全球在地化其实就是思考全球化，行动在地化。北欧国家有着悠久的文化传统和特殊的地区身份认同，全球化产生的生态问题影响到了北欧，同时也引起北欧知识界的积极反思和批评。北欧有着丰富的生态哲学和文学资源，产生过一大批杰出的生态思想家和经典的文学作品。众所周知，深层生态学是当代生态思想的一大支柱，它就是由挪威著名哲学家阿伦·奈斯（Arne Naess）在1973年提出来的。同深层生态学相对应的是浅层生态学，后者的主张是发明新的技术，实施更加严格的环境管理，制定环境保护的法律来控制和减轻污染。作为一个激进的环境保护运动，深层生态学从一开始就提出反人类中心主义的鲜明立场，要求全面彻底地清算造成环境危机的思想根源和文化传统。深层生态学提出生态平等、生物多样化和生物圈等许多重要概念，从跨文化角度呼吁不同民族和地区

---

[1] Roland Robertson, *Globalization: Social Theory and Global Culture* (London: Sage, 1996 [1992]), 174.

的人民携起手来，共同为创造一个人与自然和谐相处的生态环境而努力。在《深层生态学的基础知识》一文中，奈斯提出他的八点主张，下面引用其中的两点。"第一点：地球上人类与非人类生命的繁盛有其内在的价值。非人类生命形式的价值不取决于他们是否从人类的角度来看是有用的。第二，生命形态的丰富和多样性本身就具有价值，而且他们对于地球上人类和非人类生命的繁盛做出了贡献。"[1]仅从以上这两点就可以看出，奈斯的生态哲学是从人类文化和文明的高度来看待生态危机，并提出系统的思考和理论建构。相对于生物多样性，文化多样性也非常关键，因而需要警惕文化全球化的负面影响。

  从全球在地化视角研究当代北欧生态文学需要正视两个重要的问题：一是它如何继承和发扬北欧的传统文化？二是它如何将全球化与环境的议题在地化？众所周知，北欧神话中有很多关于山妖的传说，当代北欧文坛上曾出现一些作品，它们对于传统山妖形象加以重写和挪用，既让这些作品充满了神秘的本土色彩，同时又对于全球化进程中的科技、自然、动物、森林和文化等既具有普遍性又含有北欧特殊性的问题加以反思，彰显了全球在地化的北欧生态文学特色。借鉴文学事件的理论视角，本章分析了北欧山妖的神话故事如何被挪用和再创作，生成了鲜活的具有北欧特色的生态话语和意象，反映了文学的创新性和独特性，体现了积极的生态反思与现实批判。在具体讨论一些当代北欧生态文学作品之前，有必要先考察一下北欧的山妖神话传统及其流变。

---

[1] Arne Naess, "The Basics of Deep Ecology," *The Trumpeter* Vol. 21, No. 1 (2005), 68.

一、 北欧的山妖神话及其文学传统

北欧古代神话中有一个独特的半人半兽形象,叫做山妖,不但在北欧家喻户晓,而且为世界各地的人所熟悉,成为北欧文化和民族身份的一个象征符号。在中文里,山妖(troll)有时也翻译成"巨人""巨怪"等。冰岛著名长篇神话故事集《萨迦》中有很多关于山妖的故事,其中《大力士葛瑞底尔传》讲述这样一个故事:亡命好汉葛瑞底尔为躲避仇家的追杀,隐居于山林,终日与山妖打交道。有一次,葛瑞底尔与凶狠的山妖之妻恶斗,山妖婆力大无穷,凶猛无比。葛瑞底尔利用计谋将其制服,推下海湾。还有一种说法是,女山妖先是被葛瑞底尔削去肩膀,然后遇见阳光,化为独臂的山妖妇石像。这可以算得上是北欧神话传说中山妖遇光便化为石头的一个例子。[1] 冰岛史诗《埃达》中也有许多对于山妖或巨人的描述,例如第十五首《海吉尔·希奥尔瓦德松谣曲》中多次提到山妖,王子海吉尔英勇无敌,杀死了山妖哈蒂。哈蒂的女儿,女山妖里姆盖德想替父报仇,却中了国王臣子阿特里的计谋,被阳光照耀变成了石头。

> 如今天光已破晓,里姆盖德,
> 阿特里我一直陪你闲谈聊天,
> 因为你见到阳光就必定死亡。
> 顷刻间你变成一块坚硬石头,

---

[1]《萨迦》,石琴娥、斯文译,译林出版社,2003年。

　　　　将成为港湾岸边可笑的标志。[1]

　　国王的长子赫定在旅途中遇到了骑狼的女山妖,她手持蟒蛇当缰绳,希望赫定当她的伴侣。赫定拒绝她之后,被其诅咒,没得善终。

　　山妖的故事在北欧源远流长,有趣的是,北欧各国神话里所塑造的山妖形象也有所差异。在阿斯比昂森与莫尔所编纂的《挪威传说》中,山妖就与冰岛传说中的山妖稍有不同。《挪威传说》中的山妖一般都比较愚钝,在与人类的交往中屡屡受挫,最终丢掉性命,例如《布茨与山妖》这一故事。布茨是一位农夫的小儿子,在父亲去世之后,布茨跟随两位兄长去服侍国王。宫里众人皆称赞布茨伶俐,激起其兄长的嫉妒,遂在国王面前进谗言,让布茨去宫殿对岸的山妖宫中偷取各类金银财宝。布茨巧妙地哄骗山妖吃下自己的女儿,导致他伤心悲痛炸裂而死。由于山妖的愚笨,布茨成功完成各项任务,最终确立了自己在王宫中的地位。

　　在北欧文学史上,山妖是一个反复出现的神话原型,在不同时代被作家赋予了新的内涵。[2] 易卜生在创作《培尔·金特》之前发生了丹麦与普鲁士的战争,作为丹麦的兄弟,挪威没有支持丹麦,而是选择了旁观,引起易卜生的强烈不满。在这部戏的第二幕,培尔因为拐骗别人的新娘而被整个教区的人追捕,他逃进了深山,遇见了山妖大王的女儿绿衣公主。为了保存自己,他被迫答应山妖大王,做他女儿的丈夫。"培尔:当

---

[1]《埃达》,石琴娥、斯文译,译林出版社,2000年,第247页。
[2]关于北欧神话和文学史中的山妖形象,详见 John Lindow, *Troll: An Unnatural History* (London: Reaction Books, 2014), 104-122。

然了。为了把一位漂亮新娘娶到手,做点牺牲也是值得的,何况她还给我带来一个模范王国呢。"[1] 不过他马上又后悔了,几乎被小山妖们挖了眼睛。在这里,培尔面对山妖们的苟且妥协,被易卜生用来讽刺挪威的国民性。与易卜生同时代的挪威作家约纳斯·李(Jonas Lie)在1891年发表了自己的小说《山妖》,[2] 讲述了挪威北部的山妖传说和故事。

瑞典童话女作家、诺贝尔文学奖获得者塞尔玛·拉格洛夫的小说《山妖与人类》(1915)讲述了这样一个故事:住在森林里的一对山妖夫妻碰巧捡到附近村庄里的一个孩子,便留下自己的孩子,而将人类的孩子带走了。那位丢失孩子的母亲不顾丈夫的反对和村民们的攻击,收养了山妖的孩子,给了他母亲般的关爱。甚至在房子着火的时候,冒着危险从火中抢救出山妖的孩子。在人类母爱的感召下,山妖夫妇决定将人类的孩子送回来。超越人与山妖界限的母爱,体现了人与动物在很多方面类似。拉格洛夫是一个讲故事的能手,好像伟大的小说家皆如此,比如莫言,他的诺贝尔演讲的题目就是"一个讲故事的人"。拉格洛夫在她的诺贝尔演讲辞中也充分展示了她讲故事的才能,她提到了孩提时代听过的很多故事,其中就有不少关于山妖的。她说道:"想一想那些老人,坐在森林边上的小草房里,讲述女水妖和山妖的传说,还有妇女被拐进大山里的故事。是他们教会我诗歌怎么才能传遍莽莽群山和一望无际的大森林。"[3]

---

[1] 易卜生:《易卜生戏剧集》(第一卷),潘家洵、萧乾等译,人民文学出版社,2006年,第183页。
[2] 参见 Jonas Lie, *Troll* (Oslo: Gyldendal Norsk Forlag, 1968)。
[3] 转引自 John Lindow, *Troll: An Unnatural History* (London: Reaction Books, 2014), 120。

山妖在北欧文学中是一个神话原型，它通常代表邪恶、黑暗，以及人类需要克服的弱点。弗莱认为，各民族的文学都从自己的古代神话中吸取了营养，这不仅表现在文学的形式上也反映在作品的主题上。"每一个人类社会都拥有属于自己的神话，它由文学延续，通过文学传播，并因文学而变得多样化。"[1] 文学的原型批评试图发现文学作品中反复出现的各种来自神话传说的意象、叙事结构和人物类型，找出它们背后的基本形式，在作品分析中强调在具体的社会和历史语境下探讨神话原型的连续性。神话原型的视角对于研究当代北欧文学中山妖形象的塑造有帮助，但是也许并不能充分解释这些作品如何在当下的全球化语境下被挪用和创造性运用。

20世纪80年代以来，北欧文坛上出现了一些重写山妖的虚构作品，如瑞典的《天沟森林中的绿林好汉》（1988）、芬兰的《山妖：一个爱的故事》（2000）等等。在全球化时代，虽然北欧人口数量相对较少，但是这些北欧的优秀文学作品一经翻译成英语等主要语言，便很快在世界范围内流传开来。在这些作品中，山妖被用来构建一个新的故事，生成了一种全新的文学话语，表达了一种对于全球化时代的社会问题，尤其是生态危机的反思和批判，体现了一个改造世界的积极诉求。一部优秀的文学作品之所以被阅读、翻译和传播，是因为它给不同文化中的读者带去了一种新的体验。文学给个体读者和整个社会带来产生变化的种子，因此文学在私人和公共领域都成为一种生成性事件，文学变成有目的的行动。

---

[1] Northrop Frye and Michael Dolzani, *Words with Power: Being a Second Study of the Bible and Literature* (Toronto: University of Toronto Press, 2008), xiii.

结合当代北欧文学中的山妖作品，神话原型的叙事被建构成一个个生成性的事件。山妖的形象在不同时期重复出现，但是它们有很大的差异，反映了在全球化时代北欧社会的生态诉求。在这些作品中，叙事不是描述过去，不仅仅重复这个神话故事，而是用来"以小说行事"。[1] 当代北欧山妖文学的一个重要主题是批评全球化给人类生存环境带来的挑战，谴责人对于自然和森林的破坏，倡导动物保护的伦理，推动人与环境的和谐相处。而如果把这些作品当作一个整体来看，我认为它们构成一个动态的、有差别的，但是有共同主题的系列事件，凸显了全球化语境下文学，尤其是生态文学的行动力量。

二、 人性还是动物性：《天沟森林中的绿林好汉》

《天沟森林中的绿林好汉》[2] 的瑞典语原名是"Rövarna i Skuleskogen"，1998年由安娜·帕特森翻译成英文在伦敦出版，题目改成了"The Forest of Hours"。它的作者谢什婷·埃克曼（Kerstin Ekman）在20世纪50年代开始文学创作，一度成为瑞典侦探小说的代表人物，这方面的主要作品包括《三十公尺谋杀》（1959）和《死亡之钟》（1963）等。她最负盛名的四部曲——《巫婆舞圈》（1974）、《源泉》（1976）、《天使之屋》（1979）和《一座光明的城市》（1983）——从不同的角度描写

---

[1] 参见 Joshua Landy, *How to Do Things with Fiction* (Oxford: Oxford University Press, 2012)。
[2] 这部小说也被翻译成《斯科拉森林中的强盗》，参见吴元迈主编《20世纪外国文学史》（第五卷），译林出版社，2004年，第592页。作者请教了瑞典翻译家陈安娜（莫言等中国作家的瑞典语翻译）和她的丈夫陈迈平，他们建议使用此译名。

了瑞典一个小镇的历史变迁。1978年,埃克曼当选瑞典学院院士,是瑞典当代最具代表性的作家之一。

《天沟森林中的绿林好汉》的主人公是一个山妖,名字叫"斯科德"。他原先生活在天沟森林,遇到了两个人类孤儿,同他们交了朋友,慢慢学会了人类的语言并适应了人类的生活。之后,从中世纪一直到19世纪的500年中,斯科德生活在人类中间,经历了瑞典历史上无数重大的事件,比如与俄国的大北方战争和黑死病,而且这些事件也与世界的历史进程相关。他自己也从事过不同的职业,包括牧师、钟表匠、外科医生等等。但是他总忘不了天沟大森林,时不时地回到那里,对于神秘大森林一直怀有亲切的感觉。尽管他身上的动物性不断地减少,越来越像人那样文明,但是他仍然具有与动物沟通的本能,而且还能如神话里的山妖那样操控其他动物或者物体。生活在人类中间如此长的时间,斯科德的情感世界发生了巨大的变化,他感受到了爱,并愿意为了爱而奉献一切,这让他成为一个更"完全"的人。斯科德500年生命历程的言说将虚构和历史结合起来,在世界历史的进程中反思人性和动物性相对立的问题。在《从动物到动物性研究》一文中,迈克尔·伦布拉德是这么解释动物性研究的:"动物性研究将人的政治放在优先的地位,比如,我们在不同的历史和文化时期是如何考虑人类与非人类的动物性的。"[1] 动物性研究从全球和本土的双重视角,讨论人类对于非人类动物的看法和态度。《天沟》小说的动物性叙事呈现"去他者化"的特点。

在北欧神话中山妖经常代表恐惧和危险,是人类的对立面。

---

[1] Michael Lundblad, "From Animal to Animality Studies," *PMLA* Vol. 124, No. 2 (2009), 497.

但是在《天沟》这部小说里，读者通过斯科德的讲述认识到他有着丰富而复杂的内心世界，进而改变对于动物的成见。"埃克曼借助她的山妖主人公斯科德打开了一扇通向动物世界的想象之门：想象它们的想法、感受及语言。"[1] 这部小说的叙事是非常激进的，让斯科德作为主人公本身就是对于传统的反叛。作为一个生活在人类与自然之间的生物，他的中介性挑战了人类与非人类的分类法。"存在于西方传统中的范畴及边界规定了什么是'人'，什么是'动物'，《天沟森林中的绿林好汉》对此进行了意义深远的批判。"[2] 长期以来，对于人性的界定是以非人类的他者作为参照的。与非人类的野蛮生物相比，人类就是文明进步的，作为人类就是要克服我们身上的动物性。这种非此即彼的二元论是人类中心主义的反映。"人类利用动物来解释何谓人，并揭示他们与自然界，尤其是与动物之间的差别。"[3] 然而，现代科学恰恰揭示人类与动物存在相当多的共同点。

小说的动人之处是斯科德与人类交往并建立友谊的故事。《天沟》以斯科德与两个人类的孤儿埃克和诺贝尔相识开始，他们在艰难的环境中相互帮助，渡过了一个又一个难关。埃克和诺贝尔教会了斯科德人类生活中的种种规则，让他认识到人类纷繁复杂的多面性。斯科德也利用自己的超自然能量帮助他的

---

[1] Linda Haverty Rugg, "Revenge of the Rats: the Cartesian Body in Kerstin Ekman's *Rovarna I Skuleskogen*," *Scandinavian Studies* Vol. 70, No. 4 (1998), 425.

[2] Helena Forsaas-Scott, "Telling Tales, Testing Boundaries: The Radicalism of Kerstin Ekman's Norrland," *Journal of Northern Studies* Vol 8, No. 1 (2014), 67.

[3] Randy Malamud, *Poetic Animals and Animal Souls* (New York: Palgrave, 2003), 4.

人类朋友获得食物，在森林中躲避各种危险。到了小说的最后一部分，斯科德爱上了一个女人，名字叫齐妮娅。她出生在一个富足的家庭，却郁郁寡欢，不愿与周围的人交往。在旁人眼中，她弱不禁风，举止怪异，精神有些失常，但是斯科德却对她一往情深。他们的爱情消弭了简单的类属划分，批判传统文化中人性与动物性、文明和自然的二元论。爱赋予斯科德以人类的灵魂，但是他再也不能保持长生不老的状态，他终会像人类一样死去。

斯科德名字的瑞典语原文叫做"Skord"，是"skog"（森林）和"ord"（单词）的结合。森林代表自然，语言代表文明。所以，这个名字具有象征意义，代表永恒的自然世界与感知的人类世界的交叉和融合。一方面，为了与人类交流，斯科德必须首先学会用语言来表达自己的思考和感受，然后将那些零散的、杂乱无章的事件连接成有意义的序列，从而达到认识世界和解决问题的目的。在这个过程中，他不得不逐渐失去与自然直接沟通和交流的能力，因此他体验的范围缩小了。另一方面，他始终保持着与动物沟通的能力和魔力。因此，他需要在人类和山妖之间保持一种平衡，能够融合人性与动物性。为了这个目标，他一直在努力。小说的结尾，斯科德回到天沟森林，等待着自己的死亡。这时候，小说开头出现过的那位巨人格勒宁（Groning）再次出现。[1] "Groning"在瑞典语中意谓着"萌芽"，于是自然界经过一个生命的轮回孕育着新的开端。它的引申意义可以理解为斯科德的死亡是另一种形式的新生，代表人类智性和直觉的融合。至此，小说的叙事完成了一个循环。

---

[1] Kerstin Ekman, *The Forest of Hours*, trans. Anna Paterson (London: Chatto & Windus, 1998), 483.

在《天沟》中，斯科德从山妖蜕变成人是一个跨越性的文学事件，构成小说发展的主线。这一事件的意义不仅在于它颠覆了北欧神话传统中的山妖形象，更重要的是它创造性地将历史和人性的反思融入斯科德这一形象的塑造当中，从而对全球化时代人类对于自然的破坏和人类的异化提出批评。英国文学理论家伊格尔顿在《文学的事件》（2012）一书中认为文学叙事里的言语行为也是表演性的，不仅仅是描述一个虚构的世界，而且通过它的叙事让一些事情发生了。这当然不只是指观众情感上的变化，而且也关乎现实生活中的改变。"小说通过诉说来完成自己的使命。小说的话语行为本身赋予了小说以真实性，且能够对现实产生切实的影响。"[1] 在《事件：文学和理论》（2015）中，伊莱·罗纳借用德勒兹的事件哲学来讨论文学与现状的关系。"德勒兹分析文学个案，不仅是为了强调它们的独特性，更是为了找到一种独特的生成性的表达方式，并揭示它的创造力：生成性究竟如何在整个内在性的平面内横贯写作过程并影响写作事件？"[2]《天沟》中"山妖"斯科德的人间传奇是一个有独创性的事件，能对读者的自然观和生态观产生一定的影响。

在全球化时代，人们发现科技和进步有时竟阻碍人与自然的和谐相处，甚至对于自然和环境产生严重破坏，此时他们才意识到重新建构我们的生态保护意识是何等重要。生态批评呼吁人们重新去发现自然，通过自己的直觉去亲近和感受自然对

---

[1] Terry Eagleton, *The Event of Literature* (New Haven: Yale University Press, 2012), 131-132.
[2] Ilai Rowner, *The Event: Literature and Theory* (Lincoln: University of Nebraska Press, 2015), 157.

于人类的平衡发展和文明进步至关重要。动物性研究认为，"一个人的动物本能对于理解人的行为是至关重要的。"[1]《天沟》在这方面是有启发意义的："斯科德意识到，想要通过智识、科学和哲学去理解时间与物质终究是不可行的。但他仍能依靠直觉去理解世界，在与他人的关系中找到意义。当他学着重新珍视自己属于山妖而非人类的一面，学着去相信自己的直觉，他便真正成熟了。"[2] 换句话说，人类总是需要在理性知识与感性经验之间寻求一种平衡。小说从历史的角度批评和质疑人类中心主义的世界观和价值观，尤其是那些支撑文明大厦的基础概念，比如：主体、客体、自然、文化等等，以及那些建构在这些概念上的规范和制度。在这一点上，《天沟》的主题与深层生态学的哲学主张是一致的，体现了北欧的文化特色，是生态文学全球在地化的一个典型。

三、 都市中动物的权利：《山妖：一个爱的故事》

小说《山妖：一个爱的故事》在 2000 年获得为芬兰语小说写作而创立的"芬兰文学奖"。作者约翰娜·西尼萨洛（Johanna Sinisalo）生于 1958 年，这是她的第一部小说。之前她主要为电视和连环漫画写作，曾多次获得最佳芬兰语科幻小说奖。此外，她还在芬兰"凯米全国连环漫画创作大赛"上夺得过一等奖和二等奖。

这部有科幻色彩的小说主要发生在芬兰一座城市的公寓楼

---

[1] Michael Lundblad, "From Animal to Animality Studies," 499.
[2] Rochelle Wright, "Approaches to History in the Works of Kerstin Ekman," *Scandinavian Studies* Vol. 63, No. 3 (1991), 301.

里，主人公名字叫作安格尔，是一位年轻的摄影师。小说情节比较简单：安格尔在清晨回到住处，在公寓楼院子里发现一群十来岁的少年在踢打一个受伤的年幼山妖。出于怜悯，他将小山妖带回自己的住处。一开始不了解山妖，只是同情他。后来慢慢熟悉了，开始喜欢他，觉得他像人一样具有丰富的情感世界。于是，安格尔给他起了一个名字叫"佩西"。同时，安格尔也想利用他，拍摄一些独一无二的照片，获取利益和名声。可是有一次，佩西为了帮助安格尔抵御他朋友的攻击，而将对方杀死。警察要来抓捕佩西，安格尔决定护送他离开，带着他逃离都市，进入大森林。在森林里，安格尔惊奇地发现自己并不觉得恐惧。当小山妖佩西找到他的家庭的时候，前来搜捕的警察也跟踪而来。在安格尔处境危险的关头，佩西和他的家庭邀请他留下来。他稍加思索，便决定加入山妖的家庭。

这本书在写作形式上的一个显著特点是后现代碎片化的叙事方式，各种文体，虚构的和非虚构的，混杂在一起。为了调查所谓的山妖习性，安格尔翻阅了大量资料，包括日记、网络文章、新闻报道、神话传说、生物学著作等等，小说里面甚至还有一段引自塞尔玛·拉格洛夫的小说《山妖与人类》里的对话。[1] 这些有关山妖的文章或者引用文献以单独的篇章出现在小说里，与人物的叙事截然分开。这种碎片化的写作风格类似高行健的小说《灵山》，而且在目的上也是对于主流文化的反思和批评。《山妖》将作者创作的或者引用的有关山妖的文本混杂在一起，一方面向读者介绍有关山妖的知识和想象，以及这些如何决定了他们对于山妖的认知；另一方面，读者也体会到这

---

[1] Johanna Sinisalo, *Troll*: *A Love Story*, trans. Herbert Lomas (New York: Grove Press, 2003), 47.

些知识和想象往往与事实不符，充满了人类的偏见和局限性。"小说中对山妖元素的运用以及与山妖相关的所有神话'包袱'，都表明幻想的力量绝不亚于生物现实。安格尔在研究山妖时阅读的文本，以各种媒介形式创造了有关山妖的各类观点，它们实质上展现了语境是如何影响再现的。"[1] 当然，作品的一个重要主题是批评人类中心主义视角下动物和自然的他者化。叙事的碎片化不仅解构了人类对于动物的统一认识，而且也影射人与人之间交流的障碍。作品里的不同人物都在用第一人称叙事，但是每个人物的一次故事只有短短的一二页，中间穿插着其他各式各样的文本。这些人物之间的叙述经常相互矛盾和冲突，意在表明人与人之间的隔阂，同时暴露了城市生活的条块化和封闭性。在都市中，人与人的关系如此，人与动物之间更是被划上了鸿沟。动物成为都市空间不可接受的"异类"，这是对于全球化时代都市化的一个批判。

山妖的故事影射了生活在都市中动物的境况。都市一般是文化与秩序的象征，成为自然的对立面。生态哲学家苏普曾经说过，在多数人眼中"都市或者工业化的环境"与"荒野""乡村"是对立的，这种观念成为我们认识自然（包括动物）的障碍。[2] 其实，都市里面也可以有荒野和野生的动物。都市也是一个生态系统，不应该是自然的对立面。城市与自然的二元论是有问题的，是全球化时代人类文化的一种畸形发展。"城市化势不可挡，野生动物被迫适应不断变化的自然环境，人们也渐

---

[1] Katja Jylkka, "'Mutations of Nature, Parodies of Mankind': Monsters and Urban Wildlife in Johanna Sinisalo's *Troll*," *Humanimalia* Vol. 5, No. 2 (2014), 58.
[2] 转引自 Randy Malamud, *Poetic Animals and Animal Souls*, 3。

渐开始关注这类问题,西尼萨洛的书便诞生于这样一个历史时刻。"[1]进入都市的动物以一种不同以往的方式被他者化,处于人类的暴力之下,就像小说开头几个少年折磨幼小的山妖那样。当然,这种暴力必定遭到动物的反抗,小说的最后发生这样的一幕:在森林中,当警察追捕佩西的时候,高大的山妖们手里拿着枪。山妖属于大森林,但是人类在砍伐森林,森林不断变小,动物在失去自己家园。人类必须尊重动物的家园,因为动物不仅是我们生态系统中的成员,也是人类认识自己的一面镜子。在这里,全球化进程中森林面积的减少成为小说的又一个批判主题。

人性和动物性一直被认为是相互排斥的,可是实际上它们之间的关系要复杂得多。正如唐娜·哈拉维在《当物种相遇》中所写的,"生命诞生于真实的相遇"。[2]《山妖》这部小说以一种虚幻和真实相结合的方式讲述了一次人与动物邂逅的奇特故事。"安格尔不由自主地注意到佩西拥有类人的外表、情感,有时甚至是智识,尽管它也明显带有山妖的动物性特质。"[3]山妖在小说中渐渐地被赋予人类的特征。安格尔是一位专业摄影师,他让佩西穿上牛仔裤,跳起来,拍一张广告照片。山妖照片获得惊人的成功,不仅获了奖,还成为本地知名球队的徽标。尽管人们恐惧山妖,抱有偏见,但是人们向往和崇拜山妖在跳跃中绽放出的巨大能量。有趣的是,当杂志发表后被寄送到安格尔家里来时,佩西发现了自己的照片后无比愤怒,他将

---

[1] 转引自 Randy Malamud, *Poetic Animals and Animal Souls*, 48。
[2] Donna Haraway, *When Species Meet* (Minneapolis: University of Minnesota Press, 2008), 67.
[3] Katja Jylkka, "'Mutations of Nature, Parodies of Mankind': Monsters and Urban Wildlife in Johanna Sinisalo's *Troll*", 55.

杂志撕毁。安格尔说:"他看到了。他知道那是什么。他知道怎么看照片。他恨透照片了。至少他恨透这一张了。"[1] 我们无法对山妖的这种激烈反应加以确切的解释,但是这无疑表明他是有丰富情感的,他有一定的判断力,并且不受人类的影响。遗憾的是,我们对于他的内心世界所知甚少。小说还有一个奇怪的细节,山妖通过他的气味对安格尔产生性的吸引力。安格尔不仅陶醉于此,而且对山妖有性欲望和"性行为"。[2] 人与山妖的性接触在易卜生的戏剧里曾出现过,培尔·金特被女山妖勾引,打算放弃人类的身份去当山妖大王的女婿。这里,人与动物的界限模糊了。如果说《天沟》描写了山妖如何变成了人,《山妖:一个爱的故事》则在一定程度上讲述了人"成为动物"的故事,或者说一个寓言。在合著的《千高原》中,德勒兹提出"成为动物"是为了挑战人类与动物的区隔,提倡跨物种的超越与迁移,进而实现人与动物的"联盟"。"成为动物不是梦想,也不是妄想,而是彻底真实的……成为不同于遗传,它与联盟有关。"[3] 在这个意义上,人类走出了自己的认识局限,面对自然界无限的可能开放自己的胸襟。

　　《山妖:一个爱的故事》里的"爱的故事"是一个不易解释的难题,这是因为在小说中爱的传递和爱的表达是非常多面性的。"爱"改变了安格尔和小山妖佩西的命运,也将他们连接在了一起。同时,"爱"也用来描写山妖之间的感情。以下是佩西在回到森林里,即将与山妖家人重逢的描写:"突然他呆住了,

---

[1] Johanna Sinisalo, *Troll: A Love Story*, 220.
[2] Johanna Sinisalo, *Troll: A Love Story*, 166.
[3] Gilles Deleuze and Felix Guattari, *A Thousand Plateaus*, trans. Brian Massumi (Minneapolis: University of Minnesota Press, 1987), 237-8.

尾巴以我从未见到的方式摆动，它卷成了半圆型，绷得紧紧的，我感觉他既有些兴奋，也有点紧张，还表达了……伟大的、深沉的爱……"[1] 在小说里，"爱"是整个叙事事件的灵魂。小说对性、身体与社会规范的颠覆性描写拓展了对人性与动物性、自然与非自然的探讨。它给读者的启发是，动物性是人类的一个话语建构，文明和自然的划分是人为的，而非本质性的。在这里，北欧山妖叙事的传统断裂了，产生有独特性的新形式。这一新的叙事形式既受到全球化的深刻影响，又打上了北欧文化的传统印记，反映了全球在地化的文化特点。

结语

北欧当代山妖小说的研究揭示了北欧的山妖神话如何在最近的二三十年中被挪用和再创作，编织出风格迥异但又深具生态关怀的重要作品。借助艺术的想象和创新，并结合当下的全球化历史进程及其影响，山妖的故事生成了一系列有独特性的文学事件。这些文学事件不仅仅反映现实，而更多的是积极介入全球化时代的各种社会问题，尤其是生态文化的反思和建构，具体说来主要有以下几点：一，山妖的叙事激发人们对于人性的反思，并认为人性和动物性之间的边界是模糊的。无论是《天沟森林中的绿林好汉》里的斯科德还是《山妖：一个爱的故事》里的佩西，他们不仅同人类建立了友谊，甚至生发出爱情。二，文明与自然二元论是一个人为的历史建构，它们不应该被认为是对立的，而是相互交融、相互促进的。尤其在全球化时

---

[1] Johanna Sinisalo, *Troll: A Love Story*, 269.

代，人们需要重新认识和理解自然。三，人类中心主义的观念不仅是固化于我们文化内部的一整套话语建构，而且社会的权力机构也在不断强化它的存在，因而反对人类中心主义是一项长期的任务。从事件的角度看待文学，能够突出文学的能动性，也即创新的文学生产如何能够参与当下对于全球化的想象与改造，尽管这种变化是缓慢的。

文化代表着传统，事件体现创造性。事件在生成的过程中，往往会出现日常秩序的断裂，这是因为事件具有反叛性和批判性。北欧的生态文学通过山妖神话原型的改写，构建了一个文本的虚拟世界，见证了全球化的历史和现实，并试图对读者和社会产生积极的影响。一系列具有相似反叛精神的事件推动着文化的自我更新，文化在传承中得到重构和发展。当代北欧的这些重写山妖的文学作品在继承和发扬北欧本土文化的同时，批判了人类中心主义世界观和全球化带来的环境破坏，从而促进了一种独具特色的北欧生态文化建设，这种文化已经在世界范围内产生了积极的影响和贡献。北欧生态文学的全球在地化表明：文学可以利用本土的文化元素来思考全球化给世界和地区带来的冲击，同时努力发挥文学的功能，为改变或者改造现实贡献一份力量。

第三部分

表演艺术与艺术的表演性

第十四章　剧场作为一场"相遇"
——冷战时期格洛托夫斯基的世界主义[1]

在 1967 年 6 月的一次采访中，波兰剧场导演和理论家耶日·格洛托夫斯基（1933—1999）说，"剧场的核心就是一场相遇"。[2] 就这个新的剧场概念，他进一步解释道：这样一次创造性的相遇发生在制作人（或导演）和演员、制作人和剧本的作者、表演者和观众，以及文本、表演和历史语境之间。他的剧场概念的另一个重要方面就在于，他认为剧场可以是一次不同表演文化间的相遇。作为 20 世纪后半叶最伟大的剧场导演之一，他尽力去跨越冷战时期（1947—1991）的地理和意识形态障碍，用戏剧去践行他的世界主义情怀和理想。格洛托夫斯基的戏剧观深刻影响了当代欧美的一批知名导演和演员，尤其是尤

---

[1] 本章系根据笔者的英文论文翻译和修改，参见 Chengzhou He, "Theatre as 'An Encounter': Grotowski's Cosmopolitanism in the Cold War Era," *European Review* Vol. 28, No. 1 (2020), 76-89. 我要感谢费舍尔-李希特教授和柏林自由大学国际交织表演文化研究中心邀请我于 2012 年和 2018 年担任访问学者，并多次在中心开展学术交流和研究工作。正是利用了这个机会，我开展了一个关于格洛托夫斯基的专题研究。我还要谢谢位于波兰克拉科夫的雅盖隆大学表演性研究系主任玛尔戈泽塔·苏吉拉（Malgorzata Sugiera）教授，她在我赴波兰从事格洛托夫斯基调研期间热情地接待了我，之后还阅读我这篇论文的草稿，并提供了有启发性的修改建议。

[2] Jerzy Grotowski, *Towards a Poor Theatre* (New York: Routledge, 2002), 56.

金尼奥·巴尔巴、理查德·谢克纳和彼得·布鲁克，同时它也启发了艾丽卡·费舍尔-李希特等人关于剧场表演性的理论建构。

格洛托夫斯基在"二战"后接受了中学和大学教育。在冷战期间，他的工作是剧场导演。这一时期欧洲分裂成两个敌对阵营：资本主义的西欧和共产主义的中欧及东欧。英国前首相温斯顿·丘吉尔曾这样形容战后的欧洲："一个瓦砾堆，一个藏尸所，一个瘟疫和仇恨的繁育之地。"[1] 冷战期间，艺术服务于政治目的，但仍尽力突破意识形态的分隔。艺术家们在来自不同的政治和文化背景的人群中架起桥梁，传播世界主义的思想。

在他剧场导演的生涯中，格洛托夫斯基与许多不同的剧场文化相遇，这些文化互相碰撞并融入他的剧场实践中。面对冷战思维和意识形态的束缚，格洛托夫斯基用戏剧来对抗偏见和狭隘，用剧场来弘扬人道主义与世界主义的精神，在艺术的实践中表演个人作为"世界公民"的理想。通过综合分析他的生平、创新性剧场实践和剧场思想，旨在探究他的剧场如何成为一种艺术的行动，参与对于现实的认识、想象和改造。首先，有必要简单介绍一下世界主义的概念以及在冷战的语阈中世界主义是如何与剧场及表演产生联系的。

一、 冷战、剧场与世界主义的立场

当代对世界主义的解读各不相同，没有哪一种是完善的。然而，其中一些基本的观念是一致的。从文化的视角来看，世界主义经常被用来"指某些展现了拥抱文化差异能力的社会进

---

[1] Robert McMahon, *The Cold War: A Very Short Introduction* (Oxford: Oxford University Press, 2003), 2.

程、个人行为及性格"。[1] 斯图亚特·霍尔认为文化世界主义"意味着一种不盲从任何一个共同体的能力,不管这个共同体是一种信仰、传统、宗教还是文化——不管它是什么,都能够做到有选择地利用各种话语意义"。[2] 然而,文化交流中有许多潜在的风险和陷阱,经常囿于政治、意识形态和军事力量方面的权力关系。在后殖民主义研究中,西方中心主义遭到强有力的批判。霍米·巴巴和奎迈·安东尼·阿皮亚认为,文化世界主义不认同单个中心向四面八方辐射的观点,相反赞同中心无处不在、边缘并不存在的观点。巴巴的本土世界主义从本地视角来看世界,立足于本地经验。"'本土'这个词囊括了对本地的尊重和对后普世维度的渴望"。[3] 阿皮亚提出的"有根的"世界主义聚焦对世界上发展落后地区的全球责任和个人的独立性。他推崇个体的差异性,将对个性的尊重视为所有文化的基础。"因为他倡导一种将个人的自主性置于中心的世界主义,所以他认为文化之所以重要正是在于,也只是在于,它们是为每一个人的。"[4] 另外,一个人是世界主义者并非因为他或她生活在一个多文化或跨国的语境或环境中,而在于他或她有意识地认同世界主义的观点并依此行事。

世界主义有各式各样的解释,但都遵循一个共同的伦理方

---

[1] Helen Gilbert and Jacqueline Lo, *Performance and Cosmopolitics: Cross-Cultural Transactions in Australasia* (New York: Palgrave Macmillan, 2009), 5.
[2] Stuart Hall, "Political Belonging in a World of Multiple Identities," S. Vertovec and R. Cohen, eds. *Conceiving Cosmopolitanism: Theory, Context, and Practice* (Oxford: Oxford University Press, 2002), 25–31.
[3] Angela Taraborrelli, *Contemporary Cosmopolitanism*, Ian McGilvray trans. (London: Bloomsbury, 2015), 112.
[4] Angela Taraborrelli, *Contemporary Cosmopolitanism*, 108.

向。"世界主义是一种信仰,即相信所有人,不管他们之间有无差异,都是一个共同体的成员,并处在同一套伦理规范中。"[1]康德在《走向永久和平》(2006)一书中指出,基本的伦理规则就是"地球上在一个地方发生的权利被侵害行为在其他地方也被认为如此"。[2]总的来说,伦理世界主义认为所有人都是世界共同体的成员,都应该被平等对待,无论他们的国籍、语言、宗教、习俗或其他方面是否相同。汉娜·阿伦特(1906—1975)指出伦理世界主义必须由法律和政治机构来保护。"政治-法律世界主义受到了不少追捧,但全球体系要能令人满意地实现世界主义的理想就需要进行全面深刻的机构转型。"[3]虽然在冷战期间这显然很难做到,但像联合国这样的机构确实在宣扬世界主义伦理的某些原则上发挥了积极的作用。

世界主义鼓励人们有意识地去面对民族/国家观念的挑战,并有所超越。康德提倡一种遵守普遍的权利和正义准则的世界公民概念。这种世界主义基于古老的好客权,要求确保所有人(不论肤色、宗教或政治)能够自由来往于世界的任何地方。阿伦特并不要求建立一个世界政府,而是呼吁每一个人都作为人类的一员加入世界共同体,培养出"共同体意识"。在冷战期间,特别自20世纪70年代以来,尽管存在着意识形态的差异,全球化仍旧快速发展。随着消费品、资本和信息在世界范围内快速流通,人的流动性也大大加强。与此同时,全球化的不平

---

[1] Christopher Balme, et al. eds. *Theatre, Globalization and the Cold War* (London: Palgrave Macmillan, 2017), 60.
[2] Immanuel Kant, *Toward Perpetual Peace and Other Writings on Politics, Peace, and History* (New Haven and London: Yale University Press, 2006), 84.
[3] Angela Taraborrelli, *Contemporary Cosmopolitanism*, 47.

衡发展激发了区域和国家之间的不信任和冲突，甚至引发了战争，比如在中东地区。因此，世界公民的概念亟待通过文学和艺术，包括剧场，来加以传播和宣扬。

剧场在意识形态的冷战中扮演了重要角色，两大阵营都在这方面投入了巨大的资源。"文化，特别是有着高度表现力的剧场文化，在这个时期（冷战时期——笔者）标志性的意识形态斗争中被认为是一种重要的媒介。"[1] 然而，包括剧场在内的文化，并非总是服从于权威，而是拥有自身的自主性。"在整个文化领域，特别是剧场中，我们能看到一种奇怪的反趋势，对抗着冷战中不同阵营的停滞状态和不可渗透性。"[2] 对剧作家和剧场导演来说，剧场可以成为一种挑战意识形态限制的有效途径，并促进世界主义的发展。剧场"提供了一个示范场所来检视世界主义思想的局限性以及它的潜能"。[3] 那么，世界主义是如何与冷战时期的意识形态形成对峙的？剧场如何在不同阵营的意识形态与将人类重新凝聚起来的世界主义理想之间进行协调沟通？格洛托夫斯基给出了他的答案。

像谢克纳、布鲁克和很多其他当代剧场导演一样，格洛托夫斯基在文学与艺术的跨界上也堪称一个模范。他所著的《迈向质朴剧场》（1968）由尤金尼奥·巴尔巴和欧丁剧场编辑并被翻译成多种语言在全世界出版。这本书已经成为另类剧场运动（the alternative theatre movement）中类似于《圣经》的存在。格洛托夫斯基于 20 世纪 50 年代开始自己的戏剧事业，那个时候

---

[1] Christopher Balme, et al. eds. *Theatre, Globalization and the Cold War*, 3.
[2] Christopher Balme, et al. eds. *Theatre, Globalization and the Cold War*, 6.
[3] Helen Gilbert and Jacqueline Lo, *Performance and Cosmopolitics: Cross-Cultural Transactions in Australasia*, 12.

世界上一些民族和国家之间充满了仇恨和不信任，但是他学会了超越意识形态的约束。鉴于他著名导演的身份，他可以选择去任何想去的地方，以他想要的方式与别人合作交流。但是他也身处边缘地带，他在20世纪80年代向美国申请了政治庇护。他的世界主义理想纷繁复杂：既是本土的又是全球的，既是精英阶层的又是草根阶层的，既是主流的又是边缘的，既是自上而下的世界主义又是自下而上的世界主义。可能正是在这种阈限转换中，发生了最剧烈的变化并改变了现状。

如何分析剧场中的世界主义呢？海伦·吉尔伯特和杰奎琳·罗回答道："在剧场复杂的物质性中，跨文化交流的世界政治可能位于表征、培训、排练过程和观众接受的不同层面上。"[1]我们将以类似的方式，来研究格洛托夫斯基剧场与世界主义有关的三个方面：他的剧场新概念，特别是"质朴剧场"，展现了他对不同表演文化的开放态度；他在《卫城》中对犹太大屠杀的呈现，表达了他对生命与自由的关切和尊重；在他移民到美国，随后到意大利过程中，他致力于演员的训练，让他们的身体从不同文化的规训中摆脱出来，去拥抱自然与人性。格洛托夫斯基剧场的这三个层面紧密联系，根植于冷战时期的历史语境中，但它们也有助于逐步瓦解欧美和世界其他地方存在的社会主义与资本主义阵营之间的藩篱。这充分体现了戏剧的政治性以及它的社会力量。

二、"质朴剧场"与跨文化相遇

"二战"过后，波兰剧场反映国家浪漫主义和资产阶级情调

---

[1] Helen Gilbert and Jacqueline Lo, *Performance and Cosmopolitics: Cross-Cultural Transactions in Australasia*, 13.

的戏剧基本被禁止上演。1955年，斯大林主义被批判，波兰剧场文化开始恢复多元化。基里尔·库纳霍维奇认为："文化冷战的意识形态斗争不仅发生在两个阵营的对峙前线，也发生在系统内部：最激烈的斗争发生在大后方，地方机构在政策结构中运作，而这些政策既培育也批判了戏剧的资产阶级艺术形式。"[1]格洛托夫斯基逐渐掌握了如何与政府合作，并获得了一些官方对他剧场的支持。在20世纪五六十年代，他成为波兰执导实验剧场的先锋人物，并形成了自己的剧场理论——"质朴剧场"。

格洛托夫斯基在《迈向质朴剧场》一书中提出了一些基本问题："什么是剧场？它的独特之处在哪里？它能做到什么电影和电视无法做到的？"[2]为了回答这些问题，他提出了质朴剧场的概念。在剧场性上，质朴剧场跨越了剧场作为综合艺术的传统观念。"以往认为剧场综合了不同的艺术门类，包括文学、雕塑、绘画、建筑、灯光和表演，质朴剧场挑战了这一观念。"[3]他把综合性剧场称为"华美剧场"（rich theatre），并认为其存在颇多缺陷。他转而强调演员和他们的身体。"演员通过控制肢体的运用将地板转化为海洋，桌子转化为告解室，一块铁转化为有生命的伙伴等等。"[4]这有点类似东方戏剧中的程式化表演模式，比如京剧。当代西方实验剧场的一个显著特点就是，强调身体的在场与能量，消解了语言中心观，这一点构成剧场表演性转向的一个主要内容。

---

[1] Christopher Balme, *et al.* eds. *Theatre, Globalization and the Cold War* (London: Palgrave Macmillan, 2017), 10.
[2] Jerzy Grotowski, *Towards a Poor Theatre* (New York: Routledge, 2002), 19.
[3] Jerzy Grotowski, *Towards a Poor Theatre*, 19.
[4] Jerzy Grotowski, *Towards a Poor Theatre*, 21.

格洛托夫斯基的剧场生涯可以分成五个阶段。前两个阶段凸显了一种演员与观众之间交相互动关系的新方式。丽莎·沃尔福德在《格洛托夫斯基的客观剧场研究》(1996)中认为，他在第一个阶段(1959—1969)提出的"神圣演员"观念旨在刺激观众"进行一种类似的自我穿透过程"。[1] 关于他第二阶段(1969—1978)提出的"类剧场"(或称参与的剧场)，沃尔福德解释道，演员和观众间的区分被消除了，交融的概念变得极为重要。格洛托夫斯基说道："要跨过你和我之间的边界：去见你……首先，如果我们一起工作……我要看着你，看着你的眼睛，完整地看着，摆脱掉它们让我感到的恐惧和羞愧。毫不隐藏，做真实的我。"[2] 在冷战时期，演员和观众之间直接的联系对格洛托夫斯基来说能"让我们再一次体验到普遍的人类真相"。[3] 他没在传统剧场的束缚中挣扎，转而朝向实验剧场探索另一种艺术形式，来适应他的超越文化差异的普世性观点。

格洛托夫斯基的实验剧场接纳了很多波兰之外的演员。比如，在他的第三阶段"溯源剧场"(1976—1982)，他的演员来自不同的表演文化，因此能够互相学习受益。"这确实如此，即便溯源剧场团队中一些演员是某种表演技巧的大师，并且每个人都还与他们的文化传统保持了强有力的联系。每个人的思维结构和训练迥然不同，所以他们最初的做法或者主张都会受到组内其他成员的考验。"[4] 溯源剧场的目的是通过与不同的文

---

[1] Lisa Wolford, *Grotowski's Objective Drama Research* (Mississippi: University Press of Mississippi, 1996), 5.
[2] 转引自 Lisa Wolford, *Grotowski's Objective Drama Research*, 5。
[3] James Slowiak and Jairo Cuesta, *Jerzy Grotowski* (London and New York: Routledge, 2007), 45.
[4] James Slowiak and Jairo Cuesta, *Jerzy Grotowski*, 32.

化和传统相联系，来检验表演上的某些信条。此外，格洛托夫斯基还带领他的剧团去很多不同的地方（主要在波兰），与其他剧团的演员，包括边远地区的仪式表演者，交流关于表演的知识。"在每一次交流中，格洛托夫斯基的溯源剧场都极力避免利用那些传统文化或者挪用他们仪式中的元素。相反，溯源剧场只是与他们简单地接触，保持一个自然的距离，在那些传统表演者或他们自然环境的'旁边'表演或者以一定的方式与他们合作。"[1] 据说，一些当地剧团中的表演者后来选择加入格洛托夫斯基的小组，进而增添了它表演的多元性。

在某种意义上，格洛托夫斯基的"质朴剧场"概念来源于亚洲戏剧，包括中国戏曲。"当我谈起演员的符号表达，就会被问起东方戏剧，尤其是中国古典戏曲，特别是大家都知道我在中国学习过。"[2] 1962年8月，格洛托夫斯基到访中国，在上海、南京和北京见了很多戏剧界的重要人士。比如，他记得见过一个中国的声音训练专家，教他如何判断一个演员在发声时喉咙是张开的还是闭合的。他观看了京剧，发现京剧演员在开始动作之前，都会向他们要去的方向的反方向做出一个动作。回到波兰后，他带领演员实践了这个他称之为"中国原则"的动作。[3] 1973年，格洛托夫斯基去了日本，见到了铃木忠志，并参加了一场能剧的排练。显然，与其他表演文化的频繁接触对他和他的演员训练都极有启发。

虽然格洛托夫斯基承认不同的人和不同的文化之间存在差异，但他坚信我们能找到更多的相同点，然后通过沟通来理解

---

[1] James Slowiak and Jairo Cuesta, *Jerzy Grotowski*, 32.
[2] Jerzy Grotowski, *Towards a Poor Theatre*, 24.
[3] James Slowiak and Jairo Cuesta, *Jerzy Grotowski*, 23.

和跨越这些差异。有时候，其他人能帮助我们理解我们内在的东西，没有他们的帮助，这些东西我们自己意识不到。格洛托夫斯基说道："我们所有人都（或多或少地）是我们各自文化的产物，我们之间的差异会在最不经意的瞬间显现出来。但是漂泊者会发现一种类同性或者一种普遍的渴望赋予他们动力和耐心来沟通交流。我需要这个他者，就是我的（亚美尼亚、澳大利亚、伊朗）同事们，因为他/她能理解我心中的一些东西，而'我自己'基本无法理解。"[1] 格洛托夫斯基和他的演员们努力想要建设的那种剧场，显然受益于这种对待其他表演文化的开放态度。他们所掌握的其他剧场传统的知识能打破他们旧的表演习惯，产生新的剧场观念。一个演员通过与不同表演文化的相遇能学到新的表演技巧，他/她身体的潜能也可能被激发出来。

格洛托夫斯基与东方和西方不同表演传统的相遇，极大地丰富了他对于剧场和表演本质的认识。作为波兰人，他的艺术深植于欧洲传统，尤其是斯坦尼斯拉夫斯基表演体系。"在戏剧行动的构建中，大部分的资料元素都（以这样或那样的方式）来自西方传统。"[2] 同时，他也承认他借鉴了东方艺术。"因为确切地说，在我的孩童和青少年时期，来自东方摇篮的知识对我产生了直接的影响，远早于我开始从事剧场工作的时候。"[3] 由此，他的"质朴剧场"概念来自西方和东方剧场的相遇，这些相遇造成了意想不到的结果。然而，他也警告大家不要简单

---

[1] 转引自 Lisa Wolford, *Grotowski's Objective Drama Research*, 28。
[2] Jerzy Grotowski, "From the Theatre Company to Art as Vehicle," T. Richards, ed. *At Work with Grotowski on Physical Actions* (London and New York: Routledge, 1995), 130.
[3] Jerzy Grotowski, "From the Theatre Company to Art as Vehicle," 130.

地认为跨文化主义就是将不同的文化融合或混合在一起。"我觉得东方和西方的方式是互补的。但我们不能试图去创造一种'表演性'融合的综合体;我们反而要试着超越这两种方式的界限。"[1] 格洛托夫斯基的剧场概念是反传统的、开放的以及转变性的;同时,他早期的剧场作品也是对波兰历史——特别是犹太人大屠杀——的批判性反思,实践他的世界主义伦理观。《卫城》就是一个这样的例子。

三、 表演的伦理和犹太人大屠杀

1959年,格洛托夫斯基接手位于波兰小城市奥波莱的十三排剧场(Teatr 13 Rzędów)的艺术指导,开始了与时任剧场文学指导卢德维克·弗拉森的合作。他们的合作很快有了成果,排演了一部先锋剧场作品,随后他们一起创作了若干挑战剧场传统的作品。1962年,格洛托夫斯基将剧院改名为十三排实验剧场(Teatr Laboratorium 13 Rzędów),排演了《卫城》的第一版和第二版,声名鹊起。格洛托夫斯基作为剧场导演并不多产,甚至在职业生涯晚期很少推出完整的作品,他转而将重心放在演员培训和身体表现能力的开发上。除了《卫城》(1962),他早期知名的剧场演出作品包括:《浮士德》(*The Tragical History of Doctor Faustus*)(1964)、《忠贞王子》(*The Constance Prince*)(1967)和《启示录变相》(*Apocalypsis cum figuris*)(1969)。

1949年,波兰正式将社会主义现实主义定为官方文化政策。

---

[1] Jerzy Grotowski, "Around Theatre: The Orient — the Occident," trans. Maureen Schaefffer Price, *Asian Theatre Journal* Vol. 6, No. 1 (1989): 1-11.

"由文化政委弗拉基米尔·索科斯基制定的文化政策的主要推动力,就是社会主义现实主义。"[1]尽管如此,在斯大林主义失败之后,波兰政府内部也短暂地放宽了文化政策的限制。在这个方面,剧场在政府关于艺术自由的宣传中发挥了作用。通过利用政府新的文化政策,格洛托夫斯基积极地开展剧场实验。在奥波莱的十三排剧场,他慢慢改变了剧场中原有的表演形式,在文学和表演、舞台与观众、演员与观看者之间建立了新的联系。[2]

《卫城》是他作为剧场导演的突破之作,是格洛托夫斯基根据波兰新浪漫主义剧作家斯坦尼斯拉夫·维斯皮安斯基的同名剧本改编的作品,改编演出反映了导演的艺术追求。值得一提的是,这部作品受到了剧场导演和画家约泽夫·沙耶纳的很大影响,他负责该剧舞台和服装的设计。沙耶纳曾被关押在奥斯维辛集中营。这个作品围绕发生在纳粹奥斯维辛集中营的种族清洗事件,重新批判性地审视人类文明,揭露了大屠杀的残暴与恐怖,引发了对于人类破坏能力的某种集体体验,特别是当观众通过演唱和表演直接参与进来的时候。这个作品曾在波兰之外的很多地方上演,比如布鲁塞尔、爱丁堡、巴黎和纽约。

《卫城》的成功首先应该归功于其不同寻常的剧场语言:演员的表演成了演出的中心。《卫城》中演员穿的不是正常的服装,而是麻布袋。他们使用的道具是管道系统的水管。他们发出的字词的声音无法交流,而是毫无意义的咿咿呀呀。这场演

---

[1] Jerzy Lukowski and Hubert Zawadzki, *A Concise History of Poland* (Cambridge: Cambridge University Press, 2006), 279.
[2] 实际上,他在克拉科夫就已经开始了剧场实验,于1958年将《雨神》(Bogowie deszczu)搬上了舞台,尽管这更接近一部"华美剧场"。

出丝毫无意在心理上建构现实主义的人物，这正是"质朴剧场"的理想表征。而形式上的创新被用以传达人类作为一个整体的世界主义关怀。"剧场先是世界的，才是国家的"，[1]格洛托夫斯基同时代另一位知名的波兰剧场导演塔迪尔兹·凯恩特如是说。格洛托夫斯基挑战了文化盲从，揭露了人类状况的虚伪。剧中台词"我们的卫城"和"部落的墓地"不断重复出现，正是对每个人心中和片面性意识形态中固有的邪恶和偏狭的一种注解。

《卫城》演出涉及波兰—犹太关系的禁忌话题。犹太人曾经在波兰人口中占据了很大一部分，但是"二战"后波兰犹太社区几近灭绝，反犹主义在其中所扮演的角色并未在波兰得到充分的讨论和反思。相反，波兰政府曾利用犹太人大屠杀来帮助重塑民族身份。《卫城》因为再现了犹太人的苦难和奥斯维辛集中营中波兰人的命运而广受好评。它"通过联系波兰的过去和现在来讨论大屠杀事件；他们回应了历史，诉说着这个禁忌话题，但同时也有所保留"。[2]

波兰政府从20世纪50年代中期开始组织犹太人迁往以色列，这种做法遭到不同社会和政治团体的抗议。即便在《卫城》上演的20世纪60年代，这场有组织的犹太人迁移活动仍在进行。因此，极其讽刺的是"当波兰十三排实验剧场享受着《卫城》和《忠贞王子》带来的国际声誉时，华沙犹太剧场著名艺术导演艾达·卡敏斯卡却正收拾行李移民美国"。[3]据记载，

---

[1] Magda Romanska, *The Post-traumatic Theatre of Grotowski and Kantor* (London: Anthem Press, 2012), 10.
[2] Magda Romanska, *The Post-traumatic Theatre of Grotowski and Kantor*, 39.
[3] Magda Romanska, *The Post-traumatic Theatre of Grotowski and Kantor*, 226.

1968年年初还有4万名犹太人居住在波兰，但到年底时只剩下5000人了。我们应该在这个社会背景下来讨论《卫城》的重要性。

《卫城》是关于政治的，尽管作者反对这种阐释。格洛托夫斯基在《你是某人的儿子》（1985）一文中清楚地表达了自己的艺术和政治观点："我工作不是为了发表什么演说，而是要扩大我拥有的自由之岛；我的责任不是发表政治宣言，而是要改变现实。在我之前被禁止之事，在我之后应该被允许；那些被关上被反锁的门应该被打开。"[1] 在波兰，对"二战"、斯大林主义和奥斯维辛的批判性反思让人们对于当时意识形态的闭塞产生普遍的幻灭感。在这里，剧场是事件性的，它的政治性毋庸置疑，艺术是具有表演性的力量与效果的。

格洛托夫斯基剧场伦理的基础正是对人和自由的尊重。在他1955至1956年在莫斯科求学期间，他的俄罗斯导师尤里·扎瓦茨基向他坦承自己后悔为了物质享受与当局合作，并警告他不要犯同样的错误。"40年后，格洛托夫斯基在霍尔斯特布罗（丹麦的一个小城市，巴尔巴领导的北欧实验剧场和奥丁剧院所在地——笔者注）提及这件事情是他生命中的转折点。"[2] 他与塔迪尔兹·凯恩特分享了这种对艺术自由的渴望，后者在20世纪50年代捍卫艺术家的个性时说道："当看到艺术的自由和独立如何被'国家声誉'的枷锁所扼杀，一个真正的艺术家会

---

[1] 转引自 James Slowiak and Jairo Cuesta, *Jerzy Grotowski*, 7。
[2] Karolina Prykowska-Michalak, "Years of Compromise and Political Servility — Kantor and Grotowski during the Cold War," Chistopher Balme and Berenika Szymanski-Düll, eds. *Theatre, Globalization and the Cold War* (London: Palgrave Macmillan, 2017), 189–205.

感到反感和厌恶。"[1]格洛托夫斯基四海为家，直到生命的最后一刻都在继续着自己的精神追求。

四、"艺乘"：格洛托夫斯基与世界的相遇

随着1981年12月波兰颁布戒严法，政府进一步收紧审查制度，剧场从业者面临着危机和风险。一些演员被抓捕，实验剧场遭受了巨大的困难。在戒严法管控之下，格洛托夫斯基无法再保持艺术的独立性，于是他决定离开波兰。1982年年底，他正式向美国申请政治避难。

到他移民美国之际，格洛托夫斯基已经被公认为国际剧场和表演界的标杆导演，像谢克纳和布鲁克这样的知名剧场导演都热烈地支持他。至于剧场事业，格洛托夫斯基进入了一个新阶段"客观剧场"（1983—1992），这是他职业生涯中一个短暂的过渡时期。当他慢慢地将剧场实践的中心从美国移往意大利，他开启了职业生涯中另一个重要的，也是最后一个阶段"艺乘"（1986—1999）。什么是艺乘？它如何与世界主义联系在一起？

格洛托夫斯基对于演员的观念从表演者变成了行动者，他认为艺乘是"艺术作为表现"的对立面。在《从戏剧公司到艺乘》（1995）中，他说："如果表演的所有元素都精心制作并准确组合（蒙太奇），观看者就会感觉到一种效果、一个景象、一个故事；表演一定程度上并不出现在舞台上，而是在观看者的感知里。这就是艺术作为表现的本质。在表演艺术这条长链的

---

[1] Karolina Prykowska Michalak, "Years of Compromise and Political Servility — Kantor and Grotowski during the Cold War," 190.

另一端就是艺乘，它并不在观看者的感知里创造蒙太奇，而是在演出的艺术家身上创造。"[1] 对格洛托夫斯基来说，表演是作用在演出者身体上、心灵上和精神上的一件工具。通常说来，表演具有双重意义，即扮演一个角色和真实地行动。表演研究通常认为二者不可分割，并偏重于扮演层面。在格洛托夫斯基的"艺乘"概念里，"做"（doing）成了表演训练的重心。艺术不仅仅是为了展示和欣赏，而且是为了"做"和改变，这一点是艺术表演性理论的关键。

艺乘建立在导演和演员之间互相信任的基础上，所以格洛托夫斯基认为他并不是在教他的演员，而是将自己获得的剧场和表演知识传递给他们。在意大利的工作坊，托马斯·理查兹是他最亲密的学徒和艺术继承人。下面这段话恰当地说明了他与演员的关系以及艺乘这个概念。"与信任我的演员一起工作是无比亲密和富有成效的。他必须专注、自信和自由，因为我们要做的就是探索他能力的极限。他的成长伴随着观察、惊奇和帮助；我的成长投射在他身上，或者说在他身上被发现——我们的共同成长变成了启示。这并非对学生的指导而是对另一个人完全敞开，于是'同生或双生'的现象成为可能。演员重生了——不单单作为演员也作为人——跟他一起，我也重生了。这样的描述是笨拙的，但最终的成果是一个人被另一个人完全地接受了。"[2] 在他的剧场世界里，格洛托夫斯基并不追求任何物质的或客体的东西，而是寻求人自身的一种升华。秉持艺乘的观念，格洛托夫斯基引领他的演员通过他们的表演来做不可能的事，并最终带领剧场冲破了传统的束缚。艺术成为一种

---

[1] Jerzy Grotowski, "From the Theatre Company to Art as Vehicle," 120.
[2] Jerzy Grotowski, *Towards A Poor Theatre*, 25.

人生的修行，在这个意义上，艺乘似乎与中国的禅宗有暗合之处。在《表演性的美学》（2004）的最后一章中，费舍尔-李希特探讨艺术与人生的关系时说："通过把艺术与生活连结在一起，实现了世界的复魅，这正是表演性美学的目的。"[1]

格洛托夫斯基对于身体的认知并非一成不变，而是与时俱进的。早期他重视演员身体的训练，到了20世纪80年代后期和90年代，他开始思考如何克服我们对技术的过度依赖导致的障碍。"格洛托夫斯基在20世纪90年代后期甚至承认，他在意大利工作中心的年轻演员已经无法再使用以前在波兰的演员使用过的同样的训练方法了……个人与身体的关系发生了改变；21世纪的生活被机器、电脑和充斥着意象的媒体所统治，产生了多余的心理物理阻碍。"[2] 为了解放身体，他认为要忘掉所学到的东西，或者说让被驯服的身体回归自然，这是如此难以做到。"去驯服化比训练需要更多的努力和自律。"[3] 为了加强演员对身体的控制，他从不同的表演文化中汲取经验和知识，正如他早期做过的一样。"构建起艺乘的表演框架的工作元素主要来自非洲和加勒比文化的传统歌谣，有时候还关联了古老的叙述主题。艺乘的参与者来自不同的文化背景，包括来自新加坡、印度、土耳其、以色列、欧洲和美国的艺术家。主要的工作负责人托马斯·理查兹是非洲裔加勒比人。"[4] 格洛托夫斯基在整个职业生涯中都坚持对不同的文化采取开放的态度，这使得他对于所有文化的价值都有敏锐的认识，强化了他世界公

---

[1] Erika Fischer-Lichte, *The Transformative Power of Performance: A New Aesthetics*, 206.
[2] James Slowiak and Jairo Cuesta, *Jerzy Grotowski*, 94.
[3] James Slowiak and Jairo Cuesta, *Jerzy Grotowski*, 99.
[4] Lisa Wolford, *Grotowski's Objective Drama Research*, 17.

民身份的意识。

格洛托夫斯基的世界公民意识,是与他跨越国界在不同地方的艺术实验一起发展起来的。20世纪80年代之后,格洛托夫斯基主要生活在波兰以外。他去过很多地方,与不同的表演文化交流,与来自不同种族背景的人一起工作。作为导演和老师,他尽力跨越国家和文化的界限,去触碰人性的深度。彼得·布鲁克在《格洛托夫斯基与艺乘》(1991)一文中写道:"世界上现存的所有剧场形式中最强大的载体一直就是人(man)或者,为了避免女性主义的解读,人(the human being)或者个人(the individual)。"[1] 格洛托夫斯基拥抱跨越文化与种族的人性的观念,由此越来越成为一个世界公民。阿伦特说:"我们都是世界共同体的一员,因为我们都是人。这种'世界主义存在'必须被理解为一种政治判断和行动的能力,而这种能力是由作为世界公民、进而也作为世界观看者的概念(而非实际的现状)所引导。"[2]

格洛托夫斯基出生于波兰的一个小城市,一生周游世界,最后定居于意大利的一个乡镇。去世后,他的骨灰被洒在印度的阿鲁纳查拉峰(Mount Arunachala)。正如他写到的,东方和西方从未被清晰地分隔开;"混乱开始于我们说出东方和西方那一刻。东方自何处而始?不是有人视自己为西方人,但却被其他人视为东方人,且反之亦然吗?"[3] 可以说,格洛托夫斯基一生都秉持着世界主义的信仰工作和生活着。

---

[1] Peter Brook, "Grotowski, Art as a Vehicle," *TDR* Vol. 35, No. 1 (1991), 90-94.
[2] Hannah Arendt, *Lectures on Kant's Political Philosophy Imagination* (Chicago: Chicago University Press, 1982), 75-76.
[3] Jerzy Grotowski, "Around Theatre: The Orient — the Occident," 1.

结语

格洛托夫斯基关于剧场作为相遇的概念，在以下几个方面显示出独特性和创新性：首先，观众参与到表演中并与演员互动，剧场成为一种人与人之间交流和分享的方式。其次，演员的身体成为表演的焦点。为了强化身体训练，从业者必须对不同的表演传统持开放的态度，包括偏远地区的传统表演仪式。再次，剧场是伦理的，因为它使得对特定的历史事件进行批判性的反思成为可能，包括大屠杀和冷战。某些普世性的价值观，比如跨越种族和国家身份的尊重和自由，得到肯定。最后，剧场服务于追寻人类生存的意义，将不同民族、文化和信仰的人团结在一起。作为相遇的剧场是事件性的，强调了表演的物质性、流动性和行动力。格洛托夫斯基剧场观念的核心，也许可以借用费舍尔-李希特的"表演性美学"理论来加以描述，二者之间存在着诸多的相似性。

格洛托夫斯基是当代欧美实验剧场中一位无畏的先锋，超越了波兰的社会和政治边界，以及当时社会主义和资本主义两大阵营之间的意识形态对峙。冷战的社会环境没有阻碍他的创造力，反而激发了他无与伦比的艺术才能和世界主义精神。通过分析格洛托夫斯基剧场的不同方面，我们发现他打破了当时剧场、艺术和文化的疆界。他在冷战期间对艺术创新和世界主义的追寻，让我们认识到意识形态的束缚对中东欧国家的剧场艺术产生了影响，但是剧场和表演事件在重绘或形塑我们的历史想象和社会进程中能够做出巨大的贡献。总的来说，剧场在冷战期间受到了政治的负面影响，人们在意识形态冲突论的影响下变得狭隘和偏激。因而，格洛托夫斯基对于剧场世界主义的坚守虽然困难重重，却是十分有意义的。视剧场为一个相遇的事件，用世界主义的剧场理念形塑自我以及周围的世界，让他在20世纪后半叶成为一位跨越地理和意识形态边界的伟大导演。

第十五章　当代中国电影中的跨性别表演与性别政治[1]

跨性别表演，或者说"反串"[2]，主要有两种类型：一种是男扮女装，电影《霸王别姬》（1993）与《梅兰芳》（2008）是典型代表，它们皆呈现了京剧中"旦角"的表演传统。另一种是女扮男装，比如电影《花木兰》（2009），相关的故事通常是关于女性在过去如何越界进入传统上被禁止参与的公共领域。从中国的经验出发，借鉴玛乔丽·嘉伯、巴特勒与朱迪斯·海伯斯坦等西方性别理论家的一些理论观点，我们可以对这些中国电影中的跨性别表演展开深入细致的分析，在此基础上进行当代中国性别政治的批评。具体来说，将提出并探讨以下几点：

---

[1] 本章系根据笔者的一篇英文论文翻译和修改的，参见 Chengzhou He, "Performance and the Politics of Gender: Transgender Performance in Contemporary Chinese Films," *Gender, Place and Culture* Vol. 21, No. 5 (2014), 622-636。这篇论文起源于笔者于 2009 年 2 月 26—27 日在悉尼大学举办的"性别全球化"国际会议上的主题演讲，感谢埃尔斯佩思·普罗宾（Elspeth Probyn）教授的邀请。2011 年 12 月，笔者在布朗大学的"中国年"学术讨论会上宣读了本文的修改稿，感谢王玲珍教授和伊丽莎白·韦德（Elizabeth Weed）教授给我的反馈意见。同样感谢琳达·约翰斯顿（Lynda Johnston）教授、初稿的三位盲审者和第二稿的盲审评阅人给予的细致、有益的评论和建议。

[2] "反串"在中国戏曲里，通常是指跨行当的表演，比如生串旦、旦串生等等。梅兰芳是旦角演员，他曾在《辕门射戟》中演吕布，就是反串。在当代，"反串"常常也用来指影视剧、舞台上的男扮女装或者女扮男装。这里，主要用"跨性别表演"一词，有时也说"易装表演"等。

第一，跨性别表演并非必然是颠覆性的，也可以是为了揭示异性恋的规范是极其武断、非自然的。第二，跨性别行为并非挑战了当代中国的异性恋观念与性别上的二元划分，反而似乎支持并巩固了性别上的等级制观念。第三，跨性别的范畴与特定社会及历史语境中的艺术、认同和意识形态相互交错，彼此影响。跨性别表演的现象不仅反映了当代中国的性别观，而且也在推动性别政治的转型中起到了关键的作用。与此同时，中国跨性别表演的有关研究还可能挑战西方的性别理论在跨文化语境中的普适性，从而有可能对于西方理论的修正产生影响。

一、何为跨性别表演

在当代性别研究中，"跨性别"已成为一个总括性概念，涵盖了各种性别认同及其相关的各种性别实践。[1] 一般说来，"跨性别"被用作"一个描述多种颠覆性身体行为的统称性术语，它们扰乱或者改变了在异性规范方面建构的各种联系，一方面是个人与生俱来解剖学意义上的性别，强迫性给定的性别类型，对身体性别形象与性别化主体地位的心理认同；另一方面是，性别化社会功能、性别角色或亲属关系的表演"。[2] 跨性别包括一系列性别认同行为，如易装、变性、跨性别扮演等。

---

[1] 详见 Kath Browne and Jason Lim, "Trans Lives in the 'Gay Capital of the UK'," *Gender, Place and Culture* Vol. 17, No. 5 (2010), 617; Sally Hines, "Queerly Situated? Exploring Negotiations of Trans Queer Subjectivities at Work and within Community Spaces in the UK," *Gender, Place, and Culture* Vol. 17, No. 5 (2010), 597。
[2] Susan Stryker, "The Transgender Issue: An Introduction," *GLQ*, Vol. 4, No. 2 (1998), 149.

跨性别主体性多种多样，并没有统一的身份。[1]

长期以来，跨性别与同性恋是截然分开的，但后者仍然出现在跨性别的相关理论探讨中。尽管酷儿们执着于"同性恋规范"[2]的理念，而跨性别现象却可以既是反异性恋的，也可以是异性恋的。它们"构成了一个差异之轴，不能被反异性恋的客体选择模式所含纳"。[3]性别认同行为处于社会、文化和政治的具体细节中，而酷儿对跨性别的认识角度却常常不能够解释这些行为方面的差异。

跨性别现象不仅仅关乎性属和身份，而且关系到我们正在和业已全球化的社会与文化中的新变化和新问题。在《荧幕上的跨性别》一书中，约翰·菲利普斯声称"跨性别的文化表征产生了有关自我的新观念，它们越来越由大众文化映射之形象界定"。[4] 20世纪90年代初，以跨性别表演为特征的主流电影在西方大量涌现，但很快便成过眼云烟。最近，人们日益认识到需要在英美语境之外研究酷儿和跨性别现象。[5]在中国，《霸王别姬》开创了一系列以跨性别扮演为特点的中国电影，比如《梅兰芳》和《花木兰》。在这些中国电影里，跨性别表演经

---

[1] 参见 Sally Hines, "What's the Difference? Bringing Particularity to Queer Studies of Transgender," *Journal of Gender Studies* Vol. 15, No. 1 (2006), 50。

[2] Sally Hines, "Queerly Situated? Exploring Negotiations of Trans Queer Subjectivities at Work and Within Community Spaces in the UK," *Gender, Place and Culture* Vol. 17, No. 5 (2010), 601.

[3] Susan Stryker, "(De) Subjugated Knowledges: An Introduction to Transgender Studies," Susan Stryker and Stephen Whittle, eds. *The Transgender Studies Reader* (London: Routledge, 2006), 7.

[4] John Philips, *Transgender on Screen* (London: Palgrave, 2006), 4.

[5] Lynda Johnston and Robyn Longhurst, "Queer (ing) Geographies 'Down under': Some Notes on Sexuality and Space in Australasia," *Australian Geographer* Vol. 39, No. 3 (2008), 247 - 257.

常借助剧场和文学作为中介，而不是直接加以表现。缘何如此？我认为，一方面，中国电影要像西方电影那样呈现跨性别形象的时机还尚未成熟；另一方面，中国电影为了增加票房收入（尤其是拓展国际市场），需要充分利用人们对戏曲中男扮女装表演的普遍好奇。

在东西方，剧场中的易装表演传统由来已久[1]，但是它与西方新近出现的扮装表演（drag）现象有很大的不同。后者常常通过夸张的表演，颠覆性别的刻板印象。[2] 换言之，易装表演中的男女性别界限虽在字面上被逾越，但就性别和性别政治而言，行为本身也许不具有越界或颠覆的价值。[3] 然而，电影中的易装表演也常被用来反映其他社会和文化问题。《蝴蝶君》（1993）[4] 将民族主义和东方主义的议题引入人们对易装、表演性和性别的讨论当中，激发起学者们的强烈兴趣。[5]

---

[1] 参见 Marjorie Garber, *Vested Interests: Cross-Dressing and Cultural Anxiety* (New York and London: Routledge, 1992); Siu Leung Li, *Cross-Dressing in Chinese Opera* (Hong Kong: Hong Kong University Press, 2006)。

[2] 参见 Judith Halberstam, *Female Masculinity* (Durham: Duke University Press, 1998) 和 John Philips, *Transgender on Screen*, 29。

[3] 参见 Song Hwee Lim, *Celluloid Comrades: Representations of Male Homosexuality in Contemporary Chinese Cinema*, 72–73; Siu Leung Li, *Cross-Dressing in Chinese Opera* (Hong Kong: Hong Kong University Press, 2006), 165; Jenny Kwok Wah Lau, "Farewell My Concubine: History, Melodrama, and Ideology in Contemporary Pan-Chinese Cinema," *Film Quarterly* Vol. 49 (1995), 23。

[4] 1986年，美籍华裔剧作家黄哲伦受一个真实故事启发，创作了话剧《蝴蝶君》，很快在百老汇上演。1993年，大卫·柯南伯格导演的电影版上映。它涉及一名法国外交官伽里玛和一名中国京剧旦角男演员宋丽玲的恋爱故事。《蝴蝶君》受意大利作曲家贾科莫·普契尼的歌剧《蝴蝶夫人》影响，将西方男子对"东方女性"（实为男性）的幻象戏剧化。

[5] 参见 Marjorie Garber, *Vested Interests: Cross-Dressing and Cultural Anxiety*, 234–266; Laurence Senelick, *Changing Room: Sex, Drag and Theatre* (London: Routledge, 2000), 206–208; Rey Chow, *Sentimental Fabulations, Contemporary Chinese Films: Attachment in the Age of Global Visibility* (New York: Columbia University Press, 2007), 129–131。

将跨性别问题与其他领域的越界议题联系起来，讨论一些社会和政治问题，这是跨性别研究的一个新动向。"于是，'跨'成为连接和沟通宏观与微观政治话题的微小空隙，通过它个体的生命融入到了民族、国家和资本形态的生命当中去了。而'性别'就类似种族或者阶级那样，成为身体得以生存的一系列技术或者实践的一种。"[1]一些新近的学术著作也"阐明了进行跨性别交叉分析的重要性，即它有助于我们就跨性别范畴如何被'种族'、族裔性、地理位置、性别、年龄、清晰的（跨）性别定位等变量渗透而保持批判性目光"。[2]玛乔丽·嘉伯在其著作《既得利益：易装与文化焦虑》中断言，"易装通过瓦解和吸引对文化、社会或美学'不和谐'的注意力，表征了一种'范畴危机'"[3]，易装被视为对身份固定或者一致观念的挑战。对嘉伯而言，"易装是一种兼容可能性和混杂文化的空间，成为一种颠覆性文化因素，不仅挑战男性和女性的范畴，而且也造成范畴自身的危机"。[4]沿着这样一条批评路径，下文旨在考察当代中国电影中跨性别、文化干预和民族主义之间的动态关系。

这样一项研究的意义至少体现在两个方面：一是，中国跨性别表演的独特性尚未被充分讨论，有待进一步挖掘。在当代中国电影中，男扮女装在舞台上的表演是非常精彩的，但表演者在台下的生活情形和故事却是曲折和坎坷的。《霸王别姬》中的

---

[1] Susan Stryker, Paisley Currah, and Lisa Jean Moore, "Introduction: Trans-, Trans, or Transgender?" *Women's Studies Quarterly* Vol. 36, Nos 3/4 (2008), 14.
[2] Sally Hines, "Queerly Situated? Exploring Negotiations of Trans Queer Subjectivities at Work and within Community Spaces in the UK", 600.
[3] Marjorie Garber, *Vested Interests: Cross-Dressing and Cultural Anxiety*, 16.
[4] Marjorie Garber, *Vested Interests: Cross-Dressing and Cultural Anxiety*, 17.

程蝶衣在台下依然沉溺于京剧舞台上娇媚女性形象的幻觉世界之中，在20世纪风云动荡的历史时期经历了巨大的伤害和情感创伤。京剧名旦梅兰芳在推动中国戏曲走向世界方面功不可没，他在抗日战争期间拒绝为日军登台演出，表现出强烈的爱国之心。就女扮男装而言，花木兰的故事一直是中国道德伦理和民族主义叙事的一个经典案例。跨性别表演的电影呈现与艺术、性别和民族意识等议题交织在了一起。二是，中国的跨性别表演对西方性别理论的启发意义值得进一步探索。露易丝·约翰逊在《重置性别？反思〈性别、地域与文化〉出刊15周年（1994—2008）》一文中，呼吁性别研究界重视国际对话，对该领域的普适性理论和元叙事提出质疑。她认为，听取性别研究的多元声音和重视不同文化的特殊性是非常有必要的。[1]据此，我认为当代中国电影中跨性别表演的研究将有利于跨性别研究的深化和理论反思。

二、男旦、真实性与性别麻烦

电影《霸王别姬》由中国第五代导演的代表人物之一陈凯歌执导，改编自香港作家李碧华的同名畅销小说，讲述了京剧演员程蝶衣、段小楼以及昔日妓女菊仙三人之间的情爱关系。小豆子（幼年程蝶衣）和小石头（幼年段小楼）在戏校"关家戏班"一起长大。小豆子由于眉清目秀、面若娇娘，被训演女角，即旦角。学艺期间他俩习演名戏《霸王别姬》，这不仅使二

---

[1] Louise C. Johnson, "Re-Placing Gender? Reflections on 15 Years of *Gender, Place and Culture*," *Gender, Place and Culture: A Journal of Feminist Geography* Vol. 15, No. 6 (2008), 561–574.

人形影不离，在某种程度上也预示着他们的命运。为了更好理解电影剧情，了解一下京剧中的旦角历史和"霸王别姬"的故事必不可少。

"旦角"或男扮女装，在中国戏曲史上源远流长，产生过不少名角。20世纪初，京剧舞台上曾出现"四大名旦"的盛况，梅兰芳就是其中的杰出代表。在传统的社会里，强调男女有别，女性不允许登台和男性同台演出，为男扮女装的表演提供了土壤。在某些历史时期，俊美的男旦沦为权贵的玩物，清代的小说《品花宝鉴》（1849）对此有细致的描写。因此，男扮女装在历史上因其模糊的性别和爱欲而遭人诟病。"男扮女装和男妓之间的界限比较模糊，俊秀的男旦演员可能会被当作美女一样对待。"[1] 与此同时，男扮女装在中西方被认为是具有重大的艺术价值。[2] 扮演女角的男演员，必须事先认真观察和研究女性气质，然后在台上以令人信服的方式将女性的形象展现出来。资深男旦演员温如华说："男旦不是简单地模仿女性，而是创造性地将中国女性的温柔、忠贞、英勇和优雅表现出来。"[3]

《霸王别姬》是一出经典的剧目，也是梅兰芳表演的梅派经典名剧之一。该剧的情节比较简单，自诩为"西楚霸王"的项羽（前232—前202）和刘邦争霸，后被刘邦的军队围困于垓下（今安徽灵璧），逼上穷途末路，项羽让爱妾虞姬伴其左右。虞美人意识到绝境已至，于是持项羽的佩剑自刎殉情，以表忠贞。

---

[1] David Der-wei Wang, "Impersonating China," *Chinese Literature: Essays, Articles, Reviews* Vol. 25 (2003), 145.
[2] 参见 Johann Wolfgangvon Goette, "Women's Parts Played by Men in the Roman Theatre," Lesley Ferris, ed. *Crossing the Stage: Controversies on Cross-Dressing* (London: Routledge, 1993), 48–51。
[3] Siu Leung Li, *Cross-Dressing in Chinese Opera*, 210.

而在中国封建时期，妇女"贞顺"被视作美德。在电影中，程蝶衣（张国荣饰演）成了名旦演员，扮演虞姬。他越来越认同自己的女角，倾心于扮演西楚霸王的段小楼（张丰毅饰演）。蝶衣发誓：他要效仿戏中的虞姬，对丈夫至死不渝。与此同时，小楼喜欢上了妓女菊仙（巩俐饰演），并娶了她。蝶衣心灰意冷，便沉沦于与他的主顾袁四爷的同性恋关系。这似乎沿袭了旧中国描写男旦戏外生活的套路。[1] 蝶衣、小楼与菊仙之间的复杂关系贯穿于抗日战争和解放后。多年以后师兄二人重聚，在空荡荡的舞台上再次合演了《霸王别姬》。蝶衣像戏中的虞姬一样：唱罢最后一句，用剑自刎。不过这一次，他假戏真做自杀了。蝶衣的悲剧彰显了旦角演员在20世纪中国社会和政治动荡中所经历的"性别麻烦"[2]。

1993年，《霸王别姬》在当年的法国戛纳国际电影节上被授予金棕榈奖。15年后，陈凯歌继续执导的自传性电影《梅兰芳》（英文片名"Forever Enthralled"），在2009年的柏林国际电影节上公映。这部电影基于梅兰芳（黎明饰演）的一生，包含他人生中四个重要事件：挑战名家——京剧大师十三燕（王学圻饰演）；与著名女老生孟小冬（章子怡饰演）的爱情；赴美巡演，大获成功；抗日期间，罢演报国。电影中的梅兰芳天赋异禀，令人起敬。不同于《霸王别姬》中的程蝶衣，梅兰芳以台上无与伦比的女性气质和台下超凡卓绝的男子风范闻名于世。然而，梅兰芳的刻画缺少程蝶衣所展现出来的那种心理层面的复杂和

---

[1] 参见 Cuncun Wu, *Homoerotic Sensibilities in Late Imperial China* (London: Routledge, 2004), 2。
[2] 这里只是借用了巴特勒在她的著作《性别麻烦》中的这个词语，但是用意有明显的不同。

深度。在和《新闻周刊》专栏作家亚历山德拉·赛诺的一次访谈中，陈凯歌导演比较了他的这两部京剧题材电影："《霸王别姬》基于想象，而《梅兰芳》却存在于历史之中。"[1] 因此，较之自传性的《梅兰芳》，陈凯歌执导《霸王别姬》自然而然地拥有更多自由。

在京剧中，旦角演员需要时常将自己想象成女性。清朝著名作家纪昀（1724—1805）在其《阅微草堂笔记》中记录了一名男旦扮演女角的切身体会："吾曹以其身为女，必并化其心为女，而后柔情媚态，见者意消。如男心一线犹存，则必有一线不似女……"[2] 梅兰芳也曾声称：总体而言，认同乃旦角表演和传统中国表演艺术的最高艺术境界。[3] 梨园界一直存在着同性恋禁忌，这一点也暗示旦角演员的性别认同具有不稳定性。《霸王别姬》将旦角演员者身上潜在的性别认同和性属冲突戏剧化，取得了非凡的效果。

性别是一个表演性建构，这一理论有利于解释跨性别表演的表征与叙事。嘉伯在其著作《既得利益：易装与文化焦虑》中慨叹："易装揭示了性别的真相，却被发酵成了丑闻。"[4] 关于易装表演，巴特勒宣称它有三个身体性维度，即解剖学意义上的性属、性别身份认同，以及性别表演。接着，她辩称道："如果扮演者的生理结构已经与其社会性别截然不同，而且二者也与表演的社会性别完全迥异，那么表演就证明了不仅性属与表

---

[1] Alexandra A. Seno, "Back for an Encore: Filmmaker Chen Kaige Uses Opera Again to Help Explain Chinese Society", *Newsweek*, January 19, 2009.
[2] [清] 纪昀：《阅微草堂笔记》，上海古籍出版社，2005年，第207页。
[3] 参见梅兰芳、许姬传《舞台生活四十年》，平民出版社，1952年，第100页。
[4] Marjorie Garber, *Vested Interests: Cross-Dressing and Cultural Anxiety*, 250.

演不一致，而且生理性别与社会性别、社会性别与表演之间也存在着不一致。"[1] 对此，我想补充性别扮演的另一个维度：性别如何被旁观者所感知。就旦角而言，易装表演在观众间引发了奇妙的"混淆"。在男性观众心目中，旦角是一个他们可以正当地投射其欲望的俏美人。而对女性观众来说，旦角毫无疑问是一个天资聪颖、魅力四射的俊男子。在过去，跟随梅兰芳的戏迷，既有男粉丝，也有女粉丝。据报道，"追求梅兰芳的人，不仅有女孩子，还有18岁的男观众"。[2] "跨性别凝视"[3] 一方面逾越了强行划分男女的性别界限；另一方面，它可能会对扮演者的性别认同产生显著影响，程蝶衣就是一个典型例证。因此，较之巴特勒和嘉伯论述的性别和身份问题，"跨性别凝视"理论为中国易装扮演中的此类问题提供了与众不同的互补性视角。

三、花木兰与女扮男装

迄今为止，跨性别表演研究的注意力大多集中在男扮女装，而女扮男装却不可思议地被忽视了。[4] 在中国文化中，女扮男

---

[1] Judith Butler, *Gender Trouble: Feminism and the Subversion of Identity* (New York and London: Routledge, 1999), 175.
[2] Min Tian, "Male Dan: The Paradox of Sex, Acting, and Perception of Female Impersonation in Traditional Chinese Theatre", 82.
[3] Judith Halberstam, "The Transgender Gaze in *Boys Don't Cry*," *Screen* Vol. 42, No. 3 (2001), 294–298.
[4] 参见 Lesley Ferris, "Introduction," Lesley Ferris, ed. *Crossing the Stage: Controversies on Cross-Dressing* (London and New York: Routledge, 1993), 6; Alisa Solomon, "It Is Never Too Late to Switch: Crossing toward Power," Lesley Ferris, ed. *Crossing the Stage: Controversies on Cross-Dressing*, 144; Judith Halberstam, *Female Masculinity*, xi。

装一直存在,不仅越剧有这个传统,在当下的影视传媒上也时有发生。剧场中的女扮男装,据说,可追溯至中唐时期(766—835),而且还在元朝曾经风靡一时,当时女演员享有传统中国社会中异乎寻常的自由。[1] 然而到了明清时期,女演员在大多数时候被禁止登台。虽然,在此期间男性扮演的传统是主流,但是女扮男装也从未完全消失,尤其在一些家庭戏班中,这种表演一直有其生存的空间。在文学和剧场中,最有名的女扮男装人物应该是花木兰,她的故事在 2009 年被改编成了一部同名电影,由马楚成执导、赵薇主演。

电影改编的源文本——《木兰诗》,写于 6 世纪。它讲述了一个叫木兰的女孩,女扮男装,甘愿替体衰多病的父亲从军打仗。她屡战屡胜,凯旋归来。天子论功行赏,嘉奖勇士。令人大吃一惊的是,木兰不求高官厚禄,只希望骑上千里马,速回故乡。她一回到家里,就脱去战袍,换上便装。修整云鬓,化妆打扮后,她出来见昔日的战友。战友们惊讶万分,难以相信这位和他们并肩作战多年的勇士竟然是位女子。该诗在末尾用比喻的修辞手法,对木兰女扮男装之奇迹做出了解释:

> 同行十二年,
> 不知木兰是女郎。
> 雄兔脚扑朔,
> 雌兔眼迷离;
> 双兔傍地走,
> 安能辨我是雄雌?[2]

---
[1] 参见 Siu Leung Li, *Cross-Dressing in Chinese Opera*, 137。
[2]《木兰诗二首》,郭茂倩编《乐府诗集》,中华书局,1998 年,第 374 页。

木兰的故事告诉我们：性别并非自然事实，而是一种社会建构。木兰既是战士，也是女子，而不是非此即彼。木兰乃"不似女流的女子"之典范，可以与西方的"圣女贞德"相提并论。

花木兰的故事在海内外广为流传。在美国，华裔作家汤亭亭在其小说《女勇士》（1976）中，将花木兰置于美国文化语境，做出了与众不同的解读。在该小说的第二章"白虎"中，汤亭亭回忆了母亲曾讲述过的花木兰故事，她跟随一对老夫妇在白虎山修炼武艺。学成回家后，木兰女扮男装，统帅一支军队。战争期间，她秘密地和丈夫并肩作战，后来木兰怀孕了，产下一个男婴。孩子满月后，木兰让丈夫将孩子送回了老家。凯旋后，木兰杀了霸占村女、危害一方的财主，报了家仇。汤亭亭通过对比她在美国的生活和花木兰的故事，控诉了唐人街华人的性别偏见。这些性别歧视者曾扬言："养女仔没好处，宁养呆鹅不养女仔。"[1] 在这种情况下，描写花木兰旨在提高女性的独立自强意识，而非传统中国父权制意识形态中的女子忠顺。

1998年，迪士尼公司出品了动画电影《花木兰》，该片改编自中国民间乐府诗《木兰诗》。尽管此片是一部商业化的儿童电影，但它的跨媒介改编有助于将木兰的传奇故事呈现给更加广大的观众群。该部迪士尼影片的一个重要变化在于：军医发现了木兰的女性身份，这与《木兰诗》相抵牾。2005年，迪士尼又发行了1998年版的续篇《花木兰2》。这两部电影都融入了许多中国文化元素，如长城、龙、太极等。然而，电影中的西方个人主义使木兰呈现出新面孔：她敢公然对抗官府政令，违反父亲

---

[1] Maxine Hong Kingston, *The Woman Warrior: Memoirs of a Girlhood among Ghosts* (New York: Random House, 1989), 46.

决定，随心所欲。在这里，木兰女扮男装、替父从军主要是为了证明自己的价值和能力。在这两部迪士尼电影中，木兰形象脱离了它的原本文化语境，反倒体现了西方女性主义的精神。

最近几十年里，木兰在海内外的一系列改编为大制作电影《花木兰》（2009）铺平了道路，这部电影揭示了人们对易装表演的态度一直是比较一致的。在中国历史上，女性易装要么是为了在危急情况下保护自己，要么是为了便于在户外尽兴游玩，或是为了参与战争等革命性活动。一般而言，在所有文化中女扮男装比男扮女装更容易被人们接受。[1] 据说，这是因为女扮男装通常被视为社会地位的一种提升。[2] 此外，女扮男装只象征着暂时的性别越界，终将会得到纠正，故不意味着对男权势力的真正颠覆。[3] 在不同版本的《花木兰》影片中，木兰总是在电影尾声再现她的女性身份。

尽管木兰的故事确实对刻板的男/女性别二分法形成了挑战，但就木兰的易装而言，哈伯斯塔姆的"女性阳刚"论似乎比巴特勒的"性别表演性"观念更具阐释力。对哈伯斯塔姆来说，"女性阳刚"乃"性别他异性的符号，但偶尔也标志着异性变异；有时候女性阳刚标志着一种病态存在，但有时也被看作是面对传统娇弱做作的女性气质时的一种健康选择"。[4] 木兰和中国历史上许多其他女英雄们（如杨门女将穆桂英、抗金女

---

[1] 参见 Marjorie Garber, *Vested Interests: Cross-Dressing and Cultural Anxiety*, 38。
[2] 参见 Roland Altenburger, "Is It Clothes that Make the Man? Cross-Dressing, Gender, and Sex in Pre-Twentieth-Century Zhu Yingtai Lore," *Asian Folklore Studies* Vol. 64 (2005), 171。
[3] 参见 Song Hwee Lim, *Celluloid Comrades: Representations of Male Homosexuality in Contemporary Chinese Cinema*, 72。
[4] Judith Halberstam, *Female Masculinity*, 9。

杰梁红玉等)所展示的男性气质,为重新想象和修正中国性别成见提供了丰富的资源。这表明,男性气质的建构和生成既可以通过男性身体,也可以通过女性身体来实现。

四、 异性恋性别规范的再理想化

对性别和性属的跨性别认知已经有了广泛讨论。巴特勒在《性别麻烦》中,以易装表演为例讨论了"性别表演性"概念。对巴特勒而言,易装中的性别戏仿表明性别纯粹是一个没有本源的模仿,而所谓的内在真实性只是一种虚构。她说,"通过承认生理性别和社会性别的差异,并戏剧性地渲染构成它们虚拟统一性的文化机制,我们看到了被去自然化的生理性别和社会性别,代替连贯一致的异性恋规范"。[1]巴特勒关于易装表演的讨论引发争议,有人质疑这些性别表演颠覆了占支配地位的性别规范,于是巴特勒在其著作《身体之重》(1993)中重温了同样的例证,并对有关批评做出了回应,她坦言承认易装未必会引起颠覆。她强调指出:"易装与颠覆之间没有必然的联系,易装也许只是服务于将夸张的异性恋性别规范去自然化和再理想化。"[2]

在易装中,去自然化和再理想化交织缠绕在一起。巴特勒在《身体之重》以及之后的著作中一直坚持这个观点,从而构成了性别表演性理论的辩证之维度。在《消解性别》(2004)一书中,巴特勒再一次重温了易装问题,回应了对其早期著述的

---

[1] Judith Butler, *Gender Trouble: Feminism and the Subversion of Identity*, 175.
[2] Judith Butler, *Bodies that Matter* (New York and London: Routledge, 1993), 125.

批判性接受。她说:"我在此要强调的,不是说易装是对性别规范的一种颠覆,而是说我们的生活或多或少受制于各种业已公认的现实观念以及对本体论的隐含表述,而这些观念和说法决定了什么样的身体和爱欲会被认为是真实的和正当的,而哪些则不是。"[1] 显然,将易装表演看作是一种对性别规范的颠覆,有点过于简单化了。

中国电影中的跨性别表演,清晰地说明了性别是具有表演性的。程蝶衣和梅兰芳在舞台上扮演的"倩丽佳人"形象表明,男性可以通过娴熟的表演技巧令人信服地扮演女性。而在另一部电影中,花木兰扮作智勇双全的士兵和将军的男人形象,同样给人们留下了深刻印象。因此,这似乎表明:一个人的社会性别与生理性别几乎毫无关联。不过,中国的跨性别表演似乎也并不能完全用巴特勒的性别表演性理论来解释。对巴特勒而言,并不存在一个先验的性别身份,而中国的跨性别表演者却相信生理性别的本质。对男扮女装的程蝶衣和梅兰芳来说,他们想要成为人们信以为真的"女性"。[2]

中国电影中的跨性别表演并非想挑战或颠覆异性恋和男权性别政治。在《霸王别姬》中,从程蝶衣接受自己"弱女子"的身份起,他便沦为男权意识形态的受害者。就像虞姬(温顺女子的象征)舍其一生、对西楚霸王俯首帖耳一样,蝶衣(饰演虞姬)也意欲对段小楼(饰演西楚霸王)百依百顺。有一次,蝶衣在戏单上看到自己的名字被列在小楼的前面,勃然大怒,质问道:虞姬的名字怎么能列在霸王的前面呢?从蝶衣的性别想

---

[1] Judith Butler, *Undoing Gender* (New York and London: Routledge, 2004), 214.
[2] Siu Leung Li, *Cross-Dressing in Chinese Opera*, 165.

象看来，他非但没有解放自己，反而沦为了男权政治的牺牲品。蝶衣的习惯性顺从也体现在与他忠实粉丝和主顾袁四爷的交往中。有一次演出结束后，袁四爷来到后台将一套昂贵的头饰作为礼物送给了蝶衣，这象征着袁四爷意欲强化"跨性别凝视"。然而在整个过程中，蝶衣仅流露出欲语还羞的神色。

电影《梅兰芳》凸显了这位京剧大师的勇敢和果断。梅兰芳曾被再三要求为日军登台表演，但他断然拒绝为他们献唱，辞富居贫，直到1945年抗战结束后方才重新登台。曾经一个日本军官威逼梅兰芳唱戏不成，便恼羞成怒地讥讽梅兰芳：你不过是一个在台上装腔作势的女人罢了。而梅兰芳立马不卑不亢地回应道：在台下我是个男人！此事广为人知，深受国人好评。1942年，梅兰芳在香港隐居期间，蓄须明志，息影舞台。他的爱国精神，使他名声大震，成就了一个伟大的艺术家。就这样，梅兰芳的成就和声誉"提高了戏子的地位"[1]，完成了他的人生使命。

梅兰芳与孟小冬之间浪漫而凄美的爱情故事，在电影中被叙述和呈现得淋漓尽致。在一个雅集聚会上，有一个京剧表演的插曲：梅兰芳穿一身白色西装饰演女角，而孟小冬着一身旗袍扮演老生，这是让所有人难忘的时刻。梅兰芳女性的甜美声音和身姿与孟小冬男性的高亢嗓音和体态完美而奇异地结合在一起，完全颠覆了日常生活中男女性别的自然状态。然而，他们所体现的气质依然被认为具有独特的异性恋性别特征。

较之其他电影，《花木兰》更能揭示中国的性别意识。在这部影片中，有一个虚构的水塘洗浴场景：木兰晚上溜出去到池塘

---

[1] 梅兰芳将毕生心血付诸于"提高戏子地位"之使命，这也是电影《梅兰芳》开场之时大伯对他的鞭策。

洗澡,在那里遭遇了一个男人名叫文泰,后者也在戏耍中无意发现了她真实的性别身份。而这个文泰竟是乔装打扮的王子,在木兰所在的军中担任校官。木兰在和楼兰少数民族入侵者交战时,以志勇双全的表现令他人刮目相看。在一次大捷后,木兰和文泰双双被晋升为将军,同时他们也互生爱意,至此电影又将木兰的故事置入异性恋的框架。在这个场景中,木兰的易装并没有让观众产生性别取向上的误解,因为她的女性气质时常通过文泰的眼神流露出来。木兰女性化的身体表征揭示了电影中男女爱欲情节和画面的重要性,这与菊仙在《霸王别姬》中的呈现非常相似:菊仙和段小楼在卧室里尽享云雨之欢,而程蝶衣此时正透过窗户的缝隙来偷窥。[1]

劳拉·穆尔维在论文《视觉快感与叙事电影》(1975)中提出了一个"男性凝视"的概念,对电影研究产生了比较大的影响。她重点关注"电影以什么样的方式来反映、呈现,甚至表演那些对性别差异所做的直接的、习惯性的阐释,而这种方式控制着性别的形象、观看的方式以及相应的景观"。[2]演员赵薇饰演的木兰,远不是一个"没有魅力的""去女性化的"女勇士,而是一位女扮男装的俊美人。电影《花木兰》的拍摄策略,阐明了大众文化中蕴含的消费逻辑和性别叙事。

跨性别表演的模糊性内嵌在解读木兰的双重性中。一方面,木兰的传奇经历被反复提及,完美地挑战了男尊女卑和男女有别的父权制思想。"木兰女扮男装,担负着男性化的人生角色,

---

[1] Shuqin Cui, *Women through the Lens: Gender and Nation in a Century of Chinese Cinema* (Honolulu: University of Hawai'i Press, 2003), 166 – 167.

[2] Laura Mulvey, "Visual Pleasure and Narrative Cinema," Constance Penley, ed. *Feminism and Film Theory* (New York: Routledge, 1988), 57.

挑战了根深蒂固的男尊女卑观念。她走出了限制传统女性的家庭范围，投身于男性专属的战场，这正是她吸引人关注的核心所在。"[1] 另一方面，木兰的易装被表征为只是暂时的应急措施，终将回归她本来的状态，这也是戏剧和电影中女性易装的一般特征。[2] 这一点类似于英国文艺复兴时期的喜剧：易装者最后回归到了"正常的"生理性别或社会性别，最终以幸福的异性恋婚姻结束，意味着传统秩序的复原。[3] 在电影《花木兰》尾声，文泰和木兰从战场回到家乡，打算结婚。而为了北魏朝廷的太平和百姓们的安居乐业，王子文泰不得不遵从皇帝的旨意，娶了一位楼兰公主为妻。而此时，木兰也表示甘愿牺牲自己的爱情，成全这段姻缘，这无疑是假借民族主义之手巩固了父权制意识形态之魂。

五、 易装扮演、民族主义与性别政治

鲁迅在 1924 年曾说过："我们中国的最伟大最永久，而且最普遍的艺术也就是男人扮女人。"[4] 鲁迅这里的讽刺语调，暗含着对梅兰芳和男扮女装的批评。在《略论梅兰芳及其它》一文中，鲁迅讨论了梅兰芳在《天女散花》和《黛玉葬花》中的表演。鲁迅评论道，"看一位不死不活的天女或者林妹妹，我

---

[1] Louise Edwards, "Re-fashioning the Warrior Hua Mulan: Changing Norms of Sexuality in China," *IIAS Newsletter* Vol. 48 (2008), 6.
[2] Judith Halberstam, *Female Masculinity*, 207; Roland Altenburger, "Is It Clothes that Make the Man? Cross-Dressing, Gender, and Sex in Pre-Twentieth-Century Zhu Yingtai Lore," 171; John Philips, *Transgender on Screen*, 16–17.
[3] 参见 Siu Leung Li, *Cross-Dressing in Chinese Opera*, 186。
[4] 鲁迅：《论照相之类》，《鲁迅全集》（第一卷），第 196 页。

想,大多数人倒不如看一个漂亮活泼的村女的,她和我们相近"。[1]鲁迅将男扮女装看作是中国文化负面特征的一个符号,目的是为了进行彻底的国民性批判,进而实现民族的自强。王德威解释说,"鲁迅尤为担忧中国国民性的男性气质。他同当时的知识分子一道,憧憬强健有力、血气方刚的中国人,反对老弱体衰、阴柔娇媚的男人形象"。[2]鲁迅的批评反映了当时许多中国人抱有的民族主义情绪,正是因为这个原因,男扮女装的戏曲传统遭到贬斥。

围绕梅兰芳的争议,其实与当时的知识阶层对于戏曲改良的不同态度有关。正是在这样的背景下,梅兰芳的几次出国访问演出就显得尤为重要。梅兰芳曾于1919、1924、1956年三次出访日本,还于1930年访问美国,1935年访问苏联。在其海外出访期间,梅兰芳的演出受到了空前的关注和欢迎,为改变中国和中国文化在海外的刻板形象做出了贡献。[3]在电影《梅兰芳》中,梅兰芳的访美旅程是其事业和人生中浓墨重彩的一笔。访美期间,美国的主流报刊给予了相当大的关注,刊发了不少有关他的报道,同时他的京戏艺术受到美国一些知名艺术家的好评,激发了不同种族背景观众的兴趣。在梅兰芳的同龄人中,"也许有一些人取得了和他相似的艺术成就,但比起如此高的国际知名度来,无人能出其右"。[4]梅兰芳在抗日战争期间表现出的爱国精神连同他的国际声誉一道,被人们广为认可,成就了梅兰芳在艺术界的崇高地位。

---

[1] 鲁迅:《略论梅兰芳及其他》,《鲁迅全集》(第五卷),第610页。
[2] David Der-wei Wang, "Impersonating China," *Chinese Literature: Essays, Articles, Reviews* Vol. 25 (2003), 134.
[3] 翁思再:《非常梅兰芳》,中华书局,2009年。
[4] 翁思再:《非常梅兰芳》,第137页。

值得指出的是，《霸王别姬》在20世纪90年代曾经一度被禁映，引发了一些激烈的批评。陈凯歌借用程蝶衣这样具有同性恋倾向的女性化男子，作为中国文化的一个视觉符号，在一些保守人士看来，无疑是呼应了西方的东方主义式幻象。从表面看来，电影中的京剧多姿多彩、别具特色，但它呈现出的所谓"非自然"性爱、吸毒和暴力等情节被认为是展现了"东方的野蛮性"。[1]此外，这部电影暴露了"中国社会中公众与性禁忌话题之间不寻常的妥协"[2]，从而被认为是挑战了道德的底线。

《霸王别姬》中有关抗日战争的再现也被认为是有问题的。为了救段小楼，程蝶衣在日本军营唱京剧。尽管是不得已而为之，但还是遭到观众的斥责和控告。"电影的叙事没有正确看待中国人民抵抗日本侵略、浴血奋战所付出的牺牲，没有认识到京剧所代表的民族主义精神，而将一个为日本侵略者唱戏的演员神圣化。"[3]更为糟糕的是，蝶衣还称赞日本人对京剧的热情。无论如何，他的蒙羞可以被解读为日本侵略者压迫和酷刑下的民族创伤症候。在这个情形下，王德威说，"易装扮演不仅呈现倒错的性别，而且凸显扭曲的民族真实性"。[4]

具有男性气质特征的花木兰，成为女性化程蝶衣的对立面。木兰英勇善战，赤胆忠心，保家卫国。她曾在军前立誓：兵可叛我，帅可弃我，但我永不负国！她也反复告诫兵卒要时刻牢记

---

[1] Jenny Kwok Wah Lau, "*Farewell My Concubine*: History, Melodrama, and Ideology in Contemporary Pan-Chinese Cinema", 23.
[2] Jenny Kwok Wah Lau, "Farewell My Concubine: History, Melodrama, and Ideology in Contemporary Pan-Chinese Cinema", 22.
[3] David Der-wei Wang, "Impersonating China," 152.
[4] David Der-wei Wang, "Impersonating China," 152.

肩负的卫国使命。在电影中,木兰既是一个勇敢的战士,也是一位睿智的统帅。为了北魏朝廷和楼兰民族重归太平,木兰竭力说服楼兰公主与她联手杀死楼兰王。木兰为了祖国甘愿牺牲一切,包括放弃自己的爱情。木兰的易装形象有力地形塑性别和意识形态的话语体系。

跨性别表演一度遭到贬斥,被认为具有不稳定性和破坏性而遭到禁演。然而,自20世纪80年代以来,舞台上的易装表演开始逐渐活跃起来,但如今这方面的艺术家却寥寥无几。越剧中的女扮男装表演在国内和国际演出市场上都受到欢迎。[1] 值得指出的是,越剧的女扮男装有别于传统昆剧和京剧的旦角表演。"京昆旦角男演员隐匿了他们的男性身体,而越剧易装的女演员却显露她们身体上的女性气质。"[2]

就中国流行文化中的男扮女装而言,李玉刚是一个重要代表。他将旦角艺术糅进自己的表演,在电视上频繁露面,在海内外巡演,取得很大的成果,实现了传统文化到大众媒体的平稳跨界,也影响了大众对于跨性别现象的态度,在一定程度上形塑了人们的性别意识和文化心态(下一章将专题讨论)。然而,社会对易装(尤其是男扮女装)的宽容度依然是难以预料的。曾经的一位芭蕾舞男演员金星,在20世纪90年代接受了变性手术。此后,金星以女性舞蹈演员的身份登上舞台,同时也频繁出现在各种媒体上,成了一个具有很高知名度,但同时也备受争议的公共人物。当下的中国大众媒体中,跨性别表演仍然具有一定的吸引力和市场,随着网络娱乐平台的多元化,

---

[1] Chengzhou He, "World Drama and Intercultural Performance: Western Plays on the Contemporary Chinese Stage," *Neohelicon* Vol. 38 (2011), 402-405.
[2] Siu Leung Li, *Cross-Dressing in Chinese Opera*, 196.

这种表演形式的传播手段和能力也有所增强，由此引发的性别政治走向值得关注。

结语

中国当代电影中跨性别表演的再现，揭示了性别（或性属）、身份与意识形态之间关系的复杂性。一方面，跨性别表演表明性别身份并非是稳定、自然的，而是表演性建构的。另一方面，身体具有它自身的能动性，性别规范不可能被轻易地颠覆，而常常被再理想化。此外，性别和表演中的跨界高度依赖于时间和空间中的在地性。若不考虑中国 20 世纪历史和社会的特殊性，就无法充分理解和阐释中国电影中的跨性别表演。电影呈现的不仅仅是"戏剧的魅影"[1]，还有在全球化和市场经济时代对中国性别、性属、文化政治、电影产业、大众媒体等一系列问题的反思。

跨性别表演的中国实践，将西方性别理论的讨论置于中国文化和社会的具体情境之中。这种语境化的分析，进一步揭示了跨文化视域下性别规范的差异性与复杂性。与此同时，探讨中国电影中的跨性别表演现象，也在为批判西方性别理论的普适性提供了新的视角。

---

[1] Marjorie Garber, *Vested Interests: Cross-Dressing and Cultural Anxiety*, 234.

第十六章　易装表演与新世纪电视文化[1]

20世纪90年代以来,易装表演形成一种流行文化现象,成为国内外学术讨论的一个焦点。这个新的易装表演现象与中国戏曲艺术中的"反串"传统有着密切的关联。论及中国舞台上易装表演的社会意义时,李小良认为,"舞台上,一个男人若要成为(原文为斜体——笔者注)一个女人(反之亦然),至少在话语实践中,需要撼动以及融合真实和虚构领域,模糊现实生活(世界)和表演(即舞台)的界限,僭越或者拉平世界(真实的)与其再现(即虚构)之间僵硬的模仿秩序"。[2] 通过传统戏曲的中介,新世纪以来中国舞台上以及大众媒体中的易装表演对中国的流行文化和性别政治产生巨大影响。在这些表演中,跨界不仅发生在男女性别之间,也发生在传统与现代,以及不同的媒体形式和亚文化之间。归根结底,易装表演的意义在于其体现了当代中国文化对更新与繁荣的欲求。

---

[1] 本章根据笔者的英文论文翻译和修改而来,参见 Chengzhou He, "Trespassing, Crisis and Renewal: Li Yugang and Cross-dressing Performance", *Differences: A Journal of Feminist Cultural Studies* Vol. 24, No. 2 (2013), 150-171。感谢李玉刚在北京接受我的面对面访谈,让我对他的从艺经历有了更深入的了解。

[2] Li Siu Leung, *Cross-Dressing in Chinese Opera* (Hong Kong: Hong Kong University Press, 2006), 167.

作为中国流行文化中易装表演的重要代表，李玉刚对中国历史文化中古典美人的反串享誉海内外。基于对李玉刚及其易装表演的个案研究，笔者试图探询文化上越界对身份产生的影响，以及从市场化、全球化到国家意识形态等诸多因素在这个过程中是如何互相作用，共同改变当今中国的文化与政治版图。具体来说，下面将重点讨论以下问题：李玉刚的易装表演如何模糊了男人与女人之间、高雅文化与大众文化，以及精英与草根之间的界限？李玉刚如何将传统京剧乾旦艺术与流行文化融合起来？李玉刚是怎样受益于电视和网络之类的大众媒体，以及后者又怎样获益于他？李玉刚从一个草根演员成长为一个国内乃至国际的明星演员以及中国流行文化的标杆，这背后隐藏了怎样的资本和文化逻辑？要回答这些问题，必须先了解李玉刚其人以及他所呈现的跨性别表演艺术。

一、 李玉刚的传奇经历：从草根到主流

李玉刚来自辽宁一个极其普通的家庭，青少年时期生活比较困顿。他在酒吧驻唱期间，女搭档一次意外缺席，他不得已同时演唱了男女两个角色，并从中窥见发展的一丝希望。"当时是一个男女二重唱，我唱了两个角色。这就是我唱女角的开始"，[1] 他在一次采访中如是说。之后，李玉刚曾拜入一位京剧男旦门下，学习易装表演。2005 年他参加了一次欧洲巡演，在表演艺术上崭露头角。2006 年他更是在中央电视台的选秀节目"星光大道"上凭借出色的男扮女装和男女声混唱表演，赢

---

[1] Chen Nan, "Li Yugang: The Man behind the Woman," *China Daily* 6 Sep. 2011.

得无数粉丝的拥戴。2009年,中国歌剧舞剧院向他抛出橄榄枝,使得李玉刚成为第一位与国家级演出团体签约的非专业出身演员。自那以后,李玉刚在国家大剧院和北京人民大会堂等场所举办过多次个人演唱会。2009年他在悉尼歌剧院演出,2010年在国际上举办多场个人演唱会《镜花水月》。他还两次登上了中央电视台举办的春节联欢晚会的舞台,男扮女装演唱了《新贵妃醉酒》(2012)和《嫦娥》(2013),这标志着主流媒体对他的认可。2012年5月,新版《镜花水月》开始新一轮的国外巡演,由于众多知名音乐家的加盟,演出受到前所未有的关注。

李玉刚在表演中成功地糅合了传统戏曲、现代表演艺术以及时尚秀,并充分利用多媒体技术,展现了他的艺术原创性和创造性。与传统旦角表演不同,李玉刚并不刻意掩饰自己的性别身份,在演出过程中他通常在男女声中自由切换,引起观众的惊呼,以下《中国日报》(英文)的一篇报道可兹为证。

> 男扮女装歌手李玉刚有一定的争议性,他的新作品预演让观众神魂颠倒。北京天桥剧院的观众翘首以盼,想看看这位33岁的男演员如何演绎《四美图》,以及他在现实生活中到底是怎样一个人物。演出开始,他身着红色西服与牛仔裤,年轻又时尚,大步走至台前,开始演唱他新作品中的一支歌曲,在男女声中自由转换。[1]

李玉刚最流行的一部作品是《新贵妃醉酒》,他挥动22米长的

---

[1] Chen Nan, "Li Yugang: The Man behind the Woman," *China Daily* 6 Sept. 2011.

水袖起舞，姿态柔美动人，这也是中国戏曲舞台上使用过的最长水袖。李玉刚的反串使人想起了京剧大师梅兰芳，媒体上有时声称他为"最后的男旦"。但这是个有争议性的话题，因为北京京剧圈一批知名人士认为李玉刚的表演只是业余水平，根本不能被称为京剧。李玉刚本人也一再强调，虽然自己接受了一些京剧男扮女装表演的训练，却并非乾旦演员。李在央视的一次采访中明确地说，他并不是一个戏曲演员，不用油彩画妆，而是自己设计制作服装，这些服装与传统的京剧服装并不一样。[1]

2010年1月，李玉刚的个人演唱会《镜花水月》首演于北京，之后国内外四处巡演，为他赢得了巨大的声誉。在这个作品中，李玉刚成功地反串了一系列中国历史文化中的古典美人，例如《霸王别姬》中的虞姬，《牡丹亭》中的杜丽娘，西汉的王昭君，以及杨贵妃。《镜花水月》在日本演出的时候，歌舞伎大师坂东玉三郎，亲临后台给李玉刚送上花篮。这个事件在诸多媒体进行了报道。

以《镜花水月》为基础，李玉刚紧接着推出了时长90分钟的新作品《四美图》，于2011年9月首演。这个作品描绘了中国四位古典美人的风韵，即春秋时期的西施、西汉时期的王昭君、三国时期的貂蝉以及唐朝的杨贵妃。演出过程中，李玉刚展示了美轮美奂的服饰、精致的妆容，以及优雅的姿态，他既模仿了美人们的"巧笑美目"，也奉献了迷人的音乐和演唱。李玉刚还采用了多媒体技术在舞台上呈现出了中国的万里河山。李玉刚自己说，"这是我第一次在作品中加入了一些戏剧性的元

---

[1] Huang Ginger, "Crossing Genders, Crossing Genres," *World of Chinese* 15 July, 2012.

素,而不再仅仅是舞蹈和歌唱"。[1]

作为一个大众文化的偶像,李玉刚的成功在很大程度上得益于电视以及网络,它们让李玉刚的表演吸引了无数的观众。他的易装表演打破了高雅文化与大众文化、传统戏剧与流行艺术之间的界限。对于中国大众来说,诸如《星光大道》之类的电视节目自有其吸引力,这些节目能让普通人实现一夜成名的梦想。这也是全球范围内真人秀节目的特点:"通过真人秀以期获得'更好的生活'或者名气,其实是再造了蕴含于新自由主义政治文化中的社会流动性神话。"[2] 李玉刚借助真人秀节目成为流行文化的一个符号,成就了当代电视的一个振奋人心的神话。

总体上来说,李玉刚是一位才华出众、勤奋努力和具有创新精神的艺术家,他用想象力为传统艺术注入新的生命力,让它们重新获得年轻人的喜爱。在观看了李玉刚2006年在《星光大道》上的演出后,著名社会学家、女性主义以及酷儿理论专家李银河指出,李玉刚并不是一个易装者:"他是将其作为表演。"[3] 李玉刚的跨性别表演有其独特的内涵和形式,不属于现存的任何领域。"直到现在,我也不知道如何定义我的表演。某一天它可能会变成一个领域,但是现在我要做的就是好好表演,"李玉刚说。[4] 诚然,李玉刚成功地为传统艺术注入了现

---

[1] Chen Nan, "Li Yugang: The Man behind the Woman," *China Daily* 6 Sept. 2011.
[2] Helen Wood and Beverley Skeggs, eds. *Reality Television and Class* (London: British Film Institute, 2011), 2.
[3] Wang Zhouqiong and Xie Fang, "Cross-Dressers Draw Chinese Audience," *China Daily* 13 Nov. 2006.
[4] Chen Nan, "Li Yugang: The Man behind the Woman," *China Daily* 6 Sept. 2011.

代风味,尽管他的易装表演某种程度上受惠于京剧旦角表演艺术。

二、 京剧旦角艺术的模仿和挪用

如今的世界联结越来越紧密,文化全球化却由于可能会损害文化多样性,不得不面临人们逐渐滋长的疑虑和反对。不过,弗兰克·莱希勒等学者认为文化全球化并不一定意味着同一化,反而能够在一个更为统一的全球整体中推行多样化。"文化全球化意味着多种潮流的复杂运动。这些潮流在特定的群体里以不同的速度运作和独特的'混杂'方式组合,产生出全球文化差异的新形式。在'全球家园'的多样性中,各种文化边界消弭,以不同程度被全球联系网络及潮流裹挟而去。"[1]

这种关于文化全球化的焦虑与争执也波及到了京剧的未来及其易装表演的传统。过去的几十年里,人们努力使得京剧更容易为普通人尤其是年轻人所接受。在教育部推行的高雅艺术进校园活动中,京剧是一个重要的组成部分。正是在这种情境下,中国京剧中濒于灭绝的旦角艺术再次进入了公众视野。然而,中国京剧中的男扮女装自20世纪初就成为一个颇具争议的现象。比如,鲁迅曾撰文猛烈抨击京剧中的旦角艺术。[2] 新中国成立后,剧场中的易装表演更是被视为封建残留,被彻底禁止。1966年以后,易装更是被妖魔化,易装表演几乎绝迹。如

---

[1] Frank J. Lechner, "Cultural Globalization," Roland Robertson and Jan Aart Scholte, eds. *Encyclopedia of Globalization* (New York: Routledge, 2007), 261.

[2] 参见鲁迅《略论梅兰芳及其它》,《鲁迅全集》(第五卷),第610页。

今，戏剧舞台上的男扮女装少之又少，只有少量的艺术家还能进行传统的易装表演。这种对旦角以及京剧的怀旧情绪为李玉刚以及他的易装表演创造了一个绝佳的条件。

为什么中国舞台上的旦角表演如此具有吸引力？王德威认为它"得益于男性的生理构造，男伶能够通过肌体训练，练就独特的声腔，以配合女性发声所需的薄而窄的声带。因此在演唱时，他们声音的多样性与张力为女子所不能及"。[1] 虽然旦角演员历史上地位很低，舞台上的易装表演则被视为精致与娱乐并重的艺术方式。周慧玲写道："服装以及姿态这些外部决定因素是文化规训性别差异的主要场所——无论是日常生活中还是舞台上。由于这些外部决定因素可以戴上或去掉，它们则被艺术家运用，也被社会认定为艺术。"[2] 如今，流行文化需要新形式的易装表演，因为年轻观众在这个市场化的时代渴求崭新刺激的景观。

其实在20世纪初，中国就曾经出现过一个将旦角艺术与流行文化结合的现象。早在1910年代，梅兰芳就演出过一段时间的时装新戏，比如《宦海潮》《一缕麻》，穿着流行服饰演出传统或改编过的戏曲。李玉刚之前的许多演员也曾在京剧演出中做出大胆的尝试，运用新形式来演绎京剧，但是没有人如李玉刚这般成功。他的易装表演融合传统京剧旦角表演形式与现代歌舞服饰以及音乐。李玉刚的反串表演确实吸收了传统旦角表演的精华，他也真实地呈现出了中国古典美人的魅力。李银河

---

[1] David Der-wei Wang, "Impersonating China," *Chinese Literature: Essays, Articles, Reviews* Vol. 25 (2003), 135.

[2] Chou Hui-ling, *Cross-Dressing on the Chinese Stage* (Hong Kong: Hong Kong University Press, 2003), 134.

认为,京剧传统在李玉刚的表演中有着至关重要的作用。"如果没有梅兰芳,事情就大不相同了,"她说。[1]

然而,李玉刚并没有被京剧中旦角表演程式所束缚,这可以从他如何与京剧传统表演保持距离得到印证。例如,梅兰芳表演虞姬时,通常与扮演霸王的演员同台搭戏。李玉刚则不然,他通常独自表演。在他的作品中,他往往男女兼扮,有意识地跨越界限。他的"水袖"舞比京剧中的更为多彩多姿。而且他也非常喜欢运用多媒体来加强演出效果,例如《镜花水月》和《四美图》。由此观之,李玉刚的易装表演并不仅限于京剧传统。通过将京剧与流行文化因素交织起来,李玉刚赢得了市场和主流文化的认可。

三、 电视上的易装表演及其跨媒介传播

李玉刚的易装表演首次亮相于全国性的电视选秀节目《星光大道》。这是一个草根演员们展示才艺、实现梦想的大型选秀舞台。中国的大众媒体,尤其是《星光大道》,迫切需要新颖刺激的表演形式。李玉刚这一类的草根表演艺术家所带来的表演刚好成就了这些娱乐选秀节目,另外一个例子应该是浙江卫视推出的节目《中国好声音》。这些与西方诸如《美国偶像》一类的真人秀大同小异,均是通过制造噱头与猛料吸引观众,提高广告收入。李玉刚甫一成为中国大众媒体的"宠儿",易装秀便成为一种表演风尚,大批模仿者纷至沓来。

电影与电视上的易装表演一直以来自然也是不绝如缕。20

---

[1] Wang Zhouqiong and Xie Fang, "Cross-Dressers Draw Chinese Audience," *China Daily* 13 Nov. 2006.

世纪五六十年代香港电影中的易装表演蔚为成风，许多女演员均以其男装扮相而出名。80年代早期，越剧电影《红楼梦》名声大噪。电影中典型的女扮男装表演深深迷倒了只看过宣传式样板戏的中国观众。90年代以来，出现一系列用易装表演吸引眼球的中国电影，例如《霸王别姬》《花木兰》《梅兰芳》，著名演员张国荣、赵薇以及黎明等一批演员的易装表演一时成为影视界的美谈。同时，易装表演在中国的电视以及网络上形成了一种现象。李玉刚之外的其他演员，例如小沈阳，也利用女装扮相来博人眼球。2010年，一名大学生男扮女装，参加了名为《快乐男声》的歌唱比赛。尽管他止步于地区赛，但是他的易装表演一时成为媒体热议的话题。最近，中国流行文化中的易装表演已经越来越成为电视媒体和网络的宠儿，淘宝、抖音等平台上不乏此类风格的视频，在产生文化干预效果的同时，也带来丰厚的商业回报。

　　在电视上的选秀节目中，观众通常也成为演出的一部分。海伦·伍德和比福立·思科格斯指出，"技术的进步以及产业的发展已把这两个部分越来越紧密地联系在一起，生产越来越成为文本的一部分，观众也越来越卷入生产之中。这种现象在真人秀与其他媒体平台的逐渐整合中最为突出"。[1]生产与消费、文本与表演、观众与消费之间的界限早就模糊了。在这些选秀节目中，观众的参与不仅带动了演出现场的气氛，也服务于资本家的经济利益。"我们认为，将构成观众的那些普通人无偿地带入生产领域，这一行为强化了剥削的可能性。"[2] "星光大道"的表演区被观众（包括个别选手的支持者）四面环绕，参

---

[1] Helen Wood and Beverley Skeggs, eds., *Reality Television and Class*, 5.
[2] Helen Wood and Beverley Skeggs, eds., *Reality Television and Class*, 5.

赛选手与观众一道为电视以及网络观众制造了媒体上的表演景观。这种电视选秀节目中的表演与先锋剧场的理念是一致的：强调互动性、在场性和生成性。

李玉刚在国内被主流文化接受之后，就马不停蹄地进行国际推广，也许这正是他被中国国家歌剧舞剧院聘用的原因之一。近几年来，李玉刚在多个国家的大型剧院以及音乐厅进行表演。京剧、易装以及现代表演方式在国际表演市场创造了一个独树一帜的当代中国景观，这也反过来进一步巩固了其作为中国流行文化标志的地位。李玉刚海内外的成功可以归因于他深谙如何包装中国传统文化，给不同文化背景的观众带来新奇的体验和震撼。周蕾在《原始的激情》一书中论及当代中国电影的国际性成功时，指出"包装现在是文化生产不可或缺的组成部分。即使最鄙陋的故事，一旦配备上精致的摄影，也可以在大都市的市场中博取眼球"。[1] 在全球化语境下，李玉刚的表演激发了各国观众对于中国传统文化乃至中国形象的重新想象，这一演出形态的表演性及其效果需要进一步深入挖掘和系统化讨论。从这一点看，流行文化的价值需要得到充分的肯定和更加理性的评价。

中国的文化产品一旦进入国际市场，它们的"中国性"总是会经历解构、协商、操纵以及商品化。周蕾认为"中国性"已然成为"跨文化商品拜物教的一个标志"。[2] 李玉刚的易装表演将中国传统美人的故事以绚烂夺目的方式呈现在外国观众面前。李玉刚试图做到的，不是或不仅仅是抵抗或反对西方的

---

[1] Rey Chow, *Primitive Passions* (New York: Columbia University Press, 1995), 58.
[2] Rey Chow, *Primitive Passions*, 59.

文化霸权，而是参与到全球化的文化生产和流通中去，并在这一个过程改写中国的形象，重塑中国文化和政治的力量。因而，李玉刚的易装表演蕴含着一个双重或多重的表演性，既有形式上的，也有内容上的；既体现在对于当代流行文化的影响上，还通过文化全球化的渠道参与到中国形象的海外建构当中去了。此乃研究李玉刚表演事件的一个合理动因和逻辑推论，对于此类研究的深化具有一定的示范性。

李玉刚假借京剧的易装演出，是国际舞台上独树一帜的一个中国"他者"景观。它并没有只是将中国塑造为原初价值的源头，而是通过将中国与世界联系起来，复兴了既古老、又现代的中国文化，有力地反击了西方中心主义关于"停滞的中国"和"另类的中国"的偏见，推动了中国的"去他者化"。20世纪90年代以降，中国积极推动与世界不同文化的互动，参与世界文化体系的重新整合。随着经济上不断地与世界体系实现融合，中国也积极争取在文化以及政治方面获得世界的认同，而创新的文化产品将会在文化全球化进程中越来越发挥至关重要的作用。

目前，在发达国家和发展中国家，文化产品的商业化已经成为一个趋势。关于文化全球化，保罗·杰写道：

> 人文学科领域的全球化研究，它的一个核心观点是，文化形式（文学叙事、电影、电视、演出等等）都是商品，这个立场有悖于关于文学概念的传统理解，即文学是纯审美的，是超越商品世界、超越经济，甚至是超越历史的。如今我们已不能明确区分如下两种交换形式，即纯粹发生在商品经济中的物质性交换与纯粹发生在文化经济中的象

征性交换。实际上,这两种形式的交换总是会重合(而且它们已经变得无法区分),认清这一事实是做出全面全球化研究的一个重要组成部分。[1]

李玉刚的全球巡演,为提高中国文化"软实力"提供了一个范例。相当长时间以来,中国在东西方文化交流以及文化生产中,总是以"接收者"的形象出现的。在逐渐成为地区性以及全球性重要大国的同时,中国也迫切需要通过市场推广其国家形象,扩大其文化影响力。李玉刚的巡演利用市场化的运作机制,向世界展示了中国正在变得更加开放和自由。

然而,李玉刚的国际性成功在国内却毁誉参半。部分人指责他向国外兜售"不正宗"的中国文化,赋予中国文化以奇异的色彩。这种批评与中国第五代导演张艺谋所面临的指责大同小异。周蕾认为,"此类批评背后的所谓道德逻辑是:既然异化东方是西方帝国主义计划的一部分,我们怎么能支持张艺谋这样的导演,因为他们制造的形象进一步推行了西方的计划?"[2]笔者认为,无论是张艺谋还是李玉刚,在减少外国人对中国文化的误解和冷漠方面都做出了贡献,都值得我们去鼓励。

与其他海外中国文化事件一样,李玉刚的国际巡演也得到海外华人的大力支持,他们在中国文化的全球推广中发挥了巨大的作用。正如迈克尔·克尔廷所说,"'超过6 000万的海外华人'的总数以及他们相对的富足使得他们成为媒体管理层眼中

---

[1] Paul Jay, *Global Matters: The Transnational Turn in Literary Studies* (Ithaca: Cornell University Press, 2010), 55-56.
[2] Rey Chow, *Primitive Passions*, 151.

理想的观众,这一观众规模相当于法国或英国的观众"。[1] 海外华人通过支持以及反思来自中国的文化事件,催生了一些积极的变化,而这些变化反过来也在中国政治和文化上产生影响。正如杜维明所说,中华世界边缘地带的"中国(华)性"能够也应该对中心,即中国大陆,关于"中国(华)性"的想象产生影响,尽管"中国(华)性"这一概念总是处于建构之中。[2] 应该承认,李玉刚之类的表演事件能够给中国乃至世界的文化和政治带来一些转变性的影响。

四、易装的再政治化

显而易见,中国目前的易装表演所处的文化和社会语境完全迥异于 90 年代早期的西方,彼时西方的性别表演理论以及酷儿研究正方兴未艾。中国的 80 年代被汪晖视作"革命世纪的最后一幕"[3],或许他这一看法是受到了弗朗西斯·福山著作《历史的终结及最后的人》的影响。当时,社会主义市场经济在中国已经成功推行,构成了全球化时代一种别样的现代性模式。就文化政策而言,我们倡导发展"软实力"。这不仅包括复兴中国传统文化,例如京剧,也包括向国外推介中国文化。

---

[1] Michael Curtin, *Playing to the World's Biggest Audience: The Globalization of Chinese Film and TV* (Berkeley: University of California Press, 2007), 1.
[2] 参见 Tu Wei-ming, "Cultural China: The Periphery as the Center", *Daedalus* Vol. 120, No. 2 (1991), *The Living Tree: The Changing Meaning of Being Chinese Today*, 28。
[3] Wang Hui, *The End of the Revolution: China and the Limits of Modernity* (London: Verso, 2011), xi.

在西方，易装或扮装通常被政治化，被用来反对异性恋规范，它时常在酷儿研究的框架下进行探讨，用以伸张少数群体的权利。谢克纳在其《表演研究入门》一书中提到，"巴特勒认为，当代西方社会中的性别规范仰赖于一种规约性的异性恋结构，这种结构主要被用于强制推行一种父权制的、费勒斯中心主义的社会秩序。故此，巴特勒将非-异性恋（酷儿、男同、女同、扮装者）性别取向政治化，并将其置于霸权性的男性主导定义的社会秩序的对立面"。[1]与之相反，李玉刚的表演通常是"去酷儿化"，但是并非"去政治化"，这为批判性地反思西方的性别表演理论提供了一个不一样的中国范例。

李玉刚的易装表演虽然暗示着性别的"实质"在于表演，但却并没有支持酷儿或同性恋的意味，也不会被认为是颠覆或挑战了异性恋性别常规。相反，李玉刚的易装表演似乎是支持异性恋规范的，他通常被呈现为极具"男子气概"，就如同日常生活中男子一般。他的男子气概尤其在表演结束时得到彰显。在他的易装演出结束，李玉刚通常就会以时尚男人的装束返台亮相，以便与之前的女性化表演形成强烈反差，使观众震惊或着迷。正因如此，李玉刚的表演极具娱乐性和审美性，淡化了它的反叛意味，得到了中国主流文化的认同。

一般意义上看，中国传统戏曲中的易装表演并非试图挑战现有性别秩序，也就是说男女之间的性别区隔只是表面上被越

---

[1] Richard Schechner, *Performance Studies: An Introduction* (New York: Routledge, 2002), 132.

界,而非被动摇。[1] 从性别表演性的理论角度来看,李玉刚的易装表演似乎有些令人困惑。一方面,李玉刚的表演并非挑战性别本质性的观念,易装只是模仿预先存在的性别类型,这就与性别表演性理论相左;另一方面,他的表演仍然可以用来阐明性别是表演性的这一论断。如何破解这个谜团,我觉得李小良(Siu Leung Li)的辩证性思考有一定的参考价值。基于中国古典道家以及佛家思想,即万物流转、变动不息,李小良认为性别的构成是表演,而非某种既定的本质。她认为中国戏剧旦角的性别表演并不是在模仿预先存在的自我内核,她着重指出,"凭借着后见之明,我们可以发现在易装行为中强调本质/心灵其实是自相矛盾的。从易装表演者的所言所行来看,我们会发现通常被认为是恒常的本质/心灵,其实是可以重复的。如果说'本质'可以转移和重复,那它就应该能够被重新定义或理解,这种可重复性进一步论证了性别是一种表演性行为——即便是'本质'亦可被表演"[2]。中国易装表演的复杂性使我们认识到,在运用西方性别表演理论时,首先应该考察其在具体情况下的适用性,然后才能推而广之。李玉刚与中国的易装表演不仅支持也挑战了性别表演理论,既将西方易装理论去语境化也将其地方化。因此,考察不同文化中的(跨)性别经验的特殊性也就显得尤为重要。地方与世界之间以及跨疆域之间的知识

---

[1] 参见 Jenny Kwok Wah Lau, "*Farewell My Concubine*: History, Melodrama, and Ideology in Contemporary Pan-Chinese Cinema," *Film Quarterly* Vol. 49 (1995), 23; Li Siu Leung, *Cross-Dressing in Chinese Opera* (Hong Kong: Hong Kong University Press, 2006), 165; Song Hwee Lim, *Celluloid Comrades: Representations of Male Homosexuality in Contemporary Chinese Cinema* (Honolulu: University of Hawai'i Press, 2007), 72-3。
[2] Li Siu Leung, *Cross-Dressing in Chinese Opera*, 166.

交换是一个互惠的过程。

无论是在东方还是西方，易装表演具有一个共性，那就是可以娱乐大众。正因如此，在20世纪美国电影史上，易装表演是一个成功的艺术现象。正如让·路易·格力博所说，"20世纪早期美国电影出现了轻喜剧（flickers）这一类型，男扮女装为其提供了可靠的喜剧效应，而且从默片时代至今成功维持了这一地位。因此，当2000年美国电影协会列出100部最棒的喜剧电影时，性别反串的经典之作《热情似火》（*Some Like It Hot*）和《窈窕淑男》（*Tootsie*）位列第一第二，丝毫不出乎我的预料"。[1] 类似的，风靡国内外的李玉刚易装表演也通常被描述为"有趣"和"感人"。

李玉刚的易装表演，总会让人想起巴瑞·哈姆弗莱斯，一位澳大利亚的喜剧演员，他在电视以及剧场中扮演的埃德娜夫人曾经风靡整个英国。"实际上，埃德娜夫人是一个剧场现象：它是唯一一个在特鲁里街皇家剧院上演并满座的个人秀，这个剧院1663年开始营业，上演的是贝尔曼特和弗莱彻的剧本《幽默的副官》。"[2] 电视给哈姆弗莱斯带来了更多的观众和名气，并培养了一批新的剧场观众。埃德娜夫人的易装表演奇思妙想迭出，甚至穿插惊恐桥段。关于自己的易装表演，哈姆弗莱斯如是说：

> 这其实是一个以澳大利亚家庭主妇形象出现的丑角。它同时也属于具有悠久历史的哑剧和音乐厅表演传统。它

---

[1] Jean-Louis Ginibre, *Ladies or Gentlemen: A Pictorial History of Male Cross-Dressing in the Movies* (New York: Filipacchi, 2005), 8.

[2] John Lahr, *Dame Edna Everage and the Rise of Western Civilization* (New York: Farrar, Straus, and Giroux, 1992), 2.

与哑剧夫人也沾点边,后者通常是由一个粗壮的男人扮演。哑剧夫人的笑点在于:女性服饰与足球运动员的小腿与靴子之间的张力。变装皇后秀则另当别论,是另外一个极端,通常是由一个男性在调侃女性,同时撩拨观众。埃德娜则处于中间地位,与角色扮演更为贴近,一个男人扮演女人,对生活发表意见。[1]

某种意义上来说,哈姆弗莱斯融合了英国喜剧传统与易装皇后秀。同样,李玉刚的易装表演也借用了中国传统表演艺术,尤其是京剧的旦角艺术,并利用观众的好奇心,即一个男人如何易装为一名美丽的女子。然而,李玉刚与哈姆弗莱斯的不同之处在于,李玉刚表演中的旦角美学一定程度上激发了观众的审美欣赏。他的表演中没有太多戏谑或夸张的情节。与梅兰芳一样,李玉刚沉浸于表演中,在舞台上创造出了古典美人的幻象。他并没有戏仿性别差异,而是将其审美化。李玉刚的性别表演性是中国特色的,因而理所应当地不能够完全用西方的性别表演性理论加以解释;与之相反,它在某种程度上丰富了性别表演性的内涵。

然而,这种扮演的审美化,并不能使李玉刚的易装表演免于被(再度)政治化,从而影响对社会和文化的(再)想象。中国传统艺术在当代舞台与大众传媒上的再现通常服务于政治目的。审美和政治不仅互不矛盾,反而奇妙地纠葛在一起。正如周蕾所言,"古老的视觉性持续吸引着倾心于传统中国的学生和专家,它也在博物馆、艺术馆、书籍以及教学、写作和出版

---

[1] John Lahr, *Dame Edna Everage and the Rise of Western Civilization*, 5.

中继续自己的生命。在传统与现代性的对峙中，古老的视觉性被'审美化'了，而现代的视觉性则被政治化了"。[1]李玉刚演出的流行表明，中国传统戏剧所固有的易装在当代能够重获生机，并对社会文化和政治生活产生影响。它在被审美化的同时，也（再度）被政治化。

剧场作为公共场所，可以成为呈现变幻不定的道德困境以及社会和文化冲突的阵地。历史地看，舞台上男扮女装的命运折射了中国政治以及社会的动荡。20世纪二三十年代新文化运动时期，易装表演曾被无数人声讨和批评。60年代以来，易装表演更是屡屡受到政治干预和审查。90年代伊始，易装表演才开始逐渐被主流媒体所接受，不过也并非一帆风顺。[2]易装表演在促进文化开放的同时也受惠于后者。如此说来，李玉刚的易装表演则可以被正面地解读为中国当代正在发生的社会进步和开放文化的一个标志性事件。李玉刚的易装表演现象，实际上为中国创造了新型的社会和文化想象的可能性。李银河认为，"此种雌雄同体偶像的流行实际上是观众对传统审美感到疲倦的后果……这也印证了，中国社会现在对性别身份的宽容度也越来越高"。[3]

结语

以李玉刚为代表的易装表演跨越了男女之间、传统与现代

---

[1] Rey Chow, *Primitive Passions*, 36.
[2] 参见 Melinda Liu and Isaac Stone Fish, "The Dirtiest Man in China," *Newsweek* 23 July 2010; Edward Wong, "China: Crackdown on 'Vulgarity and Indecency' Is Expected," *New York Times* 6 Aug. 2010。
[3] Wang Zhouqiong and Xie Fang, "Cross-Dressers Draw Chinese Audience," *China Daily* 13 Nov. 2006.

之间、地方与世界之间，以及边缘与主流之间的种种界限。这种越界所带来的范畴危机对于文化和政治的改革和更新具有重大意义。同时，它将流行文化与高雅文化、艺术与市场、中国与世界联系起来。李玉刚的易装表演给我们提供了一个机会去认识自我与我们所处的时代，在今日中国不断发展和多样化的文化中寻找新的意义。尤其值得注意的是，李玉刚从草根到主流的蜕变本身就证明，有才华和有梦想的人是有机会获得成功的，同时也见证了市场时代文化产品的再度政治化。

在中国，易装表演是一个与市场体系和官方意识形态不断协商的过程。与李玉刚成功的易装表演相比较，接受过变性手术的舞蹈家金星则更富于争议性。对于某些人来说，暂时性的性别跨界是可以接受的，变性则难以理解。李玉刚与易装表演现象并没有引发推翻异性恋霸权规范的抵抗力量，但是他们对于革新传统的性别政治产生了一定的影响，使得人们意识到了性别以及身份的流动性，对于破解那些僵硬的、二元化的思维定势有一定的价值。从这个角度看，李玉刚的易装表演构成了有积极意义的文化事件，对观众审美与现实世界产生了转变性影响，这一点是值得肯定的。

第四部分
跨媒介表演性

第十七章 《红高粱》的电影改编与跨媒介表演性[1]

莫言的小说《红高粱》(1986)出版后，很快引起年轻的电影导演张艺谋的注意，他以这部小说（还有《红高粱家族》第二部《高粱酒》）为蓝本，改编拍摄了一部电影。《红高粱》电影1987年上映，立即引起轰动，深受国内外观众的喜爱，1988年一举获得第38届柏林电影节"金熊奖"，成为中国电影走向世界的一个里程碑事件。1993年，《红高粱》被美国汉学家葛浩文翻译成英文，之后又相继被译成几十种外语。时至今日，《红高粱》可能是莫言在国内外最广为人知的作品之一。它的名声一方面归功于翻译，是持续不断的翻译和跨文化传播成就了它在世界文坛的地位；另一方面，电影热映，广受不同文化背景的观众的欢迎，增强了小说的传播力和吸引力。与此同时，《红高粱》在国际图书和电影市场的成功，加速推动了它在国内学术界的经典化。围绕《红高粱》发生的这一系列传播与接受行为——图书发行、翻译、改编、评论与学术研究等——彼此关联、相互作用，共同生成了当代一个标志性的文化现象或

---

[1] 本章系根据笔者发表的英文论文翻译和修改而来，参见 Chengzhou He, "Intermedial Performativity: Mo Yan's *Red Sorghum* on Page, Screen and In-Between," *Comparative Literature Studies* Vol 57, No. 3 (2020), 433 - 442。

事件。

"红高粱"事件的一个显著特点是,它得益于一个跨媒介的生产和传播过程,其中电影的成功改编无疑起到了催化剂的作用。那么,我们也许需要问:《红高粱》电影在改编中如何挪用和创造性地改写了小说的文本?这部电影在张艺谋以及第五代中国导演的作品中占据什么样的位置?哪些因素影响电影的生产和传播?这部电影在特定的历史背景下产生了怎样的能动性和社会价值?在已有的相关研究的基础上,本章将跨媒介的形式与表演性的内容结合起来,重点讨论这个"小说-电影"改编的生成性和创新性。

一、 跨媒介的表演性

几个世纪以来,文学与艺术之间的独特性和关联性一直是引起广泛讨论的话题。中国历来就有"诗画一体"或者说"诗画同源"的说法。钱锺书在《中国诗与中国画》一文中,肯定了诗和画作为姊妹艺术的传统,同时也指出它们的评价标准还是有别于彼此的,而且这种情况不仅中国如此,西方也如此。"诗、画是孪生姊妹是西方古代文艺理论的一块基石,也就是莱辛所要扫除的一块绊脚石。"[1] 在《拉奥孔》中,德国戏剧家与艺术评论家莱辛讨论了诗歌与绘画之间的差异,但是也阐述了各类艺术之间存在的一些共同规律。近些年来,文学艺术界对跨媒介艺术的兴趣日益高涨,"出现一种要解构不同艺术与媒

---

[1] 钱锺书:《中国诗与中国画》,李健、周计武主编《艺术理论基本文献》(中国近现代卷),生活·读书·新知三联书店,2014年,第148页。

介形式之间相异性的倾向"。[1] 在新的历史时期，这方面的研究需要有所突破，去催生新的理论范式。"在跨媒介性观念及其方法的指引下，艺术的跨媒介交互关系的研究超越了传统的'姊妹艺术'或比较艺术的研究范式，成为艺术作品本体论研究的一个极具生长性和创新性的领域"。[2]

关于跨媒介性，有人提供了一个简明扼要的解释："大体而论，根据常规理解，'跨媒介性'指的是媒介之间的关系，主要是媒介间的互动与指涉。"[3] 跨媒介性主要分为两大类：一种是媒介的转变，就是一部作品如何从一种媒介形式转化成另一种媒介形式，比如基于小说或戏剧的电影改编；另一种是同一作品内部不同媒介的混合或者对于另外一种媒介的指涉。跨媒介混合通常有比较明显的特征，不仅是指不同媒介的同时存在，而且强调它们如何相互作用，产生特别的效果。一个典型的媒介混合事例是剧场，在一场戏剧演出中，言语、动作、道具、设计、音乐、声音以及其他元素都有序地融为一体。既然剧场一直是跨媒介的，那么跨媒介何以会成为剧场研究的一个学术问题呢？跨媒介性的问题化需要从具体的语境出发，分析哪一种媒介的改变或者一个新的媒介的加入对于文本或者作品所产生的转变性影响。跨媒介指涉可能会是隐藏的，需要加以甄别和挖掘。比如，对于"小说的音乐性"的解释取决于读者的音

---

[1] Lars Elleström, "The Modalities of Media: A Model for Understanding Intermedial Relations," Lars Elleström, ed. *Media Borders, Multimodality and Intermediality* (London: Palgrave Macmillan, 2010), 11.
[2] 周宪：《艺术跨媒介性与艺术统一性——艺术理论学科知识建构的方法论》，《文艺研究》2019年第12期，第24页。
[3] Irina O. Rajewsky, "Border Talks: The Problematic Status of Media Borders in the Current Debate about Intermediality," Lars Elleström, ed. *Media Borders, Multimodality and Intermediality* (London: Palgrave Macmillan, 2010), 51.

乐素养与专业化知识。在这方面,沃尔夫的著作《文学的音乐化:跨媒介性的理论与历史研究》(1999)具有示范性,这本书不仅探讨了文学音乐化的理论问题,还使用西方文学的文本加以解析,比如乔伊斯的《尤利西斯》。[1]

在关于跨媒介性的讨论中,不同媒介的物质性得到比较多的关注。对于文学而言,语言是主要媒介;而对于电影与电视而言,图像、色彩以及声音是主要媒介。但是,我们也不应将媒介的特点绝对化,因为不同媒介之间存在不少相互重叠的地方。其实,我们通常所关注到的媒介自身也是跨媒介的,或者是有跨媒介的潜质。文学是语言艺术,但是我们面对具体文学作品时,除了语言之外,还需要关注它是印刷品,还是电子产品?而所谓的"电子文学""电子艺术",需要考虑到它的作者已经不完全是人的大脑,还有计算机。N. 凯瑟琳·海尔斯提出"电子文学"的创作具有类似人类意识的东西,属于一种非典型的意识或者无意识。[2] 由此可见,跨媒介性不仅深入文学艺术的方方面面,而且在数字化时代产生了新的特点。

当文学与艺术经历跨媒介化转变,或者当我们从跨媒介视角重新审视文学艺术的创作过程与成效,它的表演性发生了什么样的改变?作为一个新的学术概念,笔者提出的"跨媒介表演性"目前尚需要一个较为明确的定义。正如跨媒介和表演性概念是多元的和复杂的,"跨媒介表演性"也不可能只有一个统一

---

[1] 参见 Werner Wolf, *The Musicalization of Fiction: A Study in the Theory and History of Intermediality* (Amsterdam and Atlanta GA: Rodopi, 1999), 125-140。

[2] N. 凯瑟琳·海尔斯在这方面的主要著作包括:《我的母亲是计算机:数字课题与文学文本》《电子文学:文学的新视野》《没有想到:认知无意识的力量》等。

的解释。结合电影改编的话题，我觉得需要对它做多角度的解读：一部作品如何在另外一种媒介中得到再现，产生了什么样的变化？文本从一种媒介旅行至另一种媒介之时，它的能动性和表演性具有哪些新的特点？不同的媒介在混合或相互作用的过程中对所涉及的文本带来了怎样的影响？以往的改编研究注重作品如何实现从一种媒介转换到另外一种媒介，分析这个过程在审美方式、主题内容以及思想观念等方面出现的偏差、挪移与创造性发挥。[1] 有鉴于此，跨媒介的表演性将创作过程以及影响创作的若干因素视为一个整体，讨论它们如何共同生成了一个关联性的、动态的文化现象或者事件，分析它对于历史和现实的干预作用。

就《红高粱》的电影改编而言，跨媒介表演性研究聚焦以下几个问题：小说中仪式性的动作或符号如何在电影改编中得到创造性的再现？电影如何借鉴小说中的视觉元素，并加以挪用和进行二度创作？又取得了哪些出人意料的效果？《红高粱》小说和电影改编如何对20世纪80年代中后期激进的文化与政治生活做出回应并产生影响？

二、乡土仪式与表演

仪式在我们的日常生活中发挥着重要作用，其种类繁多，无法做到一言以蔽之。在《仪式的未来》一书中，理查德·谢克纳认为仪式或许可以被视为人类进化发展的一部分，视为具

---

[1] 参考 Linda Hutcheon, *A Theory of Adaptation* (New York: Routledge, 2006); Julie Sanders, *Adaptation and Appropriation* (London and New York: Routledge, 2016)。

备形式内容以及可定义关系的结构,视为意义的象征系统,视为施行性的行动与过程,视为经验。[1]值得一提的是,以上这些不同的解释相互重叠、互为补充。在小说《红高粱》中存在着不同类别的仪式,它们在上下文语境中是表演性的,这不仅是说作为仪式它们本身可以被视为一种表演,一种人类学意义上的表演,而且意味着这些仪式构成了推动故事情节发展的叙事事件。当小说被改编成电影,这些仪式又以充满想象力的新方式得到重现,在赋予作品新的意义的同时,借助电影媒介,对观众的审美情感和认知能力产生影响。

小说《红高粱》的叙事摒弃了时间上的先后顺序,运用时空跳跃、情节碎片化以及场面描写上的蒙太奇手法,取得了艺术上的突破。《红高粱》的故事是从九儿出嫁开始的。那时,在山东的乡村结婚,新娘一般坐在轿子里,被一路抬到新郎家。轿子由两名或四名男性轿夫抬着,轿子的前后有人吹喇叭与唢呐。年轻的轿夫精力充沛,有时为了取乐,会在途中抖动轿子,新娘会觉得难受吃不消,有的当场呕吐。小说写道,"有的新娘,被轿子颠得大声呕吐,脏物吐满锦衣绣鞋;轿夫们在新娘的呕吐声中,获得一种发泄的快乐。这些年轻力壮的男子,为别人抬去洞房里的牺牲,心里一定不是滋味,所以他们要折腾新娘"。[2]九儿也不幸遭遇了这种的恶作剧,她是单家的新娘,单家父子在当地开了一家酒坊,经济上比普通人家稍微宽裕一些。当九儿拒绝为轿夫们唱曲,四名轿夫便开始剧烈摇晃轿子,直到九儿呕吐、嚎啕大哭后才肯停下来。

---

[1]参见 Richard Schechner, *The Future of Ritual: Writings on Culture and Performance* (London and New York: Routledge, 1993), 228.
[2]莫言:《红高粱》,花城出版社,2012年,第45页。

小说中，这一幕的描写比较简短，几段话而已，而张艺谋在他执导的电影《红高粱》里将它放大，制作了一段乡土气息浓厚、热闹非凡、激动人心的仪式性场景。这一段十分钟长的轿子舞占据了整个电影总片长的九分之一。在这里，轿子舞转变成一个仪式表演，在呈现民俗的同时，具有比较高的观赏性。"这些仪式性的场景在观众看来具有高度的娱乐性，仿佛张艺谋在真实的舞台前拍摄，记录某种表演——皮影戏、京剧或者轿子舞。"[1] 值得一提的是，抬轿子的婚礼习俗也出现在电影《黄土地》(1984)中，不过这也许并不是巧合。众所周知，《黄土地》上映后不仅立刻在国内电影界引起轰动，也在国际上取得了前所未有的成功。张艺谋曾是《黄土地》拍摄团队的负责人，凭借精湛的摄影技术，斩获了不少重要的奖项。随着《黄土地》《红高粱》的成功，中国第五代电影导演正式登上历史舞台。当时，这批导演大都对民间题材表现出浓厚的兴趣，他们的电影在一定程度上都带有乡土中国性的特征。《红高粱》中的乡土特色——独特的当地风景、落后的农村生活以及被压迫的女性——体现了周蕾所说的"原始激情"以及一种文化上的他者性，吸引观众的眼球，刺激他们的观看欲望。[2]

在《红高粱》中，酒坊是另一个重要的乡土空间。在这个似乎与世隔绝的地方，稀奇古怪的事情接连发生，比如谋杀、火灾、酿酒以及九儿与余占鳌之间的非法同居。酒坊被建构成

---

[1] Qin Liyan, "Transmedia Strategies of Appropriation and Visualization: The Case of Zhang Yimou's Adaptation of Novels in His Early Films," Ying Zhu and Stanley Rosen, eds. *Art*, *Politics*, *and Commerce in Chinese Cinema* (Hong Kong: Hong Kong University Press, 2010), 166.
[2] 参见 Rey Chow, *Primitive Passion*: *Visuality*, *Sexuality*, *Ethnography and Contemporary Chinese Cinema* (New York: Columbia University Press, 1995), 38.

了"一所乌托邦,一个远离尘世、自给自足之地,这里没有政治权威的约束,也不接受社会的监管"。[1]酒坊里面所发生的事是一场乡村的狂欢,这一点在电影里表现得尤为明显,以至于有人评价说,这部电影"几乎呈现了巴赫金笔下的各种场景"。[2]酒坊里最激动人心的场景是祭拜酒神的仪式,人们高声唱着《酒神曲》,这一幕小说里面没有,是电影改编的一个创新。《酒神曲》的开头是这样唱的:"九月九酿新酒……喝了咱的酒,见了皇帝不磕头。"[3]唱歌的男人们,几乎全裸着身体,只围一块类似短裤的布。他们的歌声粗放嘹亮,凸显了旷野之上桀骜不驯的男性气质。这个场景令人想起《黄土地》中祭拜河神求雨的仪式,但是风格上存在着明显的不同:如果说祭拜河神仪式表现出的是虔诚、谦卑,那么《酒神曲》唱出来的则是狂放和豪迈。

除了《酒神曲》,电影《红高粱》还创作了另一首民歌,歌名为《妹妹你大胆地往前走》。这首歌首次出现,是一个躲在高粱地的男人唱的,当时九儿正路过那里。按照当地风俗,新娘要在婚礼后回一趟父母的家。那个唱歌的男人叫余占鳌,是前面给九儿抬轿子的轿夫之一,他敢于反抗拦路抢劫的强盗,救下了九儿,引起她的好感。当他强行将九儿拉入高粱地时,她并没有激烈地反抗,他们在高粱地里野合的电影镜头充满了浪漫和野性,在当代中国电影中是史无前例的。《妹妹你大胆地往前走》这首歌意在鼓励九儿莫畏惧,勇敢地去面对即将发生的

---

[1] Qin Liyan, "Transmedia Strategies," 167.
[2] Wang Yeujin, "Mixing Memory and Desire: *Red Sorghum* A Chinese Version of Masculinity and Femininity," *Public Culture* Vol. 2, No. 1 (1989), 39.
[3]《酒神曲》,张艺谋词,赵季平、杨凤良曲。

一切。在电影中,这首歌重复出现了五次,最后一次出现在九儿被日本人的子弹打中,流着血,在儿子面前死去。插入主题曲是当时中国电影的一个传统。与《黄土地》里面悠扬抒情的民歌相比,这首《妹妹你大胆地往前走》听上去是那么得高亢、浓烈,充满了激情和原始的生命力,它与当时摇滚歌星崔健的名曲《一无所有》(1986)在风格上有类似之处。这种音乐风格抒发和弘扬了20世纪80年代中后期年轻一代人身上的反文化精神。怀抱着爱国的激情和对民族进步的渴望,部分年轻人不满社会和政治的现状,音乐成为他们宣泄情绪的一种方式。

电影《红高粱》中的轿子舞和民歌代表了复杂的中国文化意象:一方面中国是古老的、遥不可及的,它甚至让中国的观众也产生陌生感和困惑。周蕾称张艺谋以及其他第五代导演为"文化人类学家和民族志学者"[1],意思是说,他们的电影通过挖掘被遮蔽的中国传统文化符号,呈现了一个"他者化"的中国。另一方面,中国的形象又是当代的,正在经历一个剧烈的文化转型,蕴含着不可抑制的变革力量。在这个意义上,电影表演了当代中国人的苦恼与彷徨,体现了一种"政治化"的视觉性。[2]

三、 色彩作为视觉符号的运用

当代中国电影一直有讲故事的传统,第五代导演对视觉性的强调成为电影艺术的一个分水岭。张艺谋电影给人印象深刻的是色彩的娴熟运用和多层次表达,赏心悦目的屏幕设计构成

---

[1] Rey Chow, *Primitive Passion: Visuality, Sexuality, Ethnography and Contemporary Chinese Cinema*, 43.
[2] Rey Chow, 36.

他电影风格的一个标志。"电影《红高粱》改编的过程中,很显然,张艺谋为了突出画面语言,强化具体形象的可视性,特别是色彩对人观赏的震撼力,就将主观感受式的语言变为客观叙述式的语言。"〔1〕虽然电影《红高粱》中的多数色彩运用可以追溯至小说,但是经过张艺谋的匠心独运和艺术的加工,被赋予了电影媒介的独特性。

《红高粱》的故事地点设定在莫言的家乡山东高密东北乡,那里曾到处种满了红高粱,对此小说里面的一个解释是:"东北乡地势低洼,往往秋水泛滥,高粱高秆防涝。被广泛种植,年年丰产。"〔2〕莫言的家乡应该是黑土地,但是电影镜头里面呈现的却是黄土地,这是因为张艺谋将电影的拍摄地点转移到了靠近黄河的中国西北地区,这种选择与他担任《黄土地》电影的摄影师经历不无关系。这一地区曾是中国古代王朝统治的中心区域,跟中国人的黄皮肤一样,黄土地已经成为中华性或者中国性的一个象征。张艺谋需要借助一些视觉符号来表演中国性,因而选择黄土地就变得自然而然了。由此看来,中国性在很大程度是一种社会建构,在全球市场和资本的语境下,它具有了商品化和可重复生产的价值。小说和电影中最突出的颜色毋庸置疑是红色,这种红色到处可见,红色的东西也种类繁多。除了红高粱、高粱酒以及酒坊里的火焰,婚礼也主打红色:红轿子、红丝绸、红窗帘、红鞋子以及新娘的红裙子。这些都是乡土生活环境的一部分,是真正来自民间的,是人民大众喜欢的颜色。因而,红色成为中国文化符号体系中的一个重要色彩就

---

〔1〕牛晓东:《电影〈红高粱〉与文学原著的对比分析》,《电影文学》2009年第5期,第47页。
〔2〕莫言:《红高粱》,第41页。

不足为奇了。"在当代中国,如果要找出一种最能代表中华民族性格和文化图腾的色彩,也许大多数中国人会选择红色。"[1]红色不仅在中国的民俗文化中象征着幸福与好运,而且在现代中国代表着革命和进步的政治信仰。莫言选择红色,是因为它充满了丰富的象征内涵。"莫言的叙事语言,色彩质感也是非常强烈的,他把高粱、高粱酒的色彩——红色演绎到了极致,就如同燃烧的火焰。而这种语言的色彩又与人物的内在情感、人性的张扬以及人性的原始野性等相融合"。[2]需要补充的一点是,红色还与当地村民的英勇事迹有关。叙述者的奶奶——九儿,被日本人枪杀的时候,电影中呈现了这样一个场景:天空通红,我看到奶奶也变得血红。月亮退散,太阳闪耀。四处的红高粱变得鲜红。天地红彤一片,父亲也变红了。他大声呼喊着,"娘,娘,上西南"。[3]此处的红色激发起一种庄严肃穆之感,是对九儿和其他村民表现出的英雄气节的尊重,他们都曾顽强地抗击日军,不怕牺牲。

  电影是光的艺术,色彩的运用可以十分灵活,适应不同的情形。根据电影中情节与气氛的转变,红高粱的颜色会在不同的光线条件下发生变化。当余占鳌将新娘九儿挟制到红高粱地,她并未激烈反抗,好似期待这一切的到来。此处,红高粱在太阳光的照射下,金灿灿的,随风摇曳着,看上去是那么生机勃勃。在电影里,视觉形象起到一种特殊的叙事作用,默默"讲述"着精彩的故事。"经过这样的艺术处理,高粱成为这场戏的

---

[1] 吴保和、魏燕玲:《中国红:文化符号与色彩象征》,《云南艺术学院学报》2013年第3期,第69页。
[2] 牛晓东:《电影〈红高粱〉与文学原著的对比分析》,《电影文学》2009年第5期,第47页。
[3] 张艺谋导演:《红高粱》,西安电影制片厂,1987年。

一个角色（甚至可以说比人物还要重要的角色）参与了表演。充满银幕的枝叶茂密的青纱帐，就像那两位正值人生盛年的男女主人公，洋溢着生命的活力。"[1]当奶奶被日本人射杀，瘫倒在高粱地的血泊中，高粱的颜色也不断改变，以此激发或者呼应着读者心中悲哀的情绪，呈现出代表莫言写作风格的幻觉现实主义色彩。小说写道："它们红红绿绿，白白黑黑，蓝蓝绿绿，它们哈哈大笑，它们嚎啕大哭，哭出的眼泪像雨点一样打在奶奶心中那一片苍凉的沙滩上。"[2]电影的视觉意象也非常类似，在观众心中树立起"奶奶"富有浪漫色彩、悲壮豪迈的感人形象。张艺谋导演艺术上的成功，在很大程度上归功于其在电影中呈现的强烈视觉效果，这不同于以文学与戏剧为基础的中国传统电影的美学特征。《红高粱》成为当代中国电影史上一部具有"艺术震撼力的标新立异的经典之作"。[3]

四、表演个人主义

与舞蹈仪式和红高粱一样，人物形象无疑也是电影视觉符号系统里非常重要的一部分。电影人物中最具个性的是九儿，她代表了中国女性的一个新形象。在"五四运动"和新文化运动中，"新女性"曾经是一个重要的话题，小说、戏剧和电影刻画了许许多多追求独立和自由的女性形象，但是她们的观念主要受西方女性主义的影响。举例来说，易卜生《玩偶之家》中

---

[1] 牛晓东：《电影〈红高粱〉与文学原著的对比分析》，《电影文学》2009年第5期，第48页。
[2] 莫言：《红高粱》，第78页。
[3] 丁亚平：《中国当代电影史》（1949—2017），文化艺术出版社，2016年，第299页。

的娜拉曾被视为中国女性的榜样。不仅中国早期话剧的一些女主人公是以她为原型创作的,那时期的小说,比如,鲁迅的《伤逝》、巴金的《家》等,也都塑造了具有娜拉式反叛精神的人物。之后,在漫长的革命进程中,社会主义文艺作品里的女性常常是接受了共产主义思想的熏陶,有着强烈的民族和国家意识,怀着改造社会和世界的使命感。九儿的形象挑战了我们通常对于新时代女性的想象,虽然她只是中国乡村贫穷农民的女儿,但是她敢做敢为、爱憎分明,勇敢地追求自己的幸福,坚定地做自己认为正确的事。"我深信,她(九儿)什么事都敢干,只要她愿意。她老人家不仅仅是抗日英雄,也是个性解放的先驱,妇女自立的典范。"[1]

九儿打破男尊女卑的陈规旧俗,在行动中表演女性的主体性。她不甘充当男性凝视的对象,而是要将男性变成自己凝视的对象。"在这一连串镜头中,花轿的内景与外景同时展现在我们的眼前:从新娘视角出发的镜头反复出现,她稍微掀开花轿的帘子,注视着大汗淋漓、光着脊背、强健的男人身体,在飞扬的沙尘中前后摇摆。镜头随后便转向女主人公轻微恍惚、充满欲望的眼神。"[2]后来,在单氏父子被杀害后,九儿在机缘巧合下接管了酒坊,并成为坊主。孤身一人的她接纳了余占鳌来这里同居,并不顾及别人的议论。九儿是张艺谋电影刻画的一系列中国乡村女性形象中最早的一个,这些女性都很倔强,勇敢地追求自由和平等,比如电影《菊豆》(1990)和《秋菊打官司》(1992)。

九儿不仅敢于反抗父权制的传统,还与所有形式的压迫和

---

[1]莫言:《红高粱》,第13页。
[2]Wang Yeujin, "Mixing Memory and Desire," 46.

霸凌作斗争。在抗日战争的背景下,她成为勇敢抗击日军的英雄。她决心要为被日本人杀害的罗汉大哥以及其他乡亲报仇雪恨,彰显了豪迈的英雄气概,让人真切地体会到"谁说女儿不如男"的道理。她和余占鳌以及其他酒坊工人一样都是当地的老百姓,他们伏击日军的所作所为是自愿的。在与日军战斗的时候,他们使用原始的自制武器,但是并不害怕,因为他们一心只想着复仇,保卫自己的家园。同样,在莫言的《檀香刑》(2001)里,也是高密东北乡的老百姓反抗德国殖民当局修建胶济铁路,面对殖民者的军队以及与他们狼狈为奸的中国代理人,他们奋起抗争,全力捍卫本地老百姓的利益。莫言的这些小说解构了或者说弥补了中国历史上抵抗外来侵略与殖民的宏大叙事,表现了普通群众自觉自愿的抗争和牺牲。

《红高粱》呈现了自由、无畏的农民形象,九儿与余占鳌张扬的个性和不屈的反叛精神,不仅体现而且也参与建构了20世纪80年代不断高涨的个人主义思想。经过六七十年代的一些政治事件,中国的年轻人最终发现,他们有责任将自己对于个人、时代和国家命运的思考表达出来。而当他们的期待难以实现的时候,他们会采取一些极端的形式发泄不满和愤怒。这种激进的、积极介入现实的态度成了80年代中后期反文化运动的特色。莫言坦言写作这部小说时,他并未充分意识到他笔下这些人物以及小说主题的社会价值。"为什么这样一部写历史写战争的小说引起了这么大的反响,我认为这部作品恰好表达了当时中国人一种共同的心态,在长时期的个人自由受到压抑之后,《红高粱》张扬了个性解放的精神——敢说、敢想、敢做。"[1]

---

[1] 莫言:《我为什么要写〈红高粱家族〉》,《小说的气味》,春风文艺出版社,2003年,第20页。

事实上，电影《红高粱》在当时曾引起广泛的争议。"批评和讨论在一定意义上远远超过了对一部作品给以评价的范围，这也恰好说明了这部电影在电影艺术发展以至社会生活中占据一个重要的位置，产生了重要的影响，它之成为舆论注意的中心，是自然的。"[1]同莫言的小说类似，电影《红高粱》表面上没有多少政治性。然而，在这部作品中得到大力弘扬的个人主义与自由主义，同当时青年人中间的反文化浪潮存在密切的关联，从而让这部电影受到青年观众的广泛青睐。

小说对九儿、余占鳌以及其他粗犷农民角色的塑造得益于颇具地方特色的口头语言。这些口语化的表达粗俗、滑稽、幽默、生动，不仅有助于人物形象的建构，而且增强了阅读的快感。作为文学的物质材料，文字是有形的存在，它直接作用于读者，对于读者的感知和情感产生影响。莫言小说的文字是独特的、施行性的。莫言反复声称他的小说需要用耳朵来"听"，提醒读者要关注他小说文字的声音和节奏，尤其是有地方特色的口语表达。在中国文学的传统中，小说是适于公开朗读的。莫言作品中的语言具有丰富的剧场性，这和他成长的环境及经历有关。在他的家乡，莫言从小就对讲故事和演出地方戏曲感兴趣，也喜欢阅读中外文学，尤其是《聊斋志异》，作者蒲松龄的老家离莫言的家乡并不远。莫言作品中的乡土语言生动传神，具有很强的感染力。这一点也被张艺谋在电影中加以利用，在荧幕上呈现了九儿、余占鳌这些胆大妄为、个性鲜明的人物形象。

---

[1]丁亚平：《中国当代电影史（1949—2017）》，第300页。

结语

《红高粱》从小说到电影的改编，构成了当代一个有重要影响的跨媒介艺术事件。在这个跨媒介转换的过程中，原先在小说中并不怎么突出的仪式和风俗被挖掘出来，通过艺术的加工和再创作，呈现在电影的荧幕上。与此同时，导演充分运用电影的镜头语言和音响效果，强化了对于人物的刻画与情感的表达，尤其是张艺谋独具特色的色彩和影像设计，改变了中国当代电影中以讲故事为主的传统，与《黄土地》等类似影片一起构成当代电影的一个转折点。

《红高粱》是莫言的"高密东北乡"系列长篇小说的开端，也是张艺谋早期乡土电影的一个奠基之作，它们共同成就了当代文学艺术领域的"红高粱"现象。在这个跨媒介的艺术事件中，电影与小说不是竞争、对抗的关系，而是相互缠绕和互为补充，共同建构一个艺术与文化的行动。它的突出成就之一就在于表演了乡土中国性的文化身份。如果说小说的读者可能会对老百姓抗击日军的故事情节表现出特别的兴趣，国内外的电影观众则会对饱含乡土气息的人物、风俗和生活情景感到好奇。继《黄土地》之后，通过表演一种遥远而又陌生的乡土中国性，《红高粱》进一步激发西方将中国构想为神秘而又充满魅力的他者。

《红高粱》把故事背景设置在偏远的村野，并通过村民的视角加以讲述，它的乡土叙事有别于宏大的历史叙事，后者主要围绕民族和国家的议题，遵循主流话语体系下的历史观。《红高粱》在艺术与思想上表现出的疏离与批判姿态，促使我们认真反思历史的经验教训，关注当下的社会现实。诚如冯骥才所言，"文学家、艺术家、学者对社会有一种纠正的功能。必须是独立的、前瞻性的判断才有价值。"[1]《红高粱》在民间叙事中张扬个人主义，激励80年代后期的青年人追求自我的价值，积极参与社会生活和文化氛围的改造。

---

[1] 冯骥才、朱玲：《历史需要反思，但我们做得不够》，《中国新闻网》，2014年3月12日。https：//www.chinanews.com/cul/2014/03-12/5939249.shtml

第十八章　先锋昆曲的主体性、当代性与跨媒介混合[1]

什么是先锋昆曲？它指的是21世纪初以来，昆曲演员创作的一系列实验性的昆曲改编和演出。它既不同于传统昆曲，也不同于新编昆曲[2]，而通常是对传统昆曲折子戏的移植和化用，在表演形态上与西方当代的后现代剧场有不少类似的特点，因而难怪也有人称之为"后昆曲剧场"。[3] 它最主要的特点包括：在主题内容上，着重表达演员个人对于历史、现实、艺术、人生问题的理解和反思；在表演风格上，保留了昆曲唱、念、做、打的程式，但是同时做了明显的修正和突破，比如演员的素颜演出，不再遵循昆曲传统的化妆、服装等；在舞台装置上，总体上不再坚持戏曲传统的"一桌二椅"布局，而是大量运用新的技术手段，包括灯光、影像、音乐和声音等。先锋昆曲，

---

[1] 本章根据笔者的英文论文翻译和修改，参见 Chengzhou He, "'The Most Traditional and the Most Pioneering': New Concept Kun Opera," *New Theatre Quarterly* Vol. 36, No. 3 (2020), 223-236。原先，柯军等人一直将他们的实验性昆曲称作"新概念昆曲"，2020年改称"先锋昆曲"，我尊重他们的选择，在这里改用"先锋昆曲"的概念。
[2] 新编昆曲通常指新创作的昆曲剧本及其演出，既可以是对传统故事的改编，也可以是取材自当下的社会生活，但是在形式上基本是传统昆曲的演出，比如2016年江苏省昆剧院推出的新编昆曲《醉心花》是根据莎剧《罗密欧与朱丽叶》改编，但在表演上原滋原味的昆曲作品。
[3] 丁盛：《"后昆曲剧场艺术"论》，《民族艺术》2017年第6期，第134—141页。

借用它的代表性人物柯军的话说,是保留最传统的,探索最先锋的。可以想见,在这样的理念下,先锋昆曲的实践给观众带来巨大震撼和强大冲击力,也改变昆曲演员自己对于昆曲艺术到底能否加以革新以及是否存在一定边界的疑问。

为什么说先锋昆曲值得研究?首先,它以一种新的表演方式探索一些具有普世价值的主题。通常,戏曲在日常语汇中被称作"传统戏""旧戏",似乎戏曲就是关于古代的,与现代人的生活体验无关。其实,戏曲的主题很多是关于普遍人性的,比如昆曲《邯郸梦》揭示了人的欲望、人生的坎坷与命运的无常。先锋昆曲《邯郸梦》通过与莎士比亚戏剧的拼贴和杂糅则是以一种全新的方式呈现了这些东西方共有的精神生活和文化体验,加深了中英、中西之间跨文化的理解和沟通。其次,先锋昆曲有助于重新思考戏曲表演与观众的关系。过去在中国剧院里,戏曲观众看戏不像话剧那样被动和保持距离,而是积极参与剧场氛围的营造。先锋昆曲强调观演的互动,但是超越了一般的欣赏层面,启发和刺激观众在观看中有所反思和批评,类似布莱希特提倡的戏剧"陌生化"效果。最后,先锋昆曲往往能够提出一些尖锐的个人、时代与社会的问题,与观众交流,在更大的范围内引起人们的关注,从而渗透到社会的公共空间里,在介入人们的日常生活与形塑时代的精神特质中发挥作用。德国戏剧学者克里斯托弗·巴尔默认为,"剧场是真正的、大众定期聚集的公共空间之一(类似的还有教堂、酒吧和赛车场)"。[1] 先锋昆曲的一个功能就是重塑戏曲在"公共空间"的话语建构与问题讨论方面所起的作用,为未来进一步探索戏

---

[1] Christopher B. Balme, *The Cambridge Introduction to Theatre Studies* (Cambridge: Cambridge University Press, 2008), 101.

曲的出路提供了一些有益的借鉴。

如何研究先锋昆曲？我觉得需要抓住三个方面的问题：首先，演员的主体性。昆曲演员的身份是多重的，但是在传统戏曲的包裹下，通常他的个体身份是隐藏的。但是柯军以及他周围的昆曲演员提出了自我表达的问题，他们希望能够针对现实或者历史的问题发出自己的声音，与观众对话交流，这涉及演员从事先锋昆曲的创作动机。其次，创作的当代性。先锋昆曲关注当下，积极参与生活，同时又能与现实留有距离，从而始终保持一定的反思和批评立场，参与当代话语建构，这激发了导演和演员的创作激情。第三，作品的跨媒介性。先锋昆曲中不仅有不同艺术形式的交织，还常常创造性地运用多媒体、音乐、灯光等技术手段，这表明了先锋昆曲的创作方法具有丰富的多样性。在先锋昆曲的艺术实践中，主体性、当代性与跨媒介性之间既相互独立，又彼此关联，它们还可以在一个具体演出的批评中得到有机地融合。

一、 主体性的觉醒与观演互动

昆曲的特点是用程式化的表演讲故事，通过师徒教授的方式代代传承。在当代，欣赏昆曲对于一般观众来说并非易事，更不用说国外的观众了。于是，一些演员不满足于昆曲的现状，开始做一些实验性的尝试。与此同时，其他门类实验戏曲的运作风生水起，比如，以我国台湾地区当代传奇剧场和吴兴国为代表的京剧莎士比亚，创作了多个改编剧，在世界各地演出，产生了广泛的全球影响。柯军的第一个先锋昆曲《余韵》（2004年3月）就是应吴兴国的邀请，在台北首演的。昆曲实验之路的一个重要突破口是，从讲述古代发生的故事到表演一个现代人的追求，表达一个昆曲演员的所思所想，这标志着昆曲演员主体性的觉醒。主体性，依照唐纳德·霍尔的定义，是"选择和幻想之间的张力，强制定义和个体探寻之间的张力，以及旧规则和新责任之间的张力"。[1] 先锋昆曲的主体性体现在一些昆曲的传承人对于昆曲传统的反思，勇敢地质疑旧的观念，利用新的技术手段和跨文化的资源，对昆曲进行实验与创新，积极思考昆曲与现实世界的关联，关注传统戏曲形式的施行性力量。同时，它也激发观众走出传统的以娱乐为主的观剧习惯，对于舞台上的呈现保持一定的距离，保留独立思考和批评的空间，这与布莱希特史诗剧的"陌生化"效果有一些相通之处，也与西方后现代剧场或者后戏剧剧场的戏剧理念和"观演"关系有类似之处。从某种意思上说，先锋昆曲构成了颠覆性的演出事件，不仅形式上突破传统的束缚，内容上也体现出鲜明的问题导向和现实关怀。

　　《桃花扇/余韵》是柯军的第一个先锋昆曲作品，根据《桃花扇》最后一折改编的。在舞台上，演员柯军一个人分别扮演老赞礼、柳敬亭、苏昆生三个角色，同时他也以一个演员的身份出场。全剧开始是"我"，结束也是"我"，是作为演员的"我"在舞台上化身为不同的角色，运用戏中戏的结构，表演了作为演员的"我"的故事，突出了演员个人的主体性。值得指出的是，剧本中演员唱的台词也非常有深意，比如"愿甲马休争，干戈永歇"，还有最后一句根据《牡丹亭·游园》（皂罗袍）改写的"原来姹紫嫣红开遍，莫付与断壁颓园"。2004年台北首

---

[1] Donald E. Hall, *Subjectivity* (New York and London: Routledge, 2004), 2.

演的时候，两岸关系比较紧张，"我"的这些心愿的表达，隐含希望两岸和平的美好愿景，体现了柯军作为一个中国演员和导演的创作意图，激发观众对于当下两岸关系和国家认同的思考。先锋昆曲的这种政治干预意图和力量，超越了戏曲表演的传统。

在演出风格上，演员没有化妆，是素颜，这后来成为柯军表演先锋昆曲的一个标志性符号。演员有时像话剧里那样讲白话，但这是嵌入式的，与整个演出能够融合成一体。剧本的第一句台词为整个剧的创作动机提供了一个有力注脚："作为一个演员，我好幸运；作为一个演员，我好无奈，演来演去演别人。"〔1〕走上"先锋昆曲"的创作绝非昆曲艺术家柯军一时的冲动，而是其对昆曲面临的困境不断思索的结果。柯军在接受《中国文化报》记者采访时曾说："对一个有思想、有灵魂、需要情感表达的演员来说，昆曲不应该成为自我的局限，因此我尝试以昆曲为载体，让传统的表演程式进入新的表现层次，除了表现昆曲艺术的美和高雅以及表演程式的精湛以外，我想表现人的一种欲望、一种涌动的情绪、一种不断追求的精神。"〔2〕这其中也包括演员对于他们所从事的昆曲艺术与人生的思考，比如柯军创作的先锋昆曲作品《新录鬼簿》。

《录鬼簿》是历史上第一部为戏子立传的书籍。名为鬼，实为戏子。受这部书的启发，柯军创作了先锋昆曲《新录鬼簿》，2009年2月首演于香港，采取"戏中戏"的方式，分为四个片段依次展开。第一个片段，历史上一个有名的昆曲演员商小玲演《牡丹亭》的"寻梦"，扮演杜丽娘。第二个片段，商小玲自

---

〔1〕引自柯军的演出档案。
〔2〕黄鑫：《任重而甜蜜的责任——访江苏省昆剧院院长柯军》，《中国文化报》，2008年9月17日。

己出现在舞台上,讲述她一生如何独爱《牡丹亭》,在演出杜丽娘时入戏太深,最终因伤心过度死在台上。第三片段,演商小玲的柯军出现在舞台上,用唱讲述和评点商小玲"因情成戏,因戏而亡"的戏曲人生。最后一个片段,是柯军与商小玲关于艺术与人生的对话,商小玲哀叹古代戏曲的演员和作者地位低下,受人冷落,死了变成鬼才被人记录进入《录鬼簿》。柯军解释道,其实当下时代,传统艺术的地位没有多大的改变,得不到社会多大的关注。但是,他表示,作为昆曲的一员,在古今、梦想与现实之间穿梭,不会轻言放弃。

这是一个新创的剧本,表达了当时昆曲演员在戏曲处于低谷的时代背景下,思考自己的人生价值和昆曲艺术的传承,既表达了昆曲演员的苦恼、困惑和迷茫,同时又传达了他们仍然坚守昆曲的追求和信念,昆曲演员的主体性得到弘扬。除了"戏中戏"设计之巧妙,柯军一个人分别扮演以上几个不同的角色,在表演风格上既有杜丽娘的柔美、商小玲的忧郁,又有作为一个武生演员的阳刚和豪迈。观众为昆曲的美震撼,也对于昆曲人的艰辛给予理解。在演出过程中,柯军直接在舞台上换装,此时采取了暗场,但是大胆地运用了"追光"。这里的先锋演出,体现了对昆曲表演性的演绎。它让观众直接面对戏曲舞台上角色之间的变换,打破文学虚构,通过对于昆曲传统的解构和碎片化,颠覆了传统昆曲的内容和形式,为表达昆曲演员的主体性创造了条件。

《新录鬼簿》是关于昆曲演员的,《夜奔》则是主要呈现戏曲传统上不受重视的剧作家和剧场的那些幕后人员。这个戏是柯军与香港导演荣念曾合作的,由香港艺术节和进念·二十面体共同资助,2010年5月香港首演。第一幕的标题是

"检场也可以说是演员",在整个演出中一名检场不断地进出舞台,在舞台上走动,布置一桌二椅。《夜奔》在创作设计中明确说明这部剧是献给所有的检场们,是致敬传统戏曲历史上被忽视的那些无足轻重的人,目的是表演一种反主流的文化立场。

昆曲折子戏《夜奔》的主人公是林冲,讲的是林冲因反复谏言弹骇童贯遭陷害,被逼上梁山。但是先锋昆曲《夜奔》完全不同,整个演出中没有歌唱,除了背景的唱之外,主要是戏曲的程式动作。当演员出场时,脚本解释说他可以是昆曲《宝剑记》的剧作家李开先也可以是林冲。这样设计背后的用意是什么?李开先因谏言遭排斥达30年之久,林冲因谏言被逼上梁山,他们都是因为政治上的批评立场遭受迫害。通过将剧作家和他笔下的人物并置,该剧是要表达这样一个观念:现代社会要容许批评的声音,没有批评,社会就会陷入停滞。由此可见,先锋昆曲不仅仅是一个革新戏曲的表演事件,而且是一个践行文化批评的行动。

该剧中,演员是话剧的装扮,以素颜出场,但是表演了戏曲的舞蹈动作,用身体动作的能量与观众交流。多媒体的运用,将剧本的脚本打在了屏幕上,观众看这些文字,对照身体的动作,感受舞台上的能量。在效果上,这是一种"共情",而不仅仅是传统意义上戏曲观众对于表演者演技的着迷。所谓共情,就是观众直接感受到表演体现出来的美,以及它所传达的思想蕴意,是一种观众与表演者之间的直接交流。值得指出的是,多媒体还把表演者的影子打到屏幕上,这是柯军常用的一个舞台技术手法。演出的最后,屏幕上出现飞雪,这是因为在原剧中林冲夜奔发生在一个雪夜。随后,演员自己也出现在屏幕上,和舞台上现实的表演者同时在场。跨媒介的运用解构了传统戏曲的虚幻性,促进表演者与观众的交流互动,有助于他们对于历史与现实进行反思,彰显了主体性的表达。

二、 当代性与戏曲创新

众所周知,昆曲是文人戏。通常,古代士大夫阶层主要是通过科举进入官场,做官是他们的正业,创作昆曲多源于自己的爱好,是在工作之余的雅兴,或是在仕途受挫时的精神寄托。比如,汤显祖,34岁中进士,官场屡遭不顺的情况下弃官返回家乡,潜心于戏曲创作,作品《牡丹亭》《紫钗记》《南柯记》和《邯郸记》合称"临川四梦"。

目前保留下来的昆曲剧目不过二三百种,多数是历史题材,远离现实生活,较少反映当下社会的变迁和问题,也与目前观众的审美体验和精神生活有一定的隔阂。这给昆曲吸引当代观众尤其是年轻人造成困难,但是也给实验性探索留下了很大的空间。先锋昆曲不仅立足于表现正在发生的事情,同时也给予深刻的反思,具有很好的当代性。吉奥乔·阿甘本认为,当代性指的是与时代保持一定距离,以达到深刻的理解。"当代性是与个体所处时代的独特关系,既亲近又疏离。更准确说来,是通过分离和错置来保持与时代同步的关系。那些与时代完全一致的,与时代脉动完美交织的都不能算当代的,原因就在于他们无法审视当下的时代,不能专注地凝视时代。"[1] 柯军和他

---

[1] Giorgio Agamban, *What Is an Apparatus and Other Essays*, David Kishik and Stefan Pedatella trans. (Stanford, Calif.: Stanford University Press, 2009), 41.

的团队力图给昆曲输入当下的内容,以批评的眼光面对现实,让昆曲更好地贴近观众,走进我们这个时代,从而构成具有新的人文精神的表演。

《14:28》是一个新创作的先锋昆曲作品,关于 2008 年"5·12"汶川地震带给人们的伤害,以及抗震过程中所展示出来的人道主义精神。"14:28"是地震发生那一天的确切时间。该剧 2008 年 11 月在南京首演,距离大地震仅仅几个月。当时,大地震给柯军以很大的触动,自从开始先锋昆曲实验以来,他就希望让昆曲反映现实,刻画当下时代中涌现出来的感人事件。面对大地震的灾难和抗击地震中体现出来的仁爱和善举,柯军创作的激情澎湃,坚定地提出要探索一条昆曲与时代共呼吸的艺术之路,创作出像《桃花扇》《鸣凤记》那样与当时生活密切关联的作品,重塑昆曲之魂。在《演出感言》中,柯军写道:"除了捐款、义演、献爱心,难道我就无能为力了吗?难道我们的昆曲只能演唱过去的曲词吗?难道我们的昆曲舞台上只能演绎过去的故事吗?难道我们的昆曲演员只能塑造刻画过去的人物吗?难道我们的昆曲艺术只能抒发过去人的情怀吗?为什么?为什么我们就不能用昆曲来记录当下发生的事?为什么我们就不能用昆曲来刻画身边的人?为什么我们就不能用昆曲来抒发自己的情感?"[1]这一连串问题的背后,是一名昆曲演员对艺术创新的热情与拥抱现实的情怀。

这部剧仍然沿用了具有表演性的"戏中戏"结构,主要体现在两个地方。一个是剧本开始,演员在排练《桃花扇·沉江》

---

[1] 来自柯军的演出档案。

的片段，历史人物史可法在哀叹扬州城被攻占，导致生灵涂炭。[1]在排练的过程中突然发生地震了，可以看出这个"戏中戏"片段的悲剧气氛为烘托后面地震的残酷和悲壮打下了伏笔。另一个"戏中戏"片段是在最后一幕，昆曲演员为了给地震受害群众赈灾，举办了一场义演，用来致敬地震后人们的爱心。新编的昆曲包含念白和唱词，表现抗震中人们的无私奉献、大爱无疆和英雄无畏，也揭露和批评了少数人的自私行为，深刻反思了灾难与人性之间的关系。

这个演出在当代戏曲的舞台上开创了现实主义的意象和风格。为了逼真地表现地震的破坏力以及人们在突如其来的灾难面前的慌乱和绝望，演出大量运用了音响、灯光等舞台技术。比如，在该剧的《沦陷》《抗争》二幕中，地震发生时剧烈的地动山摇声、呼喊声和惊心动魄的场外音等，加上人造烟雾技术的使用，使观众如临其境。这些类似电影拍摄场景的营造与戏曲表演的写意美学大相径庭，但是这种反差未尝不可，尤其在后现代美学深入人心的当下。演员在昆曲演唱过程中，同样是素颜，没有戏曲的化妆和服装。一方面是因为这个情景是发生在昆曲排练现场，另一方面也让演出更加具有现实感。不仅如此，舞台上出现工人装束的演员，头戴安全帽，扛着椅子。舞台上的这种错位和混杂，是戏曲中前所未有的。话剧的写实主义与戏曲的虚拟性相混合，起到抒发情感、表达思考、拷问灵魂的关键作用。

如果说上面这个关于国内地震灾难的先锋昆曲是非常本土

---

[1]据历史记载，史可法在扬州城抗击清军失败，城破后清军屠城三日，血流成河，尸积如山，火光冲天，瓦砾遍地，十万生灵，水深火热。

的,那么下面这个跨文化的创新演出则在内容和形式上具有强烈的全球化色彩。在当今时代,随着世界不同国家和地区之间的文化交流日趋频繁和深入,跨文化戏剧成为世界戏剧舞台上的一个新趋势。跨文化戏剧主要有两种范式:一种是对于外来戏剧的改编,包括戏剧文本、舞台场面和表演风格等不同方面。在《面向剧场的跨文化理论》一文中,帕特里斯·帕维斯解释道:"从西方的视角看来,彼得·布鲁克对印度史诗《摩诃婆罗多》的戏剧改编,大量地运用了西方表演技巧,可以被称作是'跨文化的'。同样,西克苏和姆努什金将印度历史搬上戏剧舞台所做的戏剧和场景写作也是跨文化的,模拟的肢体和发音技巧应该是代表着印度次大陆上的不同族裔人群。而从非西方的他者角度看来,我们可以发现,日本导演铃木忠志在编排莎士比亚戏剧或者希腊悲剧时,使用了来自传统日本戏剧的手势和发音技法。"[1]跨文化改编的例子在中国非常多,莎士比亚、易卜生等人的剧本被改编成不同的戏曲剧种、话剧、音乐剧、芭蕾、歌剧等类型的演出,这种改编有100多年的历史。以改编为主的跨文化范式注重他者文化的挪用对于更新自我认同的影响,但是也会产生文化本质主义的狭隘理解。另一种跨文化戏剧是将不同文化的表演形式在舞台上同时呈现,比如,让中国的京剧、日本的能剧或者歌舞伎、印度卡塔卡利舞与西方的现代表演形式在同一个舞台上演出和互动。鉴于此,德国戏剧学者费舍尔-李希特提出了"交织表演文化"(interweaving performance cultures)的概念,她认为:"戏剧文化的互动是变

---

[1] Patrice Pavis, "Towards a Theory of Interculturalism in Theatre," Patrice Pavis, ed. *The Intercultural Performance Reader* (London and New York: Routledge, 1996), 1.

革和创新的永恒手段和媒介。"〔1〕"汤莎会"《邯郸梦》主要属于后一种跨文化范式，通过将昆曲《邯郸梦》与莎士比亚戏剧的片段拼贴、将昆曲和当代莎士比亚表演混杂等方式，探讨一些具有普世意义的社会与伦理话题，提出反思性的批评，从而引起中外观众强烈的审美愉悦和思想共鸣。与此同时，它也会对于昆曲的改革和创新产生一定的影响。

"汤莎会"《邯郸梦》2016年9月22日在伦敦首演，是为了纪念汤显祖和莎士比亚这两位中国和西方的戏剧泰斗去世400周年。众所周知，汤显祖著名的四梦中，最有名的是《牡丹亭》，为什么选择《邯郸梦》？柯军解释说，这部剧与莎剧气质最接近，适合拼接与混编，构成哲思的混响。〔2〕昆曲《邯郸梦》讲述了一个名叫卢生的书生的故事，他贫困潦倒，心灰意冷。在一家小店歇脚的时候，有一个神仙给了他一个枕头，他在等饭吃的时候睡着了，做了一场大梦，跨越他余生的几十年光阴。期间他科举考试中了状元，被皇帝委以重任，立下赫赫战功，却因遭人嫉妒被陷害谋反，在即将被砍头之际得到皇上赦免。之后他仕途顺利，声名显赫，一人之下万人之上。封妻荫子，家庭兴旺。可是一觉醒来，原来都是一场空。

"汤莎会"《邯郸梦》的昆曲部分包含四折，选择了入梦、勒功、法场和生寤，粗线条勾勒出主人公梦里的一生。《邯郸梦》全剧依次插入莎士比亚戏剧的人物和表演片段，包括《哈姆雷特》（女巫）、《麦克白》（麦克白、麦克白夫人、女巫）、

---

〔1〕 Erika Fischer-Lichte, *The Routledge Introduction to Theatre and Performance Studies*, Minou Arjomand trans. (London and New York: Routledge, 2014), 114.
〔2〕 参见李威《中英戏剧大师执导〈邯郸梦〉伦敦首演》，"大公网"2016年9月24日。〈http://news.takungpao.com/world/exclusive/2016-09/3373079.html〉

《亨利五世》（亨利王）、《亨利六世》（玛格丽特王后）、《雅典的泰门》（泰门）、《亨利六世》（葛罗斯特）、《辛白林》（辛白林）《李尔王》（李尔、女巫甲＼高纳里尔、女巫乙＼里根、女巫丙＼考狄利娅）、《第十二夜》（费斯特）。莎剧中的人物不断地与《邯郸梦》中的卢生进行对话，莎剧的表演总时长约为25分钟，占全剧（100分钟）的四分之一，其余的是昆曲的演出。

先锋昆曲《邯郸梦》的故事情节相对完整，而莎士比亚的片段来自不同剧本，脱离了具体的上下文语境，是用来比附或者烘托昆剧里的故事。这样一个跨文化的创作有一些特点：一是，揭示了中英古典文化中人性是相通的，都有对于权力的渴望、对于美好家庭的向往，以及对于死亡的担心和恐惧。二是，同一时代中西方戏剧艺术的成就具有一定的可比性，汤显祖是与莎士比亚一样伟大的戏剧家，他们对于人性的深刻洞察，对于复杂的戏剧结构和优美语言的操控能力方面十分类似。三是，也看到中英戏剧的不同，昆曲的音乐性比较强，身体动作的表演程式精彩纷呈；莎士比亚戏剧的文辞优美、幽默，作品数量多，主题和题材具有很大的丰富性。

在演出上，昆曲和莎剧基本上是两条平行线，但也有一些交叉碰撞。比如在语言上，半中文半英文的搭配，汤显祖的唱词交织着莎士比亚的韵文。演出中双语对照的翻译，是由昆曲研究者郭冉（Kim Hunter Gordon）完成的。中英双方在音乐上的配合引人瞩目，幕启之后首先是小提琴加上中国的笙，共同将《牡丹亭》和《罗密欧与朱丽叶》的音乐揉在一起。在演出过程中，英国的鲁特琴有时会为昆曲表演伴奏，而中国的提琴、笛子也会伴随莎剧的节奏。音乐的混合运用与表演的场景紧密结合，产生很好的跨文化效果。"摇曳的烛光下，莎士比亚《亨利五世》的战争场景，更由铿锵有力的昆曲打击乐助阵体现，鲁特琴催眠着卢生去做一场荣华富贵的好梦，昆曲提琴却让李尔王遭遇了年老昏聩的凄惨下场。"[1]

舞台空间的设计上，演奏者居于舞台中间的后方，这对于昆曲而言是不常见的，昆曲的乐队通常置于边侧，在观众的视线之外。舞台中间醒目的位置摆放一桌二椅，保留了戏曲的标志性舞台布置。演出场所是伦敦市中心的圣保罗艺术教堂，它以"演员的教堂"而为人所知，自1662年德鲁里巷皇家剧院建立以来，该教堂长期以来一直与该剧院保持着联系，在这里上演过很多莎剧。有趣的是，双方的演员都坐在舞台边上，既是观众，也可以随时作为演员加入演出。

在演员配置上，中英双方各出五位演员，中国团队来自江苏省演艺集团昆剧院，除了领衔主演的柯军，还包括梅花奖获得者李鸿良等昆曲名家；英方演员包括著名舞台剧演员乔纳森·弗斯（Jonathan Firth）等。演出混合了来自中英双方的表演形式，传统昆曲的唱、念、做、打和传统的莎士比亚戏剧英语对白、独白，还有决斗的场面等等。尤其值得一提的是，柯军一个人饰演了不同行当：小生、小官生、武生、老生、老外等，展示了扎实的表演功底。

在演出过程中，中英演员之间有一些互动，特别体现在最后一幕，卢生和李尔王同坐在一条板凳上，卢生说："都是为儿为女。"卢生20年当朝宰相，建功立业，子孙满堂。年老后，生活腐化堕落。回顾人生，心有余而力不足。病重之际，大臣

---

[1] 孙建安：《"汤莎会"〈邯郸梦〉音乐创作》，柯军、李小菊主编《"汤莎会"〈邯郸梦〉》，江苏美术出版社，2018年，第39页。

们纷纷前来问安,连皇帝都派了宦官高力士来探望。趁此机会,卢生交代自己去世之后的期望:自己死后的封号,小儿子的官位,五个儿子的未来仕途等。此时,李尔王上。他将国土分给两个女儿,溺爱讨自己欢心的大女儿和二女儿,冷落了真正爱自己的小女儿,昏聩无能,是非不辨,最终被他两个女儿抛弃。焦虑的卢生和失望的李尔王相互映衬,将中英文化中为人父母者的共同心结牵连在一起。

该剧由柯军与英国导演里昂·鲁宾(Leon Rubin)共同指导,"汤莎会"是一次中英平等的合作,一个有重要影响的跨文化演出事件。本剧的独特性和创新性在于通过跨文化的表演尝试,将汤显祖和莎士比亚就人生、荣哀、兴衰等问题的思考加以对照和比附,来实现中英戏剧的真正对话。有学者给予这样的评价:《邯郸梦》以中英两国演员用中文和英文同台演出的方式,成为在伦敦演出的纪念莎士比亚和汤显祖逝世400周年的各种戏剧作品中最有研究价值的一部。[1]

在这部作品中,东西方两种艺术形式看似风格迥异,却和而不同,均不失其本来味道,实现了汤显祖和莎士比亚的"跨时空交流"。在当代全球化的语境下,曾经有人担心文化的同质化,但是全球化也促进了文化的多元共生。中英《邯郸梦》有力地证明,跨文化的演出合作可以将来自不同国家的演员联结起来,沟通不同的表演文化,促进世界剧场中表演文化的多样性。换句话说,剧场的跨文化表演既反映这个全球化时代的文化图景,也成为推动跨文化对话的一种力量。

---

[1] 参见孙建安《"汤莎会"〈邯郸梦〉音乐创作》,柯军、李小菊主编《"汤莎会"〈邯郸梦〉》,第39页。

三、 跨媒介性和新舞台技术

跨媒介性有很多种解释。"通常而言,按照共识,跨媒介性指的是媒介之间的关系,媒介相互作用和相互介入。"[1] 戏剧中的跨媒介性至少有三种主要的范式,一种是改编,比如小说改编成戏剧;另一种是在同一个戏剧作品中不同艺术形式的并用和互动;最后是新的舞台技术媒介的运用,包括影像等多媒体手段。戏剧一直就是跨媒介的,因而什么样的不同媒介形式的融合能被看作是有意义的跨媒介议题,是要考虑具体的历史和文化背景的。比如,样板戏在20世纪六七十年代就是一个跨媒介性的典型,将京剧与西方的芭蕾舞、交响乐等融合在一起。当然,这几种不同范式之间不是截然分开的,可以是相互交叉和混合的。有些先锋昆曲就包含以上不同的跨媒介形式,其中最突出的是《藏·奔》。

《藏·奔》2006年3月首演于德国柏林,这部作品融合传统的书法与昆曲艺术,改编昆曲折子戏《夜奔》。表演者既是柯军自己,又是昆曲《夜奔》中的林冲。他们之间的相似之处是,通过对于人生道路的思考和感悟,表达个人经常遭遇的一个两难境地:顺世与随性。作品的第一部分是书法表演,演员柯军本人在书法上有比较高的造诣。他在台上用不同的字体书写一个汉字"同",有甲骨文、古籀、钟鼎、大篆、小篆、隶书、楷书等"同"字的书写。在中国文化中,书法是一门艺术,书法的

---

[1] Irina O. Rajewsky,"Border Talks: The Problematic Status of Media Borders in the Current Debate about Intermediality," Lars Elleström, ed. *Media borders, Multimodality and Intermediality* (London: Palgrave Macmillan, 2010), 51.

形式和内容是能够表达人的精神追求的。通过跨越历史时空的不同书法风格来书写"同"字,演员得以表达自己的一些人生思考。一方面,一个人在社会上可以采取"不同与世"的对抗态度,也可以采取"同流合污"的妥协态度。在矛盾和痛苦反思的基础上,表演者提出了"和光同尘"的见解,意思是说,做事情要随缘,但是内心要坚定和坚强。关于书法与昆曲的关系,它们都是写意的,都是文人的爱好,表现他们的精神面貌与人生追求。在昆曲中表演书法,这是一个前所未有的跨媒介剧场形式。

该剧的第二部分,演员表演昆曲《夜奔》的片段,这是一个"戏中戏",主要内容是:林冲被奸臣迫害,不得已隐姓埋名,逃离外乡,伤心落魄。后来,痛下决心,投奔梁山,与反叛的英雄聚义,待来日东山再起。前后两个部分紧密相连,第一部分关于"同"的思考为下一部分"夜奔"的表演提供了思想和情感上的铺垫和注解:林冲曾经是80万禁军总教头,他突然遭受人生的打击,何去何从,有过犹豫和矛盾,是妥协还是反抗?是投降还是造反?最终他是"逼上梁山",显示出他坚韧的性格。换一个角度看,《夜奔》的昆曲片段也丰富和深化了书法"同"的解读,将作品的意图更艺术地传达给了观众,与此同时戏曲的表演也被赋予新的思想境界。用柯军的话说,"传统程式进入了某种新的表现层次,让表演者在抒发、欣赏、陶醉的境界中,保持对自我的准确认知,这是我想表达的艺术!"[1]

当《夜奔》的音乐停下来,表演者又重新回到现代"我"的角色,用写满"同"字的宣纸将自己包裹起来。这是一个舞

---

[1] 来自作者本人与柯军的访谈,2019年7月18日。

台上表演的行为艺术,具有象征性意味,挖掘创作者的主体精神世界,同时也进一步启发观众的想象和思考。将书法与昆曲拼接在一起的跨媒介表演,打破传统昆曲以故事、人物、表演为中心的传统,突出演员身体的物质性,以及演员与观众的互动,这正是费舍尔-李希特所说的"演员与观众的身体同时在场",在观众与表演者共同构成的一个"反馈循环"中,突出演出的效果,升华了演出的价值与意义。[1]可以看出,这部作品与西方当代的后戏剧剧场有相似之处,这也可以解释为什么它会被邀请在比利时、荷兰、德国巡演,也在国内多个剧场上演,成为一个独具跨媒介特色的实验戏剧。

与前面不同艺术形式的混合使用不同,昆曲改编的《浮士德》的一个新颖之处是舞台新技术的运用。《浮士德》是德国作家歌德的一部著名诗剧。主人公是一个知识分子,在自己年老的时候不甘心一辈子平庸的生活,受魔鬼的引诱和它签了协议,以死后灵魂为筹码让魔鬼帮助他实现及时行乐的愿景。他经历了精神生活与肉体生活之间不可调和的矛盾和痛苦之后,最终超越了感性和理性的分裂,达到以无私的奉献和崇高的爱为目标的认识高度和精神追求。先锋昆曲《浮士德》看上去是一个跨文化改编,但是与一般的改编不同,没有故事情节,没有具体人物,只以传递一种情绪、表达一种精神为主。柯军说,该剧主旨与《易经》中"天行健,君子以自强不息"相似,从而他在浮士德和中国传统人文精神之间找到了一个共同之处,为这个新剧本奠定了厚重的中国思想基础。

先锋昆曲《浮士德》2004年6月首演于香港,它的特点是

---

[1] Erika Fischer-Lichte, *The Transformative Power of Performance: A New Aesthetics* (London and New York: Routledge, 2008), 38.

将中国传统戏曲的元素和现代录影技术相结合，来表现浮士德精神，这本身就是对现代剧场功能的再理解，是对传统艺术如何适应和利用现代剧场、现代科技的一次再探索，在传统戏曲和现代技术之间找到一个交汇点、融通点。这部先锋昆曲的表演以舞蹈动作为主。戏剧的开场，魔鬼在黑暗中表演一系列昆曲的程式动作，他和浮士德的双人舞蹈暗示他们之间的较量，魔鬼释放诱惑，浮士德内心充满了矛盾斗争。黑暗的舞台上，文字打在舞台背后的屏幕上，为演员的动作做一个注解。第一句话是，"打开心中的窗户，凝望残月；捧起跳动的灵魂，倾听诉说"。[1] 这几句话暗示，戏剧的主人公也许是一个满怀理想的人，对于未来有着诸多期待和憧憬。

演出成功运用了"暗"与"光"的对比和反差。《浮士德》开始的时候有意识地将舞台灯光打得很暗，以烘托浮士德苦闷的内心。与此对应，"光"和对"光"的追求代表一种永不满足现状、不断追求的精神，一种"自强不息"的浮士德精神。难怪，柯军说这部剧的主题就是"光"。同时，暗与光还代表一种情节转换。在黑暗当中，浮士德被魔鬼诱惑，在明亮中他与魔鬼交锋，努力克制自己的不正常欲望，做一个更理想的我。

作品里另一个最突出的技术运用是，用投影在舞台背后的屏幕上生成影子，影子贯穿整场演出，不仅增强了舞台场面的戏剧性，而且具有丰富的象征意义。更重要的是，它成为全剧结构的一条线索，把不连贯的、零碎的片段串联起来，表达了作品的主题思想。关于影子的运用，柯军说："人与双影、多影的变化，不断毁灭，不断再生，叠合与分离。从欲望升华为宏

---

[1] 引自柯军的演出档案。

大理想，超越个人成为永恒的生命。可以做到你中有我，我中有你，强调一种张力、一个探索过程。"[1]可以看出，这个借助影像技术的跨媒介演出，让投射到屏幕上的影子与演员的表演相互配合，给观众丰富的想象和阐释的空间。

传统昆曲主要是写意的，表现为空灵与诗性特征。昆曲舞台道具能少则少，不需要借助其他物化的工具来实现。这是昆曲区别于话剧、影视、歌舞的重要特点。但是现代观众已经适应了舞台科技的运用，而且这种科技是时代进步的产物。戏曲在历史上的每一次变革，其实也都是与技术进步有关的，包括服装、灯光、道具等等。是什么因素导致戏曲对于现代舞台技术的排斥？这种排斥是合理的吗？运用现代技术会如何影响戏曲的表演风格和美学特征？观众的接受程度会是怎样？难道未来戏曲就应该保持所谓的"原汁原味"吗？就不能与时俱进了吗？这些问题在戏曲界和理论界大多没有得到系统的探讨。但是柯军等人还是迈出了重要的一步，先大胆地去实验，利用不同的机会去尝试一下。历史的经验告诉我们，文化艺术上的每一次巨变都却少不了这些敢为人先的"冒险者"。当然，这些冒险不是莽撞的行为，而是经过深思熟虑、周密计划的。

先锋昆曲运用跨媒介的手法和新的舞台科技，以事实说明戏曲可以利用不断进步的现代技术，实现自我的更新与重生。"传统昆曲以文本的表演为主，后昆曲剧场艺术则更多以剧场呈现为主。这一转向引发了创作方式的变革。"[2]柯军的先锋昆曲常常是从某一个概念出发，综合考虑了唱词、灯光、音效、

---

[1] 来自作者本人与柯军的访谈，2019年7月18日。
[2] 参见丁盛《"后昆曲剧场艺术"论》，《民族艺术》2017年第6期，第136页。

背景、道具后集体创作出一个表演文本。在《后戏剧剧场》中，雷曼特别强调表演文本的重要性和特别之处，他写道，"展演文本不再着重于表现，而更多地重视存现；不着重于传达经验，而更多去分享经验；更强调过程，而不是结果；更强调展示，而不是意指；更重视能量冲击，而不是信息提供"。[1] 先锋昆曲运用跨媒介的综合手段，对观众产生巨大的能量冲击，观众能够分享表演者带来的艺术性和思想性的创新。

结语

先锋昆曲正在成为中国实验戏曲的一个新范式。昆曲需要传承，学昆曲需要从儿童时期开始，长时间的专业训练才能掌握昆曲的表演程式和唱腔。昆曲的美是跨越时空的，因此昆曲既是传统的，也是现代的，既能吸引中国的观众，也让国外观众感兴趣，还启发了一批国外的戏剧家、导演和其他戏剧专业人士，为世界戏剧的当代转变做出了贡献。但是面对新的时代，昆曲自身也需要创新，创新不是放弃昆曲的传统，而是在发扬传统的基础上，结合当代的思想、艺术和技术上的进步，进行各种实验性尝试。迄今为止，以柯军为代表的先锋昆曲已经形成了一个初步体系，具体说来就是：在创作意图上，重视表现演员自己，强调他们主体性的表达；在创作内容上，既反映现实，又起到介入干预的作用，对于当下的社会文化生活有所反思和批评；在创作手法上，重视跨媒介的交叉和混合，充分运用新

---

[1] 汉斯·蒂斯·雷曼：《后戏剧剧场》，李亦男译，北京大学出版社，2016年，第103—104页。这里，"performance"被翻译成了"展演"而不是"表演"。

的舞台技术手段。由此看来,先锋昆曲在很大程度上体现了跨媒介表演性的特点:作为打破和超越昆曲传统的一系列演出事件,它发挥了昆曲和昆曲演员的能动性,在推动文化的时代变迁中贡献自己的一份力量。

  作为先锋昆曲的代表性人物,柯军不仅是一位优秀的昆曲表演艺术家,也是一位面向未来和国际的戏剧思想者。作为昆曲艺术的当代主要传承人,他在思考昆曲的命运,昆曲面临的困难和挑战,昆曲的发展道路。他以极大的热情投入先锋昆曲的实验,为昆曲的现代化和国际化积累了丰富的经验。在从事舞台创作之余,他花了大量的时间和精力宣传和解释先锋昆曲的创作过程与理念,整理出版先锋昆曲的大量材料,推动先锋昆曲进入公共空间的话语建构,从而为先锋昆曲以及与之类似的戏曲创新实践的未来发展发挥了重要的作用。

  因此,可以说先锋昆曲的创新实践不仅事关昆曲,也关系到戏曲的未来。先锋昆曲是中国戏曲改革的先行者与探索者。先锋昆曲的三人特点主体性、当代性与跨媒介性也为思考当代中国的实验戏曲提供了一个认识的架构。更进一步说,中国戏曲的先锋实践取得的经验和教训,也关系到世界其他国家和地区传统戏剧的传承和发展。与此同时,先锋昆曲也与国际上的后戏剧剧场潮流有着众多的相似性,具有国际化的显著特点,经常应邀在国外演出,引起了很好的反响。因而,先锋昆曲也是世界戏剧的一个重要命题,值得戏剧理论界进一步关注和探讨。

第十九章　跨媒介视野下的中西"戏剧—小说"研究[1]

在中外文学史上，小说与戏剧（包括中国戏曲）的发展不是泾渭分明的，它们之间既存在着激烈的竞争关系，也彼此借鉴和相互促进。其中一个重要的现象就是，有相当一部分小说是以剧场和表演为内容的，不仅主人公的身份是演员、剧作家或者戏剧导演等，而且小说的故事情节也与舞台、演出等戏剧场景密切相关。除此之外，小说有时还会借鉴戏剧的写作结构、叙事方式、语言特色等。国内外相关的研究不少，但是往往从"戏剧化"的角度出发，关注戏剧因素对于小说的人物塑造、主题、叙事所产生的影响。21世纪初以来，随着跨媒介理论的兴起，学术界开始重新梳理这一有代表性的文学现象，"戏剧—小说"作为一个新的概念被提了出来。[2] 鉴于作品内的跨媒介性一般被划分成"媒介混合"与"媒介指涉"两种类型，故"戏剧—小说"的研究主要关注戏剧和小说如何在一个作品中共存与互动，以及小说对戏剧的指涉如何革新和丰富了文学叙事和

---

[1] 本章内容曾以论文形式发表，这里做了一些修改。参见何成洲《跨媒介视野下的"戏剧—小说"研究》，《南京师范大学文学院学报》2020年第4期，第33—42页。
[2] 参见 Graham Wolfe, *Theatre-Fiction in Britain from Henry James to Doris Lessing*（New York and London: Routledge, 2020）。

读者的审美体验。

在理论与方法上,以往对于"小说戏剧化"的研究较少从戏剧与表演理论的视角来加以研究,一个主要原因是,"这些研究一般出自文学研究者之手,无论他们的研究方法本身多么有价值,却没有好好利用戏剧与表演研究领域丰富的理论观点。"[1] 由此看来,"戏剧—小说"的研究,可以借鉴表演性理论的有关概念,诸如剧场性、物质性、观演互动、事件、场面、施行性效果等,来开展文本阅读与阐释。通过对一些中西"戏剧—小说"的典型文本加以细读,本章重点探讨以下几个问题:在戏剧与小说的双重叙事中(以往的研究通常是贬损戏剧的),戏剧究竟扮演了什么样的角色?作者的意图与文本的意向性如何?它对于读者的审美体验产生什么样的影响?它是否介入到对于历史和文化的(重新)建构?首先,有必要对于"戏剧—小说"的概念作一个扼要解释。

一、 何谓"戏剧—小说"?

中外小说的"戏剧化"现象不仅有着悠久的传统,而且形式多样、涉及面广。中国古代小说中,"戏中戏"、韵文、人物的"自报家门"等戏曲手法屡见不鲜。《红楼梦》第十八回元妃省亲点了四出戏:《豪宴》《乞巧》《仙缘》和《离魂》;尔后,龄官又加演了《相约》《相骂》两出[2];第二十二回贾母内院演戏为宝钗庆生,宝钗点了一出《西游记》、一出《山门》,凤姐

---

[1] Graham Wolfe, *Theatre-Fiction in Britain from Henry James to Doris Lessing*, 6.
[2] 曹雪芹、高鹗:《红楼梦》,人民文学出版社,1974 年,第 211—212 页。

点了一出《刘二当家》[1]；第二十三回还有林黛玉听梨香院伶人演唱《牡丹亭》的描写。[2]《儒林外史》中涉及的杂剧与明清传奇的剧目有十多种，还塑造了几个伶人的形象。[3] 现代作家张恨水的《天河配》《啼笑因缘》等小说包含大量戏曲的内容，不仅有戏中戏，更是描绘了戏曲的表演场景。鸳蝴派作家秦瘦鸥的《秋海棠》（1941），写了男旦的悲剧人生，在40年代红极一时。当代作者莫言的《蛙》《檀香刑》，贾平凹的《秦腔》，毕飞宇的《青衣》等小说都将戏剧（戏曲）深深融入小说的叙事当中。

在西方，歌德的《威廉·麦斯特的学习时代》（1796）是德国成长小说的巅峰之作，主人公麦斯特青年时代满怀梦想，希望革新德国的戏剧艺术，用戏剧来完善自己和改造社会。该小说的译者杨武能在《代译序》中称这是一部不同寻常的"戏剧小说"，他说："古往今来'戏剧小说'尽管多得不胜枚举，在内涵丰富深邃、人物多姿多彩、情节曲折生动和影响深远持久方面，却鲜有可以与《学习时代》比拟者。"[4] 法国作家卡斯顿·勒胡的代表作《歌剧魅影》（1911）讲述一个发生于巴黎歌剧院的"鬼故事"，一段"音乐天使"与女演员之间的爱情纠葛。英国现代小说从一开始就有将戏剧带入情节和叙事的传统。18世纪，亨利·菲尔丁的《弃儿汤姆·琼斯的历史》（1749）中，主人公与朋友到伦敦看莎士比亚的《哈姆雷特》演出；其

---

[1] 曹雪芹、高鹗：《红楼梦》，第252—253页。
[2] 曹雪芹、高鹗：《红楼梦》，第271—272页。
[3] 尹珊珊：《〈儒林外史〉中的戏曲材料研究》，《戏剧之家》2020年第15期，第18—20页。
[4] 歌德：《威廉·麦斯特的学习时代》，杨武能译，四川文艺出版社，2017年，第10页。

间,他的朋友对于演员与演出评头论足,在其他观众面前夸夸其谈。19世纪,简·奥斯汀的《曼斯菲尔德庄园》(1815)描绘了一个家庭戏剧演出的筹备情况。查尔斯·狄更斯的《尼古拉斯·尼克贝》(1839)中,主人公交代了自己既充当主演又是剧本改编者的一些经历。20世纪,英国作家伍尔夫的小说《幕间》(1941)主要就是写了一个英格兰古老乡村的演剧节日,生动描写了演剧的全过程和观众的反应。

鉴于戏剧与小说混杂的文学现象大量存在,相关的研究也是积淀深厚,有着良好的学术传统。[1]此类研究聚焦于小说的"戏剧性",比如:约瑟夫·利特瓦克颇具影响的《陷入幕间:十九世纪英国小说的戏剧性》。小说的戏剧化研究类似小说的音乐化研究,并从中得到一些启发,尤其是威纳·沃尔夫的《小说的音乐化》(1999)。[2]但是,以往的这些研究很少与跨媒介的理论加以结合。那么,如何在跨媒介的视角下拓展和深化"戏剧—小说"的研究呢?奥地利学者沃尔夫提出跨媒介可以分为两大类、四小类。两个大类是作品外的跨媒介性与作品内的跨媒介性。前者又划分为超媒介性与跨媒介的转移:所谓超媒介性指不同媒介都具有的一些特性,比如叙事性、节奏、表演性等;跨媒介的转移是指从一种媒介转换到另一种媒介,比如小说到

---

[1] 该领域的英文研究成果包括:Francesca Saggini, *Backstage in the Novel: Frances Burney and the Theater Arts*; Penny Gay, *Jane Austen and the Theatre*; Christopher Greenwood, *Adapting to the Stage: Theatre and the Work of Henry James*; Stephen D. Putzel, *Virginia Woolf and the Theater*; Anne F. Widmayer, *Theatre and the Novel, From Behn to Fielding*; Alan Ackerman, *The Portable Theater: American Literature and the Nineteenth-Century Stage*; David Kurnick, *Empty Houses: Theatrical Failure and the Novel*。

[2] 参见 Werner Wolf, *The Musicalization of Fiction* (Amsterdam and Atlanta, GA: Rodopi, 1999)。

电影的改编。作品内的跨媒介性是相对狭义的界定，也包含两种主要的类型：作品内部不同媒介的共存与媒介间的指涉和利用。受跨媒介研究的启发和影响，最近有学者提出了"戏剧—小说"(Theatre-Fiction)这样一个新的概念。就小说作品内部而言，"戏剧—小说"主要有两种类型：媒介混合型，比如莫言的《蛙》、伍尔夫的《幕间》等；媒介指涉型，比如《霸王别姬》《檀香刑》《歌剧魅影》等。

"戏剧—小说"强调戏剧机构、演员、剧目、观众、舞台空间等在小说中的呈现以及产生的作用。与以往的研究强调小说如何利用剧场实现文学性的目的不同，"戏剧—小说"将剧场作为讨论的核心，"我们也可以认为'戏剧—小说'是从剧场中出现的，在此过程中，戏剧创作者越来越深入认识到此种次文类的复杂性、挑战性和可能性。"[1] 在这个意义上，"戏剧—小说"超越了"戏剧化的小说"，后者的定义比较宽泛。相比之下，"戏剧—小说"关注不同媒介之间的并置、碰撞、互动和交叉。但是，在"戏剧—小说"中，戏剧性也一样得到重视。"我并非建议摒弃所有的隐喻式戏剧性——毕竟很多戏剧—小说明显地让戏剧和表演跨越文字舞台的边界，注入多样性的内容和形式，很多戏剧—小说家（特别是詹姆斯）在书写叙事小说时大量使用戏剧隐喻。"[2] "戏剧—小说"的跨媒介指涉，在很大程度上就是与戏剧化有关。

"戏剧—小说"不仅仅是一个对次文类的描述，而且也是一

---

[1] Graham Wolfe, *Theatre-Fiction in Britain from Henry James to Doris Lessing*, 7.
[2] Graham Wolfe, *Theatre-Fiction in Britain from Henry James to Doris Lessing*, 3.

个批评概念,讨论作者创作的意图、跨媒介的发生过程、文本的能动性以及作品产生的影响。具体来说,在研究中需要纠正以文学为中心的批评传统,结合表演性理论来分析这个跨媒介的文学现象。表演性理论关注身体、即兴表演、情动、观演关系等,给"戏剧—小说"研究增添了新的理论资源,有利于揭示跨媒介互动带来的创新,同时也关注媒介间的差别带来的创造性潜力。

二、 戏剧与小说的跨媒介混杂

提起"戏剧—小说",有些中国读者会一下子想到贾平凹的《秦腔》。这部小说的题目直截了当地表明了它的跨媒介性。小说中有两条叙事线索:一个关于秦腔在民间的起伏变化,另一个是清风街几代人的生活变迁,这两条线索交织在一起。小说主要讲述了清风街上夏家和白家的故事:夏家的当家人夏天智是一个忠实的秦腔粉丝,白家的女儿白雪是远近闻名的秦腔演员,白雪嫁给了夏天智的儿子。因而,他们两家的故事再也无法与秦腔脱离开了。小说一开始,就借白雪之口,用一个长长的段落介绍了秦腔的历史。除了夏天智、白雪,小说里面的其他人物也多多少少会哼唱秦腔。正如夏天智所言,"不懂秦腔你还算秦人!"[1]

小说中一个令人瞩目的现象是,秦腔的曲谱多次直接穿插在小说的叙述当中。对于不懂曲谱的读者,他们需要懂音乐的人帮忙演奏出曲谱,才能感受到其中的旋律,再结合上下文,

---

[1] 贾平凹:《秦腔》,人民文学出版社,2008年,第327页。

体会到音乐所制造的氛围或者所烘托的人物心情。有一年春节，农民们的生活比较困顿，情绪上也十分低落，小说在此处插入了一段秦腔的乐谱。如果把这段乐谱演奏出来，它的旋律是高亢和喜庆的。小说里，夏天智通过高音喇叭播放了这段音乐，可以说起到了鼓舞人心和活跃气氛的作用。再如，一个村民喝农药自杀死了，夏天智安排人播放了秦腔《纺线曲》，而且连播了五遍。这段曲子哀婉动听，通常用于祭奠和哀悼，这段音乐曲谱的插入起到烘托悲伤情绪的作用。小说中直接引用的秦腔曲目、曲谱和曲牌有几十种之多。这部书写秦腔的小说无疑与作者贾平凹熟悉和热爱秦腔是分不开的。正如他在散文《秦腔》里面所言，"有了秦腔，生活便有了乐趣……"[1]这既是他自己生活的写照，也是小说中诸如夏天智等陕西农民的真实感受。

正如贾平凹满怀着对秦腔的热爱，莫言也一直无法忘怀自己家乡山东高密的地方戏"茂腔"（也说"猫腔"）。小说《檀香刑》既是对于茂腔的怀念，也是对茂腔的一种纪念，当然也见证了莫言在家乡度过的成长岁月。《檀香刑》里的人们对茂腔怀着无比的热爱，茂腔在小说中几乎无处不在。与贾平凹略显不同的是，莫言不只是对戏剧感兴趣，而且还写过几个剧本。他不仅仅热爱戏曲，而且也擅长话剧创作。对于地方戏的熟悉和爱好，深刻影响了莫言的语言、叙事技巧等。在莫言的大多数小说中，戏剧化叙事方式非常明显，已经引起学术界的广泛关注，尤其是《生死疲劳》。

同莫言的其他作品相比，《蛙》的独特之处在于把一个完整的戏剧文本插入到小说中。九幕话剧《蛙》构成了小说《蛙》

---

[1] 贾平凹：《贾平凹文集·求缺卷》，中国文联出版公司，1995年，第25页。

的第五部,占全书篇幅的近五分之一。对于这种混合小说和话剧的结构安排,莫言在《后记》中说,"当然,我是不满足于平铺直叙地讲述一个故事,因此,小说的第五部分就成了一部可与正文部分互为补充的带有某些灵幻色彩的话剧,希望读者能从这两种文体的转换中理解我的良苦用心"。[1]小说中的话剧部分,很大程度上是非写实的,或者说是超现实的,有不少表现主义的场景,将人们内心的担忧和悔恨外化出来,通过非自然的舞台意象,进而让观众/读者感受到恐惧的氛围。一些荒诞不经的场面,比如第八幕"断案",通过借古讽今,揭示了现实世界的混乱不堪。与一个人静读一本书相比,话剧是与观众的直接交流,剧场带来的体验更为直接和多元。话剧通过超现实的场景,传达了人物的内心恐惧,通过舞台意象的塑造来增强社会批评意识,从而避免直白的小说叙事。莫言认识到,计划生育是当代中国的一个绕不开的社会问题。"直面社会敏感问题是我写作以来的一贯坚持,因为文学的精魂还是要关注人的问题,关注人的痛苦,人的命运。"[2]因而,在莫言这里,"戏剧—小说"的跨媒介混合结构有着非同寻常的意义。莫言在《捍卫长篇小说的尊严——代序言》中说,"结构从来就不是单纯的形式,它有时候就是内容"。他甚至还宣称,"结构就是政治"。[3]就《蛙》来说,"戏剧—小说"不只是小说形式的创新,而是借助它来对社会问题展开批评以及个人立场的表达,体现了作者对于重大历史话题的积极干预。

在英美小说史上,戏剧化小说在19世纪末与20世纪初成为

---

[1] 莫言:《蛙》,上海文艺出版社,2012年,第342页。
[2] 莫言:《蛙》,第343页。
[3] 莫言:《蛙》,第6页。

一种引人注目的文学形式,出现了一系列有影响的重要作品,比如:亨利·詹姆斯的《悲剧缪斯》(1890)、奥斯卡·王尔德的《道林·格雷的画像》(1890)、西奥多·德莱塞的《嘉莉妹妹》(1900)等。弗吉尼亚·伍尔夫的《幕间》(1941)是一部典型的戏剧—小说,这当然与作者对于戏剧的兴趣有着莫大的关系。她观看的戏剧比较广泛,既有古希腊悲剧和莎士比亚,也有易卜生、契诃夫和萧伯纳的现代戏剧,甚至对于当时的先锋戏剧也非常好奇,比如阿瑟·希茨勒(Arthur Schitzler)的作品《艳情轮舞》(La Ronde)。她对于瓦格纳的歌剧有着特殊的偏好,她的文章《歌剧》展现了她这方面的知识和理解。[1] 与此同时,她对于戏剧的对话以及舞台与观众关系的兴趣越来越强烈地影响到她的小说创作,比如《奥兰多》《岁月》与《海浪》。[2]

《幕间》是伍尔夫的最后一部小说,她去世后才出版,是她的小说中最具有戏剧与表演色彩的。在这部作品中,戏剧与小说的混合、互动与融合是全方位的,也是根本性的。首先,小说常常通过人物的对话介绍戏剧的演出情况。比如:

"奥利弗先生,这是演露天历史剧的好地方!"她当时惊叹道。"在这些树木之间绕进绕出……"她向树木摆了摆手,它们光秃秃的,矗立在一月份清晰的光线里。

"那边是舞台;这边是观众;那边坡底下的灌木丛是理

---

[1] Steven Putzel,"Virginia Woolf and Theatre", Maggie Humm, ed. *The Edinburgh Companion to Virginia Woolf and the Arts* (Edinburgh: Edinburgh University Press, 2010), 439.

[2] Steven Putzel,"Virginia Woolf and Theatre", 446.

想的演员化妆室。"[1]

由此,读者可以了解到:这是一次乡村的露天演出,观众坐的地方是草地,突出的一块平地是舞台,周围的树和灌木丛恰好成为演员们的天然化妆间。戏剧中的不同角色通常是由爱好表演的村民们自己分担。在形式上,演出是一个大杂烩,"每样都有一点。一首歌、一个舞,然后是村民自己演的剧。"[2]演出的内容通常是再现英国的一些历史场景,主要包括:英格兰的开端、伊丽莎白时代、维多利亚时代,然后是当下的生活时代。演出发生在一个夏天的傍晚,恰逢一个风和日丽的好天气。

这部小说包含大量戏剧的人物对话,演员的表演、演出的过程以及观众的反应都得到细致生动的描写。有学者这么评价:"从这方面来看,她想象中的戏剧演出比真实存在的戏剧演出更具有戏剧性。"[3]读者通过文字感受到演出的气氛,观众的体验通过文字的叙事有可能被强调和放大,读者不仅仅有身临其境的感觉,而且还能够得到多重视角带来的较为全面的信息。这有点类似观看电视转播的足球比赛,多角度的观看配上解说员激昂慷慨的点评,为观众提供了不同于现场观看的丰富体验。这种文字叙述的戏剧演出加上点评,体现了一种另类的跨媒介表演性,既反映了"元戏剧"的本质特点,比如"戏中戏"和人物的自我意识等,又凸显了文学语言的能动性和生成力量。

在《幕间》中,戏剧的观众成为叙述的中心。"与之前甚至

---

[1] 弗吉尼亚·伍尔夫:《幕间》,谷启楠译,人民文学出版社,2003年,第46页。
[2] 弗吉尼亚·伍尔夫:《幕间》,谷启楠译,第49页。
[3] Graham Wolfe, *Theatre-Fiction in Britain from Henry James to Doris Lessing*, 84.

可能之后的任何小说相比,《幕间》确实更关注观众,更强调观众的在场性,也更易引发观众的共鸣。"[1] 小说的大量篇幅是观众之间的对话,它们要么是对于剧情的介绍和评价,要么是对于演员和演出本身的批评,有些甚至是关于戏剧本质的探讨。比如,当演出进行到最后一幕,即展现当代英国人生活的时候,有观众对于戏剧与现实的关系发表了有趣的评论:

> "我们自己……"他们的目光又回到节目单上。可是她能了解多少关于我们自己的事呢?了解伊丽莎白时代的人,那是肯定的;了解维多利亚时代的人,那有可能;但是,我们自己的事,要了解我们这些在一九三九年六月的一天坐在这里的人的事——简直是笑话。了解"我自己"——那是不可能的。了解别人,也许……住在科布斯科纳宅的科贝特、那位少校、巴塞罗缪老人、斯威辛太太……了解他们,也许吧。可是她没法了解我——不可能,没法了解我。观众都在座位上不安地动来动去。笑声从灌木丛里传了出来。可是台上没有任何动静。[2]

这段观众的议论提出了艺术虚构和现实的问题:戏剧怎么表现当下的生活?怎么与每个人,包括你我,相关?观众难道不是一个旁观者吗?这是小说中的那位导演拉特鲁布面对的难题,也许正是伍尔夫所思考的。在"二战"给普通人的生活带来灾难的背景下,伍尔夫写作这部小说的过程是痛苦的。欧洲文明

---

[1] Graham Wolfe, *Theatre-Fiction in Britain from Henry James to Doris Lessing*, 85.
[2] 弗吉尼亚·伍尔夫:《幕间》,谷启楠译,第144—145页。

在战争的硝烟中逐渐崩塌，文学艺术似乎不关乎现实，也起不到什么积极的作用。这多少让身为作家的伍尔夫感到悲哀和绝望，这也许与她不久之后的自杀有一些关联性。

在叙事上，《幕间》运用了一种"双重观众视角"。伍尔夫曾经写过《拜罗伊特的印象》(Impressions at Bayreuth) 一文来评价瓦格纳的一出歌剧，从这篇文章可以看出伍尔夫"承担了双重观众的身份：她与其他观众坐在一起欣赏瓦格纳的歌剧，同时她又跳出舞台和音乐厅来观察观众，这也正是之后《雅各布的房间》(Jacob's Room) 的叙述者承担的身份。"[1]《幕间》里的叙述者也是双重身份。他或者她在现场观看乡间演出活动，但同时也在察看观众的举动和反应。尤其值得一提的是，《幕间》呈现了一个完整的"剧场生态"，包括剧场的方方面面，从演员、导演、舞台、空间、布景，到观众的观看、反馈，甚至因户外演出而涉及的天气、环境、景色等。小说建构了这个户外演出的完整环境，演出是人与自然互动的共同结果，任何一个细节的微小变化都会影响到演出的整体效果。在这里，人不再是舞台的主宰，演出的核心应该是人与环境的互动。"相反，我认为伍尔夫的小说开辟了一条新的轨道，脱离了'我们'作为这场表演的主角的视野。"[2] 小说蕴含着生态剧场的理念，反映了去人类中心主义的思想。

乡间戏剧节日的一个目的是，加强社区认同感。"虽然拉特鲁布的目的可能是解构这种节日，这部小说却关注集体的戏剧体验如何具有潜在的强大吸引力，这种体验能让个人融入集体

---

[1] Steven Putzel, "Virginia Woolf and Theatre", 439.
[2] Graham Wolfe, *Theatre-Fiction in Britain from Henry James to Doris Lessing*, 107.

当中去。"[1]小说中，演出通过英国历史场景的呈现强化了观众和读者的国家认同，使得英国性得到肯定。与此同时，演出宣扬了人与人平等的民主观念。"这种对于戏剧中典型的主角特权的抵制与对于历史上传统的'角色体系'的削弱是一致的。"正如凯萨琳·威利（Catherine Wiley）所说，这本小说不顾"历史的规则，把除了伊丽莎白女皇的其他统治者统统排除在外，"将注意力集中到"形形色色过着自己日常生活的没有名字的普罗大众"身上。[2]小说凸显了一种独特的书写方式，没有主角；或者说，人人都是主角，普通人成为世界的中心，而不是少数"大人物"。小说的这种叙事形式是表演性的：一方面，它表明了文学应该关注当下的普通人，表现他们的生活，这是小说所表达的立场与观点，也是伍尔夫的文学态度；另一方面，它颠覆了旧的社会秩序，召唤一个人人平等的世界的到来。

三、小说中戏剧的跨媒介指涉

对戏剧的跨媒介指涉主要是指，在小说的叙事中出现戏剧的人物、表演、场景和空间的描写，还包括情节、行动、语言上的戏剧化等等。在这方面法国小说《歌剧魅影》具有很强的代表性，被认为是"史上最著名的戏剧化小说"。[3]故事发生在法国巴黎的大歌剧院内，一个长期生活在歌剧院地下室、面

---

[1] Graham Wolfe, *Theatre-Fiction in Britain from Henry James to Doris Lessing*, 85.

[2] Graham Wolfe, *Theatre-Fiction in Britain from Henry James to Doris Lessing*, 89.

[3] Graham Wolfe, *Theatre-Fiction in Britain from Henry James to Doris Lessing*, 33.

容丑陋的神秘幽灵,对歌剧院的一位年轻漂亮的女高音歌唱演员克里斯汀产生爱慕之情。这位剧院幽灵名叫埃里克,对于歌剧有着无与伦比的深刻理解,并拥有高超的演唱技巧,他化身为"音乐天使",帮助克里斯汀迅速提高了自己的演唱水平,成为大歌剧院的明星。可是,克里斯汀与一位儿时的伙伴维克姆特共坠爱河,引起剧院幽灵的极大嫉妒和仇恨,他不顾一切地要夺回克里斯汀,从而引发了一系列冲突和悲剧性事件,而且这些情节涉及剧场的方方面面,包括管理、排练、演出以及观众的参与。《歌剧魅影》作为一部推理小说,并没有引起多大反响。1986年"音乐剧之王"安德鲁·劳埃德·韦伯将它成功改编成音乐剧,引起巨大轰动,在全球久演不衰。有人说,"《歌剧魅影》这部近一个世纪前的经典杰作,能在今天仍然在全世界范围内拥有无数的热情读者,至少有一半功劳要记在安德鲁·韦伯身上"。[1] 2004年,《歌剧魅影》被搬上银幕,由乔·舒马赫执导,获得多项奥斯卡奖以及其他各类奖项,风靡一时。《歌剧魅影》跨媒介改编的成功无疑与小说蕴含中的戏剧性被充分挖掘和利用有关。与《歌剧魅影》类似,《霸王别姬》也是一个跨戏剧、小说与电影,并取得很大成功的文艺现象。小说中的跨媒介叙事以及跨性别身份认同,产生挑战等级制和模糊边界的力量。[2]

毕飞宇的《青衣》(1999)是一部关于京剧、京剧团和京剧演员的小说。改革开放以后,一个京剧团里的三代青衣李雪芬、

---

[1] 卡斯顿·勒胡:《歌剧魅影》,刘洪译,中国友谊出版公司,2002年,第4页。
[2] 参见 Chengzhou He, "Performance and the Politics of Gender: Transgender Performance in Contemporary Chinese Films," *Gender, Place and Culture: A Journal of Feminist Geography* Vol. 21, No. 5 (2014), 622。

筱燕秋和春来围绕一出《奔月》，在舞台内外上演了她们的艺术与人生之戏。《青衣》赋予生活的戏剧化以特别的内涵，它里面最精彩的戏并非出现在舞台上，而是发生在筱燕秋的生活中，其中最感人的一段发生在小说的结尾。筱燕秋的学生春来取代她主演《奔月》，在舞台上扮演嫦娥，成为观众心目中的"角"。失望至极的她来到剧场门口，在雪地里边舞边唱，表演自己心爱的"嫦娥"，对周围聚集的人群浑然不觉。这一段雪地里的表演见证了她演员生涯的谢幕，也构成她悲剧人生的一个隐喻。她对于戏曲和青衣角色的痴迷，使得她不那么关注真实世界里的人和事。对筱燕秋来说，与其说人生如戏，不如说"戏就是人生"。正如她好像是为戏而生，她也是为戏而活。因而，当她在关键时刻失去登上舞台机会的时候，她的生活就失去了重心和方向，也就无法保持理智，从而出现违反生活常态的行为。在这个意义上，筱燕秋好比小说《霸王别姬》的程蝶衣，后者被他的师哥段小楼说成是"不疯魔，不成活"。

筱燕秋对于演戏的执着构成了她生命的底色。[1] 她对于青衣角色的热情不只是体现在她如何在舞台上光彩照人，赢得观众狂热的支持和爱慕，更是反映在她二十年如一日对于自己表演功夫的坚持。在她重新被剧院召唤回来主演嫦娥的时候，剧团的团长乔炳璋对于她的艺术状态是怀疑的。而在她唱了一段二黄《广寒宫》后，乔炳璋震惊了，她的表演水平居然还是那么高。接下来是两人的一段对话：

---

[1] 刘俊认为"执着"是毕飞宇小说中众多人物的一个共同特点，是这些人物群像的一个"核心气质"，其中也包括《青衣》里面的筱燕秋，参见刘俊《执着·比喻·尊严——论毕飞宇的〈推拿〉兼及〈青衣〉、〈玉米〉等其他小说》，《当代作家评论》2012年第5期，第128页。

炳璋有些百感交集，对筱燕秋说："你怎么一直坚持下来了？"

"坚持什么？"筱燕秋说，"我还能坚持什么。"

炳璋说："20年，不容易。"

"我没有坚持，"筱燕秋听懂炳璋的话了，仰起脸说，"我就是嫦娥。"[1]

把自己比作嫦娥，这不仅是说筱燕秋身上具有艺术家气质，而更重要的是，演戏就是她生命中最重要的那部分。这是她在离开舞台的20年期间坚持练习，仍然能够保持自己艺术水准的根本原因。

在中国传统神话里，嫦娥因偷吃了丈夫羿从西王母那里拿来的药，飞进月亮里面的广寒宫，过着清冷、孤寂的生活，她对于过去的行为感到懊悔。嫦娥的形象符合筱燕秋的自我定位，她清高、孤傲，常给人一种凛冽、不易接近的感觉。筱燕秋演出《奔月》不仅事关青衣这个角色的扮演，更出于她对于嫦娥这个形象的认同。她与师傅李雪芬的冲突表面上看，是她嫉妒李雪芬抢了自己的戏；一个更深层次的原因是，她对于李雪芬扮演的嫦娥形象心生不满。李雪芬擅长在舞台上塑造革命英雄的形象，演出风格主要是高亢激越，这不符合筱燕秋对于嫦娥的理解与想象。正是在这双重不满情绪的影响下，她失去了理智，不仅在后台对师傅冷嘲热讽，更是做出了荒唐的事，把杯子里的热水泼到师傅的脸上，将对方烫伤。这个事件直接导致《奔月》这个戏匆忙下马，筱燕秋本人也因此被调离剧院，到戏剧学校当老师了。

---

[1] 毕飞宇：《青衣》，长江文艺出版社，2001年，第10—11页。

在情节上，小说的戏剧化主要表现在《奔月》这出戏的上演经历过几次波折，涉及三代青衣的命运，尤其是关乎筱燕秋人生的几次大转折。1958年最初创作的《奔月》原本是为了向国庆献礼，可是胎死腹中，未及公演就下马了，皆因一位将军看了演出后说了一句荒唐、文不对题的话："江山如此多娇，我们的女青年为什么要往月球上跑？"[1]初次的失利给该剧的命运笼罩上悲剧的阴影。1979年，该剧的演出刚红了不久，却因为筱燕秋用开水烫伤了师傅李雪芬，第二次熄火。80年代末的第三次上马是因为一个偶然的机会，一位烟厂的老板曾经是筱燕秋的粉丝，愿意出钱资助《奔月》的复演。在付出了向这位老板奉献自己身体的代价后，筱燕秋如愿以偿重新登上舞台，又一次在舞台上大放异彩，可是由于意外怀孕后小产导致身体虚弱，她又不得不退出舞台，这也意味着她舞台生涯的终结。"筱燕秋知道她的嫦娥这一回真的死了。"[2]而随着她舞台梦的破灭，她的人生悲剧也走到了一个高潮，在剧院门口雪地里表演《奔月》既有她的不甘，也有她的绝望，更反映了她的麻木和疯癫。"我就是嫦娥"，这其实也是说，她是活在戏里面的，一旦演戏的梦碎了，她的人生也就失去了目标。

《青衣》不仅讲述了丰富的戏曲知识，比如京剧化妆的复杂程序，一场戏从联排、响排到彩排的过程，而且描写了剧场后台发生的种种故事。《青衣》的戏剧化为各式各样的改编提供了条件，迄今为止它已经被成功地改编成了京剧、赣剧等剧种，还被拍成电视连续剧。此外，它还被翻译成英语等其他语言，在国外产生影响。《青衣》不只是关于戏曲演员的，也不仅仅是

---

[1] 毕飞宇：《青衣》，第2页。
[2] 毕飞宇：《青衣》，第65页。

描写了女性的苦恼，而是将青衣的故事放到特定历史背景下，深入挖掘人性的复杂性和多面性。正如舞剧《青衣》的导演和表演者所说，"虽然小说《青衣》是中国的故事，但它又不单是中国的，也不单是女性的，而是关于一个深处困境的人，是对人性的描述与拷问，这本身就已经具备开放性。"[1]

结语

作为一种次文类，"戏剧—小说"是世界文学中一个积淀深厚、形式多样的普遍现象。大量的经典文学作品或多或少地具有这一文类的一些特点。而且，它在当下的文学创作中依然十分活跃，为我们深入研究比较文学与中外文学关系提供了一个重要的课题。作为一个批评概念，它已经产生了一系列重要的学术成果，概念的内涵也在不断地更新与发展之中。近年来，跨媒介理论、表演性理论的介入和探讨，给"戏剧—小说"这个概念带来了新的活力和生机。跨媒介理论有利于厘清"戏剧—小说"的不同类型，尤其是区分了跨媒介混杂与指涉之间的区别，尽管这两者之间也不是截然分开的，而是彼此依存、相互补充的关系。表演性理论有利于将剧场与表演的有关新概念和新方法运用于文学作品的解读，为这方面的讨论增添新的学术资源，扭转以往文学理论话语占主导的研究传统。

从跨文化的视角来看，"戏剧—小说"在中西文学史的发展轨迹同中有异，值得进一步深入地开展比较分析。在中国，戏曲的元素贯穿于古典、现代与当代小说中，一方面反映了戏曲

---

[1] 王亚彬:《生命该如何寄托？——舞剧〈青衣〉创作谈》,《当代舞蹈艺术研究》2017年第1期，第125页。

在特定历史时期人们日常生活中的普及程度，体现出包括作家在内的知识分子对于戏曲的熟悉和喜爱；另一方面，戏曲的运用在很大程度上也是叙事与主题的需要，包含着人们对于传统文化和乡土生活的一种怀旧情绪。与此同时，随着20世纪初话剧在中国的产生与发展，它也成为小说家们写作的资源和素材。而在西方，早期的一些小说家因为自小受到戏剧的熏陶，自觉或者不自觉地将戏剧穿插到小说的写作当中，将戏剧化的叙事手法运用于小说的写作。但是随着观看戏剧逐渐成为西方中产阶级的一种生活方式，它与观众的关系发生了改变，影响了小说中戏剧的呈现和利用。

围绕"戏剧—小说"跨媒介性的探讨，从根本上讲，是为了更好地发现和认识到这一类文学创作的独特性。通过与戏剧的混合和指涉，小说的创作不断地构成形式和内容的"陌生化"或者说"他性化"，引起读者的阅读兴趣，生发他们的新奇体验，丰富了文学的表现形式和审美创新。戏剧不仅有着悠久的传统、丰富的艺术表现形式，而且处在不断的更新与发展之中。新的戏剧和表演形态不断涌现，从而为"戏剧—小说"提供了丰富的资源和有益的滋养。1927年，伍尔夫在《艺术的窄桥》一文中曾指出戏剧与小说的交叉将会是未来小说创作的一个新方向，她说"小说会变得戏剧化，但并不是戏剧。它会被阅读，而不是被表演"。[1] 伍尔夫关于"戏剧—小说"发展方向的预言已经被过去近百年来的文学史所证实，而且在当下仍然是有效的。

---

[1] Virginia Woolf, "The Narrow Bridge of Art," Lawrence Rainey, ed. *Modernism: An Anthology* (Malden, MA and Cambridge: Wiley-Blackwell, 2005), 907.

征引文献

一、英文文献

Agamban, Giorgio. *What is An Apparatus? and Other Essays*. Trans. David Kishik and Stefan Pedatella. Stanford: Stanford University Press, 2009.

Alber, Jan. "Impossible Storyworlds — and What to Do with Them." *Storyworlds: A Journal of Narrative Studies* 1 (2009): 79-96.

—. "Unnatural Voices, Minds and Narration." *The Routledge Companion to Experimental Literature*. Eds. Joe Bray, et al. London: Routledge, 2012. 106-123.

Allen, Amy. "Power Trouble: Performativity as Critical Theory." *Constellations* 5. 4 (1998): 456-471.

Altenburger, Roland. "Is It Clothes that Make the Man? Cross-Dressing, Gender, and Sex in Pre-Twentieth-Century Zhu Yingtai Lore." *Asian Folklore Studies* 64 (2005): 165-205.

Anderson, Amanda, Rita Felski, and Toril Moi. *Character: Three Inquires in Literary Studies*. Chicago: The University of Chicago Press, 2019.

Anderson, Amanda. *Psyche and Ethos: Moral Life after Psychology*. Oxford: Oxford University Press, 2018.

Anderson, Benedict. *Imagined Communities: Reflections on the Origin and Spread of Nationalism*. London: Verso, 2006.

Arendt, Hannah. *Lectures on Kant's Political Philosophy Imagination*. Chicago: Chicago University Press, 1982.

Attridge, Derek. *The Singularity of Literature*. London and New York: Routledge, 2004.

—. *The Work of Literature*. Oxford: Oxford University Press, 2015.

Aurelius, Eva Haettner, He Chengzhou, and Jon Helgason, eds. *Performativity in Literature*. Stockholm: Kungl. Vitterhets Historie och Antikvitets Akademien, 2016.

Austin, J. L. *How to Do Things with Words*. 2nd ed. Cambridge: Harvard University Press, 1975.

Bakhtin, M. M. "Discourse in the Novel." *The Dialogic Imagination: The Four Essays by M. M. Bakhtin*. Ed. Michael Holquist. Trans. Caryl Emerson and Michael Holquist. Austin: University of Texas Press, 1981. 259–422.

Balme, Christopher. *The Cambridge Introduction to Theatre Studies*. Cambridge: Cambridge University Press, 2008.

—. *The Theatrical Public Sphere*. Cambridge: Cambridge University Press, 2014.

Balme, Christopher, et al., eds. *Theatre, Globalization and the Cold War*. London: Palgrave Macmillan, 2017.

Barad, Karen. *Meeting the Universe Halfway: Quantum Physics and the Entanglement of Matter and Meaning*. Durham and London, Duke University Press, 2007.

Brook, Peter. "Brook's Africa: An Interview by Michael Gibson." *The Drama Review* 17. 3 (1973): 37–51.

—. "Grotowski, Art as a Vehicle." *TDR* 35. 1 (1991): 90–94.

Browne, Kath and Jason Lim. "Trans Lives in the 'Gay Capital of the UK'." *Gender, Place and Culture* 17. 5 (2010): 615–633.

Buell, Lawrence. *Writing for an Endangered World: Literature, Culture, and Environment in the U. S. and Beyond*. Cambridge: Belknap Press of Harvard University Press, 2003.

Butler, Judith. *Bodies that Matter*. New York and London: Routledge, 1993.

—. "Burning Acts: Injurious Speech." *Performativity and Performance*. Eds. Andrew Parker and Eve Kosofsky Sedgwick. New York: Routledge, 1995. 197–227.

—. *Gender Trouble: Feminism and the Subversion of Identity*. 2nd ed. New York and London: Routledge, 1999.

—. "Performative Acts and Gender Constitution." *Modern Drama:*

Plays, Criticism, Theory. Ed. W. B. Worthen. Fortworth: Harcourt College Publishers, 1995. 1097 - 1105.

—. *Undoing Gender*. New York and London: Routledge, 2004.

Butler, Judith, Ernesto Laclau and Slavoj Zizek. *Contingency, Hegemony, Universality: Contemporary Dialogues on the Left*. London: Verso, 2000.

Chambers, Samuel A. and Terrel Carver. *Judith Butler and Political Theory: Troubling Politics*. London and New York: Routledge, 2008.

Chan, Bernice. "*Wolf Totem* a Landmark of Chinese Literature." 9 Apr. 2008 〈http://www.straight.com/life/wolf-totem-landmark-chinese-literature〉.

Chen, Nan. "Li Yugang: The Man behind the Woman." *China Daily* 6 Sept. 2011.

Chou, Hui-ling. *Cross-Dressing on the Chinese Stage*. Hong Kong: Hong Kong University Press, 2003.

Chou, Yu Sie Rundkvist. "Mo Yan: Interview." *nobelprize.org* 2013 〈http://www.nobelprize.org/nobel _ prizes/literature/laureates/2012/yan-interview-text_en.html〉.

Chow, Rey. *Primitive Passion: Visuality, Sexuality, Ethnography and Contemporary Chinese Cinema*. New York: Columbia University Press, 1995.

—. *Sentimental Fabulations, Contemporary Chinese Films: Attachment in the Age of Global Visibility*. New York: Columbia University Press, 2007.

Cui, Shuqin. *Women through the Lens: Gender and Nation in a Century of Chinese Cinema*. Honolulu: University of Hawai'i Press, 2003.

Culler, Jonathan. *Literary Theory: A Very Short Introduction*. Oxford: Oxford University Press, 2011.

—. "Philosophy and Literature: The Fortunes of the Performative." *Poetics Today* 21. 3 (Fall 2000): 503 - 519.

Curtin, Michael. *Playing to the World's Biggest Audience: The Globalization of Chinese Film and TV*. Berkeley: University of California Press, 2007.

Damrosch, David. *What Is World Literature*. Princeton: Princeton

University Press, 2003.
Davey, Ben. "Trash or Treasure? Wolfgang Weighs In. " 10 Apr. 2007 ⟨ http: //www. chinadaily. com. cn/cndy/2007-04/10/content _ 846626. htm⟩.
Davies, Bronwyn. *Judith Butler in Conversation*. New York: Routledge, 2008.
Dean, Jodi. *Solidarity of Strangers: Feminism after Identity Politics*. Berkeley: University of California Press, 1996.
Deleuze, Gilles. *The Logic of Sense*. Trans. Mark Lester and Charles Stivale. New York: Columbia University Press, 1990.
Deleuze, Gilles and Felix Guattari. *A Thousand Plateaus*. Trans. Brian Massumi. Minneapolis: University of Minnesota Press, 1987.
Derrida, Jacques. "Signature, Event, Context. " *Limited Inc*. Trans. Samuel Weber and Jeffrey Mehlman. Evanston: Northwestern University Press, 1977. 1 - 24.
—. *The Animal That Therefore I am*. Trans. David Wills. New York: Fordham University Press, 2008.
Dobson, Hoanne. " Reclaiming Sentimental Literature. " *American Literature* 69. 2 (1997): 263 - 88.
Eagleton, Terry. *The Event of Literature*. New Haven and London: Yale University Press, 2012.
Edwards, Louise. " Re-fashioning the Warrior Hua Mulan: Changing Norms of Sexuality in China. " *IIAS Newsletter* 48 (2008): 6 - 7.
Ekman, Kerstin. *The Forest of Hours*. Trans. Anna Paterson. London: Chatto &- Windus, 1998.
Elleström, Lars. "The Modalities of Media: A Model for Understanding Intermedial Relations. " *Media Borders, Multimodality and Intermediality*. Ed. Lars Elleström. London: Palgrave Macmillan, 2010. 11 - 50.
Fausto-Sterling, Anne. *Sexing the Body: Gender Politics and the Construction of Sexuality*. New York: Basic Books, 2000.
Felski, Rita. "Comparison and Translation: A Perspective from Actor-Network-Theory. " *Comparative Literature Studies* 53. 4 (2016): 747 - 765.
—. *The Gender of Modernity*. Cambridge: Harvard University

Press, 1995.

—. *Limits of Critique*. Chicago and London: The University of Chicago Press, 2015.

—. *Uses of Literature*. Malden: Blackwell, 2008.

Ferris, Lesley. "Introduction." *Crossing the Stage: Controversies on Cross-Dressing*. Ed. Lesey Ferris. London and New York: Routledge, 1993. 1–19.

Finney, Gail. *Women in Modern Drama: Freud, Feminism and the European Theatre at the Turn of the Century*. Ithaca: Connell University Press, 1991.

Fischer-Lichte, Erika. *The Transformative Power of Performance: A New Aesthetics*. Trans. Saskya Iris Jain. London and New York: Routledge, 2008.

—. *The Routledge Introduction to Theatre and Performance Studies*. Trans. Minou Arjomand. London and New York: Routledge, 2014.

Fischer-Lichte, Erika, Torsten Jost, and Saskya Iris Jain, eds. *The Politics of Interweaving Performance Cultures: Beyond Postcolonialism*. New York: Routledge, 2014.

Forsaas-Scott, Helena, "Telling Tales, Testing Boundaries: The Radicalism of Kerstin Ekman's Norrland." *Journal of Northern Studies* 8. 1 (2014): 67–89.

Foucault, Michel. *Discipline and Punish: The Birth of the Prison*. Trans. Alan Sheridan. New York: Vintage Books, 1995.

Fraser, Nancy. "Pragmatism, Feminism, and the Linguistic Turn." *Feminist Contentions: A Philosphical Exchange*. Eds. Seyla Benhabib, Judith Butler, Drucilla Cornell and Nancy Fraser. New York: Routledge, 1995. 157–71.

Frye, Northrop and Michael Dolzani. *Words with Power: Being a Second Study of the Bible and Literature*. Toronto: University of Toronto Press, 2008.

Garber, Marjorie. *Vested Interests: Cross-Dressing and Cultural Anxiety*. New York and London: Routledge, 1992.

Garrard, Greg. *Ecocriticism*. London: Routledge, 2004.

Gay, Penny. *Jane Austen and the Theatre*. Cambridge: Cambridge University Press, 2002.

Gilbert, Helen and Jacqueline Lo. *Performance and Cosmopolitics: Cross-Cultural Transactions in Australasia.* New York: Palgrave Macmillan, 2009.

Ginibre, Jean-Louis. *Ladies or Gentlemen: A Pictorial History of Male Cross-Dressing in the Movies.* New York: Filipacchi, 2005.

Glotfelty, Cheryll. "What Is Ecocriticism" 〈http: //www. asle. org/site/resources/ecocritical-library/intro/defifining/glotfelty/〉.

Goette, Johann Wolfgang von. "Women's Parts Played by Men in the Roman Theatre." *Crossing the Stage: Controversies on Cross-Dressing.* Ed. Lesley Ferris. London: Routledge, 1993. 48 – 51.

Goffman, Erving. *The Presentation of Self in Everyday Life.* New York: Anchor Books, 1959.

Greenwood, Christopher. *Adapting to the Stage: Theater and the Work of Henry James.* Aldershot: Ashgate, 2000.

Grotowski, Jerzy. "Around Theatre: The Orient — the Occident." Trans. Maureen Schaefffer Price. *Asian Theatre Journal* 6. 1 (1989): 1 – 11.

—. "From the Theatre Company to Art as Vehicle." *At Work with Grotowski on Physical Actions.* Ed. Richards Thomas. London and New York: Routledge, 1995. 115 – 135.

—. *Towards a Poor Theatre.* New York: Routledge, 2002.

Gruen, Lori. *Ethics and Animals: An Introduction.* Cambridge: Cambridge University Press, 2011.

Gymnich, Marion and Alexandre Segao Costa. "Of Humans, Pigs, Fish and Apes: The Literary Motif of Human-Animal Metamorphosis and Its Multiple Functions in Contemporary Fiction." *L'Sprit Createur* 2 (2006): 68 – 88.

Halberstam, Judith. *Female Masculinity.* Durham: Duke University Press, 1998.

—. "The Transgender Gaze in *Boys Don't Cry.*" *Screen* 42. 3 (2001): 294 – 298.

Hall, Donald E. *Subjectivity.* New York and London: Routledge, 2004.

—. "Political Belonging in a World of Multiple Identities". *Conceiving Cosmopolitanism: Theory, Context and Practice.* Eds. Steven Vertovec and Robin Cohen. Oxford: Oxford University Press, 2002.

25 – 31.

Hantelmann, Dorothea von. *How to Do Things with Art: What Performativity Means in Art.* Zürich: Ringier & Les Presses du Réel, 2010.

Haraway, Donna. *When Species Meet.* Minneapolis: University of Minnesota Press, 2008.

He, Chengzhou. "An East Asian Paradigm of Interculturalism." *European Review* 24. 2 (2016): 210 – 220.

—. "Animal Narrative and the Dis-eventalization of Politics: An Ecological-cultural Approach to Mo Yan's *Life and Death are Wearing Me Out.*" *Comparative Literature Studies* 55. 4 (2018): 837 – 850.

—. "'Before All Else I Am a Human Being': Ibsen and the Rise of Modern Chinese Drama in the 1920s." *Neohelicon* 46. 1 (2019): 37 – 51.

—. "Drama as Political Commentary: Women and the Legacy of the May Fourth Movement in Cao Yu's Plays." *Journal of Modern Literature* 44. 2 (2021): 49 – 61.

—. "Hedda and Bailu: Portrait of Two 'Bored' Women." *Comparative Drama* 35. 3 – 4 (2001): 447 – 463.

—. "Intermedial Performativity: Mo Yan's *Red Sorghum* on Page, Screen and In-Between." *Comparative Literature Studies* 57. 3 (2020): 433 – 442.

—. "New Confucianism, Science and the Future of Environment." *European Review* 26. 2 (2018): 368 – 380.

—. "Performance and the Politics of Gender: Transgender Performance in Contemporary Chinese Films." *Gender, Place and Culture: A Journal of Feminist Geography* 21. 5 (2014): 622 – 636.

—. "Rural Chineseness, Mo Yan's Work and World Literature." *Mo Yan in Context: Nobel Laureate and Global Storyteller.* Eds. Angelica Duran and Yuhan Huang. West Lafayette, Indiana: Purdue University Press, 2014. 77 – 90.

—. "The Ambiguities of Chineseness and the Dispute over the Homecoming of Turandot." *Comparative Literature Studies* 49. 4 (2012): 547 – 564.

—. "'The Most Traditional and the Most Pioneering': New Concept Kun Opera." *New Theatre Quarterly* 36. 3 (2020): 223 – 236

—. "The Wolf Myth and Chinese Environmental Sentimentalism in *Wolf Totem*." *Interdisciplinary Studies in Literature and Environment* 21. 4 (2014): 781-800.

—. "Theatre as 'An Encounter': Grotowski's Cosmopolitanism in the Cold War Era." *European Review* 28. 1 (2020): 76-89.

—. "Trespassing, Crisis and Renewal: Li Yugang and Cross-dressing Performance", *Differences: A Journal of Feminist Cultural Studies* 24. 2 (2013): 150-171.

—. "World Drama and Intercultural Performance: Western Plays on the Contemporary Chinese Stage." *Neohelicon* 38 (2011): 397-409.

—. "World Literature as Event: Ibsen and Modern Chinese Fiction." *Comparative Literature Studies* 54. 1. (2017): 141-160

—. *Henrik Ibsen and Modern Chinese Drama*. Oslo: Oslo Academic Press, 2004.

Herman, David. "Event and Event-types." *Routledge Encyclopedia of Narrative Theory*. Eds. David Herman, Manfred Jahn and Marie-Laure Ryan. London and New York: Routledge, 2005. 151-152.

Hines, Sally. "Queerly Situated? Exploring Negotiations of Trans Queer Subjectivities at Work and within Community Spaces in the UK." *Gender, Place, and Culture* 17. 5 (2010): 597-613.

—. "What's the Difference? Bringing Particularity to Queer Studies of Transgender." *Journal of Gender Studies* 15. 1 (2006): 49-66.

Holledge, Julie, Jonatthan Bollen, Frode Helland and Joanne Tompkins. *A Global Doll's House: Ibsen and Distant Visions*. London: Palgrave, 2016.

Hollier, Denis, ed. *A New History of French Literature*. Cambridge: Harvard University Press, 1998.

Howard, French. "A Novel, by Someone, Takes China by Storm." *New York Times* 3 Nov. 2005: E1.

Huang, Ginger. "Crossing Genders, Crossing Genres." *World of Chinese* 15 July 2012.

Huggan, Graham and Helen Tiffin. *Postcolonial Ecocriticism: Literature, Animals, Environment*. London and New York: Routledge, 2010.

Hühn, Peter. "Event and Eventfulness." *Handbook of Narratology*. Eds. Peter Hühn, Jan Christoph Meister, John Pier, and Wolf

Schmid. Berlin and Boston: Walter de Gruyter, 2014. 159–178.

—. "Functions and Forms of Eventfulness in Narrative Fiction." *Theorizing Narrativity*. Eds. John Pier and José Ángel García Landa. Berlin and New York: Walter de Gruyter, 2008. 141–164.

Hutcheon, Linda. *A Theory of Adaptation*. New York: Routledge, 2006.

Ibsen, Henrik. *The Complete Major Prose Plays*. Trans. Rolf Fjelde. New York: Penguin, 1978.

Jagger, Gill. *Judith Butler: Sexual Politics, Social Change and the Power of the Performative*. London and New York: Routledge, 2008.

Jay, Paul. *Global Matters: The Transnational Turn in Literary Studies*. Ithaca: Cornell University Press, 2010.

Jockers, Matthew L. *Macroanalysis: Digital Studies and Literary History*. Urbana: University of Illinois Press, 2013.

Johnson, Brian. "Ecology, Allegory, and Indigeneity in the Wolf Stories of Roberts, Seton, and Mowat." *Other Selves: Animals in the Canadian Imagination*. Ed. Janice Fiamengo. Ottawa: University of Ottawa Press, 2007. 333–51.

Johnson, Louise C. "Re-Placing Gender? Reflections on 15 Years of Gender, Place and Culture." *Gender, Place and Culture: A Journal of Feminist Geography* 15. 6 (2008): 561–574.

Johnston, Lynda, and Robyn Longhurst. "Queer (ing) Geographies 'Down under': Some Notes on Sexuality and Space in Australasia." *Australian Geographer* 39. 3 (2008): 247–257.

Jylkka, Katja. "'Mutations of Nature, Parodies of Mankind': Monsters and Urban Wildlife in Johanna Sinisalo's *Troll*." *Humanimalia* 5. 2 (2014): 48–67.

Kant, Immanuel. *Toward Perpetual Peace and Other Writings on Politics, Peace, and History*. New Haven and London: Yale University Press, 2006.

Kingston, Maxine Hong. *The Woman Warrior: Memoirs of a Girlhood among Ghosts*. New York: Random House, 1989.

Kivy, Peter. *The Performance of Reading*. Malden: Blackwell, 2006.

Knowles, Ric. *Theatre and Interculturalism*. London and New York:

Palgrave Macmillan, 2010.

Kurnick, David. *Empty Houses: Theatrical Failure and the Novel*. Princeton: Princeton University Press, 2012.

LaCapra, Dominick. *Writing History, Writing Trauma*. Baltimore: Johns Hopkins University Press, 2014.

Lahr, John. *Dame Edna Everage and the Rise of Western Civilization*. New York: Farrar, Straus, and Giroux, 1992.

Landy, Joshua. *How to Do Things with Fiction*. New York: Oxford University Press, 2012.

Latour, Bruno. *Reassembling the Social: An Introduction to Actor-Network-Theory*. Oxford: Oxford University Press, 2005.

Lau, Jenny Kwok Wah. "*Farewell My Concubine*: History, Melodrama, and Ideology in Contemporary Pan-Chinese Cinema." *Film Quarterly* 49 (1995): 16–27.

Laughlin, Charles. "What Mo Yan's Detractors Get Wrong," *chinafile.com* 11 December, 2012 〈http://www.chinafile.com/what-mo-yans-detractors-get-wrong〉.

Lechner, Frank J. "Cultural Globalization." *Encyclopedia of Globalization*. Eds. Roland Robertson and Jan Aart Scholte. New York: Routledge, 2007.

Leopold, Aldo. *A Sand County Almanac*. Oxford: Oxford University Press, 1987.

Li, Siu Leung. *Cross-Dressing in Chinese Opera*. Hong Kong: Hong Kong University Press, 2006.

Lie, Jonas. *Troll*. Oslo: Gyldendal Norsk Forlag, 1968.

Lim, Song Hwee. *Celluloid Comrades: Representations of Male Homosexuality in Contemporary Chinese Cinema*. Honolulu: University of Hawai'i Press, 2007.

Lindow, John. *Troll: An Unnatural History*. London: Reaction Books, 2014.

Link, Perry. "Does This Writer Deserve the Prize?" *nybooks.com* 6 December, 2012 〈http://www.nybooks.com/articles/archives/2012/dec/06/mo-yan-nobel-prize/〉.

Liu, Hongtao. "Mo Yan's Fiction and the Chinese Nativist Literary Tradition." Trans. Li Haiyan. *World Literature Today* 83.4 (Jul.–

Aug. 2009): 30-31.

Liu, Melinda and Isaac Stone Fish. "The Dirtiest Man in China." *Newsweek* 23 July 2010.

Lloyd, Moya. *Judith Butler from Norms to Politics*. Cambridge: Polity, 2007.

Lo, Jacqueline and Helen Gilbert. "Toward a Topography of Cross-Cultural Theatre Praxis." *The Drama Review* 46. 3 (2002): 31-53.

Lodén, Torbjörn. "Mo Yans hyllning till Mao förvanår" *dn. se* 10 Dec., 2012 〈http://www.dn.se/kultur-noje/kulturdebatt/mo-yans-hyllning-till-mao-forvanar/〉.

Loxley, James. *Performativity*. London and New York: Routledge, 2007.

Lukowski, Jerzy and Hubert Zawadzki. *A Concise History of Poland*. Cambridge: Cambridge University Press, 2006.

Lundblad, Michael. "From Animal to Animality Studies." *PMLA* 124. 2 (2009): 496-502.

Lyotard, Jean-François. *The Postmodern Condition: A Report on Knowledge*. Trans. Geoff Bennington and Brian Massumi. Minneapolis: University of Minnesota Press, 1979.

Macé, Marielle and Marlon Joues. "Ways of Reading, Modes of Being." *New Literary History* 44. 2 (2013): 213-229.

Malamud, Randy. *Poetic Animals and Animal Souls*. New York: Palgrave, 2003.

McIvor, Charlotte and Jason King, eds. *Interculturalism and Performance Now: New Directions*. London: Palgrave Macmillan, 2019.

McIvor, Charlotte. "Introduction." *Interculturalism and Performance Now: New Directions*. Eds. Charlotte McIvor and Jason King. London: Palgrave Macmillan, 2019. 1-26.

McMahon, Robert. *The Cold War: A Very Short Introduction*. Oxford: Oxford University Press, 2003.

Meserve, Walter J. and Ruth I. Meserve. "*Uncle Tom's Cabin* and Modern Chinese Drama." *Modern Drama* 17. 1 (1974): 57-66.

Miller, J. Hillis. *Literature as Conduct: Speech Acts in Henry James*. New York: Fordham University Press, 2005.

—. *The Conflagration of Community: Fiction before and after

Auschwitz. Chicago: The University of Chicago Press, 2011.

Moi, Toril. "Representation of Patriarchy: Sexuality and Epistemology in Freud's Dora." *Feminist Review* 9 (1981): 60 – 74.

—. *Revolution of the Ordinary: Literary Studies after Wittgenstein, Austin, and Cavell*. Chicago: The University of Chicago Press, 2017.

Morreti, Franco. *Distant Reading*. London and New York: Verso, 2013.

Mulvey, Laura. "Visual Pleasure and Narrative Cinema." *Feminism and Film Theory*. Ed. Constance Penley. New York: Routledge, 1988. 57 – 68.

Naess, Arne. "The Basics of Deep Ecology." *The Trumpeter* 21. 1 (2005): 61 – 71.

Newton, Esther. *Mother Camp: Female Impersonators in America*. Chicago: University of Chicago Press, 1972.

Norris, Margot. "The Human Animal in Fiction." *Parallax* 1 (2006): 4 – 20.

North, Joseph. *Literary Criticism: A Concise Political History*. Cambridge and London: Harvard University Press, 2017.

Nussbaum, Martha C. *Not for Profit: Why Democracy Needs the Humanities*. Princeton and Oxford: Princeton University Press, 2010.

—. "Professor of Parody." *The New Republic* Feb 22, 1999.

Pavis, Patrice. "Towards a Theory of Interculturalism in Theatre." *The Intercultural Performance Reader*. Ed. Patrice Pavis. London and New York: Routledge, 1996. 1 – 26.

Philips, John. *Transgender on Screen*. London: Palgrave, 2006.

Plumwood, Val. "Nature, Self, and Gender: Feminism, Environmental Philosophy, and the Critique of Rationalism." *Hypatia* 6. 1 (1991): 3 – 27.

Prykowska-Michalak, Karolina. "Years of Compromise and Political Servility — Kantor and Grotowski during the Cold War." Eds. Christopher Balme and Berenika Szymanski-Düll. *Theatre, Globalization and the Cold War*. London: Palgrave Macmillan, 2017. 189 – 205.

Putzel, Steven. "Virginia Woolf and Theatre." Ed. Maggie Humm. *The*

Edinburgh Companion to Virginia Woolf and the Arts. Edinburgh: Edinburgh University Press, 2010. 437–454

—. *Virginia Woolf and the Theatre*. Vancouver: Fairleigh Dickinson University Press, 2013.

Qin, Liyan. "Transmedia Strategies of Appropriation and Visualization: The Case of Zhang Yimou's Adaptation of Novels in His Early Films." *Art, Politics, and Commerce in Chinese Cinema*. Eds. Ying Zhu and Stanley Rosen. Hong Kong: Hong Kong University Press, 2010. 163–173.

Rabaté, Jean-Michel. *The Future of Theory*. Oxford: Blackwell, 2002.

Raglon, Rebecca and Marian Scholtmeijer. "'Animals Are Not Believers in Ecology': Mapping Critical Differences between Environmental and Animal Advocacy Literatures." *Interdisciplinary Studies in Literature and Environment* 14. 2 (2007): 121–40.

Rajewsky, Irina O. "Border Talks: The Problematic Status of Media Borders in the Current Debate about Intermediality." *Media Borders, Multimodality and Intermediality*. Ed. Lars Elleström. London: Palgrave Macmillan, 2010. 51–68.

Roach, Joseph. "Culture and Performance in the Circum-Atlantic World." *Performativity and Performance*. Eds. Andrew Parker and Eve Kosofsky Sedgwick. London: Routledge, 1995. 45–63.

Robertson, Roland, *Globalization: Social Theory and Global Culture*. London: Sage, 1996.

Robisch, S. K. *Wolves and the Wolf Myth in American Literature*. Reno: University of Nevada Press, 2009.

Romanska, Magda. *The Post-traumatic Theatre of Grotowski and Kantor*. London: Anthem Press, 2012.

Roudometof, Victor. *Glocalization: A Critical Introduction*. New York: Routledge, 2016.

Rowner, Ilai. *The Event: Literature and Theory*. Lincoln and London: University of Nebraska Press, 2015.

Rugg, Linda Haverty. "Revenge of the Rats: the Cartesian Body in Kerstin Ekman's Rovarna I Skuleskogen." *Scandinavian Studies* 70. 4 (1998): 425–440.

Saggini, Francesca. *Backstage in the Novel: Frances Burney and the*

Theater Arts. Trans. Laura Kopp. Virginia: University of Virginia Press, 2012.

Said, Edward. *Orientalism*. New York: Vintage Books, 1979.

—. *Culture and Imperialism*. New York: Alfred A. Knopf, 1994.

Sanders, Julie. *Adaptation and Appropriation*. London and New York: Routledge, 2016.

Senelick, Laurence. *Changing Room: Sex, Drag and Theatre*. London: Routledge, 2000.

Schechner, Richard. *Performance Studies: An Introduction*. London and New York: Routledge, 2002.

—. *The Future of Ritual: Writings on Culture and Performance*. London and New York: Routledge, 1993.

Schwarcz, Vera. *The Chinese Enlightenment: Intellectuals and the Legacy of the May Fourth Movement of 1919*. Berkeley: University of California Press, 1985.

Searle, John R. *Expression and Meaning: Studies in the Theory of Speech Acts*. London: Cambridge University Press, 1979.

—. *Intentionality: An Essay in the Philosophy of Mind*. Cambridge, Cambridge University Press, 1983.

Seno, Alexandra A. "Back for an Encore: Filmmaker Chen Kaige Uses Opera Again to Help Explain Chinese Society." *Newsweek* 19 Jan. 2009.

Shevtsova, Maria. *Robert Wilson*. 2nd ed. London: Routledge, 2019.

Singer, Milton B. *Traditional India: Structure and Change*. Philadelphia: American Folklore Society, 1959.

Singleton, Brian. "Performing Orientalist, Intercultural and Globalized Modernities: The Case of *Les Naufragés du Fol Espoir* by the Théâtre du Soleil." *The Politics of Interweaving Performance Cultures: Beyond Postcolonialism*. Eds. Erika Fischer-Lichte, Torsten Jost and Saskya Iris Jain. New York: Routledge, 2014. 77 - 94.

Sinisalo, Johanna. *Troll: A Love Story*. Trans. Herbert Lomas. New York: Grove Press, 2003.

Slote, Michael. *Moral Sentimentalism*. Oxford: Oxford University Press, 2013.

Slowiak, James and Jairo Cuesta. *Jerzy Grotowski*. London and New

York: Routledge, 2007.

Solomon, Alisa. "It Is Never Too Late to Switch: Crossing Toward Power." *Crossing the Stage: Controversies on Cross-Dressing*. Ed. Lesey Ferris. London and New York: Routledge, 1993. 144–154.

Sontag, Susan. *Against Interpretation and Other Essays*. New York: Farrar, Straus and Giroux, 1966 [1961].

Stryker, Susan. "(De) Subjugated Knowledges: An Introduction to Transgender Studies." *The Transgender Studies Reader*. Eds. Susan Stryker and Stephen Whittle. London: Routledge, 2006. 1–18.

—. "The Transgender Issue: An Introduction." *GLQ* 4. 2 (1998): 145–158.

Stryker, Susan, Paisley Currah, and Lisa Jean Moore. "Introduction: Trans-, Trans, or Transgender?" *Women's Studies Quarterly* 36. 3/4 (2008): 11–22.

Taraborrelli, Angela. *Contemporary Cosmopolitanism*. Trans. Ian McGilvray. London: Bloomsbury, 2015.

Thiong'o, Ngũgĩ wa. *Decolonising the Mind: the Politics of Language in African Literature*. Oxford: James Currey, 2011.

Tian, Min. "Male Dan: The Paradox of Sex, Acting, and Perception of Female Impersonation in Traditional Chinese Theatre." *Asian Theatre Journal* 17 (2000): 78–97.

Tu, Wei-ming. "Cultural China: The Periphery as the Center." *Daedalus* 120. 2 (1991). *The Living Tree: The Changing Meaning of Being Chinese Today*. 1–32.

Turner, Victor. *The Anthropology of Performance*. New York: PAJ Publications, 1987.

—. *The Ritual Process: Structure and Anti-Structure*. Ithaca: Cornell University Press, 1977.

Walker, Franklin Dickerson. *Jack London and the Klondike: The Genesis of an American Writer*. New York: St. Martin's Press, 1998.

Wang, David Der-wei. "Impersonating China." *Chinese Literature: Essays, Articles, Reviews* 25 (2003): 133–163.

—. Ed. *A New Literary History of Modern China*. Cambridge: Harvard University Press, 2017.

Wang, David Der-Wei and Michael Berry. "The Literary World of Mo

Yan." *World Literature Today* 74. 3 (Summer 2000): 487 – 494.

Wang, Hui. *The End of the Revolution: China and the Limits of Modernity*. London: Verso, 2011.

Wang, Yeujin. "Mixing Memory and Desire: Red Sorghum A Chinese Version of Masculinity and Femininity. " *Public Culture* 2. 1 (1989): 31 – 53.

Wang, Zhouqiong and Xie Fang. "Cross-Dressers Draw Chinese Audience. " *China Daily* 13 Nov. 2006.

Wellbery, David E. , ed. *A New History of German Literature*. Cambridge: Harvard University Press, 2005.

Widmayer, Anne F. *Theatre and the Novel, From Behn to Fielding*. Oxford: Voltaire Foundation, 2015.

Wittgenstein, Ludwig. *Philosophical Investigations*. Trans. G. E. M. Anscombe, P. M. S. Hacker and Joachim Schute. West Sussex: Wiley-Blackwell, 2009.

Wolf, Werner. *The Musicalization of Fiction*. Amsterdam and Atlanta, GA: Rodopi, 1999.

Wolfe, Graham. *Theatre-Fiction in Britain from Henry James to Doris Lessing*. New York and London: Routledge, 2020.

Wolford, Lisa. *Grotowski's Objective Drama Research*. Mississippi: University Press of Mississippi, 1996.

Wong, Edward. "China: Crackdown on 'Vulgarity and Indecency' Is Expected. " *New York Times* 6 Aug. 2010.

Wood, Helen and Beverley Skeggs, eds. *Reality Television and Class*. London: British Film Institute, 2011.

Woolf, Virginia. " The Narrow Bridge of Art. " *Modernism: An Anthology*. Ed. Lawrence Rainey. Malden and Cambridge: Wiley-Blackwell, 2005. 903 – 909.

Worsham, Lynn. "Toward an Understanding of Human Violence: Cultural Studies, Animal Studies, and the Promise of Posthumanism. " *Review of Education, Pedagogy, and Cultural Studies* 35. 1 (2013): 51 – 76.

Wright, Rochelle. "Approaches to History in the Works of Kerstin Ekman. " *Scandinavian Studies* 63. 3 (1991): 293 – 304.

Wu, Cuncun. *Homoerotic Sensibilities in Late Imperial China*. London:

Routledge, 2004.

Žižek, Slavoj. *Event*: *Philosophy in Transit*. London: Penguin Books, 2014.

二、中文文献

奥维德:《变形记》,杨周翰译,人民文学出版社,1984年。
毕飞宇:《青衣》,长江文艺出版社,2001年。
曹雪芹、高鹗:《红楼梦》,人民文学出版社,1974年。
曹禺:《曹禺作品精选》,长江文艺出版社,2004年。
——:《纪念易卜生诞辰150周年》,《人民日报》1978年3月21日。
——:《〈日出〉跋》,《曹禺戏剧集》,四川文艺出版社,1985年。
陈白尘、董健:《中国现代戏剧史稿(1899—1949)》,中国戏剧出版社,2008年。
陈平原:《作为一种思想操练的五四》,北京大学出版社,2018年。
陈思和:《莫言近年小说创作的民间叙述》,《钟山》2001年第5期,第201-207页。
——:《人畜混杂,阴阳并存的叙事结构》,《当代作家评论》2008年第6期,第102-111页。
——:《土改中的小说与小说中的土改——六十年文学话土改》,《南京大学学报》2010年第4期,第76-93页。
陈西滢:《看新剧与学时髦》,《晨报副刊》1923年5月24日。
陈卓、王永兵:《论莫言新历史小说的民间叙事》,《当代文坛》2016年第2期,第47-51页。
成仿吾:《欢迎会》,《中国现代独幕话剧选(1919—1949)》,人民文学出版社,1984年。
程中原:《张闻天传》,当代中国出版社,2000年。
但汉松:《恐怖叙事与文学事件——从〈西省暗杀考〉到〈封锁〉》,何成洲、但汉主编《文学的事件》,南京大学出版社,2020年,第122-144页。
丁帆:《狼为图腾,人何以堪》,《当代作家评论》2011年第3期,第5-14页。
丁盛:《"后昆曲剧场艺术"论》,《民族艺术》2017年第6期,第134-141页。
丁亚平:《中国当代电影史(1949—2017)》,文化艺术出版社,2016年。

芳信：《看了娜拉后的零碎感想》，《晨报副刊》1923年5月12日。
冯骥才、朱玲：《历史需要反思，但我们做得不够》，《中国新闻网》2014年3月12日。https://www.chinanews.com/cul/2014/03-12/5939249.shtml
弗吉尼亚·伍尔夫：《幕间》，谷启楠译，人民文学出版社，2003年。
弗朗斯瓦思·达斯杜尔：《事件现象学》，汪民安主编《事件哲学》，江苏人民出版社，2017年。
高国荣：《土地缘何沙化》，《江苏社会科学》2010年第4期，第102-108页。
高建平：《从"事件"看艺术的性质》，《文史知识》2015年第11期，第96-101页。
歌德：《威廉·麦斯特的学习时代》，杨武能译，四川文艺出版社，2017年。
郭茂倩编：《木兰诗二首》，《乐府诗集》，中华书局，1998年。
郭沫若：《郭沫若剧作全集》，中国戏剧出版社，1982年。
郭雪波：《大漠狼孩》，中国文联出版社，2001年。
汉斯·蒂斯·雷曼：《后戏剧剧场》，李亦男译，北京大学出版社，2016年。
何成洲：《巴特勒与表演性理论》，《外国文学评论》2010年第3期，第132-143页。
——：《对话北欧经典：易卜生、斯特林堡与哈姆生》，北京大学出版社，2009年。
——：《何谓文学事件》，《南京师大学报》（社会科学版）2019年第6期，第5-13页。
——：《跨媒介视野下的"戏剧—小说"研究》，《南京师范大学文学院学报》2020年第4期，第33-42页。
——：《全球在地化、事件与当代北欧生态文学批评》，《武汉大学学报》（哲学社会科学版）2018年第2期，第57-64页。
——：《西方文论的操演性转向》，《文艺研究》2020年第8期，第38-48页。
——：《作为行动的表演——跨文化戏剧研究的新趋势》，《中国比较文学》2020年第4期，第2-14页。
何成洲、但汉松主编：《文学的事件》，南京大学出版社，2020年。
何一公：《女高师演〈娜拉〉》，《晨报副刊》1923年5月18日。
洪深：《我的打鼓时期已经过了么?》，《良友画报》1935年第108期，第 12-13 页。

胡适：《易卜生主义》，《新青年》1918 年第 4 卷第 6 号，第 489-507 页。

黄鑫：《任重而甜蜜的责任——访江苏省昆剧院院长柯军》，《中国文化报》2008 年 9 月 17 日。

黄轶：《"后乌托邦批评"的尝试——读李小江〈后寓言：《狼图腾》深度诠释〉》，《当代作家评论》2011 年第 1 期，第 66-74 页。

J. 希利斯·米勒：《共同体的焚毁：奥斯维辛前后的小说》，陈旭译，南京大学出版社，2019 年。

季羡林：《"天人合一"新解》，《传统文化与现代化》1993 年第 1 期，第 9-16 页。

贾平凹：《怀念狼》，作家出版社，2000 年。

——：《贾平凹文集·求缺卷》，中国文联出版公司，1995 年。

——：《秦腔》，人民文学出版社，2008 年。

贾长华：《曹禺与天津》，天津社会科学出版社，2006 年。

姜戎：《狼图腾》，长江文艺出版社，2004 年。

卡斯顿·勒胡：《歌剧魅影》，刘洪译，中国友谊出版公司，2002 年。

李倩：《中国现代戏剧中的"出走"模式研究》，《戏剧文学》2012 年 1 期，第 76-79 页。

李亦男：《当代西方剧场艺术》，广西师范大学出版社，2017 年。

廖增湖：《贾平凹访谈录：关于〈怀念狼〉》，《当代作家评论》2000 年第 4 期，第 88-90 页。

刘广远：《动物小说的寓言与现实存在的隐喻——以〈生死疲劳〉与〈动物农场〉为例》，《小说评论》2010 年第 2 期，第 17-22 页。

刘俊：《执着·比喻·尊严——论毕飞宇的〈推拿〉兼及〈青衣〉、〈玉米〉等其他小说》，《当代作家评论》2012 年第 5 期，第 128—134 页。

刘毓庆：《中国古代北方民族狼祖神话与中国文学中之狼意象》，《民族文学研究》2003 年第 1 期，第 9-17 页。

鲁迅：《鲁迅全集》（第一卷），人民文学出版社，1973 年。

——：《鲁迅全集》（第二卷），人民文学出版社，1973 年。

——：《鲁迅全集》（第五卷），人民文学出版社，2005 年。

茅盾：《从娜拉说起》，《文艺论文集》，重庆群益出版社，1942 年。

——：《茅盾全集》（第二卷），人民文学出版社，1984 年。

梅兰芳、许姬传：《舞台生活四十年》，平民出版社，1952 年。

米莎·德冯塞卡:《与狼为伴—不一样的童年》,胡小跃译,人民文学出版社,2006年。

莫言、张清华:《在限制的刀锋上舞蹈——莫言访谈》,《小说评论》2018年第2期,第4-17页。

——:《红高粱》,花城出版社,2012年。

——:《红高粱家族》,人民出版社,2009年。

——:《酒国》,浙江文艺出版社,2017年。

——:《莫言在瑞典学院的演讲:讲故事的人》,谭五昌编《见证莫言》,漓江出版社,2012年,第221-227页。

——:《生死疲劳》,作家出版社,2012年。

——:《檀香刑》,作家出版社,2012年。

——:《听取蛙声一片——代后记》,《蛙》,上海文艺出版社,2012年。

——:《蛙》,上海文艺出版社,2012年。

——:《我为什么要写〈红高粱家族〉》,莫言著《小说的气味》,春风文艺出版社,2003年。

——:《学习蒲松龄》,中国青年出版社,2012年。

——:《用耳朵阅读》,谭五昌编《见证莫言》,漓江出版社,2012年,第210-212页。

牛晓东:《电影〈红高粱〉与文学原著的对比分析》,《电影文学》2009年第5期,第47-48页。

潘家洵译:《易卜生选集》,商务印书馆,1921年。

齐泽克:《事件:一个概念的哲学之旅》,王师译,上海文艺出版社,2016年。

钱钟书:《中国诗与中国画》,李健、周计武主编《艺术理论基本文献》(中国近现代卷),生活·读书·新知三联书店,2014年。

乔纳森·卡勒:《文学理论入门》,李平译,译林出版社,2008年。

仁陀:《看了女高师演剧以后的杂谈》,《晨报副刊》1923年5月11日。

芮塔·菲尔斯基:《文学之用》,刘洋译,南京大学出版社,2019年。

尚必武:《非自然叙事学》,《外国文学》2015年第2期,第95-111页。

石琴娥、斯文译:《埃达》,译林出版社,2000年。

——:《萨迦》,译林出版社,2003年。

孙建安:《"汤莎会"〈邯郸梦〉音乐创作》,柯军、李小菊主编:《"汤莎会"〈邯郸梦〉》,江苏美术出版社,2018年。

索罕·格日勒图:《〈蒙古秘史〉所传"苍狼神话"与"阿阑豁阿神

话"》,斯林格译,《蒙古学信息》2001年第3期,第34-48页。
特里·伊格尔顿:《文学事件》,阴志科译,河南大学出版社,2015年。
田本相:《曹禺剧作论》,中国戏剧出版社,1981年。
——:《曹禺传》,北京十月文艺出版社,1988年。
——:《序》,崔国良主编《南开话剧史料丛编:编演纪事卷》,南开大学出版社,2009年。
田本相、胡叔和主编:《曹禺研究资料》,中国戏剧出版社,1991年。
田本相、刘一军编著:《苦闷的灵魂:曹禺访谈录》,江苏教育出版社,2001年。
汪正龙:《论文学意图》,《文学评论》2002年第3期,第160-167页。
王爱华:《灵活的公民身份:跨国民族性的文化逻辑》,信慧敏译,尹晓煌(美)、何成洲主编:《全球化与跨国民族主义经典文论》,南京大学出版社,2014年,第191-217页。
王德威:《危机时刻的文学批评——以钱锺书、奥尔巴赫、巴赫金为对照的阐释》,《华东师范大学学报》(哲学社会科学版)2019年第4期,第29-41页。
——:《想像中国的方法:历史·小说·叙事》,生活·读书·新知三联书店,1998年。
王丽敏:《"叙事圈套"下的荒诞——论莫言〈生死疲劳〉的叙事艺术》,《闽南师范大学学报》(哲学社会科学版)2015年第4期,第103-108页。
王宁:《论"后理论"的三种形态》,《广州大学学报》(社会科学版)2019年第2期,第4-14页。
王守仁:《总序》,何成洲主编《全球化视域下的当代外国文学研究》,译林出版社,2019年,第1-16页。
王守中:《德国侵略山东史》,人民文学出版社,1988年。
王亚彬,《生命该如何寄托?——舞剧〈青衣〉创作谈》,《当代舞蹈艺术研究》2017年第2期,第123-127页。
翁思再:《非常梅兰芳》,中华书局,2009年。
吴保和、魏燕玲:《中国红:文化符号与色彩象征》,《云南艺术学院学报》2013年第3期,第69-75页。
吴元迈主编:《20世纪外国文学史》(第五卷),译林出版社,2004年。
杨经建:《"戏剧化"生存:〈檀香刑〉的叙事策略》,《文艺争鸣》2002年第5期,第61-62页
杨沫:《杨沫文集卷一:青春之歌》,北京十月文艺出版社,1992年

业露华、董群:《中国佛教百科全书:教义、人物卷》,上海古籍出版社,2000年。

叶尔米洛夫著:《论契诃夫的戏剧创作》,张守慎译,中国戏剧出版社,1985年。

叶舒宪:《狼图腾,还是熊图腾?》,《中国图书评论》2006年第10期,第73-77页。

易卜生:《玩偶之家》,夏理扬、夏志权译,民主与建设出版社,2018年。

易卜生:《易卜生戏剧集》(第一卷),潘家洵、萧乾等译,人民文学出版社,2006年。

尹珊珊:《〈儒林外史〉中的戏曲材料研究》,《戏剧之家》2020年第15期,第18-20页。

余飘、李洪程:《成仿吾传》,当代中国出版社,1997年。

张富利:《"轮回"的历史与民族国家的寓言——〈生死疲劳〉的叙事解读》,《西部学刊》2017第2期,第13-18页。

张清华:《诺奖之于莫言,莫言之于当代中国文学》,《文艺争鸣》2012年第12期,第1-3页。

张闻天:《青春的梦》,《张闻天早期文学作品选》,人民文学出版社,1983年。

张雪飞:《叙事空间之于莫言小说的意义》,《文艺争鸣》2016年第1期,第147-152页。

赵奎英:《规范偏离与莫言小说语言风格的生成》,《山东师范大学学报》(人文社会科学版)2013年第6期,第16-25页。

政协高密委员会文史资料组编,《文史资料选辑》第一辑,1983年。

周宪:《艺术跨媒介性与艺术统一性——艺术理论学科知识建构的方法论》,《文艺研究》2019年第12期,第18-29页。

朱迪斯·巴特勒:《性别麻烦》,宋素凤译,上海三联书店,2009年。

朱国华:《漫长的革命:西学的中国化与中国学术原创的未来》,《天津社会科学》2014年第3期,第100-107页。

后记

这部著作的写作前后经历了十多年的时间,这一时期我的研究工作在很大程度上是围绕表演性的理论与批评展开的,撰写的论文也主要与此相关,从中精选的一些文章经过修改和润色后收录到本书中。这本书的写作见证了我学术上的又一次成长,不是青年时期的那种急于求成,而是人到中年的沉着与担当,一字一句融会了我人生中的体验、感悟与梦想。学术的道路并不总是平坦的,有时也布满荆棘,它会刺痛你,但会让你警醒,对于你阅读的文本、观看到的作品、遭遇到的现实问题保持敏锐的洞察力。对一个研究者来说,学术是一种生活的方式,而生活既是学术的源泉,也是它指向的最终目标。对于栖居在学术世界与现实生活之间的人来说,思想的自由驰骋给了我们最大的慰藉,但这并不是说思想只是一种主观的精神活动,它是能够积极参与现实和改造生活的,从而赋予思想以表演性的力量。

如果说这部书的写作是一个事件,那么这个事件不是一次性实现的,恰恰相反,它是由一系列具体的事件组成的,构成了一个事件的曲线。尽管我的学术工作有时也会产生从这个曲线中逃逸的冲动,有时也确实脱离了轨道,但是时不时地又回归进来,走到了这个临时的终点。2008 年 10 月,南京大学人文社科高级研究院与布朗大学的 Pembroke 中心、Cogut 中心以及东亚系共同发起成立了"南京大学-布朗大学性别与人文研究合作项目",由我和布朗大学的王玲珍教授担任中美双方的主任。尽管我之前从事的易卜生研究涉及女性主义的理论,但是这个项目促使我下定决心,将巴特勒的性别表演性理论作为一个重点研究方向,我所发表的跨性别表演方面的论文或多或少是在这个项目平台上交流、研讨过程中完成的。如果这个南大-布朗合作项目的成立是这个事件曲线前端的一个重要节点,那么下一个就是 2012 年我受邀担任柏林自由大学"国际跨文化表演文化交织"研究中心(IRC)的访问学者,这个身份我一直延续到 2018 年。在此期间,我多次去柏林的国际戏剧研究中心访学,利用这些机会,完成了拟定的研究项目,发表了一些有关剧场、表演研究与跨文化戏剧的论文,比如论格洛托夫斯基的那篇文章。值得一提的是,通过与该中心主任艾丽卡·费舍尔-李希特教授等西方戏剧学者面对面交流,让我对于剧场与表演研究中的表演性概念乃至表演性美学有了更加清晰的认识。

2012 年的另外一个事件是,我受诺贝尔文学奖评委会主席埃斯普马克先生的邀请,赴斯德哥尔摩出席莫言被授予诺贝尔奖的系列活动,其间参加了瑞典学院的一个小型沙龙,交流和研讨莫言的文学成就。这给了我一个必须认真研读莫言作品和相关批评的契机,也了解到国际文学批评界的一些动向。在这个过程中,我的瑞典朋友、翻译家陈迈平先生和他的太太陈安娜(莫言作品的瑞典文译者)给了我很多帮助和启发。在参加莫言在斯德哥尔摩的演讲、招待会的活动中,我近距离地观察到一个中国的诺贝尔文学奖得主所必须面对的质疑和批评,从而对于世界文学的运作机制以及文学的边界等问题产生了一些疑问和思考。这些问题后来成为引发我的莫言研究系列论文的线索，也让莫言研究成为我一直坚持的一个学术课题。在斯德哥尔摩逗留期间，我还有幸见到了我通过电子邮件结识的朋友和学术同道，瑞典隆德大学的义学教授、瑞典皇家人文、历史与考古学院院士 Eva Hættner Aurelius 女士。之前不久，我是在网上发现她也在主持一个"文学的表演性"研究课题，在浏览了这个项目的介绍以及来自欧洲不同国家的团队成员情况后，我给她发了邮件，分享了我对于文学表演性的研究心得和有关成果，并很快得到她热情洋溢的回信。在我抵达斯德哥尔摩的当天下午，我们两人在我住宿酒店的楼下小会客厅谈了三个小时，初步商定了双方合作的方案，明确了"科研项目+博士生联合课程"的模式，开启了我们之间近十年友好的学术交流与富有成效的科研合作。

从 2013 年起，我在南京大学英语系开设一门博士生课程"文学与表演性"，年复一年带领一群对表演性感兴趣的博士生们精读核心文献，交流我们的心得，就一些疑难问题展开研讨。正是在这个博士生课程上，我大部分有关表演性的论文有了一个公开展示的机会，同学们往往是我论文的第一批听众和读者，他们的每一点反馈都有助于我论文的修改与完善。他们是我最应该感谢的人，同样值得感谢的还有参与这一联合课程的隆德大学师生，包含 Jon Helgason 博士，他是 Aurelius 教授的助教，后来去了瑞典的林奈大学任教。由于他的牵线搭桥，我和该校的另两位教授 Jorgen Bruhn 与 Lars Ellestrōm 建立了联系，他们主持的"跨媒介与多模式研究中心"在国际跨媒介研究领域有比较大的影响，是国际跨媒介研究学会的住所单位，Ellestrōm 教授担任该学会的会长。2016 年和 2019 年我们分别在南京大学和林奈大学召开了双边学术会议，分别围绕"文学的事件"与"跨媒介表演性"这两个议题交流研讨。我对文学与艺术的跨媒介研究兴趣与这个合作项目的开展有一定的关系，相关的研究成果也在我们之间的交流合作中得到丰富和走向成熟。

2017年底，我结束在南京大学-约翰斯·霍普金斯大学中美文化研究中心的任期，来到刚成立的南京大学艺术学院工作，担任外国语言文学与艺术学两个学科方向上的双聘教授与博士生导师。如果说中美中心的国际化教学和工作氛围让我的跨文化知识与体验得到一次质的改变，那么艺术学院的艺术教育丰富和深化了我对于艺术的认识、理解和批评。同艺术家的直接交流、参观艺术展览、参与艺术学学科建设的研讨会、聆听艺术学的讲座、给艺术类学生授课等，这些为我打开了另一扇窗子，进一步释放了我长期以来在从事戏剧与表演研究中积聚的艺术热情和想象力。徘徊在文学、戏剧与艺术之间，让我更加感受到了要穿透学科壁垒的冲动，也增强了我从事表演性理论研究的自觉性和使命感。在跨学科的学术求索过程中，我体会到了辛酸苦辣，有时也产生不被理解和接受的挫败感。但是，国内外学界同仁的热心支持和鼓励，研究成果相继问世并得到认可，让我坚持自己的研究计划，一步步迈向预定的学术目标。尽管我深知自己的学养和才智都非常有限，但是能够基本实现自己的一些学术愿景还是令人欣慰的。这也许就是一个学者所应得的精神回报。

2020年初以来的新冠疫情是一场全人类的浩劫和悲剧，而在2019年12月我在南京河西参加一次会议之后，在酒店门口湿漉漉的台阶上崴脚摔倒，则是我个人的一个小小事故，因为脚伤不能行走，我困居在家两月有余。这些个人生活的小事件和人类历史的大事件，让我在哀叹和悲伤之余，却也给了我一个前所未有的深居简出时期，我下定决心着手整部书稿的修改和完善。在迈向2022年虎年的宁静氛围里，这本书的事件曲线终于有了一个收尾。感谢三联书店王秦伟先生、成华女士等人的专业编辑，我们之间多年来的友谊与相互信任让我对本书的出版满怀信心。

作为一个延续十多年的写作项目，需要感谢的人很多，除了前面陆续提到的一些学界同仁，我尤其需要提一下我指导的几位博士生，他们当中有些已经毕业了。他们是陈畅、郭安康、王符、吴一坤、黄福奎、杨婷、胡玄、徐晓妮、张秋梅、万金、邹璇子等。他们在我论文撰写和书稿修改的过程中提供了诸多的帮助，不仅仅是文献的收集、整理与翻译，而且还包括给予我学术上的反馈意见和建议。这本书见证了我和我指导的研究生们在学术上的交流、互动以及弥足珍贵的师生情谊。由此我也更加感念给予我关怀和教导的师长们，像 Asbjørn Aarseth 教授、王宁教授等。最后，我还要感谢我的爱人阚洁、我的孩子小京和小威给我的关爱和支持！

本书的不足之处，敬请学界同仁批评指正！

何成洲
南大和园禾易斋
2022.1.1